Nagib Machfus

Die Midaq-Gasse

Aus dem Arabischen von
Doris Kilias

Unionsverlag
Zürich

Die Originalausgabe erschien 1947
unter dem Titel *Zuqaq al-Midaqq*.
Die deutsche Erstausgabe erschien 1985
im Unionsverlag Zürich.

Auf Internet
Aktuelle Informationen
Dokumente, Materialien
www.unionsverlag.ch

Einmalige Sonderausgabe

Rieterstrasse 18, CH-8027 Zürich
Telefon 0041-1 281 14 00, Fax 0041-1 281 14 40
mail@unionsverlag.ch

Umschlaggestaltung: Heinz Unternährer, Zürich
Umschlagfoto: M. Engler
Druck und Bindung: fgb · freiburger graphische betriebe
ISBN 3-293-00287-0

Nagib Machfus

Die Midaq-Gasse

Zu diesem Buch

Einst glänzte die Midaq-Gasse wie ein Stern in der Geschichte des mächtigen Kairo. Inzwischen sind die Arabesken am berühmten Kirscha-Kaffeehaus bröcklig und morsch geworden, aber immer noch ist die Gasse erfüllt vom Lärm ihres eigenen Lebens. Hier laufen die Fäden zusammen, hier strömen die Menschen ein und aus.

Onkel Kamil, der Bonbonverkäufer, al-Hilu mit seinem Friseursalon, der alte Dichter, den keiner mehr hören will, seit es das Radio gibt – jeder sucht seinen eigenen Weg in die Zukunft. Umm Hamida, wandelndes Lexikon aller Missetaten, hat täglich mehr zu erzählen über die Geheimnisse dieser Gasse, denn eine Welt ist in Unordnung geraten.

Der Autor

Nagib Machfus, 1911 in Kairo geboren, gehört zu den bedeutendsten arabischen Autoren der Gegenwart. Schon früh hat er sich vom Gängelband europäischer Literatur gelöst und eine eigene, aus dem ägyptischen Leben schöpfende Erzählhaltung und Form gefunden. 1988 erhielt er als erster arabischer Autor den Nobelpreis für Literatur. Machfus lebt und arbeitet in Kairo.

Lieferbare Titel: »Der Dieb und die Hunde«, »Echo meines Lebens«, »Ehrenwerter Herr«, »Die Kinder unseres Viertels«, »Das Lied der Bettler« , »Miramar«, »Die Moschee in der Gasse«, »Die segensreiche Nacht«, »Die Spur«, »Zwischen den Palästen« (Kairoer Trilogie I), »Palast der Sehnsucht« (Kairoer Trilogie II), »Zuckergäßchen (Kairoer Trilogie III), »Anfang und Ende» sowie »Echnaton«.

Die Übersetzerin

Doris Kilias wurde 1942 im heutigen Polen geboren. Sie studierte Arabistik und Romanistik und arbeitete danach als Redakteurin beim arabischen Programm des Rundfunks Berlin (DDR). Nach einem Aufenthalt in Kairo 1974 folgte die Promotion über ägyptische Kurzprosa und 1984 die Habilitation über algerische arabophone Literatur. Heute arbeitet Doris Kilias als freie Übersetzerin und lebt in Berlin.

I

Viele Zeugnisse sprechen dafür, daß die Midaq-Gasse zu den Kostbarkeiten vergangener Jahrhunderte gehört und einstmals in der Geschichte des mächtigen Kairo wie ein strahlender Stern geglänzt hat. Welches Kairo meine ich? Das Kairo der Fatimiden, der Mamluken oder das der Sultane? Allein Gott und die Archäologen wissen das. Auf jeden Fall ist diese Gasse ein geschichtliches Denkmal, und zwar ein wertvolles. Wie auch nicht, wo doch die mit Steinplatten belegte Straße direkt zur Sanadiqija-Straße hinunterführt, diesem historischen Winkel mit dem berühmten Kirscha-Kaffeehaus, mit seinen Wänden voller Arabesken aus längst vergangener Zeit, bröckelig und morsch nun, und mit dem starken Duft uralter Heilkräuter, die mittlerweile zu wohlduftenden Parfümen geworden sind.

Obwohl die Gasse fast gänzlich ausgeschlossen vom Getriebe der Welt lebte, war sie doch vom Lärm ihres eigenen Lebens erfüllt, einem Leben, das in tiefstem Innern unlösbar im ganzen, vollen Sein verwurzelt war und erst noch die Geheimnisse der alten, vergangenen Welt in sich barg und bewahrte.

Die Sonne kündigte den nahenden Abend an, und die Midaq-Gasse hüllte sich in den bräunlichen Schleier der Dämmerung. Wie in einer Falle gefangen, war das

Abendlicht von drei Wänden umschlossen, was die Brauntöne noch stärker hervortreten ließ. Die Gasse führte von der Sanadiqija-Straße herauf und stieg unregelmäßig an. Auf der einen Seite gab es einen Laden, ein Kaffeehaus und eine Bäckerei, auf der anderen einen zweiten Laden und eine Handelsfirma. Wie ihr vergangener Ruhm endete die Gasse jäh an zwei nebeneinanderliegenden dreistöckigen Häusern.

Das lärmende Leben des Tages verstummte, die sanften Töne des Abends breiteten sich aus. Ein Wispern hier, ein Murmeln dort:

O Allah, Helfer in der Not... Du Ernährer, Du Wohltäter... O Allah, möge alles gut enden... Allein bei Ihm liegt alles... Guten Abend, Leute. Kommt nur, kommt, nun ist die Zeit, sich zu unterhalten... Steh auf, Onkel Kamil, und schließe den Laden... Wechsle das Wasser in den Pfeifen, Sanqar!... Lösch das Feuer im Ofen, Djada!... Dieses Haschisch preßt mir das Herz zusammen... Wenn wir schon fünf Jahre lang nächtliche Finsternis und Luftangriffe erdulden müssen, dann liegt das nur an unserer eigenen Schlechtigkeit...

Nur die Läden von Onkel Kamil, dem Bonbonverkäufer rechts am Anfang der Gasse, und der Frisiersalon von al-Hilu auf der linken Seite blieben noch ein wenig nach Sonnenuntergang geöffnet. Onkel Kamil hatte die Gewohnheit – genauer gesagt, er hielt es für sein Recht –, einen Stuhl auf die Schwelle seines Ladens hinauszustellen und mit dem Fliegenwedel im Schoß zu schlummern. Nur das laute Rufen eines Kunden oder ein Scherz von Abbas al-Hilu, dem Friseur, konnten ihn wecken. Er war eine einzige gewaltige Fleischmasse, der Djilbab spannte sich auf seinen Schenkeln, so daß sie aussahen wie Wasserschläuche. Hinten bauschte sich das Gewand wie eine Kuppel, deren Mittelpunkt auf dem Stuhl lag, während der Rest frei in der Luft hing. Er hatte einen Bauch wie eine Tonne und weiche, ausladende Brüste. Von einem Hals war kaum etwas zu sehen, denn dicht zwischen den Schultern saß ein rundes, aufgeblähtes Gesicht, in dem sich das Blut staute. In all dem Fett waren Gesichtszüge kaum noch zu erkennen, es zeichnete sich keine feste Linie ab, und fast sah es so aus, als habe er weder Nase noch Augen. Gekrönt war das alles von einem kleinen, kahlen Schädel, der ebenso rosig war wie die übrige Haut. Ständig keuchte und prustete er, als nähme er unentwegt an einem Wettlauf teil. Kaum hatte er ein paar Bonbons verkauft, da überfiel ihn schon wieder der Schlaf. Wie oft hatten ihn die anderen gewarnt, die Herzverfettung könne eines Tages zu seinem plötzlichen Ende führen. Er stimmte ihnen immer zu. Aber wie sollte ihm der Tod schaden, wenn doch sein ganzes Leben ein ununterbrochener Schlaf war?

Der Salon von al-Hilu war zwar ein kleiner Laden, galt aber in der Gasse als sehr elegant, gab es doch außer den vielen Geräten auch einen Spiegel und einen Sessel. Der Besitzer all dessen war von mittlerem Wuchs, neigte zur Fülle und hatte eine blasse Hautfarbe. Die Augen standen ein wenig hervor, und die ordentlich gekämmten Haare hatten trotz der Bräune der Haut einen Stich ins Gelbliche. Er trug einen Anzug, darüber eine Schürze – stand ihm das vielleicht nicht ebenso zu wie den Großen seines Fachs?

Onkel Kamil und Abbas al-Hilu waren in ihren Läden noch anzutreffen, wenn die dem Salon benachbarte Handelsfirma schon ihre Pforten schloß und die Angestellten nach Hause gingen. Der letzte, der ging, war der Chef, Herr Salim Alwan. Stolzen Schritts ging er in seinem Kaftan auf die Kutsche zu, die ihn am Anfang der Gasse erwartete. Würdevoll stieg er ein und füllte mit seinem stattlichen Körper den Sitzplatz voll aus. Ein Tscherkessen-Schnurrbart wippte ihm forsch voraus. Der Kutscher trat mit dem Fuß auf die Glocke, so daß sie kräftig läutete. Der einspännige Wagen fuhr die Rurija-Straße hinunter und weiter in Richtung der Hilmija-Straße.

Die Fensterläden der beiden Häuser am Ende der Straße wurden zum Schutz gegen die Nachtkälte geschlossen, Lampenschein drang durch ihre Ritzen. Die Midaq-Gasse wäre in völligem Dunkel versunken, wenn da nicht Kirschas Kaffeehaus gewesen wäre. Die Schnüre der elektrischen Lampen waren voll von Fliegen. Der Raum war quadratisch und ein wenig verkommen. Aber noch waren ja die Arabesken an den Wänden. Nur noch ihr Alter und mehrere Sofas längs der Wände erinnerten an die großen Zeiten. Am Eingang war gerade ein Arbeiter dabei, einen alten Lautsprecher an der Wand anzubringen. Einige wenige Leute saßen herum, rauchten Wasserpfeifen und tranken Tee.

Nahe der Eingangstür saß ein etwa fünfzigjähriger Mann, die Beine auf dem Polster gekreuzt. So wie die Effendis trug er einen Djilbab mit Kragen und Krawatte. Auf seiner Nase saß eine goldgerahmte, teuer aussehende Brille. Die Holzpantoffeln hatte er abgestreift, sie lagen zu seinen Füßen. Reglos wie ein Denkmal und schweigend wie ein Toter hockte er da und schaute weder nach links noch nach rechts, als sei er ganz allein auf der Welt.

Draußen näherte sich dem Kaffeehaus ein greiser Mann, dem die Zeit keine einzige heile Stelle am Körper gelassen hatte. An seiner linken Seite ging ein Junge und führte ihn. Unter dem rechten Arm trug er eine Rebab und ein Buch. Beim Eintreten grüßte der Alte die Anwesenden und ging auf die Polsterbank in der Mitte des Raums zu. Mit Hilfe des Jungen stieg er hinauf. Der setzte sich neben ihn und legte die Rebab und das Buch zwischen sich und den Alten. Der Mann musterte die Gesichter der Besucher, als wolle er den Eindruck prüfen, den sein Erscheinen bei ihnen hervorgerufen hatte. Dann richtete er die trüben, entzündeten Augen unruhig auf den Bedienungsgehilfen Sanqar. Als ihm klar wurde, daß der Junge ihn absichtlich übersah, brach er sein Schweigen und sagte grob: »Kaffee, Sanqar!«

Der Bursche guckte kurz hinüber, drehte ihm dann nach kurzem Zögern wortlos den Rücken zu und überhörte die Bestellung. Dem Alten war klar, daß der Junge ihn auch weiterhin übersehen würde, er hatte auch nichts anderes erwartet. Aber der Himmel schien ihm zu Hilfe zu kommen, denn genau in diesem Moment war ein Mann hereingekommen, der den Alten gehört und die abweisende Haltung des Burschen beobachtet hatte. Gebieterisch befahl er: »Bring den Kaffee für den Dichter, Junge!«

Dankbar blickte der Alte ihn an und sagte mit trauriger Stimme: »Gott möge es Ihnen danken, Doktor Buschi.«

Der Doktor grüßte zu ihm hinüber und setzte sich nicht weit von ihm hin. Auch er hatte einen Djilbab an, trug auf dem Kopf ein Käppchen und an den Füßen Holzpantoffeln. Er war Zahnarzt, hatte aber seine Kunst dem Leben abgenommen, ohne je eine medizinische oder sonstige Schule besucht zu haben. Angefangen hatte er als Gehilfe bei einem Zahnarzt im Djamalija-Viertel. Gescheit wie er war, hatte er sich so manchen Kunstgriff abgeguckt und es zu etwas gebracht. Er war vor allem wegen seiner nützlichen Verordnungen berühmt geworden, auch wenn er das Ziehen eines Zahns noch immer als die beste Behandlung ansah. Sicherlich war es recht schmerzhaft, wenn er in seiner ambulanten Praxis einen Backenzahn zog. Aber dafür war es auch billig: einen Qirsch für die Armen und zwei für die Reichen – die der Midaq-Gasse natürlich. Und wenn tatsächlich einmal Blut floß, was gar nicht so selten war, dann sah er es als gottgegeben an und meinte, Allah werde es auch wieder stillen. Dem Meister Kirscha hatte er sogar ein goldenes Gebiß eingesetzt, für ganze zwei Pfund. In der Gasse und den benachbarten Vierteln wurde er »Doktor« genannt, und vielleicht war er der erste Arzt, der seinen Titel von den Patienten empfangen hatte.

Sanqar brachte dem Dichter Kaffee, so wie der Doktor es befohlen hatte. Der alte Mann nahm das Glas und pustete, um den Kaffee abzukühlen. Dann begann er, in kleinen Schlucken zu trinken. Als er fertig war und das Glas beiseite stellte, fiel ihm ein, wie schlecht der Bursche ihn behandelt hatte. Böse blickte er zu ihm hinüber und murmelte wütend: »Schlecht erzogen...« Dann nahm er die Rebab, probierte auf den Saiten herum und vermied ganz bewußt, die scheelen Blicke zur Kenntnis zu nehmen, mit denen Sanqar ihn bedachte. Ganz so, wie man es im Kaffeehaus Kirscha seit zwanzig Jahren oder mehr gewohnt war, begann er mit einem Vorspiel. Sein ausgemergelter Körper begann sich dem Rhythmus der Musik anzupassen, der Alte räusperte sich, spuckte aus und murmelte: »Im Namen Allahs, des Gnädigen, des Barmherzigen...« Dann rief er mit rauher Stimme: »Bevor wir heute anfangen, wollen wir für den Propheten beten. Ein arabischer Prophet, auserwählter Sohn des Adnan. Abu Sada az-Zanat erzählt, daß...«

Die rauhe Stimme eines Mannes, der gerade eingetreten war, unterbrach ihn: »Sei still! Kein einziges Wort mehr!«

Der Alte sah mit mattem Auge von seinem Instrument auf und erblickte Meister Kirscha. Er war ein Mann von schmaler, hoher Statur, mit dunkelhäutigem Gesicht und träge-verdrießlich blickenden Augen. Sprachlos starrte der Alte ihn an, so als könnte er nicht glauben, was seine Ohren eben gehört hatten. Er setzte sich über diese unerwartete Grobheit hinweg und begann wieder zu rezitieren: »Abu Sada az-Zanat erzählt, daß ... «

Wütend fauchte ihn der Meister an: »Mit Gewalt willst du uns zwingen, dir zuzuhören? Hör auf, hör sofort auf! Hab ich dich nicht schon vor einer Woche gewarnt?«

Dem Dichter war anzusehen, daß er sich sehr ärgerte. Aber er sagte nur vorwurfsvoll: »Mir scheint, du nimmst zuviel Haschisch. Findest du wohl kein anderes Opfer als mich?«

Der Dichter schlug nun einen etwas sanfteren Ton an, wohl in der Hoffnung, noch ein wenig Mitgefühl zu finden. »Aber das ist doch auch mein Kaffeehaus ... Hab ich denn hier in den letzten zwanzig Jahren nicht immer rezitiert?«

Während Meister Kirscha wie immer seinen Platz hinter der Kasse einnahm, sagte er: »Wir alle haben deine Geschichten satt und können sie fast auswendig. Es gibt also keinen Grund, sie uns nochmals anzuhören. Die Leute wollen keinen Dichter mehr, wie oft haben sie mich gedrängt, ein Radio anzuschaffen. Und da ist es nun, da steht es. Also laß uns in Ruhe, möge Gott für dich sorgen.«

Das Gesicht des Dichters verdüsterte sich, und niedergeschlagen dachte er daran, daß das Kaffeehaus von Kirscha die letzte Zuflucht geworden war. Es war die einzig verbliebene Möglichkeit, den Unterhalt zu verdienen, und das nach Jahren großen Ruhms. Erst kürzlich hatte man ihm im Kaffeehaus »Zitadelle« bedeutet, daß man auf ihn verzichten konnte. So alt war er geworden, und nun stand er ohne allen Verdienst da. Was sollte er mit dem Leben anfangen? Wozu sollte er dann noch seinem unglücklichen Sohn diese Kunst beibringen, die keiner mehr wollte und die brotlos geworden war? Was würde ihm die Zukunft bringen, was seinem Jungen? Verzweiflung stieg in ihm auf; sie wurde noch bitterer, als er in Meister Kirschas Gesicht las, daß er zwar das Ganze ein wenig bedauerte, aber um so entschlossener war.

»Langsam, Meister Kirscha, langsam«, sagte er. »Al-Hilali hat immer wieder Neues, das kann das Radio gar nicht bringen.«

»Das sagst du«, antwortete der Meister schroff. »Aber dein Gerede bringt mir keine Kunden ein. Also ruiniere nicht länger mein Geschäft. Es hat sich eben alles verändert.«

Verbittert sagte der Alte: »Aber haben nicht Generationen seit der Zeit des Propheten – Segen und Friede sei mit ihm – diesen Geschichten zugehört, ohne sie langweilig zu finden?«

Da schlug Meister Kirscha mit der Faust auf die Kasse und schrie: »Ich hab doch gerade gesagt, daß sich alles verändert hat!«

In diesem Moment bewegte sich zum erstenmal der starr und reglos sitzende Mann mit dem Kragen, der Krawatte und der goldenen Brille. Er hob den Kopf, blickte zur Decke auf und seufzte so tief, daß die anderen denken mußten, ihm sei die Seele aus dem Leib gerissen worden. Leise und geheimnisvoll sprach er: »Ach ja, alles hat sich verändert. Weil, meine Dame, sich eben alles geändert hat. Alles, alles – nur nicht mein Herz, das noch immer die Leute des Hauses Amer liebt.« Ganz langsam senkte er den Kopf, wiegte ihn von rechts nach links und von links nach rechts, wurde dann immer verhaltener in der Bewegung, bis er schließlich genauso reglos wie zuvor dasaß und in Abwesenheit versank.

Keiner der Anwesenden nahm Notiz von ihm. Nur der Dichter wandte sich ihm zu wie ein Dürstender, der auf Regen hofft: »Verehrter Scheich Darwisch, sind Sie denn damit zufrieden?« Aber nichts konnte diesen aus der Versunkenheit wecken, nichts war imstande, ihm ein Wort zu entlocken.

Genau in diesem Moment trat ein neuer Gast ein, auf den sich alle Blicke voller Ehrerbietung und Zuneigung richteten. Sein Gruß wurde auf das freundlichste erwidert. Radwan al-Husaini war eine respektgebietende Erscheinung, so groß und stark wie er war. Die schwarze, stoffreiche Abaja umhüllte einen stattlichen Körper. Das Gesicht war großzügig geschnitten, sein Teint weiß mit einem Stich ins Rötliche, den auch der Bart auf Backen und Kinn aufwies. Auf seiner edlen Stirn lag ein Lichtglanz, der Heiterkeit, Güte und tiefen Glauben ausstrahlte. Er schritt gemächlich daher, mit gesenktem Haupt, und auf seinen Lippen lag ein leichtes Lächeln, das seine Liebe zu den Menschen und der ganzen Welt verriet.

Nachdem er sich neben den Dichter gesetzt hatte, begrüßte ihn der und klagte ihm sein Leid. Radwan al-Husaini hörte ihm bereitwillig zu, obwohl er das alles schon kannte. Schon oft hatte er versucht, Meister Kirscha davon abzubringen, auf den Dichter zu verzichten. Aber alles war vergebens gewesen. Als der alte Mann sich nun ausgeklagt hatte, beruhigte er ihn und versprach ihm, für seinen Jungen eine Arbeit zu besorgen, von der er leben könne. Heimlich steckte er ihm etwas Geld zu und flüsterte: »Wir alle sind die Kinder Adams, und wenn dich etwas quält, dann gehe zu deinem Bruder. Denn das tägliche Brot gibt der Herr, von ihm kommt jede Wohltat.«

Sein schönes Gesicht erstrahlte nach diesen Worten noch mehr, denn wie bei allen großzügigen Menschen, die Gutes tun, machte auch ihn die Wohltat glücklicher und schöner. Er war ständig darauf bedacht, daß kein Tag verging, an dem er nicht etwas Gutes tat; andernfalls wäre er bekümmert und schuldbewußt heimgekehrt. Hatte es bei all seiner Großmut auch den Anschein, daß er zu den mit Geld und Besitz reichlich versehenen Menschen gehörte, so gehörten ihm in Wirklichkeit doch nur das Haus rechts in der Gasse und ein paar Hektar Land in Mardj. Die Bewohner seines Hauses, Meister Kirscha im dritten und Onkel Kamil und Abbas al-Hilu im ersten Stock, hatten in ihm einen gutherzigen und freundlichen Vermieter gefunden. Er hatte sogar auf die Mieterhöhung verzichtet, zu der ihn ein Sondergesetz der Militärverwaltung über Mieten im ersten Stock berechtigt hatte, weil ihm seine beiden armen Mitbewohner leid getan hatten. Wo immer er weilte und wandelte, war er voller Mitleid und Großmut.

Dabei war sein Leben reich an Enttäuschungen und Leid gewesen, vor allem in den frühen Jahren. Das Studium an der Azhar-Universität hatte mit einem Mißerfolg geendet. Viele Jahre seines Lebens hatte er dort unter den Bogengängen verbracht und nie ein Gelehrtendiplom erworben. Der Verlust der Söhne war ein weiterer Schicksalsschlag gewesen, kein einziger Nachkomme war ihm von der reichen Kinderschar geblieben. Er hatte so viel schmerzliche Enttäuschungen durchlebt, daß sein Herz von Verzweiflung erfüllt war und in den Augen nur noch tiefste Trauer geschrieben stand. Er hatte ganz in sich zurückgezogen gelebt.

Aus der Finsternis all seines Schmerzes hatte ihn der Glaube herausgetragen und ihn das Licht der Liebe sehen lassen. Von da an kannte sein Herz keine Not und keine Trübsal mehr, sondern war nur noch von umfassender Liebe, überfließender Güte und unendlicher Geduld erfüllt. Die irdischen Kümmernisse zertrat er unter den Füßen, und seine Seele wandte sich dem Himmel zu, wenn er seine Liebe über die Menschen verströmte. Je schlimmer die Drangsal war, desto geduldiger und gütiger wurde er. Damals, als er einen seiner Söhne zur letzten Ruhestätte begleitete, sahen die Menschen, wie er mit leuchtendem Gesicht den Koran rezitierte. Als sie ihn in ihre Mitte nehmen und ihm Trost spenden wollten, hatte er nur lächelnd zum Himmel gewiesen und gesagt: »Er hat gegeben, Er hat genommen. Alles geschieht, wie Er will, und alles gehört Ihm. Trauer ist Unglaube.« So war er also noch zum Tröster geworden. Doktor Buschi hatte deshalb einmal gesagt: »Bist du krank, dann halte dich an Herrn Husaini, und du wirst geheilt werden. Bist du verzweifelt, so bringt sein Glanz dir Hoffnung. Und bist du traurig, so lausche seinen Worten, und du wirst glücklich werden.« Sein Gesicht war ein wahres Abbild seines Wesens, war es doch von der Schönheit, die nur Barmherzigkeit spenden kann.

Der Dichter, nun halbwegs beruhigt und getröstet, stieg vom Sofa hinunter. Der Junge nahm die Rebab und das Buch und folgte ihm. Der Alte schüttelte Radwan al-Husaini die Hand, grüßte die anderen und übersah dabei geflissentlich Meister Kirscha. Mit einem verächtlichen Blick bedachte er den Lautsprecher, den der Arbeiter fast fertig installiert hatte, reichte dem Jungen die Hand und ging mit ihm hinaus.

Scheich Darwisch schien wieder einmal ins Leben

zurückgekehrt zu sein. Er wendete den Kopf in die Richtung, in der die beiden verschwunden waren, und murmelte: »Der Dichter ist gegangen, das Radio ist gekommen. So ist es Brauch in der Schöpfung. So ist es mit der Geschichte – das ist das, was man auf englisch kurz *history* nennt. Ich buchstabiere: h-i-s-t-o-r-y.«

Bevor er mit dem Buchstabieren fertig war, kamen Onkel Kamil und Abbas al-Hilu herein, die nun ihre Läden geschlossen hatten. Zuerst erschien al-Hilu, das Gesicht gewaschen, das blonde Haar frisch gekämmt. Onkel Kamil folgte ihm, gravitätisch schaukelnd wie eine Kamelsänfte und in mühevoller Bedachtsamkeit die Füße vom Boden hebend. Sie grüßten die Anwesenden, setzten sich nebeneinander und bestellten Tee. Kaum daß sie eingetreten waren, ging das Geschwätz auch schon los. Abbas begann: »Hört mal, Leute. Mein Freund, Onkel Kamil, hat sich bei mir beklagt, daß er jeden Moment sterben könne, aber kein Geld habe, um ordentlich begraben zu werden.«

»Mohammeds Gemeinschaft geht es gut, und sie trägt Sorge«, meinten einige sogleich beflissen. Andere sagten lachend, das, was er aus dem Verkauf der Bonbons herausschlage, reiche mehr als aus, um ein ganzes Volk zu beerdigen.

Auch Doktor Buschi lachte und sagte zu Onkel Kamil: »Hör auf, an den Tod zu denken. Bei Gott, mit deinen eigenen Händen wirst du uns alle noch ins Grab betten.«

Mit hoher, unschuldig klingender Kinderstimme antwortete Onkel Kamil: »Passen Sie auf, was Sie sagen, und fürchten Sie Allah, mein Herr. Ich bin wirklich ein armer Mann.«

Abbas al-Hilu unterbrach ihn: »Als ich Onkel Kamil so klagen hörte, tat er mir leid. Immerhin sind seine Bonbons ja für uns alle etwas Schönes. Also hab ich ihm ein Leichentuch gekauft und es für die Stunde verwahrt, der man nicht entkommen kann.« Er wandte sich an Onkel Kamil und fuhr fort: »Das war ein Geheimnis, von dem ich dir nichts sagen wollte. Aber jetzt wissen es alle und können es bezeugen.«

Voller Freude nickten die anderen beifällig, hatten aber Mühe, ernst zu bleiben, um den leichtgläubigen Onkel Kamil an den Worten von Abbas nicht zweifeln zu lassen. Man lobte dessen Großmut. Ja, hieß es, das sei eine würdige Tat gegenüber dem Mann, den er so gern mochte, mit dem er gemeinsam wohnte und das Leben teilte, als sei er von seinem Fleisch und Blut. Selbst Scheich Radwan lächelte zufrieden.

Onkel Kamil starrte einfältig seinen Freund an und fragte vorsichtig: »Ist das wahr, was du gesagt hast, Abbas?«

Doktor Buschi antwortete für diesen: »Hab keinen Zweifel, Onkel Kamil. Ich hab das schon vorher gewußt und das Leichentuch mit meinen eigenen Augen gesehen. Es ist ein kostbares Stück, ich wünschte, ich hätte so etwas für mich.«

Der Scheich kam zum drittenmal in Bewegung. »Viel Glück damit! Das Leichentuch ist der Rock fürs Jenseits. Kamil, genieße das Leichentuch, bevor es dich genießt. Du wirst den Würmern eine willkommene Mahlzeit sein. Sie werden sich an deinem knusprigen Fleisch wie an Bonbons gütlich tun und groß und fett werden wie Frösche. Frosch heißt auf englisch *frog*. Ich buchstabiere: f-r-o-g.«

Onkel Kamil glaubte nun alles und fragte nur noch nach der Art, Farbe und Güte des Stoffs. Dann wünschte er Abbas immer und immer wieder Segen, freute sich und pries Gott.

Die Stimme eines jungen Mannes, der beim Hereintreten allen ein »Guten Abend« zurief, unterbrach ihn. Es war Husain Kirscha, Sohn des Kaffeehausbesitzers, der auf dem Weg zum Haus von Radwan al-Husaini nur schnell einmal hereinsah. Er war etwa zwanzig Jahre alt, dunkelhäutig wie sein Vater und schlank. Die feingeschnittenen Züge zeugten von Klugheit und Tatkraft. Bekleidet mit einem blauen Wollhemd, einer khakifarbenen Hose, einem Käppi und schweren Stiefeln, sah man ihm den Stolz auf den Wohlstand der Leute an, die bei der britischen Armee arbeiteten. Zu dieser Stunde kehrte er immer aus dem Lager zurück. Viele der Gäste schauten ihm voller Bewunderung nach, gemischt mit Neid. Abbas, der mit ihm befreundet war, wollte ihn noch hereinbitten. Aber Husain dankte und ging weiter.

Nun herrschte völlige Dunkelheit in der Gasse, und nur die Lampen des Kaffeehauses zeichneten auf dem Pflaster quadratische Lichtinseln, die sich an der Mauer des Firmengebäudes brachen. Der schwache Schein, der durch die Fensterläden der beiden Wohnhäuser drang, verlöschte nach und nach. Die nächtliche Männerrunde im Kaffeehaus war ganz ins Domino- und Kartenspiel vertieft. Nur Scheich Darwisch war in Selbstvergessenheit versunken, und Onkel Kamil war eingeschlafen; der Kopf war ihm auf die Brust gefallen. Sanqar lief wie immer geschäftig hin und her, brachte die bestellten Getränke und legte das Geld in die Kasse. Meister Kirscha beobachtete ihn mit trägem Blick, fühlte wohlig, wie das Haschisch von ihm Besitz ergriff, und überließ sich ganz dieser köstlichen Macht. Es war schon spät, so daß Herr Radwan al-Husaini beschloß, nach Hause zu gehen. Der nächste, der sich erhob, war Doktor Buschi, und dann folgten al-Hilu und Onkel Kamil. Allmählich leerten sich die Sitze, bis schließlich um Mitternacht nur noch drei Männer da waren: der Meister, der Gehilfe und Scheich Darwisch.

Aber noch einmal wurde die Tür geöffnet, und herein traten ein paar von Meister Kirschas Kumpanen, mit denen er zu einem Dachzimmer in Radwans Haus hinaufstieg. Man setzte sich um ein Kohlebecken und begann eine neue Runde, die erst enden sollte, als man zur Dämmerzeit wieder einen weißen von einem schwarzen Faden unterscheiden konnte.

Sanqar bemühte sich indessen, mit freundlichen Worten Scheich Darwisch zum Gehen zu bewegen. »Es ist doch schon Mitternacht, Scheich Darwisch«, sagte er. Endlich hatte der Scheich die Stimme vernommen. Er nahm die Brille ab, putzte sie mit einem Zipfel seines Gewands, setzte sie auf die Nase, rückte die Krawatte zurecht, stand auf, glitt in die Holzpantoffeln und verließ das Kaffeehaus ohne ein Wort. Das Klappern seiner Pantoffeln durchbrach die Stille. Kein Laut sonst war zu hören, tiefste Finsternis hatte sich ausgebreitet, einsam und leer lagen die Straßen und Gassen. Scheich Darwisch überließ sich dem Lauf seiner Füße, denn er hatte weder ein Zuhause, noch kannte er ein Ziel. Die Schwärze der Nacht umhüllte ihn und nahm ihn auf.

Scheich Darwisch war in jungen Jahren Lehrer an einer der Schulen des Ministeriums für religiöse Stiftungen gewesen. Er hatte dort sogar Englisch unterrichtet und war für seinen Eifer und Fleiß bekannt gewesen. Zudem zeigte sich ihm das Schicksal günstig, stand er doch einer glücklichen Familie vor. Nachdem aber die Schulen des Ministeriums für religiöse Stiftungen dem Unterrichtsministerium angeschlossen worden waren, hatten sich für ihn so wie auch für andere seiner Kollegen die Lebensumstände verändert. Wie viele andere besaß auch er nicht die erforderliche hohe Qualifikation und war deshalb im Ministerium für religiöse Stiftungen als Schreibkraft eingestellt worden. Nur gehörte er nicht mehr der sechsten, sondern nur noch der achten Rangstufe an und bezog dementsprechend weniger Gehalt. Da war es nur natürlich, daß er gekränkt war und sich über das, was ihm zugestoßen war, furchtbar erregte. Manchmal zeigte er das ganz offen, dann wiederum fühlte er sich geschlagen und unterdrückte seinen Ärger. Er unternahm alles mögliche, stellte Bittgesuche, flehte die Vorgesetzten an, beklagte seine Situation und die Armut seiner kinderreichen Familie – alles vergebens. Schließlich überließ er sich hoffnungsloser Verzweiflung, seine Nerven waren zerrüttet. Mittlerweile war sein Fall im Ministerium bekannt geworden, hatte er sich doch den Ruf eingehandelt, ein unzufriedener, hartnäckig klagender, lästiger Angestellter zu sein. Zudem fiel er auch dadurch unangenehm auf, daß er sich schnell erregte; kaum ein Tag verging, an dem er nicht einen Streit oder Zusammenstoß mit einem Kollegen hatte. Gerüstet mit einem nicht gerade geringen Maß an Selbstbewußtsein und dementsprechend aggressiv im Umgang mit anderen, verhielt er sich bei Streitereien auch noch hochnäsig und beschimpfte seinen Gegner auf englisch. Wenn der Kollege protestierte und meinte, es gebe keinen Grund, in einer fremden Sprache zu reden, warf er ihm verachtungsvoll entgegen: »Legen Sie sich erst mal ein wenig Bildung zu, dann dürfen Sie das Wort an mich richten!«

Nach und nach erfuhren auch seine Vorgesetzten von seiner Zanksucht und Halsstarrigkeit. Da man aber einerseits Mitleid mit ihm hatte und sich großzügig erweisen wollte und andererseits keine Lust hatte, sich mit ihm anzulegen, blieb er von härteren Strafen verschont. Ein paarmal wurde er verwarnt, und für ein oder zwei Tage erhielt er einen Gehaltsabzug. Mit der Zeit wurde er immer überheblicher, und so kam er denn eines Tages auf die Idee, die dienstlichen Schreiben in Englisch zu verfassen, war er doch im Unterschied zu den anderen Angestellten gebildet. Schließlich vernachlässigte er seine Pflichten so sehr, daß sein Direktor sich entschloß, ihn nun härter und gestrenger zu behandeln. Aber das Schicksal schlug schneller zu als der Direktor. Darwisch Effendi nämlich – so wurde er zu jener Zeit genannt – kam auf die Idee, den Unterstaatssekretär sprechen zu wollen. Würdevoll und gesetzt betrat er dessen Raum, begrüßte ihn wie einen vertrauten Bekannten und sprach im Brustton tiefster Überzeugung: »Allah hat seinen Mann auserwählt.«

Kaum hatte der Unterstaatssekretär ihn gebeten, sich deutlicher zu erklären, fuhr er erhaben fort: »Allah hat mich zu Ihnen mit einer neuen Botschaft gesandt.«

Damit fand seine Laufbahn im Ministerium ein Ende, wie denn auch jegliche Verbindung zu den Menschen, die ihn kannten und mit denen er lebte, zerstört worden war. Er verließ seine Familie, seine Brüder, seine Freunde und machte sich, wie man so sagt, in die Welt des Herrn auf. Außer der goldenen Brille war ihm nichts von all den Dingen der Vergangenheit geblieben. Von nun an wandelte er in einer neuen Welt, ohne einen Freund, ohne Geld und ohne ein Zuhause. So wie er lebte, bewies er aber auch, daß manche Menschen in dieser von bitteren Kämpfen erfüllten Welt ohne Wohnung, Geld und Freunde leben können und sich trotzdem nicht mit Sorgen, Not und Betrübnis herumschlagen müssen. An keinem Tag hungerte er, nie irrte er nackt herum. Er hatte einen Zustand von Ruhe, Zufriedenheit und Glückseligkeit erreicht, den er nie zuvor gekannt. Hatte er auch sein Zuhause verloren, so war für ihn nun die ganze Welt zum Heim geworden. Hatte er auch kein Gehalt mehr, so war eben das Bedürfnis nach Geld von ihm abgefallen. Hatte er keine Familie und Freunde mehr, so waren nun eben alle Menschen zu seiner Familie geworden. War der Djilbab zerrissen, so kam von irgendwoher ein neuer. War die Krawatte zerschlissen, so fand sich eine andere.

Nie hätte er sich dort niedergelassen, wo man ihn nicht willkommen hieß. Er konnte sich darauf verlassen, daß selbst Meister Kirscha trotz all seines Schwebens in anderen Sphären ihn vermißt hätte. Dabei war es nicht einmal so, daß er besonderer Sachen fähig war; zum Beispiel konnte er weder Wunder vollbringen noch Übersinnliches fühlen, noch in der Zukunft Verborgenes voraussagen. Entweder war er geistesabwesend und schweigsam, oder er plapperte beliebig drauflos, ohne zu wissen, ob es überhaupt zum Gespräch paßte. Geliebt und gesegnet, wie er war, verspürte jeder seine Anwesenheit als glückliches Zeichen und meinte, daß er einer von Gottes frommen Freunden wäre, dem die Eingebungen in zwei Sprachen kämen: in Arabisch und Englisch.

2

Sie musterte sich im Spiegel, ohne etwas zu finden, woran sie etwas auszusetzen hatte – anders gesagt, sie sah sich durchaus wohlgefällig und zufrieden an. Was sie da sah, war ein schmales, langes Gesicht, bei dem Schminke und Tusche an Wangen, Brauen, Lidern und Lippen geradezu Wunder bewirkt hatten. Während sie die Haare flocht, drehte sie sich nach links und nach rechts. »Hübsch, wirklich hübsch«, murmelte sie fast unhörbar. Nun war sie aber schon an die fünfzig, und natürlich läßt das Leben ein Gesicht während eines halben Jahrhunderts nicht unversehrt. Ihr Körper war schlank oder auch mager, wie die Frauen der Gasse sagten, und die Brust ein wenig flach, was aber vom Kleid einigermaßen verhüllt wurde.

Es war Frau Sanija Afifi, die Besitzerin des zweiten Hauses in der Gasse, in dem im ersten Stock Doktor Buschi wohnte. An diesem Tag hatte sie sich darauf vorbereitet, der Wohnung im zweiten Stock einen Besuch abzustatten, in der Umm Hamida lebte. Sie machte nicht gerade oft Besuche, und diese Wohnung betrat sie eigentlich immer nur am Ersten des Monats, um die Miete zu kassieren. Diesmal jedoch ließ eine innere Regung sie nicht zur Ruhe kommen, und das machte den Besuch unumgänglich. So verließ sie also die Wohnung, stieg die Treppen hinunter und flüsterte dabei hoffnungsvoll: »O Allah, laß meine Hoffnung in Erfüllung gehen.«

Mit schweißiger Hand klopfte sie an die Tür. Hamida öffnete, begrüßte sie mit höflichem Lächeln und führte sie in das gute Zimmer. Dann ging sie hinaus, um ihre Mutter zu rufen. Es war ein kleiner Raum, in dem zwei altmodische Sofas einander gegenüber standen. In der Mitte stand ein abgenutzter Tisch, darauf ein Aschenbecher. Der Boden war mit einer Matte ausgelegt. Frau Sanija mußte nicht lange warten, Umm Hamida hatte nur eilig den alten Hausdjilbab ausgezogen. Beide begrüßten sich freudig, tauschten Küße und setzten sich.

»Willkommen, herzlich willkommen«, sagte Umm Hamida. »Das ist ja, als wäre der Prophet selbst zu Besuch gekommen, liebe Frau Afifi.« Umm Hamida war in den Sechzigern, von mittlerer, korpulenter Statur und einer gesunden Lebendigkeit. Mit ihren Pockennarben und den leicht hervorquellenden Augen war sie nicht gerade schön. Außerdem war ihre Stimme laut und rauh, ihr Sprechen hörte sich wie Schreien an. Diese Stimme war ihre beste Waffe, wenn zwischen ihr und den Nachbarinnen ein Streit ausbrach. Der Besuch war ihr keineswegs angenehm, denn die Hausbesitzerin als Gast zu haben, das konnte schlimme Folgen haben und verhieß nichts Gutes. So hatte sie sich also entschlossen, sich auf alles einzustellen und abzuwarten. Kam Gutes, dann war es gut, kam Schlechtes, war es eben schlecht. Sie würde beidem gewachsen sein.

Umm Hamida betätigte sich als Brautwerberin und als Badewärterin und hatte mit der Zeit einen ziemlichen Scharfblick für Menschen entwickelt. Sie war aber auch geschwätzig, ja mehr als das, sie konnte ihre Zunge nicht zügeln. Kein Tratsch über einen Bewohner des Viertels, kein Klatsch über eine Familie entging ihrer Aufmerksamkeit. Sie war der plappernde Chronist aller – zumeist üblen – Nachrichten und das wandelnde Lexikon aller Missetaten.

Wie gewöhnlich fing sie also zu reden an, begrüßte

nochmals den Gast und überschüttete ihn mit Lob. Dann ging sie dazu über, ein paar Neuigkeiten aus der Gasse und den benachbarten Vierteln zu erzählen. Ob sie schon von dem neuen Skandal um Meister Kirscha gehört habe? Es wäre wieder so etwas Schlimmes wie schon vorher. Als seine Frau davon erfuhr, gab es einen üblen Streit, und sie zerriß ihm die Djubba. Tags zuvor hatte Husnija, die Bäckersfrau, ihren Mann Djada so verprügelt, daß ihm das Blut von der Stirn geflossen war. Und der fromme und gütige Herr Radwan al-Husaini hatte seine Frau schlimm beschimpft. Würde dieser nette Mann wohl so etwas tun, wenn sie nicht ein schlechtes und verdorbenes Weibsbild wäre? Doktor Buschi hatte sich beim letzten Angriff im Luftschutzkeller an ein kleines Mädchen herangemacht, weswegen ihn ein ehrbewußter Mann geschlagen hatte. Die Frau von al-Mawaardi, dem Holzhändler, war mit ihrem Diener durchgebrannt, ihr Vater sei vor Scham zu Boden gesunken. Die Bäckerei Kafrawi habe heimlich Brot aus reinem Mehl verkauft, und so weiter, und so weiter...

Frau Sanija Afifi hörte nur mit halbem Ohr zu, war sie doch viel zu sehr mit der Angelegenheit beschäftigt, wegen der sie gekommen war. Sie war fest entschlossen, koste es, was es wolle, auf das Problem zu sprechen zu kommen, das ihr schon so lange im Kopf herumging. Also mußte sie ihr irgendwie den Gesprächsfaden entreißen, damit sie überhaupt eine Gelegenheit zum Sprechen bekam. Das trat ein, als sich Umm Hamida nach ihrem Befinden erkundigte. Frau Afifi runzelte ein wenig die Stirn und sagte: »Die Wahrheit ist, Umm Hamida, daß ich ziemlich müde bin.«

Umm Hamida tat besorgt und hob bekümmert die Brauen. »Möge Allah Sie vor Bösem schützen!«

Frau Sanija wartete ab, bis Hamida, die gerade mit den Kaffeetassen kam, wieder hinausgegangen war. Erst dann sprach sie unwillig weiter. »Ja, müde, Umm Hamida. Ist es denn nicht auch anstrengend, die Mieten für die Läden zu bekommen? Stellen Sie sich doch nur vor, da steht eine Frau wie ich einem fremden Mann gegenüber und verlangt von ihm die Miete!«

Umm Hamidas Herz klopfte unruhig, als sie das Wort Miete hörte. Aber sie sagte nur mitleidig: »Das glaube ich, daß das schwer ist, liebe Frau Sanija. Möge Gott Ihnen beistehen!« Insgeheim fragte sie sich, warum die Frau immer wieder klagte. Das war schon öfter der Fall gewesen, sie hatte sie ja auch schon zwei- oder dreimal besucht, und zwar nicht am Monatsersten. Ihr kam ein Gedanke, der sie verblüffte. Vielleicht hatte das mit ihrer Tätigkeit zu tun, darin kannte sie sich aus und konnte einen unvergleichlichen Scharfsinn entwickeln. Sie beschloß, ihre Besucherin ein wenig auszuhorchen, und sagte bösartig heuchelnd: »Ja, liebe Frau Sanija, das gehört nun einmal zu den Unannehmlichkeiten des Alleinseins. Sie sind einsam. Zu Hause sind Sie allein, auf der Straße sind Sie allein, und im Bett sind Sie auch allein. Wenn Sie das nicht ändern...«

Frau Sanija freute sich, daß das Gespräch genau auf das Thema kam, auf das sie abzielte. Ohne sich etwas anmerken zu lassen, sagte sie: »Was kann ich tun? Alle meine Verwandten haben Familie. Und dann fühle ich mich auch nur bei mir zu Hause wohl. Ich muß dem Schicksal danken, daß es mich wenigstens ein bißchen wohlhabender gemacht hat als andere.«

Umm Hamida beobachtete sie listig. Nun konnte sie auf das Wesentliche kommen. »Allah sei tausendmal gedankt. Aber sagen Sie mir aufrichtig – warum sind Sie diese ganze lange Zeit allein geblieben?«

Wieder freute sich Frau Sanija, denn das Gespräch berührte nun den entscheidenden Punkt. Sie seufzte und sagte mit vorgetäuschtem Mißbehagen: »Mir hat gereicht, was ich an Bitterkeit in einer Ehe durchgemacht habe.« In ihrer Jugend war sie mit dem Besitzer eines Parfümladens verheiratet gewesen. Aber die Ehe hatte ihr wenig Glück gebracht. Der Mann hatte sie schlecht behandelt, ihr das Leben schwergemacht und ihr Geld ausgegeben. Vor zehn Jahren war er gestorben. Sie blieb allein, weil sie – wie sie sagte – das Eheleben haßte. Das war wirklich ehrlich gemeint und entsprang nicht etwa nur dem Ärger darüber, daß sie vom anderen Geschlecht vernachlässigt wurde. Nein, sie hatte die Ehe wirklich gehaßt und sich gefreut, als sie ihre Freiheit und ihren Frieden wiedererlangt hatte. Das war lange so geblieben, bis sich dieser starke Widerwille nach und nach doch verlor und sich allmählich das Gefühl einstellte, daß sie ihr Glück vielleicht noch einmal versuchen sollte, wenn es jemanden gäbe, der sich um ihre Hand bewarb. Ab und zu hatte sich ein Hoffnungsschimmer gezeigt, der aber, als sich nichts tat, wieder verlöscht war. Da wollte sie sich nicht länger falschen Hoffnungen hingeben und das Leben so genießen, wie es nun einmal war.

Aber der Mensch braucht nun einmal etwas, von dem er träumen kann, das seinem Leben einen Wert gibt, und wäre es auch nur ein fadenscheiniges Trugbild.

So fand auch sie schließlich etwas Passendes. Glücklicherweise gehörte sie ja nicht zu den armen Witwen, die plötzlich ohne alle Mittel dastehen. So konnte sie es sich also leisten, Kaffee zu trinken, Zigaretten zu rauchen und neue Geldscheine zu horten. Von jeher hatte sie einen gewissen Hang zum Geiz gehabt und war eine der ersten Kunden der Sparkasse. Ihre neue

Liebhaberei, Banknoten zu sammeln, entsprach also vollauf dieser Neigung, die nun noch stärker wurde. Aber da das für sie eine Lebenshilfe war, verlieh es ihr auch Kraft. Die schönen neuen Scheine pflegte sie in einem Elfenbeinkästchen aufzubewahren, das sie zuunterst im Kleiderschrank versteckt hielt. Die Scheine unterteilte sie in Bündel von Fünfern und Zehnern und freute sich, sie anzuschauen, immer wieder zu zählen, immer wieder ordentlich zu stapeln. Angst um das Geld hatte sie nicht, denn im Unterschied zu Münzen machten diese Scheine ja keinen Lärm. Tatsächlich ahnte keiner der pfiffigen Gauner in der Gasse, was sich da anhäufte, obwohl sie für so etwas durchaus ein feines Gespür hatten.

Frau Sanija fand also im Horten von Geld Trost, darüber hinaus aber auch eine Entschuldigung dafür, daß sie unverheiratet war. Jeder Ehemann, sagte sie sich, würde so wie ihr Verstorbener das Geld wieder an sich reißen und im Nu den sorglich gehüteten Schatz verschwenden. Aber dann hatte sich trotz alledem einmal der Gedanke eingestellt, vielleicht doch wieder zu heiraten. In dem Maße, wie diese Idee sich festigte, schwanden auch all ihre Ängste und Entschuldigungen. Ob gewollt oder nicht – eigentlich trug Umm Hamida an diesem Gesinnungswandel Schuld, hatte sie ihr doch oft genug erzählt, daß sie wieder einmal eine ältere Witwe verheiratet hatte. Das brachte sie darauf, daß das vielleicht auch für sie möglich wäre, und schon bald nahm dieser Gedanke sie ganz gefangen und drängte sich ihr immer mehr auf. Alles, was sie vorher übers Heiraten gedacht hatte, ihre ganze Abneigung, schien in Vergessenheit geraten zu sein angesichts der nun heißersehnten Hoffnung, dergegenüber sich aller Trost durch Kaffee, Zigaretten und Geld als nichtig erwies. Hatte sie nicht ihr ganzes

Leben vergeudet? Was hatte sie in den letzten zehn Jahren eigentlich dafür getan, um jetzt mit Fünfzig nicht allein und einsam zu sein? Welch ein Wahnsinn. Schuld daran war nur ihr verstorbener Mann, den sie vergessen sollte, lieber heute als morgen.

Die Brautwerberin Umm Hamida hörte sich die Klagerei aufmerksam und auch ein wenig belustigt an. ›Was, liebe Frau, sollen diese Tricks?‹ dachte sie verächtlich. Nicht ganz ohne Boshaftigkeit sagte sie: »Aber Frau Sanija, übertreiben Sie doch nicht. Auch wenn Ihr erster Versuch enttäuschend war, so muß man doch sehen, daß es auch viele glückliche Ehen gibt.«

Frau Sanija stellte die Kaffeetasse auf den Tisch und nickte dankend. »Aber ein kluger Mensch sollte sich nicht dem Schicksal in den Weg stellen, wenn es ihm nicht wohlgesinnt ist.«

»Was reden Sie denn da, Sie sind doch eine vernünftige Frau«, protestierte Umm Hamida. »Schluß mit dem Alleinsein, Sie waren es lange genug!«

Die Frau schlug sich auf die flache Brust und sagte betont empört: »Das wäre was! Wollen Sie, daß die Leute mich für verrückt halten?«

»Wer sollte denn so etwas denken? Es gibt viel ältere, die noch heiraten.«

Das »viel ältere« ärgerte Frau Sanija. »So alt, wie Sie denken, bin ich gar nicht. Gott vertreibe die Sorgen, die schuld sind.«

»Aber das meinte ich doch nicht, Frau Sanija. Ich bezweifle überhaupt nicht, daß Sie noch jung sind. Aber die Sorgen haben Sie sich selbst aufgeladen.«

Frau Sanija schien erleichtert, wollte aber unbedingt weiter den Eindruck erwecken, als versuche man sie ohne eigenes Zutun zur Ehe zu treiben. So zögerte sie noch ein wenig, ehe sie fragte: »Würde das nicht ein schlechtes Licht auf mich werfen, wenn ich nach so langem Alleinsein jetzt noch einmal heirate?«

›Und warum bist du dann hergekommen, liebe Frau?‹ dachte Umm Hamida. Laut aber sagte sie: »Wie sollte etwas, was Recht und Gesetz ist, Schande bringen? Sie sind eine kluge und ehrenwerte Frau, wie jedermann weiß. Heißt es nicht, daß die Ehe eine Hälfte der Religion ist? Allah hat sie als Gesetz erachtet, und der Prophet – Heil und Segen über Ihn – hat es uns so auch auferlegt.«

»Gott segne Ihn und gebe Ihm Frieden«, wiederholte Frau Sanija fromm.

»Warum also nicht? Bei Gott, unser arabischer Prophet liebt seine gottesfürchtigen Diener.«

Frau Sanijas Gesicht rötete sich unter dem Rouge noch mehr. Ihr Herz klopfte vor Freude. Sie holte zwei Zigaretten aus der Tasche. »Und wer würde mich wollen?«

Umm Hamida tippte sich mit dem Finger an die Stirn und sagte entrüstet: »Na, tausendundein Mann!«

Da lachte die Frau laut auf. »Einer reicht völlig!«

Im Brustton der Überzeugung sagte Umm Hamida: »Alle Männer wollen heiraten. Beklagen tun sich nur die, die schon verheiratet sind. Aber wie viele sind noch allein und sehnen sich nach der Ehe! Wenn ich zu einem nur sage, daß ich vielleicht eine Braut für ihn hätte, kommt Leben in seine Augen, und er fängt an zu strahlen. Gleich will er alles wissen, ob es auch stimme und wer sie sei. Der Mann will eben die Frau, selbst wenn er ein Krüppel ist. Da zeigt sich die Weisheit Allahs.«

Frau Sanija neigte glücklich den Kopf. »Seine Weisheit ist groß und erhaben.«

»So ist es, Frau Sanija, deshalb konnte er auch die Welt erschaffen. Nun hätte er sie ja auch nur mit Männern oder nur mit Frauen füllen können. Aber nein, er hat das männliche und das weibliche Geschlecht erschaffen und uns mit Verstand versehen, damit wir seine Absicht erkennen. Um die Ehe kommt man also nicht herum.«

Sanft lächelnd sagte Frau Afifi: »Ihre Worte sind so süß wie Zucker, liebe Umm Hamida.«

»Allah möge Ihnen das Leben versüßen und Ihr Herz mit einer angenehmen Ehe erfreuen!«

Die Frau wurde mutiger. »So Gott will, und dank Ihrer Güte wird es so sein.«

»Ich habe, dem Herrn sei's gedankt, eine glückliche Hand. Die Ehen, die ich vermittelt habe, laufen alle gut. Wie viele von ihnen haben sich ein schönes Heim eingerichtet, haben Kinder in die Welt gesetzt und sind des Glückes voll. Vertrauen Sie auf Allah und auf mich.«

»Ja, Ihre Arbeit ist nicht mit Geld aufzuwiegen.«

›So nun auch wieder nicht, liebe Frau‹, dachte Umm Hamida bei sich. ›Das kostet schon etwas, und zwar eine ganze Menge! Also auf zur Sparkasse und Schluß mit der Knauserei!‹ Sie fand es an der Zeit, einen sachlicheren Ton anzuschlagen. Wie die Männer, die genau wußten, wann bei Geschäften genug der Vorreden gewechselt waren, kam auch sie nun zum eigentlichen Thema. »Ich denke, daß Sie vielleicht einen Mann im vorgerückten Alter bevorzugen würden?«

Die andere wußte nicht, was sie antworten sollte. Einen jungen Mann wollte sie natürlich nicht, das wäre sicher nicht das richtige für sie. Aber von der Bezeichnung »vorgerücktes Alter« war sie auch nicht begeistert. Der bisherige Verlauf des Gesprächs hatte sie ein wenig aufgelockert, so daß sie jetzt mit einem Lachen ihre Verwirrung überspielen konnte. »Wenn ich aber nun faste und nur noch eine Zwiebel zum Frühstück esse?« Umm Hamidas dröhnendes Lachen hinterließ einen Mißklang. Sie war nun noch mehr davon überzeugt, daß das ein lohnendes Geschäft sein würde. Boshaft meinte sie: »Glauben Sie, liebe Frau, ich habe tatsächlich auch die Erfahrung gemacht, daß die Ehen die glücklichsten sind, bei denen die Frau älter ist als der Mann. Deshalb wäre vielleicht wirklich ein Mann in den Dreißigern oder etwas darüber am besten für Sie geeignet.«

Besorgt fragte Frau Sanija: »Aber wäre so ein Mann auch einverstanden?«

»Aber sicher. Sie sehen doch gut aus und sind reich.«

»Vielen Dank, mögen Sie vor jedem Unheil bewahrt bleiben!«

Umm Hamidas pockennarbiges Gesicht wurde ernst und bedeutungsvoll. »Ich werde ihm sagen: eine Dame mittleren Alters ohne Kind und ohne Schwiegermutter, wohlerzogen und reif, Besitzerin von zwei Läden in Hamzawi und einem zweistöckigen Haus in der Midaq-Gasse.«

Frau Sanija lächelte und berichtigte: »Einem dreistöckigen Haus sogar.«

Aber Umm Hamida wehrte ab: »Nein, es hat nur zwei, denn für das dritte Stockwerk, das ich bewohne, werden Sie, solange ich lebe, keine Miete mehr nehmen.«

»Darauf haben Sie mein Wort«, kam es freudig als Antwort.

»Das höre ich gern. Möge unser Herr alles zum Besten wenden«, meinte Umm Hamida trocken.

Umm Hamida stieß zwar ein Lachen aus, das auch ihre Verwunderung bezeugen sollte, dachte aber insgeheim, daß Frau Sanija sich schämen sollte, zu meinen, sie sei auf ihre Tricks hereingefallen. »Aber, meine Liebe, ist das nicht der Wille unseres Herrn? Geschieht nicht alles so, wie er es will?«

Da nun alles besprochen war, verabschiedete sich Frau Sanija und kehrte froh in ihre Wohnung zurück, fragte sich aber zugleich: Wie kann man nur so habgierig sein, sich ein Leben lang die Wohnungsmiete schenken zu lassen!

3

Kurz nachdem Frau Sanija gegangen war, kam Hamida ins Zimmer, die gerade dabei war, ihr schwarzes Haar zu kämmen, das nach Petroleum roch. Umm Hamida schaute auf die glänzenden, weich fallenden Locken, die bis zu den Kniekehlen des Mädchens reichten. »Was für ein Jammer«, klagte sie. »Wie kannst du bloß zulassen, daß sich die Läuse in diesem schönen Haar einnisten!«

Die dunklen, mit schwarzer Schminke umrandeten und dicht bewimperten Augen blitzten auf und blickten scharf und abweisend.

»Läuse?« fragte das Mädchen. »Beim Propheten, im Kamm waren höchstens zwei.«

»Und daß ich neulich, vor zwei Wochen, zwanzig Läuse zerquetscht habe, hast du wohl vergessen?«

Das Mädchen blieb ungerührt. »Da hatte ich mir auch zwei Monate lang nicht die Haare gewaschen.« Sie setzte sich neben die Mutter und kämmte kräftig weiter. Sie war um die Zwanzig, schlank, nicht zu groß und nicht zu klein und hatte eine bronzefarbene Haut. Ihr Gesicht war schmal, ihr Teint rein. Das Auffallendste daran waren die großen schwarzen Augen, von denen ein bezaubernder Glanz ausging. Sie hatte zarte, feingeschwungene Lippen, aber wenn sie sie zusammenpreßte und zornig mit den Augen blitzte, strahlte sie eine Härte und Strenge aus, die unweiblich wirkte. So war denn auch ihr Zorn bei allen Menschen ihrer Umgebung gefürchtet. Selbst die Mutter, die für ihre Härte und ihren Mut bekannt war, ging ihr dann geflissentlich aus dem Wege. Eines Tages, als sie sich stritten, hatte sie zu ihr gesagt: »Dir wird der Herr nie zu einem Mann verhelfen. Wer hat schon Lust, sich glühende Kohlen auf die Brust zu legen?« Ein andermal wiederum meinte sie, es müsse sich zweifellos um Wahnsinn handeln, was da ihre Tochter überfiel, wenn sie in Rage geriet. Sie nannte sie deshalb auch Chamsin, wie der heiße Wüstenwind genannt wird.

Trotz allem liebte sie sie sehr, auch wenn sie nur die Adoptivmutter war. Die richtige Mutter hatte früher mit ihr zusammen in einer Imbißstube gearbeitet. Wenn es ihr besonders schlecht gegangen war, hatte Umm Hamida sie auch in ihre Wohnung aufgenommen. Dort war sie auch gestorben und hatte ihr das Baby hinterlassen. Umm Hamida hatte es adoptiert und der Frau von Meister Kirscha anvertraut, die es zusammen mit ihrem eigenen Sohn Husain gestillt hatte. Hamida war also dessen Milchschwester.

Hamida kämmte sich noch immer und wartete darauf, daß ihre Mutter wie immer etwas über den Besuch und die Besucherin zum besten gab. Als ihr das Schweigen zu lange dauerte, fragte sie: »Das war ein ganz schön langer Besuch. Worüber habt ihr denn gesprochen?«

Ihre Mutter lachte spöttisch. »Kannst ja mal raten!«

Das Mädchen wurde neugieriger. »Hat sie mehr Miete verlangt?«

»Wenn sie das getan hätte, dann hätten sie die Männer von der Ersten Hilfe heraustragen müssen. Nein, im Gegenteil, sie will weniger.«

»Bist du verrückt?«

»Bin ich. Aber nun rate doch mal!«

Die Mutter hob die Brauen, zwinkerte und sagte: »Deine Freundin will heiraten.«

Hamida war verblüfft. »Heiraten?«

»Gewiß. Und zwar einen möglichst jungen Mann. Ein Jammer, daß so ein junges Mädchen wie du das Glück mit Füßen tritt und keinen findet, der um sie anhält.«

Hamida, nun mit dem Flechten beschäftigt, bedachte die Mutter mit einem schiefen Blick und sagte: »Ich finde sogar eine ganze Menge – du bist bloß eine miese Brautwerberin und willst das nicht zugeben. Was sollte jemand an mir schon auszusetzen haben? Also kann es nur an dir liegen. Wie gesagt, du hast eben keinen Erfolg. Für dich trifft genau das Sprichwort zu: Türen von Tischlern sind immer morsch.«

Umm Hamida lächelte. »Wenn selbst eine Sanija Afifi noch verheiratet werden kann, braucht keine Frau die Hoffnung aufzugeben.«

Das Mädchen sah sie wütend an. »Ich renne dem Heiraten nicht hinterher, eher ist es umgekehrt. Ich werde noch oft ablehnen.«

»Natürlich! Bist ja auch eine Prinzessin!«

Das Mädchen überhörte den Spott und entgegnete scharf: »Gibt es auch nur einen einzigen in der Gasse, der ernsthaft in Betracht kommt?«

Die Mutter hatte durchaus nicht die Sorge, daß sie das Mädchen nicht an den Mann bringen konnte, so schön, wie es war, doch ihr mißfiel, wie eitel und eingebildet ihre Tochter war. Verärgert sagte sie: »Schimpfe nicht auf die Gasse, die Leute hier sind die besten der Welt.«

»Für dich vielleicht. Das sind doch alles nur Nullen. Abgesehen von einem einzigen, in dem noch Leben steckt. Aber den habt ihr ja zu meinem Bruder gemacht.«

Die Mutter war empört. »Wie kannst du bloß so reden? Wir haben ihn überhaupt nicht zu deinem Bruder gemacht. Keiner von uns kann Brüder oder Schwestern ›machen‹. Er ist lediglich dein Milchbruder, so wie der Herr es wollte.«

Hamida war wie vom bösen Geist besessen und begann zu spotten: »Dann hing er wohl an einer und ich an der anderen Brust?«

Umm Hamida versetzte ihr einen Schlag in den Rücken und schrie: »Gemeines Weibsbild!«

Die Antwort war nur ein verächtliches: »Blöde Gasse.«

»Du willst wohl einen hohen Beamten haben!«

»Wieso, ist ein Beamter ein Gott?« fragte sie scharf zurück.

»Wenn du bloß nicht so eingebildet wärst!«

Sie äffte sie nach: »Wenn du bloß einmal im Leben ein wenig gerecht sein könntest!«

»Essen, trinken und undankbar sein, das kannst du. Weißt du noch, was du wegen eines einfachen Djilbabs für einen Zank angefangen hast?«

»Ist denn ein Djilbab so eine Kleinigkeit?« fragte Hamida zurück. »Was hat die Welt außer neuen Sachen schon zu bieten? Siehst du denn nicht ein, daß ein Mädchen ohne hübsche Kleider lebendig begraben ist?« Sie holte tief Luft und fuhr fort: »Du solltest die Mädchen von der Fabrik sehen! Oder die Jüdinnen, die arbeiten gehen. Sie alle haben etwas Schönes zum Anziehen. Was hat das Leben denn für einen Sinn, wenn man nicht einmal das anziehen kann, was man gerne möchte!«

»Dein andauerndes Interesse für das, was die Fabrikmädchen und die Jüdinnen tun, scheint dir den Verstand genommen zu haben. Hör doch endlich mal damit auf!«

Hamida, die mit dem Flechten fertig geworden war, schien nicht mehr zuzuhören. Sie holte einen kleinen Spiegel aus einer Tasche und stellte ihn auf die Sofalehne. Sie hockte davor nieder, musterte sich und sprach bewundernd zu sich selbst: »Ach, Hamida, was für ein Jammer. Warum lebst du bloß in dieser Gasse? Und warum ist diese Frau deine Mutter, wo sie doch nicht einmal zwischen Staub und Gold unterscheiden kann?« Langsam trat sie zum Fenster, das zur Gasse lag, und zog die Flügel bis auf einen kleinen Spalt zu. Dann stützte sie sich auf das Fensterbrett und blickte hinunter.

Mal dahin und mal dorthin schauend, führte sie spöttisch ein scheinbares Selbstgespräch. »Sei gegrüßt, Straße des reinsten Glücks und höchster Wonne! Lange mögen deine prächtigen Bewohner leben! Was gibt es denn so zu sehen? Ha, da haben wir Husmija, die Bäckersfrau. Hockt auf der Schwelle des Backofens wie ein Sack und läßt das eine Auge nicht von den Broten und das andere nicht von ihrem Mann Djada. Und der arbeitet nur, weil er wieder Angst hat, sie könnte ihn mit Fußtritten und Hieben traktieren. Und da ist ja auch Meister Kirscha vom Kaffeehaus. Der Kopf hängt ihm herunter, als ob er schliefe, was aber durchaus nicht der Fall ist. Onkel Kamil schläft wirklich, und da keiner aufpaßt, hocken die Fliegen auf der Bonbonschüssel. Ach, wen haben wir denn da? Abbas al-Hilu, der heimlich und voller Hingabe heraufschaut. Wahrscheinlich denkt er jetzt, daß sein sehnsüchtiger Blick mich zur Sklavin seiner Liebe macht, so daß ich mich ihm zu Füßen werfe. Na, dann sieh mal zu, daß du mich bekommst. Hallo, Herr Salim Alwan, Chef der Handelsfirma! Erst schaut er hinauf, dann guckt er schnell weg, und dann schaut er wieder hinauf. Beim erstenmal war es vielleicht reiner Zufall, aber beim zweitenmal? O Gott, nun schon zum drittenmal. Was willst du eigentlich, du alter Kerl, halbtot, wie du bist? Immer der gleiche Zufall, jeden Tag zur selben Stunde? Wenn du wenigstens nicht schon verheiratet und Vater wärst, dann würde ich deine Blicke ja noch erwidern und dich herzlich willkommen heißen. Aber so? Das war es also, das ist die Gasse. Warum sollte Hamida da nicht ihre Haare verdrecken lassen und Läuse kriegen? Halt, da kommt noch Scheich Darwisch und macht einen höllischen Lärm mit den Holzpantoffeln auf dem Pflaster...«

An dieser Stelle fiel ihr die Mutter ins Wort. »Wäre Scheich Darwisch vielleicht nicht ein passender Gatte für dich?« fragte sie spöttisch.

Hamida drehte sich nicht um, sondern wackelte nur mit ihrem kleinen Hintern. »Was für ein toller Mann muß das sein«, sagte sie, »wo er doch sagt, daß er hunderttausend Pfund aus Liebe zu unserer Herrin Zainab ausgegeben hätte. Ob er da wenigstens zehntausend für mich erübrigen könnte?« Jäh richtete sie sich auf und trat zurück, als wäre es ihr zu langweilig geworden. Als sie wieder in den Spiegel schaute, seufzte sie und sagte: »Schade um dich, Hamida!«

4

Früh am Morgen ist die Gasse feucht und kalt. Hierhin dringt die Sonne erst, wenn sie ganz hoch am Himmel steht. Aber trotzdem regt sich schon in allen Winkeln das Leben. Sanqar, der Kaffeehausgehilfe, macht den Anfang. Er ordnet die Sitzpolster und facht das Kohlebecken an. Nicht lange, und die Arbeiter der Firma kommen, einzeln oder in Grüppchen. Dann taucht auch schon Djada mit dem Teigbrett auf. Selbst Onkel Kamil tut zu dieser Zeit etwas: Er öffnet den Laden und frühstückt, anstatt zu schlafen. Er und Abbas al-Hilu hatten sich angewöhnt, gemeinsam zu frühstücken. Sie stellten ein Tablett zwischen sich, auf dem mehrere Teller mit gekochten Bohnen, grünen Zwiebeln und Essiggurken standen. Sie aßen auf unterschiedliche Art. Al-Hilu war flink und verschlang einen Fladen Brot binnen Minuten. Onkel Kamil hingegen war langsam und kaute mit Bedacht jeden Bissen, bis er sich fast im Mund auflöste. Er meinte immer, das Essen wäre nur dann zu etwas gut, wenn man es schon im Munde verdaue. Wenn also al-Hilu schon gegessen, Tee getrunken und die Wasserpfeife geraucht hatte, kaute der andere noch auf seinen Zwiebeln herum. Damit aber nun al-Hilu nicht mehr nahm, als ihm zustand, zog Onkel Kamil eine Linie und paßte auf, daß er nicht die Grenze überschritt.

So dick Onkel Kamil auch war, ein gieriger Esser war er nicht. Nur von Süßigkeiten, die er hervorragend zuzubereiten verstand, war er begeistert. Seine ganze Kunstfertigkeit schöpfte er aber nur dann aus, wenn Herr Alwan, Radwan al-Husaini oder Meister

Kirscha etwas bestellt hatten. Sein Ruhm hatte sich weithin verbreitet, und so war er über die Midaq-Gasse hinaus auch in den Vierteln Sanadiqija, Rurija und Sara bekannt. Trotzdem reichten seine Einnahmen nur für ein bescheidenes Leben, und so hatte er keineswegs gelogen, als er Abbas al-Hilu sein Leid geklagt und gemeint hatte, daß man nach seinem Tode nicht einmal das finden würde, was man für die Beerdigung brauchte.

An diesem Morgen kam er gleich nach dem Frühstück darauf zu sprechen. »Du hast doch gesagt, du hättest für mich ein gutes Leichentuch gekauft. Das ist wirklich etwas, wofür ich dir nur danken kann. Aber wie wär's, wenn du's mir jetzt schon gibst?«

Abbas al-Hilu war überrascht, denn die Sache mit dem Leichentuch hatte er genauso schnell vergessen wie alle anderen Lügen. »Was willst du damit?«

Onkel Kamil antwortete: »Ich könnte es doch zu Geld machen. Hast du nicht gehört, daß der Preis für Stoffe gestiegen ist?«

Abbas lachte. »Du bist wirklich ein pfiffiger Kerl, obwohl du immer so naiv tust. Gestern hast du noch gejammert, du hättest nichts für deine Beerdigung, und nun, wo du weißt, daß ich dir ein Leichentuch gekauft habe, willst du's zu Geld machen. Aber diesmal klappt es nicht so, wie du willst. Ich habe das Tuch gekauft, um damit – nach einem langen Leben, versteht sich – deinen Leichnam zu ehren.«

Der andere lächelte verlegen. »Aber nimm mal an, daß ich lange lebe und daß alles wieder so wird wie vor dem Krieg. Dann bekommen wir doch nicht mehr so einen guten Preis für das Tuch.«

»Und gesetzt den Fall, du stirbst morgen?«

»Das verhüte Allah!«

Abbas lachte laut los. »Du versuchst vergeblich,

mich herumzukriegen. Das Tuch bleibt sicher und gut bewahrt, bis Allah die Sache entscheidet.« Er lachte immer noch und steckte Onkel Kamil damit an. Nach einer Weile sagte er scherzhaft: »Was bist du bloß für ein nutzloser Mann. Habe ich jemals im Leben auch nur einen Millim von dir gesehen? Nein! Dein Gesicht ist ohne jedes Haar, dein Kopf kahl. Nichts bringt deinen Körper dazu, auch nur ein einziges Haar sprießen zu lassen, damit ich etwas zu tun bekäme. Möge der Herr barmherzig zu dir sein.«

»Ein sauberer, reiner Körper erspart die Mühe, ihn zu waschen», meinte Onkel Kamil lächelnd.

Lautes Geheul unterbrach ihr Gespräch. Sie schauten die Gasse hinunter und sahen, wie die Bäckersfrau Husmija ihren Mann Djada mit dem Pantoffel bearbeitete. Er wich vor ihr zurück, unfähig, sich zu wehren. Dabei schrie er so laut, daß es wohl bis in den Himmel hinein zu hören war. Die beiden Männer lachten, und Abbas al-Hilu rief der Frau zu: »Hab doch Erbarmen mit ihm, Meisterin!« Aber die Frau machte so lange weiter, bis Djada sich ihr weinend und flehend zu Füßen warf. Abbas lachte noch immer, als er zu Onkel Kamil sagte: »Für dich wären diese Pantoffeln gut, da würde dein Fett verschwinden.«

In diesem Moment trat Husain Kirscha in guter Kleidung aus dem Haus. Stolz blickte er auf seine elegante Armbanduhr. Er grüßte zu Abbas, seinem Freund, hinüber, betrat den Frisiersalon und setzte sich dort in den Sessel. Es war sein freier Tag, und er wollte sich das Haar schneiden lassen.

Die beiden jungen Männer waren zusammen in der Midaq-Gasse groß geworden und befreundet. Ja, sie waren sogar im selben Haus geboren worden, in dem von Radwan al-Husaini. Allerdings hatte Abbas al-Hilu das Licht dieser Welt drei Jahre vor seinem

Freund erblickt. Er hatte bis zu seinem fünfzehnten Lebensjahr bei seinen Eltern gelebt und war dann, nachdem er Onkel Kamil kennengelernt hatte, zu ihm gezogen. Aber da er mit Husain zusammen aufgewachsen war, blieben sie weiter eng befreundet, selbst als die Arbeit sie dann auseinanderbrachte. Abbas war Gehilfe bei einem Friseur in as-Sikka al-Djadida geworden, Husain hatte eine Stelle in einem Fahrradladen in Djamalija bekommen. Von Anfang an waren sie sehr verschieden gewesen, aber vielleicht war es gerade das, was sie zusammenhalten ließ. Abbas al-Hilu war schon damals sanft und gutherzig gewesen. Er war immer der, der nachzugeben bereit war. Das höchste Glück für ihn bedeutete ein friedliches Spielchen, eine Wasserpfeife im Kaffeehaus oder das Kartenspiel. Er hatte eine Abneigung gegen Lärm und Streit und wußte sich davor mit einem freundlichen Lächeln und einem »Der Herr möge dir verzeihen« zu schützen. Gewissenhaft hielt er das Fasten und das Beten ein und hatte noch nie ein Freitagsgebet in der Husain-Moschee versäumt. Allerdings war er in letzter Zeit etwas nachlässiger in einigen religiösen Pflichten geworden, nicht etwa weil er sie nicht für so wichtig gehalten hätte, sondern weil er zur Faulheit neigte. Das Freitagsgebet aber und das Fasten hielt er noch immer genau ein. Nicht selten fing deshalb sein Freund Husain Streit an, aber je mehr der sich aufregte, desto ruhiger wurde al-Hilu. Auf diese Weise war es nie zu einer handgreiflichen Auseinandersetzung gekommen. So sah man ihn nur zufrieden und heiteren Gemüts, und selbst als er zehn Jahre als Gehilfe arbeiten mußte, störte ihn das keineswegs. Den kleinen Laden hatte er erst vor fünf Jahren eröffnet. Von da an fand er, daß er das Höchste erreicht hatte, wonach er sich gesehnt hatte. Die Ruhe in seinen

Augen, die gesunde Beleibtheit seines Körpers und die immerwährende Ausgeglichenheit seines Wesens sprachen für die tiefe Zufriedenheit, die ihn erfüllte.

Husain Kirscha dagegen gehörte zu den gewieften Burschen der Gasse. Er war bekannt für seine Unternehmungslust, sein Geschick und seine Waghalsigkeit. Er konnte sogar ziemlich rücksichtslos sein, wenn dazu Anlaß bestand. Zuerst hatte er im Kaffeehaus des Vaters gearbeitet, aber da sie sich nicht verstanden, war er weggegangen und hatte im Fahrradladen angefangen. Bei Kriegsausbruch war er in den Dienst der britischen Armee getreten. Dort hatte er dreißig Qirsch am Tag erhalten, im Unterschied zu den drei Qirsch vorher. Ohne daß er also unbedingt die Weisheit befolgte, die er so gern zitierte und die da lautete: »Das täglich Brot braucht eine flinke Hand«, hatte sich sein Leben verbessert, und seine Taschen waren gefüllt. Begeistert genoß er den neuen Wohlstand. Er kaufte sich gern neue Kleidung, ging in Restaurants und aß mit Vorliebe Fleisch, weil das – wie er meinte – genau das war, was die Reichen aßen. Er ging ins Kino und in Nachtclubs, trank Wein und genoß die Frauen. Manchmal überkam ihn der Drang, großzügig zu sein. Dann empfing er seine Freunde auf dem Dach seines Hauses und bewirtete sie mit Essen, Wein und Haschisch. Einmal hatte er bei einer solchen Gelegenheit zu ihnen gesagt: »Wenn in England einer so wie ich das Leben genießt, dann nennt man ihn *large*«. Und da es nicht an Neidern fehlte, wurde daraus bald ›Husain Kirscha, der *large*‹, was später dann zu ›Husain Kirscha, Garage‹ verballhornt wurde.

Abbas al-Hilu griff nach der Haarschneidemaschine und begann sich hingebungsvoll und wichtig mit dem Kopf seines Freundes zu beschäftigen, wobei er sich aber nur an die Ränder und Ecken herantraute und nicht an den wirren, störrischen Haarschopf selbst. Wie immer in letzter Zeit stimmte ihn das Wiedersehen mit seinem alten Freund ein wenig traurig. Natürlich waren sie noch befreundet, aber das Leben hatte sich verändert. Husain lud ihn nun nicht mehr wie früher dazu ein, abends ins Kaffeehaus zu kommen. Sie sahen sich nur noch selten. Dachte Abbas an die Kluft, die sie trennte, dann fühlte er, wie ihn Neid beschlich. Aber auch darin war er ruhig und vernünftig. Nie hätte er sich deshalb in etwas Ärgerliches verstrickt oder über seinen Freund etwas Schlechtes gesagt. Er machte eigentlich den Eindruck, als würde er sich regelrecht für seinen Freund freuen. Manchmal tröstete er sich selbst mit dem Gedanken, daß der Krieg eines Tages zu Ende sein würde und Husain so arm heimkäme, wie er aus der Gasse ausgezogen war.

Wie immer begann Husain Kirscha über alles mögliche zu plaudern – über das Leben im Lager, über die Arbeiter, die Besoldung, über Diebstähle, über lustige Vorfälle mit den Briten und darüber, mit wieviel Bewunderung und Sympathie ihm die Soldaten entgegentraten. »Einmal«, so erzählte er, »hat Korporal Julian gesagt, daß ich mich von den Engländern nur durch die Hautfarbe unterscheide. Er hat mir auch geraten, sparsam zu sein. Aber der Arm« – und hier machte er eine weit ausholende Bewegung –, »der im Krieg verdient, schafft es ebenso, im Frieden Geld zu machen. Wann, denkst du, wird der Krieg zu Ende sein? Laß dich nicht von der Niederlage der Italiener täuschen, auf die kann man sich im Krieg sowieso nie verlassen. Hitler wird noch zwanzig Jahre weiterkämpfen. Korporal Julian bewundert übrigens sehr meinen Mut und vertraut mir blindlings. Deshalb läßt er mir auch freie Hand bei seinen umfangreichen Geschäften mit Tabak und Zigaretten, Gabeln und Messern, Bettdecken, Socken und Schuhen. Das ist toll, nicht wahr?«

Nachdenklich murmelte Abbas: »Ja, wirklich.«

Husain musterte sich prüfend im Spiegel. »Weißt du, wo ich jetzt hingehe? In den Zoo. Und weißt du, mit wem? Mit einem Mädchen, das wie Honig und Milch ist.« Er deutete einen Kuß an. »Ich werde mit ihr zu den Affen gehen.« Er lachte laut. »Ich wette, daß du dich jetzt fragst: Wieso zu den Affen? Das ist für einen wie dich, der immer nur dressierte Affen gesehen hat, ganz normal. Du mußt aber wissen, du Esel, daß die Affen im Zoo in Gruppen zusammenleben, und zwar ganz ähnlich wie die Menschen. Du kannst ihnen zugucken, wie sie sich lieben oder wie sie kämpfen, ganz offen, vor allen Leuten. Wenn ich das Mädchen da hinkriege, stehen mir alle Türen offen.«

Al-Hilu, vertieft in die Arbeit, murmelte: »Toll!«

»Frauen sind eine Wissenschaft für sich, die beherrscht man nicht, wenn man nicht mehr zu bieten hat als einen ordentlichen Haarschnitt.«

Al-Hilu lachte und schaute sich im Spiegel an. »Da bin ich ja ein armer Kerl«, sagte er mit geknickter Stimme.

»Und was ist mit Hamida?« fragte Husain.

Das Herz von Abbas begann heftig zu pochen, hatte er doch nicht erwartet, den geliebten Namen zu hören. In Gedanken stellte er sich ihr Bild vor und wurde rot dabei. Als hätte er nicht verstanden, flüsterte er: »Hamida?«

»Na ja, Hamida, die Tochter von Umm Hamida.«

Der Friseur flüchtete sich in Schweigen, aber man sah ihm an, daß er verwirrt war. Der andere stieß noch einmal nach: »Was bist du bloß für ein Schlappschwanz! Du schläfst, dein Laden schläft, dein ganzes

Leben ist ein einziger Schlaf! Man würde sich ja selbst völlig fertigmachen, wenn man versuchte, dich aufzuwecken, du wandelnder Leichnam! Meinst du denn, daß du etwas erreichst, wenn du so weiterlebst? Niemals! Du wirst nie – wie sehr du dich auch mühst – mehr verdienen als das bißchen Brot.«

Abbas war nachdenklich geworden. Seine Stimme verriet, daß er ein wenig gekränkt war. »Alles kommt so, wie Allah es bestimmt.«

»Onkel Kamil, das Kaffeehaus Kirscha, die Wasserpfeife und das Kartenspiel«, erwiderte Husain spöttisch.

»Warum machst du dich über so ein Leben lustig?«

»Ist das überhaupt ein Leben? In dieser Gasse sind doch schon alle tot. Wenn du hierbleibst, mußt du nicht einmal mehr begraben werden. Allah möge sich deiner erbarmen.«

Abbas zögerte, das zu fragen, was er wollte. Er schien sich vor der Antwort zu fürchten, die er im voraus ahnte. »Was soll ich deiner Meinung nach denn machen?«

»Wie oft habe ich dir das schon gesagt«, schrie Husain. »...zigmal habe ich dir schon gut zugeredet! Laß dieses armselige Leben, mach den Laden zu und hau ab! Hör auf, dir ständig diesen Leichnam Kamil anzusehen! Du mußt zur englischen Armee, das ist ein unerschöpflicher Schatz, so wie der von Hasan al-Basari. Dieser Krieg ist gar kein Unglück, wie manche Idioten meinen. Er ist das höchste Glück! Allah hat ihn uns geschickt, um uns aus Elend und Armut herauszuholen. Je mehr Luftangriffe, um so besser, solange sie uns so mit Gold überschütten! Habe ich dir nicht immer wieder geraten, zur Armee zu gehen? Und jetzt sage ich es dir noch mal: Es ist eine einzigartige Gelegenheit. Na klar, Italien ist zusammengebrochen, aber

Deutschland ist geblieben, und Japan ist auch noch da. Der Krieg wird also noch zwanzig Jahre dauern. Ich sage es dir zum letztenmal: Es gibt in Tall al-Kabir noch eine Menge freier Stellen. Also mach dich auf den Weg!«

Die Phantasie von Al-Hilu begann zu arbeiten. Er war so aufgeregt, daß er kaum ordentlich weiterarbeiten konnte. Der Grund dafür waren nicht einmal die Worte, die er gerade gehört hatte, sondern Husains ständiges Bohren und Drängen. Nur leider war er von Natur aus genügsam und jeder Veränderung abgeneigt. Er hatte Angst vor allem Neuen und haßte Reisen. Von sich aus hätte er sich nie nach etwas anderem umgesehen. Auch wenn er das ganze Leben hätte in der Gasse verbringen müssen, wäre er ihrer nie überdrüssig geworden. Es würde ihm dort immer gefallen, er liebte die Gasse. Aber bei aller Trägheit war doch ein Verlangen in ihm, das untrennbar mit Hamidas Bild verbunden war. Vielleicht war es sogar in Wirklichkeit dieses Mädchen, das ihn zwang, endlich aufzuwachen. Aber noch fürchtete er sich, das einzugestehen. Es war, als wollte er sich noch mehr Zeit nehmen, nachzudenken und zu überlegen. Als wären Husains Worte eine Zumutung, sagte er: »Wegfahren ist idiotisch.«

Husain stampfte auf und schrie: »Du bist sechzigmal idiotischer! Weggehen ist auf jeden Fall besser als die Midaq-Gasse und besser als Onkel Kamil. Fahr los und vertraue auf Allah, den Herrn. Du bist ja noch gar nicht geboren! Was hast du bisher schon gegessen, was getrunken, was angezogen, was gesehen? Glaub mir, du bist noch gar nicht auf der Welt!«

»Der Jammer ist, daß ich nicht reich auf die Welt gekommen bin«, sagte Abbas bekümmert.

»Der Jammer ist, daß du nicht als Mädchen auf die

Welt gekommen bist. Wärst du als Mädchen geboren, dann wärst du eine von diesen alten Susen. Das ganze Leben lang würdest du zu Hause sitzen und nur für das Haus leben. Kein Kino, kein Zoo, nicht mal die Muski-Straße, wo Hamida nachmittags immer hingeht.«

Der Name verwirrte ihn. Es schmerzte, daß sein Freund verächtlich und spöttisch mit ihm sprach, so als ginge es um etwas völlig Belangloses und nicht um etwas, was ihn im tiefsten Innern aufwühlte. Er wollte Hamida verteidigen. »Deine Schwester ist ein grundanständiges Mädchen. Daran ändert auch nichts, daß sie allein in der Muski-Straße spazierengeht.«

»Na sicher. Bloß ist sie eine, die etwas will, und du wirst sie nicht kriegen, wenn sich bei dir selbst nicht etwas ändert!«

Abbas al-Hilus Herz klopfte wie wild, sein Gesicht glühte. Er war mit dem Haarschneiden fertig und kämmte nun, ohne etwas zu sagen. Der Kopf schwirrte ihm vor Aufregung, Unruhe und sehnsuchtsvollen Gedanken. Husain Kirscha stand auf und bezahlte. Bevor er den Laden verließ, stellte er fest, daß er kein Taschentuch hatte, und lief noch einmal nach Hause.

Abbas blickte ihm nach. Wie heiter und unternehmungslustig war er doch. Es schien, als fielen ihm solche Eigenschaften zum erstenmal an jemandem auf. »Du wirst sie nicht kriegen, wenn sich bei dir selbst nicht etwas ändert.« Husain hatte sicher recht. Er lebte ziemlich bescheiden und immer von der Hand in den Mund. Wenn er in diesen schweren Zeiten etwas schaffen wollte, dann müßte er neu anfangen. Wie lange noch wollte er sich damit begnügen, zu träumen und zu hoffen und untätig herumzusitzen? »Ein Mädchen, das etwas will«, hatte Husain gesagt. Wenn er nicht so recht wußte, wie er den neuen Anfang bewerkstelligen sollte, konnte ihm vielleicht Husain einen Rat geben.

Er, Abbas, hatte sich eigentlich daran gewöhnt, nur von ihr zu träumen. Aber wenn sie wirklich etwas aus sich machen wollte, dann mußte auch er aus sich etwas machen. Husain würde denken, daß er es gewesen war, der ihn aus seiner Trägheit herausgeholt und einen neuen Menschen aus ihm gemacht hätte. Er lächelte, wußte er doch, daß kein anderer als Hamida es fertigbringen konnte, ihn aus seiner beschaulichen Ruhe zu reißen. In diesem entscheidenden Augenblick seines Lebens verspürte Abbas die ganze Kraft der Liebe und ihren Zauber. Und vielleicht fühlte er auch unbewußt, daß die Liebe dazu fähig war, Neues zu erschaffen. Die Liebe ist es, die uns die Kraft gibt, schöpferisch zu sein und Wunderbares zu vollbringen. Allah hat den Menschen aus Liebe geschaffen und ihm die Aufgabe übertragen, das irdische Sein in der Obhut der Liebe zum Blühen zu bringen.

Aufgeregt fragte sich also nun der junge Mann, warum er eigentlich nicht in die Welt hinausziehen sollte. Hatte er in dieser Gasse nicht schon beinahe ein Vierteljahrhundert zugebracht? Was hatte ihm das eigentlich genützt? Die Gasse ging nicht gerecht mit ihren Menschen um. Nicht der, der sie am meisten liebte, wurde auch am meisten belohnt. Manchmal lächelte sie gerade dem zu, der sie mißfällig anschaute, und blickte den mißfällig an, der ihr zulächelte. Ihm zum Beispiel gab sie nur widerwillig und tröpfchenweise, was er zum Leben brauchte. Aber Herrn Salim überschüttete sie in Hülle und Fülle mit Wohlstand. Einige wenige Schritte trennten die beiden nur, und doch häuften sich dort Bündel von Geldscheinen, deren verführerischen Geruch man schon fast wahrnehmen konnte. Aber er bekam nicht mehr zu fassen als das, was gerade so zum Leben reichte. So sollte es also sein: Er würde weggehen und sein Leben ändern.

Diese Gedanken gingen ihm durch den Kopf, als er vor dem Laden stand und auf Onkel Kamil schaute, der vor sich hinschnarchte. Als er Schritte oberhalb der Gasse hörte, drehte er sich um und sah Husain Kirscha, der mit großen Schritten auf ihn zukam. Nervös und aufgeregt wie ein Spieler vor der rollenden Roulettekugel, blickte er ihm entgegen. Als Husain schon fast vorbeigegangen war, legte er ihm die Hand auf die Schulter und hielt ihn fest. »Husain, ich möchte mit dir über etwas Wichtiges reden.«

5

Nachmittag... Ganz allmählich tauchte die Gasse wieder in die Welt der Schatten ein.

Hamida hüllte sich in die Milaja, stieg die Treppe hinunter und lauschte auf das Klappern ihrer Schuhe. Draußen auf der Gasse achtete sie beim Gehen darauf, gut auszusehen, denn sie wußte genau, daß zwei Augenpaare sie aufmerksam verfolgten. Da war zum einen Herr Salim Alwan, der Firmenchef, und zum anderen Abbas al-Hilu, der Friseur. Sie wußte, daß sie nicht besonders gut angezogen war. Das Kleid und die Milaja waren dünn und ausgeblichen, die Sohlen der Schuhe abgelaufen. Aber sie hatte die Milaja so umgelegt, daß der feine, zarte Wuchs ihres Körpers, der feste, runde Hintern und die sanft geschwungenen Brüste sich abzeichneten. Die Fußknöchel, die von der Milaja nicht bedeckt waren, hatte sie mit Reifen geschmückt. Das schwarze Haar, nur zum Teil von ihrem Gewand verhüllt, zeigte sich in voller Schönheit und umrahmte ihr bronzefarbenes, verführerisches Gesicht.

Ganz bewußt scherte sie sich nicht um das, was um sie herum geschah. Schnurstracks ging sie zur Sanadiqija-Straße, um von dort zur Muski-Straße zu gelangen. Erst als sie den wachsamen Blicken entschwunden war, legte sich ein Lächeln auf ihre Lippen, und sie schaute vergnügt auf das bunte Treiben in den Straßen.

War sie auch ohne gute Herkunft und mittellos, so mangelte es ihr doch nie an Hoffnung und Zuversicht. Vielleicht hatte ihre Schönheit einen großen Anteil an ihrem Selbstvertrauen, aber daran allein lag es nicht. Sie war von Natur aus stark, das Gefühl von Kraft hatte sie noch nie verlassen. Davon sprachen auch ihre Augen, so daß einige meinten, gerade das mache ihre Schönheit aus, während andere sagten, sie würde dadurch gemindert. Sie war von dem glühenden Wunsch besessen, sich durchzusetzen und Macht auszuüben. So setzte sie alles daran, die Männer zu betören und ihre Mutter zu beherrschen. Am schlimmsten zeigte sich aber ihre ganze Hoffart, wenn zwischen ihr und anderen Frauen der Gasse Streit und Zank ausbrachen und sie einander wild beschimpften. Das hatte zur Folge, daß sie von allen gehaßt wurde und keine etwas Gutes über sie sagte. Am merkwürdigsten war, daß alle Frauen meinten, Kinder könne sie nicht ausstehen, außerdem sei sie barbarisch und völlig unweiblich. Das brachte die Frau von Meister Kirscha, ihre Ziehmutter, dazu, von Allah zu erhoffen, Hamida einmal als Mutter zu erleben, die Kinder stillen muß und dabei einen Mann hat, der ihr nachts Prügel verabreicht und sie morgens mit Schlägen weckt.

Hamida setzte ihren Spaziergang genüßlich fort und betrachtete die Auslagen der dicht aneinandergereihten Geschäfte. Beim Anblick all der prächtigen Kleider und des kostbaren Hausrats geriet sie ins Träumen. Macht auszuüben, das hieß für sie zunächst einmal, Geld zu haben. Sie liebte das Geld, war es doch für sie der mit Zauberkraft versehene Schlüssel zu allen Gütern der Welt und zugleich das Mittel, all ihre aufgestauten Kräfte freisetzen zu können. Wenn man das hatte, konnte man Kleider haben und alles, was man sich wünschte. Es kam aber auch vor, daß sie sich fragte, ob ihre Träume wohl jemals wahr werden würden. Es war keineswegs so, daß sie die Wirklichkeit nicht wahrnahm. Aber andererseits ging ihr auch nicht die Geschichte mit dem Mädchen aus der Sanadiqija-Straße aus dem Kopf, das genauso arm wie sie gewesen war und der das Glück dennoch zu einem reichen Mann verholfen hatte. Er war Unternehmer gewesen, hatte sie aus dem Dreck herausgeholt und ganz nach oben gehievt. Warum sollte sich eine so schöne Geschichte nicht zweimal im Viertel zutragen? Warum sollte das Glück nicht zweimal lächeln? Sie sah nicht weniger hübsch aus als dieses Mädchen. Die glücklichen Umstände, die für das Leben der anderen so einschneidend gewesen waren, konnten sich doch mühelos und ohne Schaden noch etliche Male wiederholen. Allerdings war die Hoffnung auf solch ein Glück auf ihre kleine Welt eingeschränkt, die am Königin-Farida-Platz ihr unüberwindliches Ende hatte. Was sich dahinter verbarg, was die große, weite Welt noch an Menschen und Schicksalen bereithielt, wie viele von ihnen zu Glück und Wohlstand gekommen oder ratlos waren wie sie – all das wußte sie nicht.

Nicht weit von ihr entfernt sah sie plötzlich ein paar Freundinnen, die mit dem Strom der Arbeiterinnen aus der Fabrik herauskamen. Sie schob alle Probleme beiseite, eilte zu ihnen hinüber und lächelte freudig. Während man sich begrüßte und drauflosszuschwatzen begann, sah sich Hamida prüfend die Gesichter und Kleider der anderen an und spürte Neid auf deren Freiheit und bessere Kleidung. Sie kamen aus dem Dirasa-Viertel, und ihre Armut hatte sie dazu getrieben, die günstigen Arbeitsbedingungen zu nutzen, die die Kriegszeit gebracht hatte. Damit waren sie aber auch den alten Sitten und Traditionen entronnen und arbeiteten nun tatsächlich, so wie die Jüdinnen, in einem Betrieb mit vielen anderen Menschen zusammen. Abgezehrt, schmächtig und arm waren sie gewesen, als sie angefangen hatten zu arbeiten, aber schon nach kurzer Zeit hatten sie sich völlig verändert. Sie waren nun satt, gut gekleidet und sahen gesund aus. Ja, wie die jüdischen Mädchen achteten sie sogar schon darauf, daß sie schlank blieben und elegant aussahen. Einige hatten sich eine betont saloppe Sprechweise angewöhnt und scheuten nicht mehr davor zurück, untergehakt zu laufen und sich in solchen Straßen herumzudrücken, die für Liebesgeschichten bekannt waren. Sie hatten etwas gelernt und wollten nun das volle Leben erobern.

Da stand sie, Hamida, zu alt und zu dumm, um so wie diese Mädchen die Chance zu nutzen. Sie alberte mit ihnen herum und war doch nur ganz und gar von Kummer erfüllt. Sie war neidisch, daß in deren Leben etwas passierte, daß sie bestickte Kleider und volle Taschen trugen. Wenn auch im Scherz, so fing sie doch an, an ihnen herumzumäkeln. Die eine hätte ein schamlos kurzes Kleid, die andere keinen Geschmack. Eine dritte starrte wiederum allzu unverschämt die Männer an, und die vierte erinnerte sie daran, daß früher einmal die Läuse wie Ameisen auf ihrem Hals gewimmelt hatten. Diese Art, sich zu unterhalten, war zweifelsohne ihrer Widerspenstigkeit zuzuschreiben, aber zugleich bot sich ihr damit das einzige Vergnügen, das sie an den von Langeweile und Gezänk erfüllten Tagen fand. Einmal hatte sie ihrer Mutter erklärt, daß die jüdischen Mädchen die einzigen wären, die wirklich lebten. Ihre Mutter war sehr aufgebracht gewesen und hatte erwidert: »Du Ausgeburt des Teufels! Ein Glück, daß du nicht von meinem Blut bist.«

Hamida hatte noch mehr gestichelt. »Vielleicht bin ich der Abkömmling von irgendeinem Pascha oder wenigstens das Kind einer seiner Haremsdamen...« Die Mutter hatte verzweifelt den Kopf geschüttelt und gestöhnt: »Möge Allah sich deines armen Vaters erbarmen, der Gemüsehändler in Mardjusch war.«

Hamida schloß sich den Freundinnen an und ging mit ihnen weiter. Unangreifbar mit ihrer bissigen Zunge, stolzierte sie im Wissen um ihre Schönheit einher. Es freute sie, daß die Blicke der Passanten über die Mädchen hinweggingen und nur an ihr festhielten.

Als sie fast mitten in der Muski-Straße waren, erblickte sie Abbas, der hinter ihnen herbummelte und sie so verzückt anstarrte wie immer. Sie wunderte sich, daß er ganz gegen seine Gewohnheit um diese Zeit des Tages seinen Laden verlassen hatte. Ob er ihr absichtlich gefolgt war? Wollte er sich jetzt nicht mehr mit Blicken begnügen? Trotz seiner Armut sah er recht elegant aus, so wie die meisten Männer seines Handwerks. Deshalb störte sie es auch nicht so sehr, daß er aufgetaucht war. Sie glaubte, daß jede ihrer Freundinnen froh wäre über so einen Ehemann. Auch sie hatte zwiespältige Gefühle; einerseits war er der einzige junge Mann in der Gasse, der überhaupt als Ehemann in Frage kam, andererseits aber träumte sie davon, so einen reichen Unternehmer zu heiraten wie das Mädchen in der Sanadiqija-Straße. Sie liebte Abbas nicht und wollte ihn auch nicht. Trotzdem war sie nie unfreundlich zu ihm, wahrscheinlich machten ihr seine sehnsüchtigen Blicke Spaß.

Wie immer begleitete sie die Mädchen bis zum Ende der Dirasa-Straße. Normalerweise ging sie dann immer allein zur Gasse zurück. Während sie nun also noch mit ihnen ging, blickte sie verstohlen zu Abbas hin. Sie zweifelte nicht länger, daß er ihr absichtlich folgte und sie offensichtlich ansprechen wollte. Sie hatte sich nicht getäuscht. Kaum hatte sie sich vom letzten Mädchen verabschiedet und sich von der Gruppe abgewandt, da kam er unruhigen Schrittes und mit erregter Miene zu ihr herüber. Als er dicht bei ihr war, sagte er mit bebender Stimme: »Guten Abend, Hamida.«

Sie drehte sich aufgeschreckt herum, als wäre sie von seiner Anwesenheit völlig überrascht. Mit bösem Blick schritt sie schneller aus und sprach kein Wort. Er wurde rot im Gesicht, wiederholte aber noch einmal: »Guten Abend, Hamida.«

Sie hatte Angst, daß sie, wenn sie weiter so schwiege und dahineilte, den Platz erreichen würde, bevor er gesagt hätte, was er von ihr wollte. Da sie aber darauf aus war, es unbedingt zu hören, entschloß sie sich, doch zu sprechen. »Was für eine Schande«, sagte sie scheinbar empört, »ein Nachbar und spricht einen wie ein Fremder an.«

»Ja sicher, ein Nachbar, aber ich tue doch nicht wie ein Fremder. Dürfen denn Nachbarn nicht miteinander reden?«

Mürrisch sagte sie: »Ein Nachbar hat seine Nachbarin zu beschützen und nicht in dieser Weise zu überfallen.«

Treuherzig antwortete er: »Ich kenne durchaus

meine Pflichten als Nachbar. Niemals wäre ich auf die Idee gekommen, dich zu überfallen, ich bitte dich! Aber ich wollte mit dir sprechen, und es ist keine Schande, wenn der Nachbar mit seiner Nachbarin spricht.«

»Wie kannst du so etwas sagen? Ist es etwa keine Schande, wenn du dich mir in den Weg stellst und mich dadurch in Verruf bringst?«

Er war bestürzt. »Ich dich in Verruf bringen?« fragte er bekümmert. »Bewahre! Ich bin wirklich ein Nachbar, der es gut mit dir meint, beim Leben Husains! Wenn du mich anhören würdest, dann wüßtest du, daß ich nur das will, was Gott für richtig hält, und nichts, was ehrenrührig wäre. Du mußt mich anhören, ich habe dir etwas wirklich Wichtiges zu sagen. Vielleicht könnten wir in die Azhar-Straße einbiegen, damit uns nicht jemand sieht, der uns kennt.«

Sie tat empört. »Du willst ganz allein mit mir sein? Wahrhaftig, du bist mir wirklich ein guter Nachbar.«

Daß sie überhaupt mit ihm sprach, hatte ihm Mut gemacht. »Was macht dieser Nachbar schon Schlimmes? Soll er sterben, ohne daß er gesagt hätte, was in ihm vorgeht?«

»Wie anständig du bist, wenn man dich reden hört«, spöttelte Hamida.

»Bei unserem Herrn Husain, ich habe wirklich nur die lautersten Absichten. Geh doch nicht so schnell, Hamida.« Seiner Stimme war die Sorge anzuhören, daß sie dem belebten Platz immer näher kamen. »Biegen wir doch in die Azhar-Straße ein. Ich möchte dir etwas Wichtiges sagen. Du mußt mich anhören. Aber bestimmt weißt du schon, was ich sagen will. Oder weißt du es nicht? Fühlst du es nicht? Das Herz eines gläubigen Mannes kennt sich da aus.«

Als wäre sie furchtbar wütend, stieß sie hervor:

»Jetzt bist du zu weit gegangen! Nein... Nein, laß mich!«

»Hamida! Ich möchte, daß... Ich möchte dich!«

»Was für eine Schande! Laß mich, wenn du mich nicht vor den Menschen bloßstellen willst!«

Sie hatten den Husain-Platz erreicht, und sie rannte auf den anderen Gehsteig und bog in die Rurija ein. Still lächelte sie vor sich hin, wußte sie doch durchaus, was er ihr hatte sagen wollen. Und außerdem war er ja wirklich der einzig annehmbare junge Mann in der Gasse. Ganz deutlich hatte sie jetzt seinen Augen ablesen können, daß er sie liebte. Er hatte genauso geguckt wie in letzter Zeit immer, wenn er zu ihrem Fenster hinaufgestarrt hatte. Aber genügte das vielleicht, um ihr Herz zu erobern? Seine finanzielle Lage kannte sie zur Genüge, damit konnte er sie nicht beeindrucken. Und dann diese sanfte Art, die nur Genügsamkeit und Demut ausstrahlte. Herrschsüchtig wie sie war, hätte sie daran vielleicht noch Gefallen finden können. Aber alles in allem fühlte sie eigentlich nur Abneigung, ohne den genauen Grund dafür zu wissen. Was wollte sie? Was? Mit wem würde sie sich zufriedengeben, wenn nicht mit diesem guten, freundlichen Jungen? Die Antwort wußte sie nicht. Daß er arm war, verleidete ihn ihr noch mehr. In Wirklichkeit war ihre Herrschsucht eine Folge dessen, daß sie sich so gern zankte und stritt, und nicht etwa umgekehrt. Eine friedliche und versöhnliche Stimmung war ihr zuwider, und an einem leicht zu erringenden Sieg konnte sie sich nicht erfreuen.

Aus Angst, öffentlich aufzufallen, schreckte Abbas davor zurück, ihr weiter zu folgen. Als er langsam zurückschlenderte, war er zwar ein wenig traurig, aber keineswegs verzweifelt. In Gedanken ging er die Begegnung mit ihr noch einmal durch, so daß er nichts von dem, was um ihn geschah, wahrnahm. Immerhin hatte sie ziemlich lange mit ihm geredet. Hätte sie das überhaupt nicht gewollt, dann hätte sie ihn einfach stehenlassen. Also haßte sie ihn nicht. Wahrscheinlich hatte sie gedacht, daß sie sich so wie andere Mädchen in einer solchen Situation verhalten müßte, und war weggelaufen, weil sie so scheu war. Dann gab es also keinen Grund, verzweifelt zu sein. Er mußte abwarten und es noch einmal versuchen.

Er ging wie verzaubert und von einem süßen Rausch erfüllt. Abbas liebte, er stand in Flammen. Wenn sie so am Fenster stand, fühlte er reinste Demut und unendliche Wonne. Immer, immer würde er sie lieben. Gewiß, er war wie alle jungen Burschen an Frauen interessiert. Aber seine Wesensart glich der einer Taube, die mutig in den Himmel aufsteigt, ein wenig herumflattert und gehorsam zum Turm zurückkehrt, wenn der Herr pfeift. Hamida war sein großer Traum, seine ganze Hoffnung – wie sollte er darin enttäuscht werden? So schwebte er mehr, als er ging, berauscht von der Liebe und glücklich über seine Jugend.

Als er die Sanadiqija hinaufging, sah er Scheich Darwisch von der Husain-Moschee kommen. Am Anfang der Gasse traf er mit ihm zusammen und wollte ihm freudig die Hand schütteln. Aber der Scheich erhob warnend den Zeigefinger, blickte ihn mit trüben Augen durch seine Goldbrille an und sagte: »Gehe nie ohne Tarbusch aus. Ich warne dich, bei diesem Wetter, in dieser Welt mit bloßem Haupt zu gehen. Sonst kann es geschehen, daß sich der Verstand eines jungen Mannes auflöst und verfliegt. Das ist eine ganz bekannte Sache aus Tragödien, was auf englisch *tragedy* heißt und t-r-a-g-e-d-y buchstabiert wird.«

6

Meister Kirscha, der Kaffeehausbesitzer, war mit etwas Wichtigem beschäftigt. Selten verging ein Jahr, ohne daß er in ähnliches verwickelt gewesen wäre, selbst wenn ihm das auch nur Verdruß und Ärger einbrachte.

An sich war er ein Mann mit starker Willenskraft, aber das Haschisch hatte es geschafft, daß er kaum noch darüber verfügte und auf irgendeinen Vorteil achten konnte. So war er denn auch, im Unterschied zu den meisten anderen Männern seiner Branche, ein armer Mann. Der Grund bestand nicht etwa darin, daß sein Geschäft nichts abwarf, sondern daß er verschwenderisch war und alles verschleuderte, was er eingenommen hatte. Ohne zu rechnen, gab er Geld aus, um seine Begierden zu befriedigen.

Als die Sonne fast untergegangen war, verließ er das Kaffeehaus, ohne Sanqar zu sagen, wohin er ging. Bekleidet mit einer schwarzen Abaja und auf seinen knotigen Stock gestützt, machte er sich langsam und schweren Schritts auf den Weg. Die trüben Augen, versteckt unter schweren Lidern, ließen ihn nur beschwerlich die Straße erkennen. Sein Herz klopfte vor Aufregung, obwohl er schon fast Fünfzig war. Das erstaunliche war, daß Meister Kirscha schon so lange sein Leben auf ungewöhnliche Weise verbrachte und so tief im Dreck stak, daß es ihm schon wieder ganz normal zu sein schien. Er handelte mit Rauschgift und hatte sich daran gewöhnt, im Schutz der Nacht zu arbeiten.

Vom normalen Leben ausgeschlossen, war er zum

Beutewild von Widernatürlichkeiten geworden. So überließ er sich denn hemmungslos seinen Begierden und war ohne jede Reue oder Bußbedürfnis. Ja, er grollte sogar der Regierung, daß sie Leute wie ihn verfolgte, und verfluchte diejenigen, die sein Laster verachteten. Über die Regierung sagte er immer: »Sie hat den Wein erlaubt, den Gott verboten hat, und verbietet das Haschisch, das Gott erlaubt hat. Sie beschützt miese und stickige Kneipen und macht sich zugleich über Haschischsorten her, die eigentlich nur Medizin für Herz und Verstand sind.« Manchmal wiegte er auch bekümmert den Kopf und sagte: »Was ist schon Haschisch! Es beruhigt den Verstand, macht das Leben schöner und erhöht obendrein die Zeugungslust.« Was seine andere Begierde betraf, so pflegte er nur zu sagen: »Ihr habt eure Religion, ich habe meine!«

Sosehr er sich auch an seine Gelüste gewöhnt hatte, klopfte sein Herz doch immer noch wie wild, wenn sich in ihm eine neue Leidenschaft regte. Als er jetzt also langsam die Rurija hinunterging, bangte er in hoffnungsvoller Erwartung, was ihm dieser Abend wohl bescheren würde. Bei aller Gedankenverlorenheit nahm er durchaus noch die Läden beiderseits der Straße wahr und erwiderte die Grüße der Händler, die er kannte. Er mißtraute solchen Grüßen, wußte er doch nicht genau, ob sie ehrlich gemeint waren oder ob sich dahinter nicht heuchlerische Schöntuerei verbarg. Die Menschen ließen einen ja nicht in Ruhe und fanden auch selbst keine Ruhe. Mit gierigem, nimmersattem Maul schnappten sie alle möglichen Verleumdungen auf und kauten immer wieder darauf herum. Sollten sie doch übles Zeug über ihn verbreiten, was nützte es ihnen schon? Nichts, gar nichts. Als machte es ihm Spaß, sie zu provozieren, lebte er ganz offen so weiter, wie es ihm gefiel.

Er war nun am letzten Laden auf der linken Seite, dicht neben der Azhar-Moschee, angelangt. Sein Herz schlug schneller, und er vergaß alle Mißlaunigkeit, auf die ihn die Grüße der Leute gebracht hatten. Ein böser Glanz kam in die matten Augen. Mit offenem Mund und hängender Lippe betrat er die Schwelle des Ladens.

Es war ein kleines Geschäft, in dessen Mitte hinter einem Tisch ein alter Mann saß. An einem der mit Waren vollgepackten Regale lehnte ein junger Verkäufer. Sobald er den Kunden erblickt hatte, stellte er sich aufrecht hin und verzog den Mund zu einem höflichen, beflissenen Lächeln. Kirschas schwere Lider hoben sich zum erstenmal, der Blick blieb an dem jungen Mann haften. Er grüßte freundlich. Dem Jungen, der ihm dankte, fiel ein, daß er diesen Mann nun schon zum drittenmal innerhalb von drei Tagen sah. Warum, so dachte er, hatte er nicht gleich alles gekauft, was er haben wollte?

»Zeig mir, was du an Strümpfen auf Lager hast.«

Der junge Mann nahm verschiedene Arten des Sortiments aus dem Regal und breitete sie auf dem Ladentisch aus. Der Meister griff einige prüfend heraus und blickte dabei dem Jungen verstohlen ins Gesicht. Der wurde keineswegs verlegen, sondern begann zu lächeln. Der Meister schien immer noch auszuwählen, wollte er doch den Kauf so lange wie möglich hinauszögern. Nach einem Weilchen sagte er leise: »Entschuldige, mein Sohn, aber ich sehe nicht mehr so gut, könntest du nicht etwas für mich aussuchen, das deinem guten Geschmack am ehesten entspräche?« Er schwieg einen Moment und sah ihn absichtsvoll an. Ein Lächeln kam auf seine schlaffen Lippen, und er fügte hinzu: »Dein Geschmack ist so gut, wie dein Gesicht schön ist.«

Der junge Mann tat, als habe er nicht verstanden. Der Meister berichtigte sich rasch: »Pack mir sechs Paar ein.« Er wartete, bis der Junge mit dem Einwikkeln begann, und sagte dann: »Das beste wird wohl sein, du packst gleich zwölf Paar ein. Mir mangelt es nicht an Geld.«

Der junge Mann wickelte das Gewünschte schweigend ein. Als er ihm das Päckchen hinüberreichte, sagte er leise: »Gesegnet sei der Einkauf.«

Meister Kirscha lächelte, oder anders gesagt, sein Mund verzerrte sich mechanisch, begleitet von einem leichten Anheben der Brauen. Schelmisch sagte er: »Danke, mein Sohn« und fügte leiser hinzu: »Dem Herrn sei's gedankt.«

Nachdem er bezahlt hatte, verließ er den Laden in der gleichen Erregung wie beim Eintreten. Er schlug die Richtung zur Azhar-Straße ein, ging auf den anderen Gehsteig und stellte sich dicht hinter einen Baum. Mit einer Hand stützte er sich auf den Stock, mit der anderen hielt er das Päckchen. Sein Blick war starr auf den Laden gerichtet, der nicht weit weg war. Er konnte den Jungen erkennen. Er stand genau an der gleichen Stelle wie bei seinem Eintritt und hatte die Arme auf der Brust verschränkt. Das Gesicht konnte er nur schemenhaft wahrnehmen, aber wo die schwachen Augen nicht mehr ausreichten, da halfen ihm sein Gedächtnis und seine Phantasie. Bestimmt hatte der Junge verstanden, worauf er hinauswollte, dachte er sich. Wie zart, nett und höflich er doch gewesen war. Er hörte ihn wieder flüstern: »Gesegnet sei der Einkauf.« Freude durchströmte ihn, und er mußte tief seufzen. Voll brennender Unruhe und Spannung blieb er gebannt stehen, wo er war.

Schließlich wurde der Laden geschlossen. Der Alte kam heraus und ging in die Richtung des Goldmarkts, der junge Mann hingegen schlug die Richtung Azhar-Straße ein. Langsam löste sich Meister Kirscha aus dem Schatten des Baumes und schritt in die gleiche Richtung wie der Junge. Nach ungefähr einem Drittel des Weges bemerkte dieser ihn, nahm aber keine Notiz von ihm, so daß er beinahe an ihm vorbeigegangen wäre, wenn nicht Meister Kirscha dicht herangetreten wäre und freundlich gesagt hätte: »Guten Abend, mein Sohn.«

Der junge Mann blickte auf, in seinen Augen zeichnete sich ein leichtes Lächeln ab. »Guten Abend, mein Herr«, murmelte er. Um ihn in ein Gespräch zu verwickeln, fragte Meister Kirscha: »Der Laden hat zugemacht?«

Der Junge, der begriffen hatte, daß der andere ihn aufhalten wollte, sagte nichts weiter als: »Ja, gewiß, mein Herr« und ging weiter. Meister Kirscha mußte sich seinem Schritt anpassen. Als sie nun nebeneinander gingen, starrte er den Jungen unentwegt an. Nach einer Weile nahm er das Gespräch wieder auf: »Du hast eine lange Arbeitszeit, möge der Herr dir beistehen.«

»Was soll man machen?« antwortete er. »Will man essen, muß man sich Mühe geben.«

Der Meister freute sich, daß der Junge sich auf ein Gespräch einließ. Daß er ihn begleiten durfte, empfand er als glückverheißend. »Du hast es schwer, mein Sohn, dir dein täglich Brot zu verdienen.«

»Danke, mein Herr.«

Eifrig fuhr Meister Kirscha fort: »Das ganze Leben ist nichts als Mühsal. Nur allzu selten erhält man für seine Mühe das, was man verdient. Wie viele Arbeiter, die ungerecht behandelt werden, gibt es auf der Welt!«

Diese Worte trafen genau das, was der junge Mann innerlich fühlte. »Da haben Sie recht, mein Herr«, bestätigte er. »Diese Welt ist wirklich voller Menschen, die ungerecht behandelt werden.«

»Aber Geduld ist der Schlüssel zur Freude. Wenn es so viele Unterdrückte gibt, dann heißt das im Grunde, daß es auch viele Unterdrücker geben muß. Aber Gott sei Dank sind ja da andererseits auch noch viele Barmherzige.«

»Und wo findet man die?«

Beinahe hätte er geantwortet, einer von ihnen stünde vor ihm. Aber das konnte er gerade noch unterdrücken. Statt dessen sagte er tadelnd: »Du darfst nicht verdrießlich werden, mein Sohn. Die Gemeinschaft Mohammeds ist gütig.« Er änderte den Ton und fragte: »Warum gehst du so schnell? Hast du's eilig?«

»Ich muß nach Hause und mich umziehen.«

»Und dann?«

»Dann gehe ich ins Kaffeehaus.«

»In welches?«

»Ins ›Ramadan‹.«

Meister Kirscha verzog lächelnd den Mund, so daß die Goldzähne im Dunkeln schimmerten. Verführerisch fragte er: »Warum beehrst du nicht unser Kaffeehaus?«

»Und wo ist das?«

»In der Midaq-Gasse, das Kaffeehaus Kirscha. Ich bin Meister Kirscha.« Dankbar antwortete der Junge: »Es wird mir eine Ehre sein, Meister. Es ist ja ein berühmtes Kaffeehaus.«

Kirscha war erfreut und fragte hoffnungsvoll: »Wirst du kommen?«

»So Allah will, ja.«

Als ginge dem Meister nun die Geduld aus, sagte er etwas energischer: »Alles wird so, wie Allah es wünscht. Ich werde dich also erwarten. Oder hast du es nur gesagt, um mich loszuwerden?« Der Junge lachte leise auf: »Nein, nein, ich werde wirklich kommen.«

»Heute abend also?« Da der Junge nichts sagte, drängte er weiter: »Na klar...«

»So Allah will«, murmelte der junge Mann.

Meister Kirscha seufzte hörbar auf. »Wo wohnst du?« fragte er.

»In der Wikala-Gasse.«

»Da sind wir ja fast Nachbarn. Bist du verheiratet?«

»Aber nein, ich wohne bei meiner Familie.«

»Du scheinst mir ein Sohn guter Menschen zu sein. Aus einem guten Krug kommt klares Wasser. Du mußt an deine Zukunft denken, damit du nicht das ganze Leben ein einfacher Verkäufer bleibst.«

Zeigte sich auf dem Gesicht des Jungen auch Interesse, so fragte er doch etwas ironisch: »Wie kann einer wie ich schon etwas Besseres erwarten?«

Spöttisch fragte Kirscha zurück: »Haben wir etwa keine Ideen mehr? Alle Großen haben einmal klein angefangen.«

»Ja, sicher. Aber nicht aus jedem Kleinen ist ein Großer geworden.«

Meister Kirscha ergänzte den Gedanken des Jungen. »Man schafft es nur, wenn man Glück hat. Also laß uns diesen Tag, an dem wir uns getroffen haben, im Gedächtnis behalten, denn das ist ein Tag, der großes Glück bringen wird. Ich sehe dich heute abend?«

Der junge Mann zögerte, sagte dann aber lächelnd: »Nur ein mißratener Mensch kann eine Wohltat mißachten.«

Sie waren am Mutawali-Tor angekommen und reichten sich die Hände. Als Meister Kirscha im Dunkeln den Weg heimwärts einschlug, wärmte ihm übermäßige Freude das Herz. Ohne dieses heftige Verlangen wäre er nie so schnell aus der Welt des Vergessens erwacht. Noch einmal kam er an dem kleinen Laden vorbei und bedachte ihn mit einem langen, sehnsuchtsvollen Blick.

In der Midaq-Gasse waren alle Läden geschlossen. Es herrschte tiefe Dunkelheit, nur aus dem Kaffeehaus drang Licht. Da es draußen ziemlich kalt war, empfand er drinnen die Wärme als angenehm. Der Rauch der Wasserpfeifen, der Atem der Männer, die hier nach Feierabend eingekehrt waren, trugen dazu bei, daß sich die Wärme hielt. Die Männer hockten auf den Polstern, erzählten und tranken Tee und Kaffee. Das Radio spielte vor sich hin, ohne daß es jemand beachtet hätte, ganz so, als spräche ein schlechter Redner vor tauben Ohren. Sanqar war emsig wie eine Biene, er war ständig in Bewegung und rief immerfort jemandem etwas zu.

Meister Kirscha ging ganz ruhig und ohne auf die Blicke der anderen zu achten auf seinen Platz hinter der Kasse. Onkel Kamil kam und fragte ihn, ob er es nicht richtig fände, wenn Abbas al-Hilu das Leichentuch herunterbrächte und es ihm zeigte. Gleichgültig stimmte er ihm zu, aber die anderen lehnten das ab und wollten schon gar nichts von dessen Idee wissen, es zu Geld zu machen. »In dem, was du für das Jenseits anziehst, darfst du nicht nachlässig sein«, sagte Doktor Buschi. »Mag der Mensch hienieden auch manchmal nackt und bloß sein – die Schwelle des Grabes darf man so nicht betreten, wie arm man auch sein mag.« Onkel Kamil versuchte es immer wieder, hatte aber kein Glück bei den anderen.

Mitten hinein in das Gespräch erklärte Abbas al-Hilu, daß er sich entschlossen hätte, zur britischen Armee zu gehen. Er hörte sich an, was sie dazu meinten und ihm rieten, und war froh darüber, daß alle seinem

Plan zustimmten und ihm viel Erfolg und guten Verdienst wünschten.

Radwan al-Husaini hatte einen Zuhörer gefunden, dem er eine seiner langen, mit frommen Ermahnungen vollgepackten Reden halten konnte. »Sage nie, daß es dir langweilig ist. Langeweile ist eine Sünde. Es ist eine Krankheit, die wahrem Glauben abträglich ist. Bedeutet denn Langeweile nicht etwa, daß man des Lebens überdrüssig ist? Aber das Leben ist ein Geschenk des Allmächtigen, wie kann es da sein, daß ein gläubiger Mensch es langweilig und verdrießlich findet? Du wirst vielleicht sagen, dieses und jenes sei langweilig. Aber woher kommt denn ›dieses‹ und ›jenes‹? Ist es nicht von Gott, dem Erhabenen, der alle Dinge aufs beste bestellt? Also begehre nicht gegen das Werk des Schöpfers auf! Alles im Leben hat seine Schönheit und seinen Wohlgeschmack. Aber die Bitterkeit des niederen Ichs treibt zum Bösen und verdirbt die appetitlichsten Dinge. Glaub mir, auch Schmerz hat seine Freuden, auch Verzweiflung birgt Süßes, und selbst der Tod ist eine Lehre. Alles ist schön, und alles ist herrlich. Wie sollten wir bekümmert sein, wenn doch der Himmel diese Bläue, die Erde dieses Grün, die Rose diesen Duft, das Herz diese wunderbare Gabe zu lieben hat und der Geist es vermag, so unendlich gläubig zu sein. Wie sollten wir bekümmert sein, wenn es Menschen auf der Welt gibt, die wir lieben und die uns lieben. Gott behüte uns vor dem verfluchten Satan. Sage nie, daß du dich langweilst!«

Er nahm einen Schluck von dem zimtgewürzten Tee. Als spräche er über die Zweifel seines eigenen Gewissens, fuhr er fort: »Was aber Unglücksschläge angeht, so müssen wir ihnen Liebe entgegenhalten, um sie zu bezwingen. Die Liebe ist das wirksamste Heilmittel. Wie Felsschächte Diamanten verbergen, so sind große Freuden in den Falten der Trauer versteckt. Also laßt in uns selbst die Weisheit der Liebe erblühen.«

Sein Gesicht war von freudiger Verklärung und Glanz überströmt. Der rötliche Bart umgab es wie der Hof den Mond. Im Vergleich zu seiner unerschütterlichen Zuversicht strahlte alles um ihn herum angstvolle Unruhe aus. Das Licht seiner Augen war rein und klar und sprach vom Glauben an das Gute, an die Liebe und vom Freisein von allen persönlichen Bedürfnissen.

Man erzählte sich über ihn, daß er an dem Tag, an dem er in der Azhar-Universität scheiterte, jegliche persönliche Würde verloren hätte und daß er nicht mehr leben wollte, als er die Söhne verloren hatte. Damals hatte seine Seele begonnen, Zuflucht darin zu suchen, mit Liebe und Güte die Herzen der Menschen zu gewinnen. Nur so war es ihm möglich gewesen, den schweren Verlust auszugleichen. Wie viele Menschen gibt es schon, die sich in Tagen schweren Kummers so verhalten? Wie viele enden im Wahnsinn, wie viele gießen den Kelch ihres Zorns über die Welt und den Glauben aus? An seiner Aufrichtigkeit jedenfalls zweifelte niemand, er war wahrlich ein gläubiger, liebender und gütiger Mensch.

Verwunderlich war allerdings, daß dieser Mann bei sich zu Hause grob, autoritär und geizig auftrat. Manche meinten, er sei verzweifelt über die Mächte dieser Welt, deshalb zwinge er dem einzigen Wesen seinen Willen auf, das sich ihm füge – seiner Frau. Seinen Ehrgeiz, Macht auszuüben, stille er dadurch, daß er sich ihr gegenüber wie ein Tyrann aufführe.

So seltsam das auch sein mag, so dürfen wir doch nicht die Sitten jener Zeit und jenes Landstrichs vergessen, das nämlich, was die Umwelt sowohl der Frau über ihr Verhalten und Denken vorschrieb, als auch das, was die Mehrzahl der Angehörigen seiner Klasse als Pflicht im Umgang mit Frauen erachtete. Das hieß, sie als Kinder zu behandeln, damit sie glücklich sind. Seine Frau jedenfalls wußte nicht über ihn zu klagen. Wären da nicht die Wunden gewesen, die das immerwährende Gedenken an ihre Söhne in ihrem Herzen aufriß, wäre sie eine durch und durch glückliche Frau gewesen, die voller Stolz auf ihren Mann und ihr Leben war.

Meister Kirscha hatte die ganze Zeit über nur so dagesessen, weder war er richtig anwesend noch richtig abwesend. Das Herumsitzen machte ihn nicht gerade ruhiger, und so durchlitt er die Bitterkeit des Wartens in schwermütigem Schweigen. Alle paar Minuten reckte er den Hals und starrte hinaus auf die Gasse. Zwang er sich dann wieder zu Ruhe und Gelassenheit, so gründete sich das auf die Hoffnung, daß der junge Mann genauso kommen würde, wie es die anderen vor ihm getan hatten. Er stellte sich dessen Gesicht vor und sah ihn auf dem leeren Platz zwischen sich und dem Polster von Scheich Darwisch sitzen und ihm beruhigend zunicken. Noch nie hatte er es gewagt, einen dieser Burschen in sein Kaffeehaus einzuladen. Bisher hatte er sich geschämt und versucht, sein Laster zu verheimlichen. Aber nun war alles an den Tag gekommen, alle wußten davon, und da konnte er seinem Verlangen auch in aller Offenheit nachgehen. Zwischen ihm und seiner Frau hatten sich schon wahre Tragödien abgespielt, die vor allem von solchen Leuten wie Doktor Buschi und Umm Hamida als willkommener Skandal von Mund zu Mund getragen worden waren. Er kümmerte sich um so etwas nicht mehr. Waren die Flammen am verlöschen, dann sorgte er schon wieder mit einer neuen Geschichte dafür, daß Öl ins Feuer kam und die Flammen wieder lichterloh hochschlugen. Es hatte geradezu den Anschein, als hätte er Spaß an diesem Spiel und als wäre er genau darauf aus. So saß er nun also besorgt da, und nichts konnte seinem von Leidenschaft erfüllten Herzen Ruhe geben.

Doktor Buschi hatte seine Unruhe bemerkt und meinte zu al-Hilu: »Das sind die Zeichen der Stunde!«

Nun erwachte auch Scheich Darwisch plötzlich aus seiner Schweigsamkeit und begann in singendem Tonfall zu rezitieren:

»Sehnsucht hatte ich, dich zu sehen, aber deine Seele war fern,
dein Heiligtum wollte ich erschauen und dein Volk vereinigt.
Was kann schöner sein, als wenn du gehorsam folgst,
und traurig macht es dich, wenn der Grund der Liebe von allen gehört wird.

O Herrin, Liebe ist Millionen wert. Für deine Liebe, Herrin, gab ich schon hunderttausend Pfund hin, eine gar armselige Summe.«

Auf einmal sah Doktor Buschi, daß der Blick Meister Kirschas fest auf den Anfang der Gasse geheftet war und daß er lächelte. Dann richtete er sich auf seinem Sitz zu voller Größe auf und starrte auf die Eingangstür. Als sich dort der junge Mann zeigte, schaute er zögernd zu den Männern hinüber.

7

Die Bäckerei gleich neben dem Kaffeehaus war nicht weit von Frau Sanija Afifis Haus. Es war ein fast viereckiger Bau mit unregelmäßig gemauerten Wänden. Die linke Hälfte nahm der Ofen ein, an den Seiten standen Regale. Zwischen Ofen und Tür stand eine Bank, auf der die Hausherren schliefen: Meisterin Husnija und ihr Mann Djada. Wäre nicht der Feuerschein aus dem Ofenloch gewesen, dann hätte hier Tag und Nacht völlige Finsternis geherrscht. Gegenüber der Wand mit der Eingangstür war eine kleine Holztür, die in einen halbverfallenen Anbau führte, der vor Schmutz und Dreck starrte. Der Raum hatte nur ein kleines Fensterchen, von dem aus man auf den Hof eines alten Hauses sah. Nicht weit von diesem winzigen Fenster stand auf einem Holzbord eine Lampe, die einen schwachen Lichtschein auf den Boden warf. Er war mit den vielfältigsten Arten von Unrat und zahllosen Dreckflecken besät. Der ganze Raum glich einem Misthaufen. Das Holzbord, auf dem die Lampe stand, erstreckte sich über die ganze Wand und war voll von großen und kleinen Gläsern, verschiedenen Geräten und einer Unmenge Verbandszeug. Man hätte denken können, man befände sich in einer Apotheke, wenn es nicht so unwahrscheinlich schmutzig gewesen wäre.

Unter dem Fensterchen lag auf dem Boden ein Bündel, das sich in nichts vom Schmutz oder von der Farbe und vom Geruch des Raumes unterschied. Da es aber aus Gliedern, Fleisch und Blut bestand, mußte man es wohl trotz allem »menschliches Wesen« nennen. Es war Zita, der diese Rumpelkammer von der Bäckersfrau Husnija gemietet hatte. Ihn einmal zu sehen reichte, um ihn nie wieder zu vergessen. Er war so unendlich gleichmäßig – der Körper mager und schwarz, der Djilbab schwarz. Alles in allem nur Schwärze über Schwärze, hätte da nicht aus zwei Löchern etwas schrecklich Weißes geblitzt – die Augen. Zita war keineswegs ein Neger, sondern nur ein ungewöhnlich dunkelhäutiger Ägypter. Aber der Schmutz, mit lebenslangem Schweiß gebunden, hatte auf seiner Haut eine gleichmäßig schwarze Schicht gebildet. Genauso war es mit dem Djilbab, der ursprünglich auch nicht schwarz gewesen war. Schwarz zu werden schien das Schicksal aller Dinge in dieser Höhle zu sein. Obwohl Zita in der Gasse zu Hause war, hatte er nichts mit ihr zu tun. Er besuchte niemanden und wurde von niemandem besucht. Er brauchte niemanden, und niemand brauchte ihn, abgesehen von Doktor Buschi und den Vätern, die sein Äußeres dazu benutzten, Kindern Angst einzujagen. Was sein Gewerbe betraf, so war es allen wohl bekannt. Es hätte ihm das Recht eingeräumt, sich Doktor zu nennen, worauf er aber – zu Ehren von Buschi – verzichtete. Er fabrizierte nämlich Krankheiten und Gebrechen, aber nicht die normalen, sondern künstliche und von ganz neuer Art. Zu ihm kamen diejenigen, die berufsmäßige Bettler werden wollten. Seine Kunst, für die er all die Geräte auf dem Bord gesammelt hatte, ermöglichte es ihm, jedem passend zu seinem Körper zu einer Krankheit zu verhelfen. Sie kamen gesund zu ihm und verließen ihn blind, verkrüppelt, bucklig, hühnerbrüstig, mit abgerissenen Armen oder Beinen.

Er hatte im Laufe seines Lebens, vor allem aber

während der vielen Jahre bei einem Wanderzirkus, eine bewunderungswürdige Geschicklichkeit erworben. Da er gute Beziehungen zu Bettlerkreisen hatte, die noch auf die Zeit zurückgingen, als er als Kind mit seinen bettelnden Eltern herumgezogen war, kam er zunächst auf die Idee, die Kunst des Schminkens zu praktizieren, die er beim Zirkus gelernt hatte. Zuerst hatte er das nur nebenbei, aus Spaß getan, dann aber, als das Leben für ihn schwerer geworden war, hatte er daraus einen Beruf gemacht.

Ein Nachteil an seiner Arbeit bestand darin, daß sie erst nachts, genauer gesagt um Mitternacht, begann. Zunächst hatte er das etwas beschwerlich gefunden, aber allmählich wurde es zu einer vertrauten, durchaus angenehmen Gewohnheit. Tagsüber verließ er so gut wie nie seine Behausung, sondern hockte auf dem Boden, aß und rauchte oder amüsierte sich damit, heimlich dem Bäcker und seiner Frau zuzuschauen. Es machte ihm Spaß, ihre Gespräche zu belauschen oder durch das Schlüsselloch zu beobachten, wie sich die Frau morgens und abends mit Schlägen über ihren Mann hermachte. Auch nachts schaute er ihnen zu, wenn sie freundlicher zueinander wurden und die Frau mit ihrem affenähnlichen Mann scherzte und sich zu unterhalten begann. Zita haßte Djada, verachtete ihn und fand ihn abstoßend. Obendrein aber war er neidisch darauf, daß der Herr ihn mit einer solchen Ehefrau beschenkt hatte, an der »alles dran« war und die – wie er es auch ausdrückte – ein richtiges »Urvieh« war. Er meinte immer, daß sie in der Welt der Frauen das darstellte, was Onkel Kamil bei den Männern war.

Die Leute der Gasse gingen Zita vor allem deshalb aus dem Wege, weil er so abscheulich stank. Noch nie hatte ein Tröpfchen Wasser den Weg zu seinem Gesicht oder seinem Körper gefunden. Er aber war lieber schmutzig und allein, als daß er in ein Bad gestiegen wäre. Mit größtem Vergnügen erwiderte er den Haß der Menschen. Er tanzte vor Freude, wenn er die Klagegesänge um einen Toten hörte. »Ha«, sagte er dann, »jetzt ist die Reihe an dich gekommen. Jetzt kannst du den Dreck schmecken, der dich so oft an mir gestört hat.« Seine liebste Freizeitbeschäftigung war es, sich Folterarten für manche Leute auszudenken. Er malte sich aus, daß auf Djada Dutzende von Äxten einschlügen, so daß nur noch ein zerhackter Haufen übrigbliebe. Oder er sah Herrn Salim Alwan auf der Straße liegen, und über ihn rollte eine Walze, so daß das Blut bis zur Sanadiqija hinunterfloß. Oder er träumte davon, daß Herr Radwan al-Husaini an seinem roten Bart gepackt und zum brennenden Ofen gezerrt wurde und man dann nur noch ein Häufchen Asche herausholte. Er stellte sich vor, daß Meister Kirscha unter eine Straßenbahn geriete, die ihm den Körper zerriß, und daß seine Glieder in einen schmutzigen Korb gepackt und an Hundehalter als billiges Futter verkauft würden. Da war noch eine Menge anderer Sachen, die, wie er meinte, diese Leute durchaus verdienten.

Wenn er bei der Arbeit war und Krankheiten nach Bedarf schuf, war er absichtlich rücksichtslos und gab das Ganze als zu seinem Beruf gehörend aus. Erst wenn sein Opfer in Schmerzensschreie ausbrach, glänzten seine schreckerregenden Augen vor Irrsinn. Dabei waren die Bettler diejenigen Menschen, die ihm am liebsten waren, und oft genug wünschte er sich, daß sie die Mehrheit der Menschen dieser Erde ausmachten.

So saß denn also Zita in Träumen versunken und wartete darauf, daß er mit der Arbeit beginnen konnte. Um Mitternacht stand er auf und blies die Lampe aus. Tiefe Dunkelheit herrschte nun. Er ertastete sich den Weg zur Tür, öffnete sie leise und schlich sich durch die Bäckerei hinaus zur Gasse. Unterwegs traf er auf Scheich Darwisch, der gerade aus dem Kaffeehaus kam. Sie trafen sich oft zu dieser Zeit, ohne dabei ein einziges Wort zu wechseln. Deshalb fiel auf den Scheich auch ein beträchtlicher Anteil beim Strafgericht Zitas, das er der Menschheit zugedacht hatte.

Der Krüppelmacher wendete sich mit kurzem, bedachtsamem Schritt zur Husain-Moschee. Obwohl es völlig finster war und nur noch einige Lampen brannten, schlich er dicht an den Häuserwänden entlang. Wäre ihm einer entgegengekommen, hätte er ihn sicherlich erst dann bemerkt, wenn er die leuchtenden Augen vor sich gehabt hätte, die in der Dunkelheit flimmerten wie Katzenaugen am Gürtel eines Polizisten. Er fühlte sich frisch, stolz und heiter gestimmt. Er suchte selten die Bettler auf – nur dann, wenn die Verbindung zu ihnen, die ihm unbedingte Gefolgschaft schuldeten, abzureißen drohte. Er überquerte den Husain-Platz und ging weiter in Richtung des Grünen Tores, bis er schließlich das alte Gewölbe erreichte.

Als er die Bettlerscharen beiderseits des Kellers musterte, erfüllte ihn Genugtuung. Es war die Freude eines gebieterischen Herrn an der Macht und zugleich die des Händlers, der gute Ware vor sich sieht. Er trat an einen Bettler heran, der schnarchend vor ihm auf der Erde hockte, den Kopf auf den Knien. Eine Weile beobachtete er ihn, als wollte er prüfen, ob der Mann wirklich schlief oder nur so tat. Dann stieß er mit dem Fuß gegen dessen zotteligen Kopf. Der Mann wachte ohne jedes Erschrecken auf, geradeso, als hätten ihn zarte Hände gestreichelt. Träge hob er den Kopf und kratzte sich auf den Rippen, dem Rücken und dem Kopf. Erst dann nahm er wahr, daß jemand vor ihm stand, er blickte kurz auf und erkannte Zita, obwohl er blind war.

Der Bettler seufzte, aus tiefster Seele entrang sich ihm ein Stöhnen. Seine Hand schob sich in die Brusttasche und entnahm ihr einen Millim, den er in Zitas Hand drückte.

Zita ging zum nächsten und übernächsten weiter. Als er mit der Truppe fertig war, ging er zu der auf der anderen Seite. Dann führte ihn seine Runde zu seinen Jüngern, die in den Gäßchen rings um die Moschee saßen. Kein einziger seiner Bettler entging ihm. Bei aller Hartnäckigkeit, seinen täglichen Anteil einzutreiben, vergaß er nicht, sich um die Krankheiten und Verkrüppelungen zu kümmern, die er fabriziert hatte. Hier und dort fragte er denn auch: »Wie geht es deiner Blindheit?« oder »Was macht deine Lähmung?« Man antwortete ihm dann: »Alles in Ordnung.«

Zita ging noch einmal in der anderen Richtung um die Moschee herum, kaufte sich Brotfladen, Sesamsüßigkeiten und Tabak und kehrte zur Gasse zurück. Dort herrschte tiefstes Schweigen. Nur ab und an war Gelächter oder Husten vom Dach von Radwan al-Husainis Haus zu hören, wo eine von Kirschas Haschisch-Partys stattfand. Zita schlich ganz leise durch die Bäckerei, um das Ehepaar nicht zu wecken. Er öffnete vorsichtig die Holztür und schloß sie behutsam. Das Loch war aber weder dunkel noch leer.

Die Lampe brannte, auf dem Boden hockten drei Männer. Langsam ging er auf sie zu, weder schien ihn deren Anwesenheit zu überraschen noch zu stören. Als er genauer hinsah, erkannte er Doktor Buschi. Sie standen auf, der Doktor begrüßte ihn und sagte: »Hier sind zwei, die arm dran sind und mich gebeten haben, mich bei dir für sie zu verwenden.« Zita tat bewußt gleichgültig. Gelangweilt sagte er: »Um diese Zeit, Doktor?«

Der Doktor legte ihm die Hand auf die Schulter. »Die Nacht ist ein Schleier, und genau den hat doch Allah angeordnet.«

Zita blies empört die Backen auf. »Aber jetzt bin ich müde.«

Der Doktor drängte weiter: »Du hast mich doch noch nie hängenlassen.«

Nun begannen auch die beiden anderen zu bitten. Zita tat, als willige er nur gezwungenermaßen ein, und packte die Eßwaren und den Tabak auf das Bord. Dann stellte er sich genau vor sie hin, um sie sich in aller Ruhe anzuschauen. Sein Blick blieb an dem Größeren hängen. Es war ein riesiger, kräftiger Kerl. Zita war verblüfft. »Du bist ein wahrer Stier und tadellos in Ordnung. Warum willst du Bettler werden?«

Stotternd antwortete der: »Ich kann nichts Richtiges. Dabei hab ich schon so vieles versucht, sogar gebettelt habe ich schon. Aber ich hab immer Pech und auch zuwenig Verstand. Ich verstehe nie was und merke mir auch nichts.«

»Dann hättest du reich auf die Welt kommen müssen«, sagte Zita verächtlich.

Der Mann verstand nicht, was Zita meinte, und versuchte nun, ein paar Tränen herauszudrücken, um dessen Mitleid zu erregen. »Mir geht alles daneben. Selbst beim Betteln hab ich keinen einzigen barmherzigen Menschen rangekriegt. Die meisten meinten, ich sei stark genug und solle arbeiten gehen. Oder sie haben mich einfach beschimpft und weggejagt. Warum, weiß ich nicht.«

Zita strich sich nachdenklich über den Kopf. »Himmel, nicht mal das begreifst du.«

»Der Herr möge dir helfen, damit dir was einfällt.«

Zita schaute ihn sich noch immer nachdenklich an. Dann tastete er die Arme des Mannes ab und sagte: »Du bist wirklich kräftig. Deine Muskeln sind prächtig. Was ißt du denn so?«

»Wenn was da ist, Brot, sonst nichts.«

»Wirklich, ein höllisch starker Körper. Nicht auszudenken, wie du wärst, wenn du wie Gottes Tiere essen würdest, für die er lauter gute Dinge verschwendet.«

»Ich weiß nicht«, sagte der Mann einfältig.

»Natürlich, natürlich, du weißt ja überhaupt nichts. Das haben wir schon kapiert. Das ist auch das Beste, was du tun kannst. Wenn du was verstündest, wärst du schon längst einer von uns. Also hör zu, es ist sinnlos, an dir herumzubasteln.«

Das Bullengesicht sah niedergeschlagen aus. Fast hätte der Hüne wieder losgeheult, wenn Zita nicht schnell gesagt hätte: »Es ist furchtbar schwer, dir einen Arm oder ein Bein zu brechen. Was immer ich auch mit dir mache, du wirst bei niemandem auch nur das geringste Mitleid erregen. Solche Bullen wie du machen die anderen nur wütend. Aber verzweifle nicht, es gibt noch andere Möglichkeiten. Ich kann dir zum Beispiel beibringen, wie du dich als Schwachsinniger zu bewegen hast, viel fehlt dir so und so nicht dazu. Ja, das wäre gut. Da müßte ich dir ein paar Lobreden auf den Propheten einpauken.«

Das Gesicht des Mannes leuchtete auf, es folgte ein Schwall von guten Wünschen für Zita, bis dieser ihn unterbrach. »Warum hast du dich eigentlich nicht mit Straßenraub beschäftigt?«

Zerknirscht antwortete der andere: »Ich bin ein gutmütiger Kerl und möchte niemandem was Böses antun. Ich mag die Menschen.«

Abfällig meinte Zita: »Kommst du mir jetzt auch

noch mit blöder Philosophie?« Dann wandte er sich an den anderen, der schmächtig und klein war. Erleichtert sagte er: »Da ist wenigstens etwas Ordentliches draus zu machen.«

Der Mann lächelte: »Dem Herrn sei's gedankt.«

»Du bist wie geschaffen für einen Blinden.«

Wieder lächelte der andere. »Eine Wohltat unseres Herrn.«

Zita aber wiegte den Kopf und sagte bedächtig: »Das ist aber eine schwierige Prozedur, die nicht ungefährlich ist. Erzähl mir mal, was bisher das Schlimmste war, was du ertragen mußtest. Oder nimm mal an, daß du wirklich dein Augenlicht verlierst, weil irgend etwas schiefläuft. Was würdest du dann machen?«

Der Mann zögerte ein wenig und sagte dann gleichgültig: »Das wäre eine Gnade des Herrn. Was hat mir denn mein Augenlicht bisher genützt? Müßte ich da groß traurig sein, wenn es weg wäre?«

Zita atmete auf. »Mit so einem Gemüt kannst du der ganzen Welt trotzen.«

»Mit Verlaub, Herr. Ich wäre Ihnen ewig dankbar und bin bereit, Ihnen die Hälfte von dem abzugeben, was die mildtätigen Spender mir geben.«

Zita sah ihn fest an und entgegnete scharf: »Ich hab keine Lust, lange darüber zu diskutieren. Ich bekomme zwei Millims am Tag, abgesehen von den Kosten für die Operation. Ich weiß schon, wie ich zu dem komme, was mir zusteht, falls du auf die Idee kommst, säumig zu werden.«

Hier schaltete sich Doktor Buschi ein und sagte mahnend: »Du hast noch nicht gesagt, daß du auch vom Brot was abkriegst.«

»Natürlich, natürlich«, bekräftigte Zita. »Aber jetzt laßt uns überlegen, wie wir das Ganze anpacken. Das ist eine ziemlich schwere Operation, es wird sich zeigen, was du so aushältst. Unterdrücke die Schmerzen, so gut du nur kannst.«

Kann man sich vorstellen, was der ausgemergelte und schwächliche Körper unter Zitas quetschenden und stoßenden Händen zu leiden hatte?

Auf Zitas blauen Lippen lag ein teuflisches Grinsen.

8

Von der Firma ging ein solcher Lärm aus, daß die Gasse von früh bis spät davon erfüllt war. Bis auf eine kurze Mittagspause arbeiteten die meisten durch, die Flut von herangebrachten und abzutransportierenden Waren riß nie ab. Der Motorenlärm der schweren Lastwagen war über die Sanadiqija hinaus noch in der Rurija und Azhar-Straße zu hören. Kunden und Geschäftsleute gingen ein und aus.

Die Firma beschäftigte sich sowohl mit dem Großhandel als auch mit dem Einzelverkauf von Parfümwaren. Zweifellos hatte sich der kriegsbedingte Stopp der Importe aus Indien nachteilig ausgewirkt, aber die Firma hatte ihren guten Ruf und ihre geachtete Stellung bewahren können. Der Krieg hatte in gewisser Weise ihre Aktivitäten sogar gesteigert und ihr mehr Profit eingebracht. Salim Alwan war klug genug gewesen, nun auch mit Konsumartikeln, wie zum Beispiel Tee, zu handeln, die ihn gewöhnlich nicht interessierten. Er hatte sich den Schwarzmarkt erschlossen und erzielte enorme Gewinne.

Herr Alwan thronte gewöhnlich hinter einem schweren Schreibtisch am Ende des Flurs, der auf den

Innenhof der Firma führte. Da der Hof die zahlreichen Lagerhallen umschloß, saß also Salim Alwan genau in der Mitte und konnte sowohl das überblicken, was drinnen, als auch das, was draußen geschah. Da es ihm gefiel, die Arbeiter, Träger und Kunden zu beobachten, zog er diesen Platz jedem Zimmer vor. Ein richtiger Geschäftsmann, pflegte er zu sagen, müsse die Augen stets offenhalten. Er gehörte zu den erfolgreichen Männern seines Geschäfts, war in seinem Beruf erfahren und bewältigte es gut, dessen Lasten zu ertragen. Er war keiner dieser Neureichen, die der Krieg beschert hatte, sondern eben das, was er kurz und bündig mit einer seiner Lieblingswendungen so ausdrückte: »Ein Kaufmann und Sohn eines Kaufmanns.« Dabei war er am Anfang seiner Laufbahn nicht einmal einer von den Reichen gewesen. Er hatte sich aber mutig in die Wogen des Ersten Weltkriegs gestürzt und Erfolg gehabt. Als nun dieser Krieg gekommen war, wurden die Wangen immer voller, so daß einem übel werden konnte von all dem Reichtum.

Trotz alledem war der Mann nicht frei von Sorgen, denn seiner Meinung nach kämpfte er ganz allein, ohne Verbündete. Gewiß war diese Sorge leichter durch den Umstand zu ertragen, daß er sich einer guten Gesundheit und überschäumender Lebenskraft erfreute, aber dennoch war es unvermeidlich, daß er sich Gedanken über die nähere oder fernere Zukunft machte. Wenn seine Zeit abgelaufen wäre, gäbe es niemanden, der den Betrieb hätte leiten können. Es war schlimm, daß keiner seiner drei Söhne bereit war, den Vater in der Arbeit zu unterstützen. Allen dreien widerstrebte der Handel gleichermaßen, und alle Versuche, sie umzustimmen, waren vergebens gewesen. Jetzt, mit fünfzig Jahren, sah er keine Möglichkeit mehr, die Sache in Ordnung zu bringen.

Zweifellos war er allein verantwortlich für diese bedrückende Situation. Bei aller kaufmännischen Klugheit war er – zumindest bei sich zu Hause und in der Familie – zu großzügig und zu gutmütig gewesen. Das Haus war schön wie ein Palast und ausgestattet mit kostbaren Möbeln, es gab eine Menge Diener. Gleich nach seiner Heirat war er aus dem alten Haus in Djamalija ausgezogen und hatte dieses prächtige Anwesen in Hilmija bezogen. Die Söhne waren also in einem neuen Milieu aufgewachsen, abgeschnitten vom Handel und von Kaufmannskreisen. Es war eine Gegend, die bei allen drei Söhnen eine gewisse Verachtung für die sogenannten freien Berufe gefördert hatte. Ihrer Lebensweise und ihrem Milieu gemäß hingen sie neuen, höheren Idealen an, von denen ihr Vater, der voll in der Arbeit steckte und ein ausgefülltes Leben hatte, nichts wußte. Als er dann endlich ernsthaft mit ihnen sprach, widersetzten sie sich seinen Vorschlägen und lehnten es ab, wenigstens die Handelsschule zu besuchen. Instinktiv ahnten sie, dies könne vielleicht eine Falle sein. So hatten sie sich den Weg zum Jura- und Medizinstudium erobert und waren nun Richter, Anwalt und Arzt.

Das Leben war für Salim Alwan dennoch lebenswert und glücklich. Der dicke, massige Körper, das runde, rosige Gesicht und die jugendliche, impulsive Vitalität waren eindeutige Beweise dafür. Er war glücklich, weil er mit dem zufrieden war, was er erreicht hatte. Das Unternehmen brachte Gewinn, die Gesundheit war gut, die Familie zufrieden, und die Söhne hatten Erfolg. Jeder von ihnen hatte seine Aufgabe und war zuversichtlich. Außer den drei Söhnen hatte er noch vier Töchter, die alle gut verheiratet waren.

Sein Leben wäre sogar die reinste Glückseligkeit gewesen, wenn er nicht von Zeit zu Zeit voller Sorge an die Zukunft der Firma gedacht hätte. Allmählich merkten die Söhne zwar, daß den Vater etwas bedrückte, nur machten sie sich ganz eigene Gedanken darüber. Sie wiederum hatten nämlich Angst, dem Vater könnten eines Tages die Zügel entgleiten, vielleicht würde er sie auch plötzlich verlassen, und dann wüßten sie nicht, was sie mit der Firma anfangen sollten. So kam es also, daß sein Sohn Mohammed, der Richter, ihm vorschlug, die Firma aufzugeben, um sich endlich nach so vielen harten, mühevollen Jahren zur wohlverdienten Ruhe zu setzen. Aber dem Vater blieb der wirkliche Grund zur Sorge nicht verborgen, und so versuchte er erst gar nicht, seinen Ärger zu verbergen. »Willst mich wohl beerben, obwohl ich noch lebe?« schrie er erregt.

Der Sohn war überrascht und erschreckt, denn wie seine Brüder liebte er den Vater aufrichtig. Also rührte zwar keiner mehr an dieses empfindliche Problem, aber beendet war die Angelegenheit damit auch nicht. Überzeugt, daß sie mit einem anderen Vorschlag bestimmt nicht seinen Zorn erregen würden, sagten sie sich, daß der Kauf von Boden oder der Bau von Gebäuden zweifelsohne eine bessere Geldanlage wäre, als wenn es auf der Bank gehortet wurde. Sie schlugen es ihm vor, und er, beschlagen wie er in allen Geldfragen war, begriff sofort, daß der Vorschlag so dumm nicht war. Er wußte nur zu gut, daß ein Unternehmer, der Geld nicht in Anlagen investierte, sein Kapital in einer einzigen Unglücksstunde verlieren konnte. Ein Geschäftsmann, der vorsorglich für die Zukunft Immobilien aufkaufte – unter Umständen sogar auf den Namen seiner Söhne oder seiner Frau – war für eine solche Stunde gerüstet und konnte noch mehr Geld herausschlagen. Er stand dann wenigstens nicht mit leeren Händen da. Nur zu gut wußte er, daß selbst schwerreiche Fabrikanten bankrott gegangen waren und in bitterster Armut geendet hatten. So manches Mal hatte es da auch schon einen Selbstmord oder einen plötzlichen Tod gegeben.

Er wußte das alles und fand, daß seine Söhne so unrecht nicht hatten. So neu war diese Idee für ihn nicht, er hatte schon darüber nachgedacht. Aber erlaubten es die Kriegszeiten, an so etwas zu denken? Auf keinen Fall, das war klar. Wenn überhaupt, dann könnte er eine solche Aktion später starten, und jetzt hätte er Zeit gewonnen, sie gut vorzubereiten. Dann wäre das Ganze auch leichter zu realisieren.

Kaum aber hatte er gemeint, dieser und ähnlicher Überlegungen enthoben zu sein, da kam sein Sohn, wieder der Richter, und schlug ihm vor, sich doch um den Titel eines Beys zu bewerben. Warum, so sagte er, sollte er nicht Bey werden, wo doch das Land voll von Beys und Paschas sei, die über weitaus weniger Geld, Ansehen und Würde als er verfügten? Das Lob freute ihn. Im Grunde war er – im Unterschied zu vorsichtigeren Geschäftsleuten – sehr auf Ehrung und Ansehen bedacht. Aber einfältig, wie er in solchen Dingen war, wußte er nicht, wie man sich um so etwas bewarb. Die Sache begann die Familie zu beschäftigen. Begeistert waren alle von der Idee, aber über den Weg, sie zu verwirklichen, gab es sehr unterschiedliche Meinungen. Da gab es zunächst den Vorschlag, sich mit Politik zu beschäftigen. Das Problem war nur, daß Salim Alwan zwar etwas vom Handelsgeschäft verstand, aber von der Welt sonst überhaupt nichts. Was er so manchmal über gesellschaftliche Dinge äußerte, ging kaum über das hinaus, was beispielsweise Abbas al-Hilu, der Friseur, meinte. Wie dieser betete er demütig an der Grabstätte von Husain, wie dieser verehrte er Scheich

Darwisch und erbat sich dessen Segen. Kurzum, er war ziemlich dumm und so gesehen eigentlich nicht mehr als ein gut verdauender Magen und eine prächtige Djubba. Aber oftmals ist ja in der Politik nicht mehr als das vonnöten.

Er war schon dabei, sich mit dem Gedanken zu befreunden, als sein anderer Sohn, Arif, der Rechtsanwalt, ernsthaft und warnend zu ihm sagte: »Die Politik ist genau das richtige, um unser Haus zu ruinieren und die Firma zu verschlingen. Du wirst dich plötzlich verpflichtet sehen, für die Partei ein Vielfaches von dem auszugeben, was du bisher für dich, deine Familie und das Geschäft aufgebracht hast. Nehmen wir mal an, daß du für das Parlament kandidierst, dann kosten dich die Wahlen allein schon ein paar Tausender, obwohl es gar nicht sicher ist, daß du dann wirklich einen Sitz bekommst. Und was ist das Parlament in unserem Land schon anderes als ein schwer herzkranker Mann, den jeden Augenblick der Schlag treffen kann? Und außerdem, in welche Partei willst du eigentlich gehen? Nimmst du die Wafd, dann wird ein Ministerpräsident wie Sidqi Pascha nicht eher ruhen, bis deine Firma wie Spreu vom Wind verweht ist. Gehst du aber in eine andere Partei, dann nehmen dir das deine Geschäftsleute übel, und es geht ebenfalls bergab.«

Herr Alwan war tief beeindruckt. Er vertraute seinen »gebildeten« Söhnen voll und ganz. Diese Worte von Arif kamen ohnehin seiner Neigung entgegen, die Politik links liegenzulassen, wußte er doch, daß er davon keine Ahnung hatte und ihn das alles kaltließ. Das einzige, was er von Politik mitbekommen hatte, waren ein paar Namen aus der Zeit von Saad Zarlul, die noch heute entweder mit Sympathie oder voller Abneigung erwähnt wurden.

Aber es gab auch noch einen anderen Vorschlag. Er solle doch lieber Geld für ein Projekt wohltätigen Charakters stiften und würde dafür dann sicherlich den Titel eines Beys erhalten. Das gefiel ihm zunächst überhaupt nicht, denn als Geschäftsmann hatte er gegen Geschenke und Spenden eine natürliche Abneigung. Wenn er großzügig war, dann beschränkte sich das auf ihn selbst und seine Familie. Aber andererseits wollte er auch nicht endgültig nein sagen, denn der Titel reizte ihn doch sehr und war schon zu einer Lieblingsvorstellung von ihm geworden. Nur hatte er begriffen, daß ihn das nicht weniger als die stattliche Summe von fünftausend Pfund kosten würde. Was sollte er tun? Seinen Söhnen gegenüber lehnte er ab, aber innerlich war er damit noch nicht fertig. So war also zu den an sich schon bestehenden Problemen – Leitungsfragen, Immobilienkauf – eine neue Sorge hinzugekommen, die er wiederum der Zukunft und veränderten Verhältnissen überlassen wollte.

Waren diese Probleme auch wichtig, so war die Lage doch nicht so ernst, als daß sie die Ungetrübtheit des Lebens im allgemeinen und die von Salim Alwan im besonderen gestört hätte, der des Tags völlig in der Arbeit und des Nachts in seinen Naturtrieben aufging. Bei der Arbeit ließ er sich durch nichts ablenken. Gerade jetzt saß er zum Beispiel am Schreibtisch und konzentrierte sich voll und mit abwartender Vorsicht auf das Gespräch mit einem jüdischen Zwischenhändler, der vor ihm saß. Lautstark bewunderte er die freundliche und höfliche Art, mit der sein Gast sich auszudrücken pflegte. Während der andere nun mehr und mehr davon überzeugt war, daß er einem ihm sehr gewogenen Freund gegenübersaß, lag Salim Alwan wie ein zum Sprung bereiter Tiger auf der Lauer. Er schlich und schlich sich näher heran und wartete, daß er zum Sprung ansetzen konnte. Und wehe dem, über den er herfiel! Die Erfahrung hatte ihn gelehrt, daß eine Freundschaft mit diesem und mit ähnlichen Herren einen sehr teuer zu stehen kommen konnte. Sie waren, wie er es nannte, nützliche Teufel.

Mit diesem Gast verhandelte er über ein Teegeschäft, das ihm reichlichen Gewinn einbringen würde. Wie immer, wenn er angestrengt nachdachte, zwirbelte er den buschigen Schnurrbart und rülpste laut. Kaum daß sie die Sache mit dem Tee abgeschlossen hatten, versuchte der Gast, ihm den Kauf eines günstigen Grundstücks nahezulegen, wußte er doch, daß Salim Alwan so etwas schon einmal erwogen hatte. Aber nun war er endgültig entschlossen, solche Projekte bis in die Zeit nach dem Krieg zu verschieben. Damit war alles besprochen, und der Mann verließ ihn in dem guten Gefühl, wenigstens einen Vertrag abgeschlossen zu haben.

Andere Gäste kamen, und Herr Alwan arbeitete ununterbrochen und mit ganzer Kraft. Erst zur Mittagszeit erhob er sich, um essen zu gehen. Das Zimmer, in dem er die Mahlzeit einzunehmen pflegte, war behaglich und mit einem Bett für den Mittagsschlaf eingerichtet. Wie immer aß er Gemüse, Kartoffeln und eine Schüssel Farik. Danach schlief er ein oder zwei Stündchen. In dieser Zeit ruhte jede laute Geschäftigkeit in der Firma, und in die Midaq-Gasse zog Stille ein.

Mit der Schüssel Farik war eine hübsche Geschichte verbunden. Die Farik war nämlich nicht nur einfach ein Gericht, sondern auch eine Arznei, auf deren Zubereitung sich einer seiner Arbeiter ausgezeichnet verstand. Wie der Mann, der Salim Alwan sehr nahestand, das machte, war beider Geheimnis geblieben. So hoffte jedenfalls Salim Alwan, denn sicher konnte er darin nicht sein, konnte man doch in der Midaq-Gasse kaum ein Geheimnis wirklich bewahren. Die Farik bestand aus geschälten grünen Weizenkörnern, Taubenfleisch und geriebener Muskatnuß. Wenn er das zu Mittag gegessen hatte, trank er nachmittags alle zwei bis drei Stunden ein Glas Tee. Die Wirkung setzte nachts ein, zwei volle Stunden konnte er dann reinstes männliches Glück genießen. Außer den beiden Männern wußte nur noch Husnija, die Bäckersfrau, wie die Farik zubereitet wurde. Die Leute in der Gasse hatten manchmal gesehen, wie sie ihm eine Schüssel brachte. Die einen meinten, es müsse sich um reinstes Kraftfutter handeln, und wünschten ihm, daß es ihm wohl bekomme. Es gab aber auch andere, die meinten, es solle – mit Allahs gütiger Erlaubnis – dazu führen, daß er vor Fett überlaufe.

Eines Tages nun hatte die Gier Frau Husnija eingeflüstert, doch einmal an ihrem Gatten Djada diese Arznei auszuprobieren. Heimlich nahm sie eine ordentliche Portion ab und füllte die leere Stelle mit einfachem grünem Weizen aus. Da sie darauf vertraute, Herr Alwan werde das in seiner Achtlosigkeit übersehen, und da die Farik sichtbare Erfolge zeigte, tat sie das nun jeden Tag. Aber nicht lange, und Salim Alwan entdeckte es, waren doch seine Nächte längst nicht mehr so lustvoll wie zuvor. Zuerst beschuldigte er den Arbeiter, der ihm das Essen servierte. Als sich der Mann aber glaubwürdig entlasten konnte, kamen ihm Zweifel an der Rechtschaffenheit der Bäckersfrau. Ohne viel Mühe deckte er alles auf und beschimpfte sie schrecklich. Von nun an schickte er die Schüssel nicht mehr in ihre Bäckerei, sondern in eine ausländische Sikka al-Djadida.

Damit war nun aber auch das Geheimnis der Schüssel gelüftet, und als Umm Hamida davon hörte, war es im Nu in der ganzen Gasse bekannt. Wenn nun die Schüssel gebracht wurde, fielen die Leute mit Schimpf und Schande darüber her. Herr Alwan wiederum war maßlos darüber erbost, daß nun alle Bescheid wußten.

Aber das legte sich auch wieder, denn eigentlich gingen ihn die Leute der Gasse nichts an. Wenn er auch den größten Teil seiner Zeit hier verbrachte, so hatte er doch nie zu ihnen gehört. Noch nie hatte er von einem von ihnen etwas Nützliches erwartet. Die einzigen, die er zu grüßen bereit war, waren Radwan al-Husaini und Scheich Darwisch. Aber was aus der ganzen Geschichte herauskam, war, daß die Farik zu einer Mode wurde. Wenn sie nicht so enorm teuer gewesen wäre, hätte keiner mehr davon abgelassen. Meister Kirscha probierte sie, auch Doktor Buschi, und selbst Radwan al-Husaini kostete davon, nachdem er sich überzeugt hatte, daß sie nichts enthielt, was das islamische Gesetz verbot. Salim Alwan aß sie natürlich weiter. Denn was hatte er schon vom Leben? Tagsüber war er in der Firma voll in Anspruch genommen, und nachts saß er nicht wie andere in Kaffeehäusern, Klubs oder Nachtbars herum. Er hatte also kein anderes Vergnügen als seine Frau. Deshalb betätigte er sich in seinem ehelichen Intimleben auch auf mannigfaltige Weise und irrte dabei von der Straße der Mäßigung ab.

Kurz vor dem Nachmittagsgebet wachte Salim Alwan auf, vollzog die rituelle Waschung und verrichtete das Gebet. Dann zog er den Kaftan und die Djubba über und kehrte an seinen Schreibtisch zurück, wo er schon den Tee zubereitet vorfand. Genüßlich schlürfte er aus dem Glas und stieß dabei laut kollernde Rülpser hervor, deren Echo im Innenhof widerhallte. Als er sich dann mit dem gleichen Eifer wie morgens an die Arbeit machte, schien es, als überkäme ihn von Zeit zu Zeit Unruhe. Er schaute mal zur Gasse, dann wieder auf die dicke, goldene Uhr und fingerte unbewußt an der Nase herum. Als die Sonne dann über der linken Straßenseite stand, drehte er den Sessel, so daß er genau auf die Gasse sehen konnte. Etliche Minuten verstrichen, ohne daß etwas geschah. Plötzlich aber horchte er auf, seine Augen begannen zu funkeln. Er konnte das Klappern von Holzpantöffelchen wahrnehmen. Hamida war am Tor der Firma vorbeigehuscht. Heftig zwirbelte er den Schnurrbart und drehte den Sessel wieder zum Schreibtisch. Noch immer leuchteten seine Augen, und die Erregung hielt an. Der flüchtige Anblick war nach der langen Stunde des sehnsuchtsvollen Wartens zu kurz gewesen, um ihm die Ruhe wiederzugeben.

Er bekam sie nur zu dieser Tageszeit zu sehen, außer wenn er in seltenen Minuten der Muße vor dem Firmentor ein paar Schritte auf und ab ging, dabei verstohlen zu ihrem Fenster hinaufschaute und so tat, als wollte er seine Nerven durch das Gehen beruhigen. Er mußte bei seiner Position ja sehr vorsichtig und auf einen guten Ruf bedacht sein. Schließlich war er Salim Alwan, sie aber nur ein armes, junges Ding, und die Gasse war voll scharfer Zungen und aufdringlicher Augen.

Er hörte auf zu arbeiten und trommelte gedankenverloren mit den Fingern auf dem Schreibtisch. Ja, gewiß, sie war arm und von niedriger Herkunft, aber das hinderte ihn keineswegs, nach ihr zu verlangen. Die Seele des Menschen ist eben nicht nur gut. Sollte sie arm und niedrig sein, das interessierte ihn gar nicht, dafür boten ihr bronzefarbenes Gesicht, der Blick ihrer Augen und der schlanke Wuchs Vorzüge, die jeden

Klassenunterschied vergessen ließen. Was hätte er auch davon, wenn er überheblich wäre? Er war eben verliebt in diese bezaubernden Augen, das hübsche Gesicht, die zu erahnenden Reize des Körpers und diesen kleinen, süßen Hintern, der selbst die Frömmigkeit von alten Scheichs in Gefahr bringen konnte. Kurzum, das Mädchen war köstlicher als alle indischen Importe zusammen.

Er hatte sie schon als kleines Mädchen gekannt, weil sie oft in die Firma gekommen war, um für ihre Mutter Henna und Spezereien zu kaufen. Ihre Brüste waren zuerst wie zwei Lotosfrüchte, dann wie die der Doumpalmen gewesen und hatten sich schließlich zu zwei stattlichen Granatäpfeln entwickelt. Der Po war zuerst wie ein glattes Fundament gewesen, auf dem noch nichts erbaut worden war. Dann aber war er unverschämt rund und kugelig geworden, als habe er es eilig, zu dem eines Weibes zu werden. Schließlich hatte er die weiche, volle Form köstlicher Weiblichkeit angenommen.

Salim Alwan hatte sie in wachsendem Maße bewundert, woraus dann stürmisches Verlangen geworden war. Seit ihm das klargeworden war, versuchte er auch nicht länger, dieses Gefühl zu unterdrücken. Wie oft hatte er sich schon gewünscht, daß sie wie Sanija Afifi Witwe wäre, dann hätte er schon einen Ausweg gefunden. Aber leider war sie noch Jungfrau, und das mußte gut überlegt werden. Natürlich fragte er sich, was er eigentlich wirklich vorhatte. Da waren seine Frau und seine Familie. An seiner Frau war nichts auszusetzen, sie hatte alles, was ein Mann sich wünschen konnte: weiblichen Reiz, Mütterlichkeit, Treue und eine tüchtige Hausfrauenart. Früher, in ihrer Jugend, war sie sowohl schön als auch fruchtbar gewesen. An sich gab es also nichts, was er ihr hätte vorwerfen können. Hinzu kam noch, daß sie aus einer vornehmen Familie kam, die weitaus höhergestellt war als die seine. All ihre Vorzüge mußte er also eindeutig anerkennen, er hegte ihr gegenüber ja auch aufrichtige Zuneigung. Das einzige, was ihn störte, war, daß sie nicht mehr so jung und vital war und ihn immer mehr mied, weil sie nicht mehr die Kraft hatte wie er. Im Vergleich zu ihr schien er immer noch der unersättliche junge Mann zu sein, der bei ihr nun nicht mehr den Genuß fand, nach dem er sich sehnte.

In der Tat war es so, daß ihm nicht ganz klar war, wer woran schuld war. War es diese Sehnsucht nach vollem Genuß, die ihn auf Hamida brachte, oder hatte Hamida ihm nur bewußt gemacht, was er vermißte? Aber was es auch war, er fühlte einen unwiderstehlichen Drang nach frischem Blut. Wie konnte ihm so etwas schon als Sünde angerechnet werden, rechtfertigte er sich vor sich selbst, wenn Allah sie mit so schönen Dingen ausgestattet hatte? Als Mann von hohem Ansehen war er sehr darauf bedacht, respektiert zu werden. Ihm war wichtig, was die anderen über ihn redeten, und der Gedanke, daß man sich über ihn das Maul zerreißen könnte, hätte ihn sehr bekümmert. Sein Leitsatz war: »Iß, was du willst, aber ziehe an, was den Leuten gefällt.« So aß er denn ja auch die Farik, aber Hamida... Das wäre was! Wenn sie von guter Familie wäre, hätte er überhaupt nicht gezögert, um ihre Hand anzuhalten. Aber wie sollte Hamida mit diesem familiären Hintergrund die Nebenfrau von Frau Alwan werden? Wie hätte schon Umm Hamida seine Schwiegermutter sein können, so wie die verstorbene ehrwürdige Frau Alifa es gewesen war? Und wie zum Himmel sollte Hamida die Frau des Mannes sein, der der Vater vom Richter Mohammed Salim, dem Anwalt Arif Salim und dem Doktor Hasan Salim war? Noch anderes, nicht weniger Bedeutsames, mußte er bedenken. Er hätte ein neues Haus herzurichten, für das die Kosten vielleicht doppelt so hoch wären wie für das alte. Dann würde es natürlich auch neue Erben geben, die mit ihren Ansprüchen auftreten und damit die feste Verbundenheit seiner Familie zerstören würden und mit Haß und Feindschaft die reine Weste beflecken könnten. Warum und wofür wollte er alle diese Sorgen heraufbeschwören? Wegen der lustvollen Begierde eines Mannes, Ehegatten und Vaters, der immerhin in den Fünfzigern war, auf ein junges Mädchen von zwanzig? Er war sich über all dies im klaren, war er doch gewohnt, Dingen, die mit Geld und der eigenen Lebensführung zusammenhingen, ins Auge zu sehen. Dennoch blieb er zaudernd und unschlüssig, überlegte hin und her und kam doch zu keinem richtigen Entschluß. Die Sehnsucht nach Hamida schwebte auch weiterhin als eine seiner Sorgen über seinem Haupt.

Lauter ungeklärte Probleme standen vor ihm: die Leitung der Firma und deren Zukunft, der Kauf von Grundstücken, der Bau von Immobilien, der Bey-Titel. Aber das Verlangen nach ihr bohrte viel stärker als alles andere in ihm, und so war er bedrückt.

Wenn er allein war, bemühte er sich, alles in Ruhe und vernünftig zu überlegen. Aber stellte er sich Hamida vor oder sah er sie gar am Fenster, dann wurde sie zu seinem einzigen Gedanken.

9

Auf Umm Husain, der Frau von Meister Kirscha, lastete ein schwerer Kummer. Kirscha hatte eine alte Gewohnheit aufgegeben, und das weckte in ihr quälende Fragen, durch die sie immer wieder auf ähnliche Ereignisse mit unheilvollen Folgen in der Vergangenheit stieß. Die Veränderung in Kirschas Leben mußte eine Ursache haben. Es war einfach nicht vorstellbar, daß er ohne jeden Grund seine nächtlichen Feiern nicht mehr zu Hause veranstaltete. Seine süchtigen Freunde kamen nicht mehr wie sonst zu mitternächtlicher Stunde ins Dachzimmer über dem Kaffeehaus, um dort bis zum Sonnenaufgang zu feiern.

Erinnerungen an ähnlich traurige Zeiten in ihrem Leben überfielen sie. Sie fühlte wieder den Schmerz, der ihr so manche Stunde vergällt hatte. Was trieb ihn dazu, die Nacht woanders zu verbringen? Hatte das den gleichen alten Grund? War es die gleiche unheilvolle Krankheit? Dieser Wüstling würde wieder nur sagen, daß er lediglich eine Ortsveränderung brauche, um die Langeweile zu vertreiben, oder auch, daß er nur einen für den Winter günstigeren Platz gefunden habe. Aber so weit käme es noch, daß sie diese verlogenen Entschuldigungen schluckte! Sie wußte genauso Bescheid wie alle anderen. Das war ja der Grund für ihren Kummer, und nun wollte sie etwas unternehmen, ohne Rücksicht auf die Folgen.

Sie war eine kräftige Frau, den Fünfzigern nahe und durchaus kühn und mutig, wobei sie manchmal sogar über das Ziel hinausschoß. Wie Husnija und Umm

Hamida war auch sie für ihr energisches Auftreten bekannt, und geradezu berühmt war sie durch die Zerwürfnisse mit ihrem Mann geworden, seines vom rechten Pfad abweichenden Lebenswandels wegen. Außergewöhnlich war außerdem noch ihre dicke und platte Nase. Umm Husain war eine fruchtbare Ehefrau, sie hatte sechs Mädchen und einen Jungen, Husain Kirscha, zur Welt gebracht. Die Töchter waren samt und sonders verheiratet. Wenn die Ehen auch ziemlich zerrüttet waren, so lebten sie doch wenigstens noch mit ihren Männern zusammen. Der Jüngsten war leider einmal etwas passiert, was zum Tagesgespräch der Gasse geworden war. Gleich im ersten Jahr der Ehe verschwand sie plötzlich und wurde erst nach langem Suchen in der Wohnung eines Arbeiters in Bulaq aufgefunden. Geendet hatte das damit, daß beide ins Gefängnis kamen. Dieses Unglück mit dem Mädchen war ein schwerer, aber nicht der einzige Schlag für die Familie gewesen. Der Meister selbst war ein altes und immerfort neues Unglück, das nie ein Ende nahm.

Umm Husain wußte, wie sie hinter das Geheimnis ihres Mannes kommen konnte. Sie erkundigte sich bei Onkel Kamil und bei Sanqar und hörte schließlich von dem jungen Mann, der in letzter Zeit öfter ins Kaffeehaus kam und den der Meister immer besonders herzlich begrüßte, ja, dem er sogar persönlich den Tee brachte. Sie begann, heimlich die Besucher zu beobachten, bis sie dann selbst den Jungen sah, der sich gleich rechts neben den Meister setzen durfte. Als sie sah, wie sich ihr Mann über ihn freute, wurde sie halb wahnsinnig, und alle alten Wunden brachen wieder auf.

Nach einer schlaflosen Nacht fühlte sie sich furchtbar elend. Sie kochte vor Wut, wußte aber nicht, was sie tun sollte. Sie hatte ihn schon so oft ausgeschimpft, ohne jeden Nutzen. Wenn sie nun zögerte, nochmals einen Angriff zu wagen, dann war es nicht seinetwegen, sondern weil sie einen Widerwillen verspürte, den Leuten wieder einen Grund zur Schadenfreude zu liefern.

Als Husain Kirscha sich anzog, um zur Arbeit zu gehen, trat sie aufgebracht auf ihn zu und sagte: »Mein Sohn, weißt du etwa noch nicht, daß dein Vater uns erneut Schande bereitet?«

Husain wußte sofort, was sie meinte. Es konnte ihr nur um die allen bekannte berüchtigte Sache gehen. Er wurde wütend, seine Augen sprühten Blitze vor Ärger. Warum gab es keinen einzigen Tag im Leben, der ohne Sorgen und Skandale ablief? Selbst ohne die Geschichte mit dem Vater hätte er noch genug Ärger gehabt. Er war dieser ganzen häuslichen Misere überdrüssig, das hatte ihn sicherlich auch bewogen, sich in die Arme der britischen Armee zu stürzen. Aber dieses neue Leben hatte seinen Widerwillen gegen die Umwelt eher verstärkt als besänftigt. Er hatte genug von der Familie, der Wohnung und der ganzen Gasse. Daß seine Mutter jetzt wieder zu klagen anfing, war gerade so, als gösse sie Öl in die Flammen. »Was willst du?« sagte er wütend. »Was habe ich mit alledem zu tun? Immer wenn ich mit ihm geredet und versucht habe, alles einzurenken, dann haben wir nur aufeinander eingeschimpft und uns fast geschlagen. Erwartest du von mir, daß ich meinem Vater an den Kragen gehe?«

Daß sein Vater vielleicht wirklich eine Sünde beging, interessierte ihn nicht. Als er zum erstenmal davon gehört hatte, war er mit einem gleichgültigen Schulterzucken darüber hinweggegangen: »Er ist ein Mann, und einen Mann kann nichts entehren.« Wütend wurde er erst dann auf den Vater, als er bemerkte, daß über die Familie geredet wurde und man sich über sie lustig machte. Dafür haßte er ihn. Seine Beziehung zu ihm war schon immer etwas gespannt gewesen, so wie das eben ist, wenn zwei Menschen von ähnlichem Wesen aufeinanderstoßen. Beide waren grob, unverträglich, jähzornig. Aber als dann diese Schande dazugekommen war, hatten sie noch viel mehr Schwierigkeiten, miteinander umzugehen, und standen sich schließlich wie Feinde gegenüber, die zeitweise einen offenen Krieg miteinander führten, um dann wieder für eine Weile Waffenstillstand zu schließen. Aber der Groll blieb.

Umm Husain wußte nicht, was sie antworten sollte. Sie wollte nicht zum Anlaß für den Ausbruch neuer Feindseligkeiten zwischen Sohn und Vater werden. So ließ sie ihn denn gehen, und er verließ wütend und schimpfend die Wohnung. Es ging ihr nicht gut an diesem Morgen. So viele Jahre war sie nun schon erniedrigt und gedemütigt worden, nun wollte sie keine neuerliche Niederlage hinnehmen. Es war ihr fester Entschluß, den sündhaften Mann zu bekehren, auch wenn ihr das die Schadenfreude der anderen wieder einbrachte und sie sich dadurch noch unglücklicher machte. Sie wartete bis Mitternacht, als sich die Gästeschar im Kaffeehaus auflöste und ihr Mann soweit war, die Tür abzuschließen. In diesem Moment ging sie zum Fenster und rief ihn. Der Mann hob unwillig den Kopf. »Was willst du, Umm Husain?«

»Komm herauf, Meister, es gibt etwas Wichtiges.«

Der Meister machte dem Jungen ein Zeichen, daß er auf ihn warten solle. Behäbig stieg er die Treppe hinauf und stand dann heftig atmend auf der Schwelle zur Wohnung. Grob fuhr er sie an: »Was willst du? Hat das nicht Zeit bis morgen?«

Die Frau sah, daß er wie angenagelt auf der Schwelle stehenblieb, als wolle er die Unantastbarkeit eines fremden Hauses nicht verletzen. Sie bebte vor Wut und starrte ihn mit vor Schlaflosigkeit geröteten und zornigen Augen an. Sie wollte nicht gleich über ihn herfallen und bemühte sich, ihre Erregung zu unterdrücken. »Komm doch bitte herein, Meister.«

Was war er doch für ein ungeduldiger Mensch! Da amüsierte er sich ganze Nächte außer Haus und konnte daheim kein Gespräch von wenigen Minuten ertragen. Trotz alledem war er aber vor Gott und den Menschen ihr Ehemann und der Vater aller ihrer Kinder. Wie sehr er sie auch verletzt hatte, konnte sie ihn doch nicht hassen oder vergessen. Schließlich war er ihr Mann und Herr, um den sie kämpfen würde, um ihn ganz für sich zu haben und ihn immer, wenn die Sünde die Hand nach ihm ausstreckte, für sich zurückzugewinnen. Denn immerhin war er eine Persönlichkeit in der Gasse und war der führende Mann unter seinen Kollegen. Darauf war sie stolz. Wenn er nicht diesen abscheulichen Hang zur Sündhaftigkeit gehabt hätte, hätte sie auf der ganzen Welt keinen besseren Mann finden können als ihn. Aber da stand er nun wie angewurzelt, getrieben, dem Ruf des Teufels zu folgen, bemüht, so schnell wie möglich wegzukommen und zu seinem Bengel zu eilen. Ihre Wut schwoll wieder an. Scharf forderte sie ihn auf: »Komm doch erst mal rein! Warum stehst du da an der Schwelle wie ein Fremder?«

Der Meister schnaubte ärgerlich. Als er in den Korridor trat, fragte er sie unwillig: »Was hast du vor?«

Sie schloß die Tür. »Beruhige dich erst mal. Ich will dir nur kurz was sagen.«

Zweifelnd blickte er zu ihr hinüber. Was wollte die Frau? Wollte sie sich ihm wieder einmal in den Weg stellen? Er schrie sie an: »Sprich! Warum vergeudest du soviel Zeit?«

»Hast es wohl eilig, Meister?«

»Weißt du das nicht?«

»Was treibt dich denn so?«

Sein Mißtrauen wuchs, und seine Wut stieg wieder, als er sich fragte, wie lange er diese Frau noch ertragen sollte. Dabei waren seine Gefühle ihr gegenüber nicht einmal ganz eindeutig, einmal haßte er sie, ein andermal liebte er sie auch wieder. Der Haß überwog aber immer dann, wenn die Frau es wagte, mit Vorwürfen über ihn herzufallen. Aus tiefster Seele wünschte er sich, daß die Frau doch »vernünftig« wäre und ihn gewähren ließe. War es nicht sein Recht, zu tun, was ihm beliebte? War es nicht ihre Pflicht, gehorsam und zufrieden darüber zu sein, daß ihre Wünsche erfüllt und sie genug zum Leben hatte? Sie gehörte doch genauso zu seinem Leben wie der Schlaf, das Haschisch und das Zuhause, und zwar mit ihren guten wie bösen Seiten. Noch nie war er ernsthaft auf die Idee gekommen, sich von ihr zu trennen. Hätte er das gewollt, dann hätte ihn nichts daran hindern können. Sie füllte durchaus in seinem Leben einen Platz aus und kümmerte sich sehr um ihn.

Jetzt aber fragte er sich in seinem Zorn, wie lange er diese Frau noch ertragen konnte. »Sei nicht närrisch und rede endlich!« schrie er. »Oder laß mich gehen!«

Verbittert fragte sie: »Findest du keine freundlicheren Worte für mich?«

Der Meister tobte: »Jetzt wird mir langsam klar, daß du überhaupt nichts hast, worüber du mit mir reden wolltest. Dann wird es wohl das beste sein, wenn du jetzt wie alle klugen Frauen schlafen gehst.«

»Geh du lieber schlafen, so wie die anderen klugen Männer.«

Der Mann schlug die Hände zusammen und sagte empört: »Wie komme ich dazu, zu dieser Zeit schon schlafen zu gehen?«

»Warum sonst hat Allah die Nacht erschaffen?«

»Aber seit wann schlafe ich nachts? Bin ich krank, Frau?« rief der Meister überrascht aus.

Gleich würde er verstehen, dachte sie sich und sagte bedeutungsvoll: »Kehre reuevoll wieder zum Herrn zurück, Meister! Und bete zu Gott, daß er deine Reue annehmen möge, auch wenn sie spät kommt!«

Nun begriff er, was sie wollte. Innerlich bebte er vor Wut, ließ sich aber nichts anmerken. »Was für eine Schuld sollte man schon auf sich laden, wenn man nachts feiert? Warum sollte es da etwas zu bereuen geben?«

Daß er sich dumm stellte, machte sie noch wütender. »Bereue, was du des Nachts treibst!« schrie sie.

Er wurde ironisch. »Da willst du wohl, daß ich mein ganzes Leben aufgebe?«

»Das ist also dein ganzes Leben!«

»Ja, mein ganzes Leben. Das Haschisch ist mein Leben.«

Ihre Augen blitzten. Am liebsten hätte sie ihm ins Gesicht geschlagen. »Und das andere Haschisch?«

Er blieb weiter ironisch. »Ich verbrenne doch nur die eine Sorte.«

»Mich, mich verbrennst du, sonst nichts! Warum feierst du denn nicht mehr oben auf dem Dach wie sonst?«

»Warum sollte ich nicht da feiern, wo es mir Spaß macht? Auf dem Dach, in der Präfektur oder im Djamalija-Viertel. Was geht dich das an?«

»Warum feierst du woanders? Ich will es wissen!«

Er hob den Kopf und brüllte los: »Gott sei meine Zunge, daß ich es bis jetzt verstanden habe, nicht vor das Hohe Gericht zu kommen. Und was ist jetzt? In meinem eigenen Haus tagt ein ständiges Gericht. Und außerdem mußt du wissen« – und hier senkte er den Kopf wieder und fuhr angriffslustig fort – »scheint unser Haus verdächtig geworden zu sein. Lauter Schnüffler spionieren hier herum.«

Da konnte sie sich einen bitteren Scherz nicht verkneifen. »Dann gehört wohl dieser schamlose Bursche da unten zu den Schnüfflern, die dich aus dem Haus treiben?«

Ah, sollte diese Anspielung die Erklärung sein? Sein dunkelhäutiges Gesicht verfinsterte sich. Es war ihm anzuhören, daß er sich ärgerte. »Was für ein Bursche?«

»Dieser schlampige Mensch dort, dem du eigenhändig den Tee bringst, als wärst du ein Gehilfe wie Sanqar!«

»Was sollte daran so schlimm sein? Der Meister bedient die Gäste ebenso wie der Gehilfe.«

»Und warum bedienst du dann nicht Onkel Kamil?« Ihre Stimme war schrill und höhnisch. »Warum bedienst du bloß diesen frechen Burschen?«

»Die Klugheit eines guten Meisters erfordert es, daß er neue Kunden selbst bedient.«

»Herumreden kann jeder! Aber was du tust, ist schändlich und unverschämt!«

Warnend hob er die Hand. »Mäßige deine Zunge, verrücktes Weib!«

Sie war nicht zu bremsen. »Die Leute kriegen alle mehr Verstand, wenn sie älter werden, aber ...« Er knirschte mit den Zähnen, schimpfte und fluchte.

Sie kümmerte sich nicht darum, sondern fuhr fort: »... aber du wirst immer dümmer, je älter du bist.«

»Du redest irres Zeug, Frau. Du mußt geistesgestört sein, beim Leben von Husain! Möge er es wieder von dir nehmen!«

Sie brüllte zurück: »Männer wie du müßten bestraft werden! Hast du uns nicht schon genug Unheil angetan? Hast du uns nicht schon genug erniedrigt durch all die Schadenfreude um uns herum?«

»Möge er es wieder von dir nehmen, möge er dir beistehen!« rief Kirscha nur aus.

Verzweiflung packte sie, und sie schrie warnend: »Heute hören mich nur die vier Wände, aber morgen schon wird mich die ganze Welt hören!« Kirscha hob die schweren Brauen. »Du drohst mir?«

»Ja, ich drohe dir. Dir und deiner ganzen Familie. Du kennst mich!«

»Mir scheint, daß ich dir deinen geisteskranken Schädel noch zertrümmern werde!«

»Na los, na los doch! Aber bei Gott, das Haschisch und deine Hurerei haben deinen Armen ja alle Kraft genommen! Du, du kannst ja nicht mal mehr die Hand heben. Du bist erledigt, Kirscha, erledigt.«

»Aber dann – deinetwegen! Mit den Männern geht's nur wegen der Frauen zu Ende.«

»Wer ohne Frauen auskommt, der kann mir nur leid tun!«

»Wieso? Habe ich nicht sechs Töchter und einen Sohn gezeugt, abgesehen von all den Abtreibungen und Fehlgeburten?«

Sie schäumte vor Wut. »Schämst du dich nicht, die Kinder zu erwähnen? Kann denn nicht einmal der Gedanke an sie dich von deiner Unzucht wegbringen?«

Kirscha schlug mit der Faust an die Wand und ging zur Tür. »Arme altersschwache und verrückte Frau!« sagte er im Gehen.

»Hast wohl keine Geduld mehr? Tut dir wohl leid, daß er so lange warten mußte! Wirst schon sehen, was du von deiner Unzucht hast, du Wüstling du!« rief sie ihm nach.

Die Tür schlug zu. Das Krachen zerriß das Schweigen der Nacht. Vor Wut und Zorn ballte Umm Husain die Hände. Sie wollte nur noch Rache.

10

Abbas al-Hilu sah sich immer wieder prüfend im Friseurspiegel an, bis sich schließlich in seinen Augen ein Ausdruck von Zufriedenheit abzeichnete. Nun war das Haar ordentlich gekämmt und der Staub vom Anzug sorgfältig abgeschüttelt. Langsam ging er zur Ladentür, blieb dort stehen und wartete. Diese Zeit des späten Nachmittags liebte er am meisten, der Himmel war strahlend blau, nachdem es den ganzen Tag genieselt hatte, die Luft war angenehm warm. Das Pflaster der Gasse, das nur zwei- oder dreimal im Jahr gereinigt wurde, war nun sauber gewaschen. Nur einige niedrigere Stellen der Sanadiqija-Straße waren noch mit lehmigem Wasser überschwemmt. Friedlich schlummerte Onkel Kamil in seinem Friseurladen auf zwei zusammengeschobenen Stühlen.

Das Gesicht von Abbas leuchtete, leidenschaftliche Liebe erfüllte ihn. Leise begann er vor sich hin zu trällern:

»Schon bald, mein Herz, kannst froh du sein nach all der langen Zeit,
und deine Wunden werden heilen mit der Zeit.
Eine schöne Arznei wirst du bekommen.
Noch weißt du nicht, wie wahr das ist, was einst die Weisen sagten:

Geduld, mein armes Herz, das ist der Schlüssel
zur Glückseligkeit.«

Onkel Kamil schlug die Augen auf und gähnte. Als er zu Abbas hinüberschaute, der noch immer auf der Schwelle des Ladens stand, lächelte dieser und kam zu ihm. Abbas zwickte ihn in die weichen Brüste und sagte fröhlich: »Wir sind verliebt, und bald wird uns die ganze Welt zulächeln.«

Onkel Kamil seufzte und sagte mit seiner piepsigen Stimme: »Möge es dir bekommen, Brüderchen. Aber kannst du mir dann nicht doch das Leichentuch geben, bevor du's verkaufst, um die Mitgift zusammenzubekommen?«

Abbas al-Hilu lachte laut los und ging langsam die Gasse hinunter. Er trug einen grauen Anzug, den einzigen, den er überhaupt besaß. Vor Jahresfrist hatte er ihn gewendet, die Ränder ein wenig ausgebessert, und nun achtete er sehr darauf, daß er stets sauber und gebügelt war. So sah Abbas in einer gewissen Weise doch recht gut aus. Er brannte vor Begeisterung und Kühnheit, ein Freudenrausch erfüllte ihn. Die bedrükkende Spannung, die gewöhnlich der Offenbarung des innersten Ichs vorausgeht, verwirrte ihn. Er erlebte die Liebe und schwebte auf Engelsflügeln im Himmel der Freude. Seine Liebe war zart, ehrlich und verlangend zugleich. Er fühlte sie körperlich in Brust und Augen, das Herz war voller Wärme, und die Augen flimmerten im Rausch. An dem Tag, als er dem Mädchen in Dirasa entgegengetreten war, hatte er eine einzigartige, triumphale Freude verspürt. Daß sie sich so widerstrebend gezeigt hatte, erklärte er sich damit, daß sie meinte, wie alle Frauen auf den Ruf der Liebe antworten zu müssen. Tagelang hatte ihn ein Freudenrausch beherrscht, aber dann ebbte die Begeisterung ab, der Taumel legte sich. Zweifel kamen auf, und er begann sich zu fragen, warum er in ihrer Widerspenstigkeit einen Beweis ihrer Liebe hatte sehen wollen. Vielleicht wollte sie ihn wirklich nicht? Vielleicht hatte sie ihm das bloß nicht direkt und grob sagen wollen? Hätte sich denn eine Nachbarin, die man jahrelang kennt, weniger höflich benehmen können? Ja, er hatte es wohl mit der Freude übertrieben, sie war nur ein trügerischer Rausch gewesen.

Aber anstatt sich nun zurückzuziehen, trieb es ihn bei jedem neu aufkommenden Zweifel weiter voran, und er verteidigte stürmisch sein Glück. So tauchte er früh am Morgen vor seinem Laden auf, um sie zu erblicken, wenn sie die Fensterläden öffnete. Und am Abend setzte er sich draußen vors Kaffeehaus, rauchte eine Wasserpfeife und schickte Blick um Blick zu dem geschlossenen Fenster hinauf, hinter dessen Läden sich die geliebte Gestalt verbarg. Als ihm das aber nicht mehr reichte, versuchte er noch einmal, ihr in der Dirasa zu begegnen, dort indes gab sie sich genauso abweisend wie beim erstenmal. Immer wieder versuchte er es, und immer wieder entschlüpfte sie ihm. Kam er dann allein zurück, war er trotzdem voller Hoffnung und Freude. Das Glück, sagte er sich, würde ganz gewiß auf ihn warten. Er mußte nur eine Menge Geduld und auch Mut aufbringen.

So brach er denn auch dieses Mal wieder voller Mut, Vertrauen und leidenschaftlicher Liebe auf. Als Hamida mit ihren Freundinnen auftauchte, wandte er sich ein wenig ab, bis sie an ihm vorbeigegangen waren. Langsam folgte er ihnen. Er hatte bemerkt, daß die Mädchen ihn interessiert angesehen hatten, was ihn stolz und ein wenig selbstbewußter machte. Er ging weiter, bis sich die Gruppe am Ende der Straße aufgelöst hatte. Seine Schritte wurden schneller, bis er nur noch eine Armlänge von Hamida entfernt war. Er lächelte sie verlegen an und murmelte wie immer: »Guten Abend, Hamida.«

Wenn sie ihn auch erwartet hatte, so war sie doch verwirrt. Sie konnte ihn weder lieben noch hassen, aber vielleicht war er die einzige Chance, die sich ihr in der Gasse bot. So fand sie es besser, ihn nicht grob abzuweisen. Sie würde es ihm noch einmal durchgehen lassen, daß er wieder ihren Weg kreuzte, und sich damit begnügen, ihn behutsam zu bremsen.

Trotz ihrer geringen Lebenserfahrung und Menschenkenntnis spürte sie sehr wohl den großen Unterschied zwischen seiner freundlichen, gutmütigen Art und ihrem unersättlichen Verlangen nach Macht, Einfluß und Kampf. Wenn sie bei irgend jemandem bemerkte, daß er entweder zu selbstsicher oder zu herausfordernd auftrat, dann machte sie das richtig glücklich, weil sie dann ihre instinktive Kampfbereitschaft in die Tat umsetzen konnte. Aber dieser treuherzige, sanfte Blick bei Abbas al-Hilu stimmte sie gleichgültig, vermischt mit ein wenig Verwirrung, weil er doch eben der einzige junge Mann in der Gasse war. Sie wußte nicht einmal genau, was sie gegen ihn hatte und ob sie überhaupt etwas gegen ihn vorbringen konnte. Weder fühlte sie irgendeine Zuneigung noch einen deutlichen Widerwillen.

Wäre sie nicht fest davon überzeugt, daß eine Heirat ihr natürliches und unabänderliches Schicksal darstellte, dann hätte sie keine Minute gezögert, ihn einfach wegzujagen. Aber so ließ sie sich seine Nähe gefallen, wollte ihn sich näher ansehen und ihn dazu bringen, sich ihr zu erklären. Vielleicht konnte sie so ihre Unentschlossenheit überwinden und zu einem Entschluß kommen.

Abbas hatte Angst, daß sie bis zum Ende der Straße

schweigen würde. Flehentlich sagte er nochmals: »Guten Abend...«

Auf ihrem schönen bronzefarbenen Gesicht zeigte sich ein kleines Lächeln, ihr Schritt wurde langsamer. Nur ihrer Stimme war anzumerken, daß sie bemüht war, ärgerlich zu erscheinen. »Was willst du denn?«

Abbas, der das kleine Lächeln gesehen hatte, sagte hoffnungsvoll: »Biegen wir doch in die Azhar-Straße ein, da sind wir sicherer vor irgendwelchen Blicken. Es wird ja auch gleich dunkel.«

Ohne etwas zu sagen, schwenkte sie in die Straße ein. Er folgte ihr und hätte vor Freude fast aus der Haut fahren können. Ihr gingen die Worte »da sind wir sicherer« und »gleich wird es dunkel« durch den Kopf. Auch ihr hätte es mißfallen, wenn jemand sie beobachtet hätte. Ihr Mundwinkel verzog sich zu einem kleinen, frechen Lächeln. Moral und Sitte – das waren für ihren widerspenstigen Geist ohnehin die schlimmsten Dinge. Die Gegend, in der sie aufgewachsen war, war sowieso nicht sehr dazu geeignet, daß man sich daran hielt oder sich gezwungen fühlte, sich Ketten anzulegen. Zudem hatte sie eine Mutter, die sich kaum darum kümmerte, ob sie ihr gehorchte. Sie tat also nur das, was ihr paßte, stritt um dieses und zankte sich um jenes, nahm auf nichts Rücksicht und scherte sich um keinerlei Tugend.

Abbas war nun dicht herangekommen und ging neben ihr. Freude klang aus seiner Stimme, als er sagte: »Du bist eben ein nettes Mädchen.«

Sie tat noch immer verärgert. »Was willst du von mir?«

Der junge Mann bemühte sich, seine Erregung zu unterdrücken. »Geduld ist eine Tugend, Hamida. Sei doch freundlich und nicht ganz so streng mit mir.«

Das Gesicht mit einem Zipfel der Abaja verdekkend, wandte sie sich ihm zu. »Nun sag schon, was du willst.«

»Hab doch Geduld. Ich möchte... ich will nur Gutes.«

»Du scheinst überhaupt nicht zu wissen, was du mir sagen willst«, unterbrach sie ihn. »Wir laufen und laufen, kommen immer mehr vom Weg ab, und die Zeit vergeht unnütz. Ich kann aber nicht so spät nach Hause kommen.«

Nun bekam er auch Angst, daß er nur Zeit vergeudete. »Wir kehren gleich um«, sagte er besorgt. »Hab keine Angst, und mach dir keine Gedanken. Wir werden schon eine Ausrede für deine Mutter finden. Du denkst über Minuten nach, ich aber über das ganze Leben, über unser gemeinsames Leben. Das ist es, was mich am meisten beschäftigt. Oder glaubst du mir nicht? Und doch ist es so. Das interessiert mich am meisten, beim Leben Husains, der dieses schöne Viertel hier gesegnet zu haben scheint.«

Als er so einfach und aufrichtig sprach, fühlte sie die Wärme in seinen Worten und fand es schön, ihm zuzuhören. Wenn er auch nicht gerade ihr Herz erreichte, so vergaß sie doch wenigstens für wenige Minuten ihre verwirrende Unentschlossenheit. Aufmerksam wandte sie sich ihm zu, wußte aber nicht, was sagen, und flüchtete sich daher in Schweigen.

Abbas schöpfte neuen Mut und sagte aufgeregt: »Zähle nicht die Minuten, und frag mich auch nicht mehr, was ich von dir will. Weißt du es denn wirklich nicht? Warum wohl kreuze ich deine Wege? Warum wohl folgt mein Auge deinem Schatten, wo immer du auch bist? Für dich gebe ich alles, was du wünschst, Hamida. Kannst du denn nichts in meinen Augen lesen? Sagt man nicht, daß das Herz eines gläubigen Mannes durchsichtig ist? Hast wirklich nur du nichts bemerkt? Befrage dich, befrage alle Leute in der Gasse, sie wissen es alle.«

Das Mädchen runzelte die Stirn und flüsterte unwillkürlich: »Du bringst mich in Schande...«

Er war entsetzt und wehrte aufgeregt ab: »Niemals wird es in unserem Leben eine Schande geben, ich will nur das Beste für dich. Möge Husain mein Zeuge sein, denn er kennt meine geheimsten Gedanken. Ich liebe dich, ich bin schon so lange in dich verliebt. Ich liebe dich mehr, als deine Mutter dich liebt. Bei Husain, dem Großvater und Herrn von Husain, schwöre ich dir, daß ich es ehrlich meine!«

Süße Freude und Stolz durchströmte sie. Solche Liebesworte schmeicheln eben den Ohren, und wenn sie auch das Herz nicht erreichen, so können sie doch so etwas wie krampflösende Mittelchen für die Seele sein. Hamida aber hielt sich nun nicht lange bei irgendwelchen Gefühlserkundungen auf, sondern machte in Gedanken schon wieder einen großen Sprung und überschritt damit die Brücke von der Gegenwart zur Zukunft. Wie wäre wohl ihr Leben, so fragte sie sich, wenn sie sich unter seinen Schutz begäbe und in den nächsten Tagen seine Hoffnungen erfüllte? Er war arm. Was er verdiente, reichte gerade so zum Leben. Er würde sie aus dem zweiten Stock von Frau Sanija Afifis Haus ins Erdgeschoß des Hauses von Herrn Radwan al-Husaini bringen. Von ihrer Mutter hatte sie höchstens ein gebrauchtes Bett, ein Sofa und ein paar kupferne Töpfe und Schüsselchen zu erwarten. Sie aber würde dann nur noch fegen, kochen, waschen und Kinder stillen. Wahrscheinlich würde sie barfuß und in einem zerlumpten Djilbab herumlaufen. Sie schauderte, als hätte sich ihr ein erschreckendes Bild gezeigt. In ihrem Innersten regte sich wieder ihr unbändiger Wunsch nach schönen

Kleidern. Der unbezähmbare Widerwille gegen kleine Kinder kam wieder hoch. Wieder war die quälende Ratlosigkeit da, und sie wußte nicht, ob es nun gut oder schlecht gewesen war, ihm nachzugeben und hier mit ihm entlangzulaufen.

Abbas beobachtete sie aufmerksam. Für ihr gedankenvolles Schweigen suchte er in seiner Hoffnung nur angenehme Erklärungen. »Warum schweigst du, Hamida? Ein einziges Wort würde ausreichen, um dem Herzen Linderung zu bringen und die ganze Welt zu verändern. Ein einziges Wort nur! Sag doch etwas, Hamida. Hör auf, so zu schweigen!«

Nichts kam. Noch immer war sie unentschlossen.

Abbas drängte weiter. »Du weißt vielleicht nicht, was meine Liebe zu dir aus mir gemacht hat. Die Liebe zu dir hat aus mir einen neuen Menschen gemacht. Ich könnte ohne jede Furcht die ganze Welt erobern, weißt du das? Ich bin aus meinem Halbschlaf erwacht, schon morgen wirst du mich als ganz neuen Menschen sehen.«

Was meinte er? Sie wandte ihm fragend den Kopf zu. Stolz und begeistert sagte er: »Ja, so ist es. Ich vertraue auf Allah und werde so wie andere mein Glück probieren. Ich werde zur britischen Armee gehen. Warum sollte ich nicht auch so einen Erfolg haben wie dein Bruder Husain?«

Sie horchte auf und fragte unwillkürlich: »Wirklich? Wann wird das sein?«

Ohne Zweifel wäre es ihm lieber gewesen, wenn sie etwas anderes gesagt hätte – weniger sachliches Interesse und mehr Gefühl hatte er erwartet. So sehr wünschte er sich, das süße Wort der Liebe zu hören, nach dem er sich so verzehrte. Aber vielleicht war dieses Interesse nur ein Vorwand, um schamhaft ihre Erregung zu verdecken, die seine Beichte entfacht hatte.

Sein Herz klopfte vor Freude. Er strahlte sie an und sagte: »Ich werde schon bald nach Tall al-Kabir gehen. Zuerst werde ich am Tag fünfundzwanzig Piaster bekommen. Aber alle haben mir gesagt, daß das nur ein Bruchteil von dem ist, was die Leute wirklich kriegen. Ich werde unter allen Umständen soviel wie möglich vom Tageslohn sparen. Dann kann ich, wenn man hier zu spüren bekommt, daß der Krieg aus ist – aber bis dahin dauert es noch lange –, einen neuen Salon in Sikka al-Djadida oder in der Azhar-Straße aufmachen. Dann haben wir ein schönes Leben, das wir genießen können... gemeinsam. Bete für mich, Hamida!«

Das war etwas Neues, auf das sie nie gekommen wäre. Wenn er das wirklich ernst meinte, dann könnte sie vieles von dem, was sie sich wünschte, bekommen.

Vorwurfsvoll fragte er: »Oder willst du nicht für mich beten?«

Als sie antwortete, klang es ihm herrlich in den Ohren, obwohl ihre Stimme lange nicht so schön war wie ihr Körper. »Möge Allah dir Erfolg bescheren.«

»Amen«, sagte er froh. »Amen. O Allah, mögest du sie erhören. Mit deiner Hilfe wird die ganze Welt uns zulachen. Wenn du zufrieden bist, ist die Welt es auch. Ich will nichts anderes, als daß du glücklich bist.«

Nach und nach überwand sie ihre schwankende Haltung, denn inmitten all der Dunkelheit, die sie umgab, leuchtete nun ein Hoffnungsschimmer auf, der Schein glänzenden Goldes. Nun gut, er gefiel ihr nicht, und als Mann sprach er sie auch nicht an. Aber dafür tauchte da verheißungsvoll die Möglichkeit auf, ihren Traum von Macht und Wohlstand zu verwirklichen. Und außerdem oder vor allem war er der einzig annehmbare junge Mann in der Gasse, das stand fest. Genugtuung überkam sie, und als er wieder zu sprechen begann, hörte sie aufmerksam zu.

»Hast du gehört, Hamida? Ich will nichts weiter, als daß du glücklich bist.«

Auf ihren zarten Lippen zeichnete sich ein Lächeln ab. Leise sagte sie: »Möge Allah dir beistehen.«

Frohlockend fuhr er fort: »Wir müssen auch nicht bis zum Kriegsende warten. Wir könnten schon bald die glücklichsten Geschöpfe in der Gasse sein.«

Ihr Gesicht verzog sich widerwillig, und unbewußt entschlüpfte es ihr verächtlich: »In der Gasse!«

Er sah verwirrt aus, wagte aber nicht, die Gasse zu verteidigen, die er liebte und allen anderen Plätzen der Welt vorzog. Beunruhigt fragte er sich, ob Hamida sie wohl genauso verachtete wie ihr Bruder Husain, die beiden hatten ja immerhin von der gleichen Brust getrunken. Aber da er jeden Mißton vermeiden wollte, sagte er nur: »Du wirst dir den Platz aussuchen, der dir gefällt. Da ist Dirasa, Djamalija und Bait al-Qadi. Such dir dein Heim, wo immer du willst!«

Je länger sie zuhörte, desto verlegener wurde sie. Ihr wurde klar, daß sie mehr gesagt hatte als notwendig, ihre Zunge hatte sie unbewußt verraten. Sie biß sich auf die Lippen und fragte ungläubig: »Mein Heim? Welches Heim meinst du? Was habe ich damit zu tun?«

»Wie kannst du so sprechen? Genügen dir die Qualen nicht, die ich durchlitten habe? Weißt du denn nicht, welches Heim ich meine? Allah vergebe dir, Hamida. Ich meine unsere Wohnung, die wir gemeinsam aussuchen werden. Nein, die du allein aussuchen wirst. Eine Wohnung ganz allein für dich, ohne andere Leute. Dafür werde ich weggehen und Geld verdienen. Du hast schon um glückliches Gelingen für mich gebetet, nun steht der wunderbaren Wahrheit nichts mehr im Wege. Wir haben uns geeinigt, und damit ist die Sache erledigt!«

Hatten sie sich wirklich geeinigt? Es sah ganz so aus, denn wenn nicht, dann wäre sie doch nicht mit ihm gelaufen und hätte ihm dieses Gespräch und die Zukunftsträume nicht erlaubt. Was sollte sie daran schon kränken, war er nicht auf jeden Fall ihr künftiger Mann? Trotzdem war sie unschlüssig. War sie vielleicht anders geworden, hatte sie sich nicht mehr im Griff? Als sie darüber nachdachte, fühlte sie, wie er ihre Hand berührte und sie festhielt. In ihre kalten Fingerspitzen strömte angenehme Wärme. Sollte sie sie ihm entziehen und nein sagen? Sie tat gar nichts und sagte auch nichts. Sie gingen einfach so weiter, und ihre Hand ruhte in der seinen, die warm war. Sie spürte den zärtlichen Druck seiner Finger und hörte ihn sagen: »Wir werden uns von nun an ganz oft treffen, nicht wahr?«

Sie wollte nichts sagen, doch er begnügte sich mit ihrem Schweigen und wiederholte: »Wir werden uns oft treffen und alles gemeinsam überlegen. Ich werde dann auch deine Mutter besuchen. Wir müssen vor meiner Abreise alles geregelt haben.«

Sie zog ihre Hand zurück und sagte ängstlich: »Wir sind viel zu spät dran und so weit weg. Komm, laß uns umkehren.«

Beide machten auf dem Absatz kehrt, und Abbas lachte glücklich auf. Es war der Widerhall der Freude, die sein Herz so stürmisch bewegte. Mit raschen Schritten erreichten sie in wenigen Minuten die Rurija-Straße, wo sie sich trennten. Sie ging weiter die Straße hinunter, während er zur Azhar-Straße abbog, um von der Husain-Straße her zur Gasse zu gelangen.

11

»O Allah, vergib mir und sei gnädig«, sagte Umm Husain und machte sich auf den Weg zu Herrn Radwan al-Husaini. Sie suchte Allahs Vergebung und Barmherzigkeit, hatte sie doch vergeblich versucht, ihren Mann auf den richtigen Weg zu bringen. Nun sah sie keinen anderen Ausweg, als mit Herrn Radwan zu sprechen. Vielleicht würde er, rechtschaffen und würdevoll, wie er war, mehr Erfolg haben als sie. Noch nie hatte sie gewagt, mit ihm über diese schreckliche Angelegenheit zu sprechen. Aber nun brachten die Ratlosigkeit und die Angst vor üblem Klatsch sie dazu, bei ihm anzuklopfen.

Die Tür wurde geöffnet, und Herrn Radwans Gattin begrüßte sie. Frau Husaini war in den Fünfzigern, in einem Alter also, auf das viele Frauen durchaus stolz waren, betrachteten sie es doch als Höhepunkt ihrer fraulichen Reife. Sie aber war schmächtig und verhärmt. Man sah ihr die vielen Schläge des Schicksals an, das ihr ein Kind nach dem anderen aus den Armen gerissen hatte. So gab sie der Stille der Wohnung einen Hauch von Trauer und Schwermut, die auch nicht von der tiefen Frömmigkeit ihres Mannes aufgehoben werden konnte. Schmal und bekümmert, wirkte sie wie das genaue Gegenteil ihres kräftigen, strahlenden Mannes, der Zuversicht und Frohsinn verbreitete. Auch sie war tief gläubig, aber das konnte nicht verhindern, daß sie mehr und mehr dahinsiechte.

Die beiden Frauen setzten sich. Umm Husain wußte, wieviel Leid die andere durchgemacht hatte, und fand deshalb auch den Mut, ihr von ihren Sorgen zu klagen. Sie konnte darauf vertrauen, einer verständnisvollen Zuhörerin gegenüberzusitzen. Als sie darum bat, Herrn Radwan zu sprechen, ging die Frau für einen Moment hinaus. Schon bald kam sie wieder, um Umm Husain in sein Zimmer zu geleiten.

Herr Radwan saß auf einem Fell und betete einen Rosenkranz. Vor sich hatte er eine offene Kohlenpfanne und rechts neben sich eine Teekanne. Das Zimmer war klein und behaglich eingerichtet. In den Ekken gab es Sofas und auf dem Boden einen Schiras-Teppich. In der Mitte stand ein runder Tisch, auf dem ganze Stapel von verblichenen Büchern lagen. Von der Decke hing eine große Gaslampe herab. Herr Radwan hatte einen locker wallenden grauen Djilbab an und ein schwarzes Käppchen auf dem Kopf, unter dem sein weißes, von roten Äderchen durchsetztes Gesicht wie ein strahlender Vollmond leuchtete. In diesen Raum zog er sich oft zurück, las, betete und meditierte. Hierher kamen auch seine Freunde, die Glaubensgelehrte oder Sufis waren. Man erzählte sich Geschichten und Berichte vom Propheten und diskutierte über die unterschiedlichen Meinungen. Nun gehörte er zwar nicht zu den wissenschaftlich gebildeten Gelehrten religiöser Gesetze und auch nicht zu den besonders klugen Leuten, aber er war auch nicht einer von denen, die ihre Fähigkeiten überschätzten und meinten, alles zu verstehen. Er war ein wirklich gottesfürchtiger Mensch, der die Achtung der Gelehrten durch ein großmütiges Herz, durch Güte, barmherzige Zuneigung zu den Menschen und festen Glauben gewonnen hatte.

Er erhob sich, um Umm Husain zu begrüßen. Sie trat zu ihm und grüßte ihn, wobei sie mit der Hand einen Zipfel ihres Gewandes hielt, um damit ihr Gesicht zu verhüllen und so seine fromme Reinheit nicht zu beflecken.

»Ein herzliches Willkommen unserer verehrten Nachbarin«, sagte Herr Radwan und bat sie, Platz zu nehmen. Sie wählte den Platz ihm gegenüber, während er sich wieder mit gekreuzten Beinen auf das Fell setzte. Umm Husain begann ihn mit Segenswünschen zu überschütten. »Möge Allah Sie erheben, gnädiger Herr, und Ihnen ein langes Leben kraft der Hilfe des Auserwählten, des Propheten, schenken.«

Da er den Anlaß ihres Besuches ahnte, fragte er gar nicht erst nach der Gesundheit von Meister Kirscha, obwohl das die Regeln der Gastfreundschaft erfordert hätten. Wie alle anderen in der Gasse kannte er die Lebensweise von Meister Kirscha und hatte auch von den heftigen Auseinandersetzungen gehört, die es früher schon bei ähnlichen Anlässen zwischen dem Mann und seiner Ehefrau gegeben hatte. Er war ziemlich sicher, daß er gegen seinen Willen in einen neuerlichen Streit hineingezogen werden sollte. Aber da es kein Entweichen gab, stellte er sich dieser Pflicht und unterwarf sich ihr voller Geduld. So lächelte er ihr freundlich zu und sagte, um sie zum Reden zu ermutigen: »Es geht Ihnen hoffentlich gut.«

Umm Husain gehörte nicht zu den Frauen, die lange zögern. Scheu zu sein war noch nie ihre Art gewesen. Außer Husnija, der Bäckersfrau, gab es keine Frau in der Gasse, die eigenwilliger war als sie. Ohne lange Umstände polterte sie mit ihrer rauhen Stimme los: »Herr Radwan, Sie sind die reinste Güte und ein großer Segen und der trefflichste Mann unserer Gasse. Deshalb komme ich auch zu Ihnen, um Sie um Hilfe in meiner großen Not zu bitten und Klage über den unzüchtigen Mann, meinen Gatten, zu führen.« Bei den letzten Worten klang ihre Stimme lauter, greller.

Herr Radwan lächelte und sagte mitleidig: »Erzählen Sie ruhig, Umm Husain, ich höre Ihnen aufmerksam zu.«

Die Frau seufzte. »Möge Allah Ihr Ansehen noch erhöhen, Sie Zierde der Männer. Mein Mann dagegen, Herr, schämt sich überhaupt nicht und läßt nicht von der Sünde ab. Immer wenn ich denke, daß er nun doch auf dem richtigen Weg ist, bringt er mir neue Schande ins Haus. Er ist ein sittenloser Mensch, den weder das Alter, die Frau noch die Kinder von seiner unheilvollen Sucht abhalten können. Vielleicht haben Sie von diesem schamlosen jungen Mann gehört, der jeden Abend zu ihm ins Kaffeehaus kommt? Das ist die neueste Schande.«

Die klaren Augen des Mannes schauten betrübt drein. Gedankenverloren schwieg er. Er, dem der Schmerz um den Verlust seiner Kinder nichts von der Heiterkeit seiner Seele hatte nehmen können, grämte sich nun. Ohne etwas zu sagen, verharrte er still und betete inbrünstig, daß seine Seele für immer vom Satan und dessen Frevel verschont bleiben möge.

Die Frau betrachtete seine Betrübnis als einen Hinweis darauf, daß ihr Zorn berechtigt war. Ihre Erregung steigerte sich, eine wahre Flut von Beschimpfungen ergoß sich: »Er hat uns entehrt, der Schamlose! Bei Gott, hätte ich nicht schon so lange mit ihm gelebt und wären da nicht die Kinder, dann wäre ich schon längst aus dem Haus gegangen und nie wieder zurückgekehrt! Würden Sie sich etwa eine solche Schmach bieten lassen, gnädiger Herr? Könnten Sie so ein schändliches Benehmen ertragen? Wie oft habe ich ihm gut zugeredet, aber er hat keinen einzigen Rat befolgt. Wie oft habe ich ihn gewarnt, aber er hat sich nie darum gekümmert. Nun habe ich keinen anderen Ausweg mehr gesehen, als zu Ihnen zu kommen, obwohl ich Ihren keuschen Ohren diese beschämenden Dinge nicht zumuten wollte. Aber ich weiß mir keine andere Hilfe mehr, sind Sie doch der geachtetste Mann des ganzen Viertels und ein wirklicher Herr, dem alle gehorchen. Vielleicht können Sie bei ihm das erreichen, was meine Worte und die aller anderen nicht bewirken konnten. Wenn ich aber merke, daß er selbst auf Sie nicht hört, dann werde ich anders mit ihm verfahren. Bis jetzt habe ich mich noch beherrscht, aber wenn ich erst einmal weiß, daß das nicht zu ändern ist, dann lege ich in der ganzen Gasse Feuer, damit sein dreckiger Leib darin umkommt...«

Herr Radwan blickte tadelnd auf. Ruhig wie immer sagte er: »Seien Sie ohne Furcht, Umm Husain, und verlassen Sie sich nur auf Allah. Lassen Sie sich nicht vom Zorn beherrschen. Sie sind doch eine gute Frau, alle sind dieser Meinung. Machen Sie nicht sich und Ihren Mann zum Tagesgespräch. Eine gute Ehefrau ist der feste Schirm und Schutz gegen alles, was Gott verdeckt sehen möchte. Kehren Sie ruhig und zuversichtlich nach Hause zurück und überlassen Sie mir die Sache. Ich werde bei Allah um Beistand ersuchen.«

Umm Husain wurde ruhiger. »Allah möge Sie erheben und glücklich machen. Möge er Ihre Güte belohnen, sind Sie doch, mein Herr, unser aller Zuflucht und Schutz. Ich werde meine Sache in Ihre Hände legen und abwarten. Allah, unser Herr, wird zwischen mir und diesem unzüchtigen Mann abwägen.«

Herr Radwan wollte sie noch weiter besänftigen. Aber immer, wenn er zu sprechen anfing, brach sie in Segenswünsche für ihn und Beschimpfungen für ihren Mann aus, so daß ihm allmählich die Geduld zu schwinden begann. Als es ihm endlich gelang, sie ehrenvoll zu verabschieden, seufzte er erleichtert auf. Es wäre ihm lieber gewesen, wenn er in diese Sache nicht hineingezogen worden wäre, und daran dachte er auch, als er sich wieder setzte. Aber da es nun einmal geschehen war, konnte er nicht umhin, sein Versprechen zu halten. Er rief den Diener und trug ihm auf, Meister Kirscha zu holen. Während Herr Radwan wartete, fiel ihm ein, daß er zum erstenmal einen sündhaften Frevler bei sich zu Besuch haben würde. Bisher waren in diesem Zimmer nur fromme Gelehrte und Sufis gewesen. Wieder seufzte er und sagte sich, daß derjenige, der einen Sünder auf den richtigen Weg bringt, mehr Gutes tut als einer, der mit einem Frommen zusammensitzt. Aber würde er es wirklich schaffen, den Mann zum rechten Glauben zu führen? Er schüttelte zweifelnd den Kopf und zitierte laut: *»Nicht du bringst den auf den rechten Weg, den du willst, sondern Allah allein geleitet den, den er erwählt.«* So saß er also und wunderte sich, welchen Verführungen der Teufel den Menschen aussetzt und wie leicht er ihn von Gottes wohlgeordneten Bahnen abbringen konnte.

Er wurde in seinen frommen Betrachtungen unterbrochen. Der Diener meldete ihm, der Meister sei eingetroffen. Er bat ihn herein und erhob sich, um ihn zu begrüßen.

Meister Kirscha trat ein, sah ihn unter den schweren Lidern voller Verehrung und Hochachtung an und verneigte sich, als er ihm die Hand gab. Herr Radwan bat ihn, Platz zu nehmen. Meister Kirscha setzte sich genau dorthin, wo noch vor wenigen Minuten seine Frau gesessen hatte. Herr Radwan reichte ihm ein Glas Tee. Der Meister war ruhig und ohne jede Furcht. Er hatte keine Ahnung, weshalb ihn Herr Radwan hatte kommen lassen. Das war auch gut so, denn wenn einer verwirrt und beunruhigt ist, wird er leicht unvorsichtig und redet unbedacht.

Herr Radwan sah den halbgeschlossenen Augen seines Gastes an, daß sich der völlig sicher fühlte. Lächelnd sagte er: »Ihr Besuch ist uns eine Ehre, Meister.«

Meister Kirscha hob dankend die Hand an den Turban und erwiderte: »Allah hat Ihnen hohes Ansehen verliehen, Herr.«

»Entschuldigen Sie, daß ich Sie von Ihrer Arbeit weggerufen habe. Aber ich möchte mit Ihnen wie mit einem Bruder über eine wichtige Angelegenheit sprechen. Deshalb dachte ich, am besten wäre es bei mir zu Hause.«

Kirscha neigte den Kopf und sagte höflich: »Ich stehe Ihnen zu Diensten, Herr.«

Herr Radwan befürchtete, daß sie mit weiteren Höflichkeiten nur Zeit verlieren würden und er den Meister nur unnötig lange von seiner Arbeit abhielte. Deshalb steuerte er ohne langes Zögern das Thema an. An Mut fehlte es ihm nicht, und so scheute er kein offenes Wort. Seine Stimme war nun sehr ernst. »Ich möchte zu Ihnen wie zu einem Bruder sprechen, jedenfalls so, wie Brüder miteinander sprechen sollten, wenn sie sich in ihrer Beziehung von Aufrichtigkeit und Freundschaft leiten lassen. Denn der getreue Bruder empfängt den, den er als Bruder erachtet, mit offenen Armen und fängt ihn auf, wenn er ihn straucheln sieht, oder er gibt ihm einen guten Rat, wenn er meint, daß der andere dessen bedarf.«

Kirschas Selbstsicherheit schwand zusehends, denn in diesem Moment wurde ihm klar, daß er in eine Falle gegangen war. In seinen trüben Augen kam Argwohn auf, und unbewußt sagte er verlegen: »Da haben Sie sicher recht, Herr.«

Herr Radwan war weder der Argwohn noch die Verlegenheit Kirschas entgangen. Als er nun weitersprach, bemühte er sich bei aller Strenge im Ton, ihn freundlich und aufrichtig anzuschauen. »Lieber Freund, ich möchte Ihnen ganz ehrlich sagen, was mich bekümmert. Nehmen Sie mir meine Offenheit nicht übel. Denn wenn jemand als Freund und aufrichtiger Mensch dem anderen helfen will, sich zu ändern, dann sollte der das auch nicht übelnehmen. Es ist so, mein Bruder, daß mir einiges an Ihrem Verhalten nicht gefällt. Ich denke, daß Sie sich unwürdig benehmen.«

Kirscha runzelte die Brauen. Während er sich insgeheim fragte, was das den anderen überhaupt anginge, tat er nach außen hin erstaunt und sagte: »Hat Sie mein Benehmen wirklich betrübt, Herr? Allah bewahre Sie davor!«

Radwan al-Husaini übersah geflissentlich die vorgetäuschte Verwirrung und fuhr fort: »Zu den Herzen der Jugend findet der Satan, heimlich oder offen, oftmals leichten Zugang, um sie zu verderben. Deshalb dürfen wir gegenüber der Jugend nicht nachsichtig sein und müssen sie zwingen, ihre Herzen dem Teufel zu verschließen. Aber was ist mit den Männern, denen das Alter eigentlich Ehre und Ansehen gebracht hat? Was wird aus ihnen, wenn sie freiwillig ihre Herzen öffnen und den Teufel zu sich einladen? So etwas, Kirscha, betrübt mich dann wirklich.«

Jugend und Alter! Geöffnete Herzen! Teufel aller Teufel! Warum gönnt er sich keine Ruhe und läßt die anderen nicht auch in Ruhe? Kirscha schüttelte verwirrt den Kopf und sagte leise: »Ich verstehe überhaupt nichts, Herr Radwan.«

Bedeutungsvoll sah der ihn an und fragte nicht ohne Tadel: »Wirklich nicht?«

Der Meister, verärgert und ängstlich zugleich, murmelte: »Wirklich nicht.«

Radwan al-Husaini wurde energischer. »Ich habe

gedacht, daß Sie mich sehr wohl verstanden hätten. Ich meine, um es ganz deutlich zu sagen, diesen schamlosen jungen Mann...«

Nun saß er in der Klemme, und Wut überkam ihn. Aber wie eine Maus, die in die Falle gegangen ist, versuchte er noch, ein Schlupfloch zu finden, obwohl seiner Stimme schon anzuhören war, daß er sich geschlagen sah. »Was für ein junger Mann, Herr?«

Radwan al-Husaini behielt seinen freundlichen, milden Ton bei und bemühte sich, den Meister nicht noch mehr aufzuregen. »Sie kennen ihn doch, Meister. Ich habe auch nicht angefangen, über ihn zu sprechen, um Sie zu verletzen oder in Verlegenheit zu bringen, da sei Allah vor! Ich habe es vielmehr deshalb getan, um Sie wieder auf den rechten Weg zu bringen. Was nützt es schon, es abzustreiten, wenn alle darüber Bescheid wissen und alle darüber reden. Bei meinem Leben, das ist wohl das, was mich am meisten schmerzt, daß Sie zum beliebtesten Thema für Klatsch und Tratsch geworden sind!«

Zorn übermannte Kirscha, und er schlug sich hart auf die Schenkel. Wie wild polterte er los und scherte sich nicht darum, daß er beim Sprechen spuckte. »Warum kehren die Leute nicht vor der eigenen Tür und lassen andere in Ruhe? Sie meinen also, daß die Leute tratschen, Herr? Das tun sie schon, seit Allah die Erde und alles andere erschaffen hat. Sie fallen nicht so eifrig über einen her, weil sie wirklich etwas an ihm auszusetzen haben, sondern weil sie ihn erniedrigen wollen. Und wenn sie bei jemandem keinen Fehler finden, dann erfinden sie etwas und stürzen sich dann darauf. Meinen Sie denn, daß diese Leute sich das Maul zerreißen, weil sie wirklich etwas nicht in Ordnung finden? Überhaupt nicht! Das ist nur der Neid, der ihnen den Grind von den Köpfen frißt!«

Al-Husain erschrak, als er das hörte. Bestürzt sagte er: »Was sind das bloß für schreckliche Ideen! Denken Sie wirklich, die Leute seien auf ein so schändliches Benehmen neidisch?«

Kirscha lachte gehässig los. »Zweifeln Sie ja nicht an dem, was ich sage, Herr Radwan! Die Menschen sind nichts weiter als ein zum Untergang verdammter Haufen. Wäre es da nicht besser, wenn sie sich um sich selbst kümmerten ...?« Hier merkte er, daß er die Beschuldigungen gegen sich selbst ja im Raum hatte stehenlassen und daß er sich kaum verteidigt hatte. So fuhr er fort: »Sie wissen wohl nicht, wer dieser junge Mann ist? Das ist ein ganz armer Junge, dem ich aus dem Elend heraushelfen will, indem ich mich ein wenig wohltätig erweise.«

Radwan al-Husaini war über diese Heuchelei verärgert. »Meister Kirscha, höchstwahrscheinlich verstehen Sie mich nicht. Ich will Sie weder verurteilen noch mit Vorwürfen überschütten. Wir beide sind arme Sünder, die Allahs Barmherzigkeit und Vergebung suchen müssen. Nur eines möchte ich nicht, daß Sie nämlich alles abstreiten. Wenn dieser junge Mann wirklich so arm ist, dann überlassen Sie ihn seinem Schöpfer. Die Welt ist voll von armen Menschen, denen Sie Ihre Wohltätigkeit erweisen können.«

»Aber warum sollte ich diesem Jungen nicht Gutes tun? Es macht mich traurig, daß Sie mir nicht glauben. Ich bin völlig unschuldig.«

Radwan al-Husaini bemühte sich, sein Mißfallen zu unterdrücken. »Dieser junge Mann ist verdorben und hat einen schlechten Ruf. Sie täuschen sich, wenn Sie meinen, mich hinters Licht führen zu können. Es wäre das beste gewesen, wenn Sie meinen Rat befolgt und aufrichtig und ehrlich gesprochen hätten.«

Kirscha begriff, daß Herr Radwan verärgert war,

auch wenn er das nicht zeigte. Er hielt es für geraten, sich in Schweigen zu hüllen. Gerade als er aufzubrechen gedachte, begann Herr Radwan wieder zu reden. »Ich bitte Sie sehr dringend, Ihre eigene Rechtschaffenheit und auch die Ihres Hauses wiederherzustellen. Ich werde nicht aufgeben, Sie wieder zum Guten zu bekehren. Verlassen Sie diesen jungen Mann, der nichts als ein Teufelsdreck ist, und wenden Sie sich reuevoll Allah zu, der voller Vergebung und Barmherzigkeit ist. Wenn Sie früher einmal zu den angesehenen, frommen Männern gezählt haben, dann gehören Sie jetzt nur noch zu den verkommenen Reichen. Soviel Sie auch verdienen, werden Sie nur großen Schaden nehmen, wenn Sie sich weiter in diesem Morast bewegen. Am Ende werden Sie allein und verarmt sein. Was sagen Sie dazu?«

Meister Kirscha war endgültig entschlossen, sich auf keinen Streit mehr einzulassen. Im Innersten sagte er sich, er sei schließlich ein freier Mensch, der tun könne, was er wolle. Niemand hatte über ihn zu bestimmen, auch nicht Radwan al-Husaini! Aber er dachte nicht daran, den guten Mann wieder herauszufordern. Er schloß die Augen und sagte gleichmütig: »Das ist Allahs Sache.«

Nun zeigte sich deutlicher Ärger auf al-Husainis schönem Gesicht, und scharf erwiderte er: »Nein, das ist des Teufels Sache! Schämen Sie sich!«

Der Meister murmelte nur: »Allah wird mir den rechten Weg weisen.«

»Folgen Sie nicht dem Bösen, dann wird Allah Sie wieder rechtschaffen werden lassen. Verlassen Sie den jungen Mann, oder überlassen Sie es mir, daß er in Frieden des Weges zieht!«

Der Meister war beunruhigt. Er konnte seine Gefühle nicht mehr verbergen und sagte fest: »Nein,

Herr, das werden Sie nicht tun.« Der andere sah ihn verächtlich an und sagte bedauernd: »Sehen Sie, wie die Sünde Sie vom rechten Weg abbringt?«

»Allah leitet uns!«

Radwan al-Husaini war der Verzweiflung nahe. Bekümmert sagte er: »Ich sage Ihnen zum letztenmal: Verlassen Sie ihn, oder überlassen Sie ihn mir!«

Kirscha rutschte auf den Rand des Sofas, als wollte er aufstehen, und erwiderte hartnäckig: »Nein, Herr. Ich bitte Sie sehr, nichts zu unternehmen, auf daß Allah mir den rechten Weg zeigen möge.«

Al-Husaini war empört über diesen unverschämten Starrsinn. Ekel war aus seiner Stimme herauszuhören, als er fragte: »Beschämt Sie denn diese Gier auf solch frevelhafte Dinge gar nicht?«

Kirscha hatte genug von Herrn Radwan und dessen frommen Belehrungen und stand auf: »Die Menschen müßten sich für viele schlimme Sachen schämen, das hier ist nur eine von vielen. Überlassen Sie es mir, wie ich den rechten Weg finde. Ärgern Sie sich nicht über mich und glauben Sie, daß ich es ernst meine, wenn ich mich entschuldige und sage, daß es mir leid tut. Gibt es denn irgend etwas, was dem Menschen helfen könnte, sich selbst zu beherrschen?«

Herr Radwan lächelte traurig. »Es gibt vieles, wenn er nur will. Aber Sie haben nicht verstanden, was ich Ihnen sagte. Also überlassen wir es Gott.« Er reichte ihm die Hand und sagte: »Auf Wiedersehen.«

Mürrisch und finster dreinblickend verließ Meister Kirscha das Haus und schimpfte auf die Menschen, die Gasse und Herrn Radwan.

12

Geduldig wartete Umm Husain den ersten Tag ab und dann auch noch den zweiten. Sie stand hinter den geschlossenen Fensterläden und beobachtete durch einen Spalt das Kaffeehaus, um zu sehen, ob der junge Mann sich wieder zeigen würde. Er kam tatsächlich, stolzierte umher und verließ dann um Mitternacht gemeinsam mit ihrem Mann das Kaffeehaus in Richtung der Rurija. Vor Wut und Haß wurden ihre Augen weiß, und sie fragte sich, ob denn wohl Herrn Radwans Ratschlag umsonst gewesen war. Sie ging noch einmal zu ihm. Bedauernd schüttelte er den Kopf und sagte: »Lassen Sie ihn nur machen, bis Allah die Sache klärt.«

Sie kochte vor Wut und schwor Rache. Keinen Augenblick wollte sie sich länger darum kümmern, was die Leute sagten. Sie stellte sich ans Fenster, wartete, daß es Nacht wurde und der Junge kam. Schnell hüllte sie sich in ihre Milaja, rannte wie eine Verrückte aus der Wohnung und sprang die Treppen hinunter. In wenigen Minuten war sie vor dem Kaffeehaus. Die Läden waren schon geschlossen, drinnen saßen wie immer die Männer. Meister Kirscha hing halb betäubt über der Ladenkasse und bemerkte nicht, daß sie hereingekommen war. Nachdem sie sich kurz umgeschaut hatte, blieb ihr Blick an dem Jungen hängen, der gerade Tee trank. Sie ging auf ihn zu, ohne daß ihr Mann, an dem sie vorbei mußte, den Kopf hob. Weit holte sie aus und schlug dem Burschen das Glas aus der Hand. Klirrend fiel es zu Boden, und der junge

Mann sprang schreiend auf. Mit Donnerstimme brüllte sie ihn an: »Na, trink deinen Tee, du Hurensohn!« Die Leute, die aus der Gasse, aber auch andere, starrten sie an. Meister Kirscha, der hochgefahren war, als habe man ihm einen Eimer kalten Wassers ins Gesicht geschüttet, wollte sich erheben, doch die Frau stieß ihn vor die Brust, so daß er wieder auf den Stuhl zurückfiel. Wie von Sinnen vor Zorn schrie sie ihn an: »Ha, da bist du! Wag es ja nicht, dich zu bewegen, du schamloser Wüstling du!« Dann wandte sie sich wieder dem Jungen zu. »Was hat dich so in Schrecken versetzt, du ausgepichter Bursche du? Du Weibsbild in Männerkleidern! Erzähl mir mal, warum du herkommst!«

Meister Kirscha war aufgestanden. Vor Wut konnte er nicht sprechen, sein Gesicht war aschfahl. Hemmungslos schrie sie los: »Wenn du es wagen solltest, deinen Kumpan hier zu verteidigen, zerschmettere ich dir vor allen Leuten sämtliche Knochen!« Wieder stürmte sie auf den Burschen los, der sich immer mehr nach hinten flüchtete und sich schließlich an Scheich Darwisch festklammerte. »Hast du vor, mein Haus zu zerstören, du verkommener Lump?«

Der junge Mann zitterte. Alles, was er herausbrachte, war: »Wer sind Sie denn? Was habe ich getan, daß Sie...«

»Wer ich bin? Kennst du mich nicht? Ich bin deine Nebenfrau!« Sie fiel mit Schlägen über ihn her. Der Tarbusch fiel auf die Erde, Blut floß aus seiner Nase. Sie packte ihn an der Krawatte und schnürte ihn so, daß er nur noch röcheln konnte.

Die Leute saßen wie erstarrt und beobachteten überrascht, was sich vor ihren Augen abspielte. Im Innersten genossen sie diese Szene durchaus und freuten sich, bei so einem prächtigen Auftritt als Augenzeugen dabeizusein. Kaum hatte Husnija, die Bäckersfrau, das Schreien vernommen, da eilte sie herbei, gefolgt von Djada, ihrem Mann, der den Mund vor Staunen nicht mehr zubekam. Nicht lange, und Zita, der Krüppelmacher, erschien. Er blieb ein wenig abseits stehen, als wäre er der Leibhaftige, den die Erde ausgespuckt hat. Im Nu standen alle Fenster der beiden Wohnhäuser offen, und neugierig wollte man wissen, was da vorging.

Meister Kirscha war außer sich vor Wut, sah er doch, daß sein Junge sich vor Schmerzen krümmte. Schaum stand ihm vor dem Mund wie bei einem durchgehenden Hengst, er stürzte auf seine Frau, packte sie an den Armen und brüllte: »Laß ihn los, Frau, und hör auf, einen solchen Skandal zu machen!«

Die Frau mußte ihren Widersacher loslassen. Das Gewand war ihr vom Körper geglitten. Sie schrie wie eine Wahnsinnige und packte ihren Mann am Kragen. »Mich, mich schlägst du, du schamloser Kerl, weil du deinen Kumpan verteidigen willst?«

Der junge Mann nutzte die Gelegenheit und stürzte aus dem Kaffeehaus, er wollte mit der Sache nichts mehr zu tun haben. Die Schlacht zwischen der Frau und Kirscha aber tobte weiter. Sie hielt ihn noch immer am Kragen fest, und er versuchte, sie zurückzustoßen und sich von ihr zu befreien. Schließlich ging Radwan al-Husaini dazwischen und trennte die beiden. Keuchend nahm die Frau ihre Milaja wieder auf und hüllte sich darin ein. Sie schrie noch immer so laut, daß die Mauern des Kaffeehauses einzustürzen drohten. »Du Haschischfresser, du Geistesgestörter, du dreckiger Lump, du sechzigjähriger Greis, du Vater von fünf Kindern und Großvater von zwanzig Enkeln, du Schuft, du Hohlkopf, ich werde dir in dein schwarzes Gesicht spucken!«

Der Meister bebte vor Erregung. Er blickte sie scharf an und schrie: »Achte auf deine Zunge, Frau! Hör auf mit diesen Kloaken-Geschichten, bewirf uns nicht mit Dreck.«

»Halte den Mund! Die einzige Kloake hier bist du, du Schlappschwanz, du schamloser Kerl, du Schutzherr kleiner Jungen!«

Er drohte ihr mit der Faust. »Du spinnst wieder mal. Was ist über dich gekommen, daß du die Kunden im Kaffeehaus überfällst?«

Seine Frau brach in lautes Lachen aus und sagte mit bitterer Ironie: »Kunden? Verzeihung, ich hatte nicht vor, den Kunden hier etwas anzutun, ich wollte mir nur einmal den speziellen Kunden des Meisters vornehmen!«

Hier schaltete sich wieder Radwan al-Husaini ein. Er forderte sie auf, vom Streit abzulassen und nach Hause zu gehen. Sie aber antwortete ihm entschlossen: »In dieses verruchte Haus werde ich, solange ich lebe, nicht mehr zurückkehren!«

Er drängte sie weiter, und Onkel Kamil kam ihm zu Hilfe. Mit seiner hohen, engelsgleichen Stimme sagte er: »Geh doch nach Hause, Umm Husain. Geh zurück, vertraue auf Allah, und höre auf das, was dir Herr Radwan gesagt hat.«

Radwan al-Husaini hinderte sie, die Gasse zu verlassen, und ließ sie nicht aus den Augen, bevor sie nicht schimpfend nach Hause gegangen war. Da verzog sich denn auch Zita wieder. Auch Djada, gefolgt von Husnija, machte sich auf den Heimweg. Sie puffte ihn in den Rücken und sagte: »Beklage dich nie mehr über dein Schicksal und behaupte ja nicht, du wärst der einzige Mann, der verprügelt wird. Hast du gesehen, wie sogar richtige Herren geschlagen werden?«

Dem Lärm der Schlacht folgte tiefe Stille. Die Zuschauer wechselten boshaft-freudige Blicke. Am meisten hatte sich Doktor Buschi amüsiert, der nun bedauernd den Kopf schüttelte und mit scheinbar trauriger Stimme sagte: »Es gibt keine Macht noch Stärke außer bei Allah. Möge er wieder Frieden stiften.«

Meister Kirscha, der noch immer wie festgenagelt an der gleichen Stelle stand, bemerkte erst jetzt, daß der Junge verschwunden war. Er schien verärgert zu sein und ihm nachgehen zu wollen. Aber Radwan al-Husaini, der neben ihm stand, legte ihm die Hand auf die Schulter und sagte leise: »Setzen Sie sich, Meister, und ruhen Sie sich erst einmal aus.«

Kirscha schnaubte vor Wut, ging mit schweren Schritten ein wenig zurück und sagte haßerfüllt: »Diese Hure, diese schamlose Person! Aber es ist schon richtig, ich verdiene noch mehr als das. Man muß schon ganz schön dumm sein, wenn man seine Frau nicht den Prügelstock fühlen läßt.«

»Möge ein jeglicher sich zu Allah bekennen«, ertönte Onkel Kamils Stimme.

Kirscha ließ sich wieder auf seinem Stuhl nieder, konnte sich aber immer noch nicht beruhigen. Wieder stieg Groll in ihm auf. Vor Erregung schlug er sich mit der Faust an die Stirn. »Früher, da war ich ein Verbrecher. Alle in diesem Viertel haben mich als blutrünstigen, mordenden Verbrecher gekannt. Ich war ein Verbrecher, ein Hundesohn, ein Tier. Aber offensichtlich verdiene ich, daß man mich beschimpft, weil ich mich aus eigenem Antrieb vom Bösen abgewendet habe.« Er hob den Kopf. »Warte, du Drecksweib, heute noch wirst du den Kirscha von früher erleben!«

Radwan al-Husaini klatschte in die Hände und sagte zu ihm: »Bekenne dich zu Allah, Meister Kirscha, wir möchten den Tee gern in Ruhe trinken.«

Buschi neigte sich zu Abbas hinüber und flüsterte

ihm zu: »Wir müssen die beiden wieder versöhnen.« Boshaft fragte Abbas zurück: »Wen mit wem?«

Der Doktor, der das Lachen unterdrücken wollte, schnaubte heftig durch die Nase. »Meinst du, daß er nach allem, was geschehen ist, noch einmal herkommt?«

Abbas verzog geringschätzig den Mund. »Wenn er nicht kommt, kommen andere.«

Allmählich lebte die gewohnte Stimmung wieder auf. Die Leute spielten und unterhielten sich wieder. Fast hätte man die Auseinandersetzung vergessen, wenn nicht Meister Kirscha nochmals von einem Wutausbruch befallen worden wäre und wie ein verletztes Tier losgebrüllt hätte: »Nein, nein! Ich kann mich nicht dem Willen einer Frau unterwerfen! Ich bin ein Mann, ich bin frei. Ich mache, was ich will. Soll sie doch gehen, wenn sie will. Soll sie doch zu den Bettlern gehen! Ich bin eben ein Verbrecher und fresse Menschenfleisch!«

Scheich Darwisch hob den Kopf und sagte, ohne sich an Kirscha zu wenden: »Oh, Meister, deine Frau ist stark. Sie hat mehr Männlichkeit als mancher Mann. Sie ist mehr männlich als weiblich. Warum liebst du sie nicht?«

Kirscha drehte sich zu ihm um, sah ihn mit feurigen Augen an und schrie: »Halte den Mund!«

Die Sitzenden stöhnten auf, und etliche seufzten: »Jetzt meldet sich auch noch Scheich Darwisch!«

Kirscha drehte ihm wortlos den Rücken zu. Aber Scheich Darwisch ließ sich nicht stören. »Es ist ein altes Übel. Im Englischen nennt man es *homosexuality*. Ich buchstabiere: h-o-m-o-s-e-x-u-a-l-i-t-y. Aber das ist keine Liebe. Die wahre Liebe gilt nur der Familie des Propheten... Oh, geliebte Herrin, Mutter der Schwachen, komm, denn auch ich bin schwach.«

13

Die letzte Begegnung mit Hamida in der Azhar-Straße eröffnete im Leben von Abbas al-Hilu einen neuen Abschnitt. Das Zeitalter der Liebe war angebrochen, glühendes Feuer loderte im Herzen, zauberartiger Rausch machte den Verstand trunken, Leidenschaft zerrte an den Nerven. Er war fröhlich, stolz und sogar ein wenig frech geworden und wandelte einher wie ein Trinker, der keine Folgen fürchtet.

Sie trafen sich nun öfter. Nie wurde es ihnen langweilig, von der Zukunft zu reden, denn nun war es ihre gemeinsame Zukunft geworden. Hamida hatte nichts mehr einzuwenden, weder wenn er mit ihr sprach, noch wenn er abwesend war. Sie fragte sich nun oft, ob eine ihrer Freundinnen aus der Fabrik wohl jemals einen besseren Mann als ihn bekäme. Absichtlich zeigte sie sich immer dann mit ihm, wenn sie von der Arbeit kamen, und beobachtete insgeheim voller Freude, daß sie neugierig guckten und daß er großen Eindruck bei ihnen hinterließ. Als sie sie eines Tages fragten, wer denn eigentlich der junge Mann sei, antwortete sie lediglich: »Mein Verlobter, er besitzt einen Frisiersalon.«

Jede, so sagte sie sich, hätte sich glücklich geschätzt, wenn sie nur mit einem Gehilfen in einem Kaffeehaus oder mit einem Handlanger in einer Schmiede verlobt gewesen wäre. Aber er war Besitzer eines Geschäfts, ein Meister, also ein richtiger Herr! Fast ständig war sie damit beschäftigt, über all die Dinge nachzudenken, die sie sich anschaffen mußten, Vergleiche anzustellen, was besser und was schlechter sei, und etwas auszuwählen. Nie flog sie zu den luftigen Höhen der Traumwelt auf, in denen er wandelte. Nur ganz selten fühlte sie eine ähnliche Rührung wie er, und dann machte es fast den Eindruck, als ob sie ihn wirklich liebte. Einmal wollte er sie in einem solchen Moment küssen, und sie antwortete weder mit Ja noch mit Nein. Sie wollte einfach einmal erleben, was es mit so einem Kuß auf sich hatte, wurde doch so viel darüber gesprochen und gesungen. Vorsichtig hatte er sich nach den Passanten umgeblickt, als er ihren Mund im Dunkeln suchte. Vor Aufregung bebend, hatte er seine Lippen auf ihre gepreßt. Sein warmer Atem war ihr entgegengeschlagen, und sie hatte die Augen geschlossen.

Als sich der Tag seiner Abreise näherte, meinte er, daß der entscheidende Schritt nun getan werden müßte. So bat er also Doktor Buschi, bei Umm Hamida Fürsprache einzulegen, hatte dieser doch durch seinen Beruf die Möglichkeit, jedes Haus der Gasse zu betreten. Umm Hamida war hocherfreut, denn auch sie fand, daß dieser junge Mann als einziger in der Gasse zu ihrer Tochter paßte. Sie hatte ihn schon immer als Besitzer eines Frisierladens und Mann von Welt geachtet, zugleich aber die Widerspenstigkeit ihrer störrischen Tochter gefürchtet. Nun sah sie einen langen, aufreibenden Kampf auf sich zukommen. Um so erstaunter war sie, daß Hamida die Neuigkeit zufrieden aufnahm und die Verlobung billigte. Umm Hamida konnte sich das nur so erklären: »An diesem Fenster hat sich hinter meinem Rücken sicher etwas getan.« Abbas bestellte bei Onkel Kamil eine prächtige Büchse mit Süßigkeiten und ließ sie bei Umm Hamida abgeben. Dann bat er um die Erlaubnis, sie besuchen zu dürfen, und ging, begleitet von Onkel Kamil, seinem Wohn- und Lebensgefährten, dorthin. Onkel Kamil fiel es schwer, die Treppen zu erklimmen. Auf jedem Absatz blieb er keuchend stehen und klammerte sich ans Geländer. Schon beim erstenmal hatte er Abbas aus Spaß gefragt: »Warum hast du die Verlobung bloß nicht auf die Zeit nach deiner Rückkehr von der Armee verlegt?«

Aber endlich war es dann soweit, Umm Hamida öffnete die Tür und begrüßte sie. Sie setzten sich, tauschten erst einmal allerlei Höflichkeiten aus, bis Onkel Kamil endlich sagte: »Das ist Abbas al-Hilu, ein Sohn unserer Gasse, also auch Ihr und mein Sohn. Er bittet um die Hand von Hamida.«

Sie lächelte. »Ein herzliches Willkommen für al-Hilu, der, wie schon sein Name sagt, reizend ist. Bei ihm wird meine Tochter so gut aufgehoben sein, als hätte sie mich nie verlassen.«

Onkel Kamil fing ein wenig zu plaudern an, er sprach von Abbas und seinem guten Charakter und auch von Umm Hamidas zauberhafter Wesensart. Schließlich meinte er: »Der junge Mann wird uns bald verlassen, Allah möge ihm Erfolg schenken. Nicht lange, und er wird genug verdient haben, so daß er mit Allahs gütiger Erlaubnis das verwirklichen kann, was er sich wünscht und was wir ihm gönnen.«

Umm Hamida wünschte ihm Allahs Segen und fragte dann Onkel Kamil spaßhaft: »Und Sie, Onkel Kamil, wann wollen Sie auf Allah vertrauen und eine gute Ehe wagen?« Onkel Kamil mußte so lachen, daß sein Gesicht rot wurde wie eine reife Tomate. Er strich sich über den dicken Bauch und sagte: »Nicht mit so einer uneinnehmbaren Festung!«

Man trank noch etwas, sprach die Fatiha, die ersten Verse aus dem Koran, wie das bei Verlobungen üblich ist, und damit war die Sache erledigt.

Zwei Tage darauf trafen sie sich zum letztenmal in der Azhar-Straße. Niedergeschlagen liefen sie nebeneinander her. Abbas hatte das Gefühl, als klopften die Tränen an sein Herz und als suchten sie den Weg zu den Augen.

»Bleibst du lange weg?« fragte Hamida.

Abbas Stimme klang traurig, als er ihr antwortete: »Wahrscheinlich muß ich ein oder auch zwei Jahre dortbleiben. Aber es wird sich schon eine Gelegenheit bieten, einmal zu Besuch zu kommen.«

In diesem Moment fühlte Hamida tiefe Zuneigung. »Was für eine lange Zeit«, flüsterte sie.

Obwohl betrübt, freute er sich doch darüber, daß ihre Stimme so bekümmert geklungen hatte. Bewegt sagte er: »Das ist unser letzter Treff vor der Abreise. Allah allein weiß, wann wir uns das nächste Mal wiedersehen werden. Ich bin ziemlich verwirrt, Hamida, zum Teil bin ich traurig, und zum Teil bin ich auch sehr froh. Traurig bin ich, weil ich so weit entfernt von dir sein werde, und froh, weil der lange Weg, den ich mich zu gehen entschlossen habe, der einzige ist, der zu dir führt. Mein Herz bleibt hier, in der Gasse, bei dir. Stell dir vor, wie schlimm das ist, ein Mann ohne Herz in der ungastlichen Fremde. Aber sein Herz will eben nicht mit ihm gehen. Wenn ich dann morgen in Tell al-Kabir bin, werde ich es sehr vermissen, dich nicht mehr in der Frühe am Fenster zu sehen, wie du fegst oder dir die Haare kämmst. Unvorstellbar, daß ich das nicht mehr haben werde. Und dann unsere Begegnung in Muski und in der Azhar-Straße, werde ich mir das alles immer genau vorstellen können? Ach, Hamida, wenn ich daran denke, bricht mir das Herz. Laß mich von dir so viel Erinnerungen mitnehmen, wie ich nur kann. Gib mir deine Hand und drücke so fest zu wie ich. Allah, was kann es Schöneres geben!

Ich bin nur noch ein einziges großes Herz in deinen Händen, mein Liebes, meine Geliebte. O Hamida, du mein Trost! Wie schön ist schon dein Name! Schon wenn ich ihn nur ausspreche, ist mir, als hätte ich Zukker im Mund.«

Der Schwall dieser leidenschaftlichen Worte hüllte sie warm ein. Ihr Blick wurde weicher, und sie flüsterte: »Aber du hast doch selbst entschieden, daß du weggehst.«

Klagevoll antwortete er: »Du allein bist der Grund, Hamida, du ganz allein. Bei Allah, ich liebe unsere Gasse, und ich habe Allah immer gedankt, daß er mir so viel gibt, daß es zum Leben reicht. Ich verlasse nicht gern das Viertel von al-Husain, der mein ganzes Leben erfüllt hat. Welch ein Jammer, daß ich dir, wenn ich hierbliebe, nicht das Leben bieten könnte, das du dir wünschst. Also bleibt mir nichts anderes übrig, als abzureisen. Der Herr wird mich schon sicher geleiten und uns bessere Tage erleben lassen.«

Hamida war tief gerührt. »Ich werde für dich um Erfolg beten. Ich werde auch zum Grab unseres Heiligen al-Husain gehen und ihn bitten, daß er dich beschützt und dir Erfolg schenkt. Geduld ist eine Tugend, und sich regen bringt Segen.«

Abbas seufzte auf. »Ja, sicher, aber wie schlimm wird es für mich sein, wenn ich in einer Gegend bin, wo ich auch nicht die geringste Spur von dir finden werde.«

»Nicht nur dir wird es so gehen«, hauchte sie.

Mit vor Glück trunkenem Herz wandte er sich ihr zu und legte die Hand auf die Brust. »Wirklich?« flüsterte er. In dem schwachen Lichtschein, der noch aus einigen Läden drang, sah er ihr Lächeln. Um ihn herum war nun alles vergessen, nur noch ihr geliebtes Gesicht existierte für ihn. Unwillkürlich entschlüpften ihm die Worte: »Bist du schön! Bist du zart und süß! Das ist wirkliche Liebe, das Schönste, was es gibt, Hamida. Ohne sie wäre die ganze Welt ein Nichts.«

Sie wußte nicht, was sie antworten sollte, und flüchtete sich in Schweigen. Seine Worte waren Musik in ihren Ohren, und sie wünschte, daß er nie mehr aufhören würde zu sprechen.

Die Leidenschaft riß ihn fort. »Das ist die Liebe, das Schönste, was wir besitzen. Sie gibt uns alles, sogar mehr, als wir brauchen. Bei ihr wohnt die Freude, und die Trauer hat keinen Platz. Sie schafft uns im Leben eine Welt und macht so aus dem Normalen etwas ganz Ungewöhnliches.« Er machte eine Pause und fuhr dann fort: »Im Namen der Liebe werde ich fortgehen und mit viel Geld zurückkehren.«

»Mit viel Geld«, murmelte sie mechanisch.

»Mit Allahs gütigem Willen und dem Segen von al-Husain. Alle anderen Mädchen werden dich beneiden.«

Sie lächelte froh. »Ach, das wäre wundervoll.«

Ohne es zu merken, waren sie am Ende der Straße angelangt. Sie mußten lachen und machten kehrt. Auf dem Rückweg war ihm klar, daß sich ihre Begegnung nun dem Ende näherte, und er mußte wieder an den Abschied und die Trennung denken. Schmerz überfiel ihn. Auf dem halben Weg fragte er sie niedergeschlagen: »Wo soll ich dich verlassen?«

Sie wußte, was er meinte. Ihre Lippen zitterten. »Vielleicht hier?«

Er war dagegen. »Wir können doch nicht so schnell voneinander Abschied nehmen!«

»Wo meinst du dann?«

»Geh du schon nach Haus und warte im Treppenflur.«

Sie lief schnell voraus. Langsam ging er ihr nach.

Als er die Gasse erreicht hatte, waren die Läden schon geschlossen. Ohne nach links und rechts zu sehen, ging er in das Haus von Frau Sanija Afifi. Mit angehaltenem Atem erklomm er im Dunkeln die Treppe. Mit einer Hand hielt er sich am Geländer fest, mit der anderen tastete er sich vorwärts. Auf dem zweiten Treppenabsatz fühlte er plötzlich den Stoff ihrer Milaja. Alles, was er bisher an Sehnsucht unterdrückt hatte, stieg nun in ihm auf. Er nahm ihre Hand und zog sie an sich. Mit beiden Armen drückte er sie an die Brust und suchte ihren Mund. Zuerst war da die Nase, aber dann fand er ihre Lippen, die sich ihm bereitwillig öffneten. Tief tauchte er in die Selbstvergessenheit der Liebe ein und wäre nie wieder daraus erwacht, wenn sich Hamida ihm nicht behutsam entwunden hätte. Sie ging weiter nach oben, und er flüsterte: »Auf Wiedersehen.«

Nie zuvor hatte Hamida eine solche Erregung verspürt wie an diesem Abend auf der Treppe. In diesen wenigen Minuten schien sich ein ganzes Leben voll warmen Gefühls verwirklicht zu haben. Nun war ihr Schicksal auf immer mit dem seinen verbunden, meinte sie.

Abbas besuchte am gleichen Abend noch Umm Hamida, um sich zu verabschieden, und ging dann zum Kaffeehaus, wo sein Freund Husain Kirscha vor seiner Abreise für ihn eine Feier veranstalten wollte. Husain war stolz und froh darüber, daß er sich mit seiner Meinung durchgesetzt hatte. Grundlos oder nicht, auf jeden Fall klang seine Stimme herausfordernd, als er zu Abbas sagte: »Sag diesem mistigen Dasein hier Lebwohl und genieße erst einmal das richtige Leben.«

Abbas lächelte und schwieg. Er wollte seinem Freund nicht zeigen, wie bedrückend er den Abschied von der Gasse und dem Mädchen, das er liebte, empfand. So saß er denn bei seinen Freunden und Bekannten, war im Innersten voller Trauer und hörte sich all die gutgemeinten Abschiedsworte und Segenswünsche an. Scheich Radwan al-Husaini segnete ihn und sprach für ihn ein langes Gebet. Dann gab er ihm den Rat: »Spare alles, was du dort nicht zum Leben brauchst. Meide alle Verschwendung, trinke keinen Wein und iß kein Schweinefleisch. Vergiß nie, daß du aus der Midaq-Gasse bist und wieder hierher zurückkehren wirst.«

Doktor Buschi lachte. »So Allah will, kommst du als reicher Mann zurück. Und dann werden wir dir die schlechten Zähne rausholen und dir ein goldenes Gebiß einsetzen, weil dir das in deiner gehobenen Stellung dann zukommt.«

Er lächelte dem Doktor zu, dem er sich sehr verbunden fühlte, weil er für ihn bei Umm Hamida vermittelt und außerdem die Frisiergeräte zu einem Preis gekauft hatte, der es ihm ermöglichte, die Reisekosten aufzubringen. Onkel Kamil hatte die ganze Zeit über schweigend und mit ernstem Gesicht dagesessen. Die bevorstehende Abreise zerriß ihm das Herz. Er wußte nicht, wie er die Einsamkeit und das Alleinsein überstehen sollte, wenn der Junge, der so viele Jahre hindurch das Leben mit ihm geteilt hatte, weggehen würde. Er liebte ihn wie sein eigenes Kind. Jedesmal, wenn jemand al-Hilu für dessen guten Entschluß lobte oder dessen Abreise bedauerte, waren seine Augen voller Tränen, so daß man schließlich über ihn lachte.

Scheich Darwisch sprach für Abbas noch den Thronvers aus dem Koran und sagte dann: »Du bist jetzt Freiwilliger in der britischen Armee. Wenn du dich da durch Tapferkeit auszeichnest, ist es nicht unmöglich, daß dir der König der Engländer ein kleines Reich überläßt und dich als Vizekönig einsetzt. Im Englischen nennt man das *viceroy.* Ich buchstabiere: v-i-c-e-r-o-y.«

Früh am Morgen verließ Abbas mit einem Kleiderbündel in der Hand das Haus. Die Luft war kalt und feucht. Außer der Bäckersfrau und Sanqar war noch niemand in der Gasse wach. Abbas blickte zu dem geliebten Fenster empor, das noch geschlossen war. Er schaute mit so viel heißer Inbrunst hinauf, daß die feinen Tropfen des Sprühregens zu verdunsten schienen. Langsam und mit gesenktem Kopf ging er weiter, bis er an seinen Laden kam und tief aufseufzte. Sein Blick blieb an einem Plakat an der Tür hängen, auf dem mit großen Buchstaben geschrieben stand: »Zu vermieten«. Es drückte ihm das Herz ab, fast hätte er geweint.

Sein Schritt wurde schneller, als wollte er seinen Gefühlen entfliehen. Kaum hatte er die Gasse hinter sich gelassen, schien es ihm, als hätte ihn sein Herz verlassen.

14

Nachdem Abbas abgereist und nichts mehr von ihm in der Gasse zu spüren war – seinen Laden hatte ein alter Friseur gemietet –, fühlte sich Husain Kirscha fremd hier und fand die ganze Gasse und die Leute widerwärtig. Er haßte alles um sich herum. Dieses Gefühl verspürte er ja schon seit langem, und aus diesem Grunde wollte er auch ein neues Leben beginnen. Bloß wußte er nicht so recht, wie er das in Angriff nehmen sollte. Um seine Träume zu verwirklichen, hatte es ihm an der nötigen Entschlußkraft gemangelt. Und nun war al-Hilu wirklich weggegangen, und er hatte ihn auch noch selber dazu angestiftet! Ihn machte es fast wahnsinnig, daß al-Hilu ein neues Leben beginnen würde und der dreckigen Gasse den Rücken gekehrt hatte, während er nicht wußte, wie er hier herauskommen sollte. So entschloß er sich erneut, sein Leben ganz und gar umzustellen, koste es, was es wolle.

Mit der ihm eigenen Grobheit erklärte er seiner Mutter: »Hör mal, ich habe einen festen Entschluß gefaßt. Ich habe dieses Leben hier satt und sehe keinen Grund, warum ich mich noch länger zwingen soll, es zu ertragen.«

Seine Mutter kannte seine Unzufriedenheit und war es gewohnt, ihn über die Gasse und ihre Menschen schimpfen zu hören. Sie fand, daß er genauso verrückt wie sein Vater war und daß es keinen Grund gab, sich um seine Spinnereien zu kümmern. So antwortete sie ihm erst gar nicht, brummelte nur vor sich hin: »O Allah, wende dieses schreckliche Leben von mir ab.«

Aber Husain war verbissen. Mit funkelnden Augen und aschfahlem Gesicht sagte er: »Dieses Leben ist unerträglich, ab morgen mache ich das nicht mehr mit.«

Sie war nicht der Typ von Frau, der lange schwieg, wenn jemand wütend war. Ihr bißchen Geduld war schnell verflogen. So fing sie nun also an zu schreien, und ihrer Stimme war anzuhören, daß er viel von ihr geerbt hatte. »Was willst du eigentlich? Was ist los mit dir, du gemeiner Kerl?«

Verächtlich meinte er: »Ich werde von hier weggehen.«

Sie sah ihn wütend an. »Bist du verrückt geworden, du Idiot?«

Er verschränkte die Arme auf der Brust und sagte: »Im Gegenteil, ich bin endlich zur Vernunft gekommen. Damit du mich richtig verstehst, ich rede nicht einfach so daher. Ich meine wirklich, was ich gesagt habe. Ich habe meine Sachen schon gepackt, so daß mir nichts weiter bleibt, als dich Allahs Schutz anheimzustellen. Ade, dreckiges Haus, stinkige Gasse und all die Leute, die wie Vieh sind.«

Sie sah ihm fest in die Augen. »Was sagst du da?« rief sie.

Als spräche er mit sich selbst, wiederholte er: »Ade, dreckiges Haus, stinkige Gasse und all die Leute, die wie Vieh sind.«

Sie wurde sarkastisch: »Na großartig! Herzlich willkommen, Seine Lordschaft, Sohn von Kirscha Pascha!«

»Kirscha, der Teerklumpen! Kirscha, der Anrüchige! Ach, hör bloß auf. Weißt du denn nicht, daß unser Skandal so zum Himmel stinkt, daß inzwischen jeder davon Wind bekommen hat? Überall, wo ich hinkomme, blinzeln sie sich zu und sagen, daß die Schwester mit einem Mann und der Vater mit einem anderen Mann abgehauen sei!« Er stampfte so heftig mit dem Fuß auf, daß das Fensterglas klirrte, und schrie wütend: »Warum zwingst du mich dazu, dieses Leben mitzumachen? Da nehme ich doch lieber meine Sachen und gehe weg, um nie wieder zurückzukommen.«

Die Frau schlug sich vor Verzweiflung auf die Brust. »Du bist verrückt geworden! Das Haschisch hat dir seinen Wahnsinn vererbt. Aber ich hole ihn, um dich wieder zu Verstand zu bringen!«

Verächtlich meinte er: »Hol ihn doch, rufe meinen Vater oder meinetwegen auch den Heiligen al-Husain. Ich gehe auf jeden Fall, ich haue ab!«

Als die Frau merkte, daß er fest entschlossen war, ging sie in sein Zimmer und sah das geschnürte Kleiderbündel. Verzweiflung überkam sie, und sie entschloß sich, seinen Vater zu holen, ohne Rücksicht auf die Folgen. Husain war ihr einziger Trost. Sie konnte sich das Leben ohne ihn nicht vorstellen. Sie hatte sogar immer darauf gehofft, daß er bei ihr bleiben würde, selbst wenn er heiratete. Sie kam gegen ihre Verzweiflung nicht an, ließ seinen Vater holen und bejammerte laut ihr Unglück: »Was haben wir schon, um das die anderen uns beneiden könnten? Einzig und allein unser Unglück, unseren Skandal, unser Elend!«

Nicht lange, und Husains Vater kam. Er blickte sie grimmig an. »Was willst du schon wieder? Hast du einen neuen Skandal entdeckt? Hast du schon wieder einen neuen Kunden gesehen, dem ich Tee bringe?«

Sie fuchtelte mit den Händen wie ein Klageweib und jammerte erneut los: »Ja, es gibt neue Schande, aber mit deinem Sohn. Halt ihn fest, bevor er uns verläßt. Er hat uns satt!«

Ärgerlich schlug der Meister die Hände zusammen und schüttelte den Kopf. »Und wegen so etwas muß ich die Arbeit unterbrechen? Deswegen mußte ich hundert Stufen hinaufsteigen? Oh, ihr Packzeug, warum bloß bestraft die Regierung einen dafür, wenn er so etwas wie euch umbringt?« Er schaute von einem zum anderen und fuhr fort: »Allah hat mich offensichtlich mit euch beiden heimgesucht, um mich zu strafen. Was ist an der Geschichte, die deine Mutter erzählt?«

Husain sagte nichts. So ruhig, wie sie nur konnte, sagte sie: »Beruhige dich, Meister. Denn jetzt heißt es, klug zu sein und nicht wütend zu werden. Er hat seine Sachen gepackt und will uns verlassen.«

Wütend blickte er den Sohn an, schwankte noch, ob

er es glauben sollte oder nicht, und fragte: »Bist du verrückt geworden, du Sohn dieser alten Furie?«

Umm Husain, mit den Nerven am Ende, konnte sich nicht mehr beherrschen und schrie: »Ich habe dich gerufen, damit du ihn zur Besinnung bringst und nicht, um mich beschimpfen zu lassen!«

Wütend drehte er sich zu ihr um. »Wenn du nicht schon einen Klaps in die Wiege mitbekommen hättest, dann wäre dein Sohn auch nicht so blöde geworden.«

»Allah vergebe dir! Laß uns damit in Ruhe, daß ich verrückt bin und nun auch verrückte Eltern gehabt haben soll. Frag deinen Sohn lieber, was ihm den Verstand geraubt hat!«

Der Meister nahm nun wieder den Sohn ins Blickfeld. Vor Aufregung spuckend brüllte er los: »Warum redest du nicht, du Sohn dieser alten Hexe? Willst du uns wirklich verlassen?«

Normalerweise mied Husain den Vater und ließ sich mit ihm nur dann in Streit ein, wenn er nicht mehr aus noch ein wußte. Jetzt aber war er wirklich entschlossen, alle Brücken hinter sich abzubrechen. Was es ihn auch kostete, er würde nicht länger zögern und sich nicht von seinem Vorhaben abbringen lassen. Außerdem fand er, daß es sein unbestrittenes Recht war, selbst zu entscheiden, ob er zu Hause blieb oder ging. Ruhig und entschlossen sagte er deshalb: »Ja, Vater.«

Der Meister war bemüht, seinen Zorn zurückzuhalten. »Und warum?«

Der Junge überlegte kurz und sagte dann: »Ich möchte anders leben.«

Spöttisch schüttelte der Vater den Kopf und fuhr sich übers Kinn: »Ah, ich verstehe, du willst anders leben, weil das mehr deiner Stellung entspricht. Denn so ein Hund wie du ist ja erbärmlich und hungernd aufgewachsen und wird verrückt, wenn er ein bißchen Geld in der Tasche hat. Jetzt, wo du ein feiner Pinkel mit englischen Qirschs bist, mußt du natürlich einen ganz anderen Lebensstil haben, einen, der deinem hohen Rang entspricht, du Gänsekonsul!«

Husain unterdrückte seine Wut. »Natürlich war ich niemals ein hungernder Hund, denn ich bin in deinem Haus aufgewachsen, und da gibt es zum Glück keinen Hunger. Ich will nichts weiter, als mein Leben ändern, was mein gutes Recht ist. Es gibt also keinen Grund, sich aufzuregen oder sich lustig zu machen!«

Meister Kirscha verstand ihn nicht, hatte doch der Junge bei ihm zu Hause völlige Freiheit gehabt, und nie hatte er von ihm wissen wollen, was er machte oder vorhatte. Warum wollte er jetzt allein leben? Trotz aller Streitigkeiten liebte er ihn, auch wenn diese Liebe in der bedrückenden Atmosphäre dahinkümmerte und überlagert war von Groll und Beleidigung. Wie oft hatte er überhaupt vergessen, daß er seinen einzigen Sohn wirklich liebte! Selbst jetzt, da dieser damit drohte, das Haus zu verlassen, konnte er nur zornig reagieren, anstatt zärtlich und liebevoll zu sein. Die ganze Sache stellte sich ihm nur noch als Herausforderung zum Kampf dar. Deshalb konnte er auch nicht anders, als mit bitterem Spott zu sagen: »Du verfügst doch ganz allein über dein Geld und kannst damit machen, was du willst. Du kannst es für Saufbolde, Haschischsüchtige und Zuhälter ausgeben. Haben wir jemals von dir einen Millim verlangt?«

»Nein, niemals, und ich habe mich ja auch nie beklagt.«

»Selbst deine Mutter, die so gierig ist, daß sich ihre Augen sogar noch an Dreck nicht satt sehen können – hat sie jemals einen Millim von dir genommen?«

Husain runzelte ärgerlich die Stirn. »Ich sage doch,

daß ich mich über nichts zu beklagen habe. Ich will nur eines: anders als jetzt leben. Viele meiner Freunde wohnen zum Beispiel in Häusern mit elektrischem Licht.«

»Elektrisches Licht! Und deshalb willst du deine Eltern verlassen? Dem Himmel sei Dank, daß deine Mutter trotz aller ihrer Skandale wenigstens so vernünftig war, unsere Wohnung vor elektrischem Licht zu bewahren.«

Husains Mutter, die lange genug geschwiegen hatte, fing nun wieder zu wehklagen an: »Bei Allah, Unrecht wird mir zugefügt, so wie Hasan und al-Husain großes Unrecht geschehen ist!«

Husain ließ sich nicht weiter unterbrechen und fuhr fort: »Alle meine Freunde leben anders, moderner. Sie sind, wie man auf englisch sagt, Gentlemen geworden.«

Dem Meister stand der Mund offen, das goldene Gebiß lag frei. »Was sagst du da?« Husain antwortete nicht.

»*Gelmen* sagst du? Was ist das? Ein neues Haschisch?«

Mürrisch sagte Husain: »Ich meine damit einen schicken, sauberen Mann.«

»Aber du bist dreckig, wie willst du da sauber sein, du *Gelmen* du?«

Der Junge ärgerte sich über den spöttischen Ton und sagte erregt: »Vater, ich will einfach nur ein neues Leben, das ist alles. Vielleicht werde ich ein Mädchen von ordentlichen Leuten heiraten.«

»Von solchen *Gelmens*!«

»Nein, ein Mädchen mit anständigen Eltern.«

»Warum heiratest du nicht eine Hundstochter wie dein Vater?«

Wieder fing Umm Husain zu jammern an. »Allah

möge dir verzeihen, denn mein Vater war ein gebildeter, würdevoller Mann.«

Er drehte sich zu ihr um. »Gebildet! Pah! Hat an Gräbern den Koran vorgelesen, eine Sure für zwei Millims!«

»Er konnte den ganzen Koran auswendig, und das reicht ja wohl«, antwortete sie ihm heftig.

Er ließ sie ohne Antwort und ging auf Husain zu. Als er dicht vor ihm stand, sagte er: »Genug geredet! Ich habe nicht so viel Zeit, um sie mit zwei Verrückten zu vergeuden. Willst du also wirklich dieses Haus verlassen?«

Husain nahm seinen ganzen Mut zusammen und sagte entschlossen: »Ja!«

Kirscha sah ihn eine Weile an. Dann aber überkam ihn ein Wutanfall, und er schlug ihm ins Gesicht, so plötzlich, daß Husain nicht ausweichen konnte. Haßerfüllt sprang er zur Seite und schrie den Vater an: »Schlag mich ja nicht! Rühre mich nicht an! Ab morgen wirst du mich nie mehr sehen!«

Kirscha wollte wieder über ihn herfallen, aber Umm Husain ging in ihrer Verzweiflung dazwischen. Statt auf ihren Sohn, hagelten die Schläge auf sie ein, bis Kirscha schließlich nachließ. »Hau ab!« brüllte er, »laß dich nie wieder hier mit deinem schwarzen Gesicht sehen! Hiermit erkläre ich, daß du gestorben und in der Hölle gelandet bist!«

Der Junge lief in sein Zimmer, holte das Bündel und rannte die Treppe hinunter. Er schritt durch die Gasse und kümmerte sich um nichts mehr. Erst kurz vor der Sanadiqija-Straße holte er tief Luft, spuckte kräftig aus und schrie mit zitternder Stimme: »Pah, blöde Gasse! Verflucht sollst du sein, verflucht alle, die dort wohnen!«

15

Frau Sanija Afifi hatte es klopfen gehört. Als sie die Tür öffnete und das pockennarbige Gesicht von Umm Hamida sah, freute sie sich unbeschreiblich. Aus tiefstem Herzen rief sie aus: »Herzlich willkommen, meine Liebe!« Sie umarmten sich voller Wärme – diesen Eindruck erweckten sie jedenfalls – und gingen in das gute Zimmer, in dem Gäste empfangen wurden. Frau Afifi ließ den Diener Tee zubereiten, und die beiden Frauen setzten sich dicht nebeneinander aufs Sofa. Frau Afifi bot der Besucherin eine Zigarette an, und sie rauchten zufrieden und froh.

Frau Afifi hatte seit dem Tag, als Umm Hamida ihr versprochen hatte, nach einem Bräutigam Ausschau zu halten, schmerzliche Stunden voll ungeduldigen Wartens durchlebt. Obwohl sie so viele Jahre als Witwe gelebt hatte, war es ihr nun in dieser kurzen Zeit doch schwergefallen, geduldig auszuharren. Sie hatte sich angewöhnt, Umm Hamida hin und wieder zu besuchen. Diese hatte ihr immer wieder Hoffnungen und Versprechungen gemacht, so daß sie schließlich den Eindruck gewinnen mußte, daß die Frau sie vertröstete und die ganze Sache hinausschob, damit sie auf diese Weise einen um so größeren Gewinn herausschlagen könnte. Dennoch blieb Frau Afifi freundlich und großzügig. Sie erließ ihr die Miete für die Wohnung, verzichtete auf einige Coupons für Petroleum und gab ihr auch von der Zuteilung für Kleiderstoffe ab. Außerdem hatte sie Onkel Kamil damit beauftragt, eine große Schüssel mit Süßigkeiten für sie zuzubereiten. Dann aber hörte sie von ihr, daß Hamida sich mit Abbas al-Hilu verlobt hatte. Sie tat zwar, als freute sie sich, war aber insgeheim doch beunruhigt. Würde man nicht vielleicht von ihr erwarten, daß sie helfen würde, die Hochzeit auszustatten, bevor sie für sich selbst eine ausrichtete? So schwankte sie also die ganze Zeit über zwischen Angst und Freundlichkeit gegenüber Umm Hamida.

Als sie nun so vertraulich beieinander saßen, sah sie von Zeit zu Zeit bänglich zu Umm Hamida auf und fragte sich, was wohl dieser Besuch zutage bringen würde. Würde sie ihr wie immer neue Hoffnungen machen und zugleich weitere Wünsche an sie herantragen, oder würde sie selbst nun endlich die frohe Botschaft vernehmen, nach der sich ihr Herz so sehnte? Sie überspielte das von Angst und Hoffnung gemischte Gefühl mit netten Plaudereien, so daß, was ganz ungewöhnlich war, sie selber das Gespräch führte, während Umm Hamida nur zuhörte. Sie sprach ein wenig über den Skandal um Meister Kirscha, darüber, daß sein Sohn das Haus verlassen hatte, und ließ sich abfällig über Umm Husains Versuch aus, ihren Mann wieder auf den rechten Weg zu bringen. Dann brachte sie das Gespräch auf Abbas al-Hilu. »Das ist wirklich ein netter junger Mann«, meinte sie. »Allah wird ihm Erfolg schenken, damit er seiner Braut das glückliche Leben einrichten kann, das sie verdient.«

Umm Hamida lächelte. »Eins nach dem anderen, meine Liebe. Sie müssen nämlich wissen, daß es heute soweit ist, daß ich Sie verloben kann, meine liebe Braut!«

Ihr Herz begann wie wild zu klopfen. Sie erinnerte sich, daß sie insgeheim schon gedacht hatte, der heutige Besuch würde wichtig werden. Wie es so bei einer

Frau ist, die insgeheim seit langem eine Erwartung mit sich herumtragen muß, wurde sie nun auf einmal rot, weil sie wie ein welker Zweig wieder frisches Wasser zu ziehen begann. Bemüht, sich zu beherrschen, sagte sie mit geheuchelter Schamhaftigkeit: »Das bringt einen ja in Verlegenheit. Wie können Sie so etwas sagen, Umm Hamida!«

»Aber ich sage Ihnen doch«, antwortete diese mit triumphierendem Lächeln, »ich bin soweit, Sie zu verloben, Sie glücklichste aller Frauen!«

»Wirklich! Nun wird es also doch ernst. Natürlich weiß ich noch, daß wir darüber gesprochen hatten, aber es verwirrt mich doch und macht mich verlegen. Was für eine schrecklich beschämende Angelegenheit!«

Umm Hamida ließ sich auf das Spiel ein und sagte scheinbar protestierend: »Allah gebe, daß Sie sich nicht wegen einer wirklichen Schande schämen müssen. Aber Sie werden doch nur heiraten, so wie es Allahs Gesetz und die rechtmäßigen Vorschriften des Propheten vorsehen.«

Frau Sanija seufzte voller Ergebenheit auf, wie jemand, der sich widerwillig seinem Schicksal fügt. In ihren Ohren hallten die Worte »Sie werden heiraten« süß nach.

Umm Hamida zog genüßlich an der Zigarette und nickte zufrieden und vertrauensvoll. »Ein Beamter«, warf sie so ganz nebenbei ein.

Frau Afifi war verblüfft und sah sie ungläubig an. Ein Beamter! Beamte gehörten in der Midaq-Gasse zu den seltenen Früchten! Zweifelnd fragte sie: »Ein Beamter?«

»Ganz recht, ein Beamter.«

»Von der Regierung?«

Umm Hamida schwieg einen Augenblick, um ihren Triumph auszukosten. Dann fuhr sie fort: »Von der Regierung. Genauer gesagt, sogar von der Polizei.«

Die andere staunte noch mehr. »Aber gibt es bei der Polizei nicht nur Offiziere und Polizisten?«

Umm Hamida blickte sie an, wie jemanden, der völlig ungebildet und ahnungslos ist. »Es gibt auch Zivilbeamte. Aber fragen Sie mich ruhig, ich kenne mich in solchen Sachen wie Regierung, Beamtentum, Rangstufe und Beförderung aus. Schließlich gehört das zu meinem Beruf, liebe Frau.«

»Dann ist er ja ein richtiger Herr!« sagte die andere voll ungläubiger, freudiger Verwunderung.

»Na sicher, ein Herr mit Jackett und Hose, Tarbusch und Schuhen.«

»Möge Allah Ihr Ansehen erhöhen, liebe Umm Hamida.«

»Ich wähle für jeden das Passende aus, denn ich weiß durchaus, was einem Menschen gebührt. Hätte er einen niedrigeren als den neunten Rang gehabt, dann hätte ich ihn nicht ausgesucht.«

»Den neunten Rang hat er?«

»Ja, bei der Regierung gibt es doch verschiedene Rangstufen. Jeder Beamte hat also einen bestimmten Rang, der neunte ist einer davon. Und das will schon etwas heißen, meine Liebe.«

Sie blickte sie freudig an. »Sie sind wirklich eine getreue, liebe Freundin.«

Umm Hamida erzählte im Brustton tiefster Zufriedenheit weiter. »Er sitzt an einem großen Schreibtisch, auf dem sich fast bis zur Decke hoch Aktendeckel und Schriftstücke häufen. Ständig sind irgendwelche Leute da, und der Kaffee wird nur so hin und her getragen. Der eine will etwas von ihm, der andere fragt ihn etwas. Den tadelt er, einen anderen muß er sogar ausschimpfen. Die Polizisten grüßen ihn respektvoll, und auch bei den Offizieren steht er in hohem Ansehen.«

Frau Afifi lächelte selig, in ihre Augen trat ein verträumter Ausdruck.

»Er verdient zehn Pfund, nicht einen Millim weniger.«

»Zehn Pfund!« staunte die andere.

»Das ist noch lange nicht alles«, erklärte Umm Hamida. »Ein Beamter kann, wenn er geschickt und klug ist, das Doppelte verdienen, was er an Gehalt bekommt. Da gibt es Teuerungszuschlag, Ehezuschlag, Kinderzuschlag…«

Nervös kicherte Frau Afifi los. »Du liebe Güte, Umm Hamida, ich und Kinder!«

»Allah kann alles geschehen lassen.«

»Ihn müssen wir loben und Ihm für seine Huld danken!«

»Übrigens, er ist dreißig.«

»O Allah«, rief Frau Afifi empört. »Da bin ich ja zehn Jahre älter!«

Umm Hamida war keineswegs entgangen, daß ihre liebe Gastgeberin soeben zehn weitere Jahre unterschlagen hatte. Trotzdem sagte sie: »Aber Sie sind doch eine junge Frau! Außerdem habe ich ihm schon gesagt, daß Sie in den Vierzigern sind, und er hat freudig zugestimmt.«

»Ist er wirklich einverstanden? Wie heißt er überhaupt?«

»Ahmed Effendi Talbat. Er ist von der Harnafasch-Familie, sein Vater ist Hadj Talbat Isa, der Besitzer des Materialwarenladens in Umm ar-Ralam. Es ist eine sehr ehrenwerte Familie, die sich bis auf unseren Herrn Husain selbst zurückführen läßt.«

»Dann ist es wirklich eine gute Familie. Aber ich

komme ja auch aus einem guten Haus, wie Sie wissen, Verehrteste.«

»Natürlich weiß ich das, meine Liebe. Und er will nur jemanden, der einen guten, sittlichen Charakter hat. Sonst wäre er ja schon längst verheiratet. Er verachtet die jungen Mädchen von heute, weil er findet, daß sie zuwenig Schamgefühl haben. Als ich ihm aber erzählte, wie tugendhaft und scheu Sie sind und daß Sie eine angesehene Dame sind, die wohlhabend ist, da hat er sich furchtbar gefreut und gesagt, das sei genau das, was er sich wünsche. Nur eines wollte er gern, und das ist ja auch nicht unanständig. Er wollte gerne ein Bild von Ihnen sehen.«

Frau Afifi wurde rot und sagte besorgt: »O Allah, ich bin ja schon so lange nicht mehr fotografiert worden.«

»Haben Sie noch so ein altes Foto?«

Ohne etwas zu sagen, deutete sie auf ein Bild, das auf dem Tisch in der Zimmermitte stand. Die andere beugte sich vor, nahm es in die Hand und musterte es prüfend. Es war vor ungefähr sechs Jahren aufgenommen worden, als Frau Afifi noch dick und rund und voller Leben war. Umm Hamida blickte zwischen Foto und Frau Afifi hin und her und sagte dann entschlossen: »Das ist genau richtig. Sieht aus, als wäre es erst gestern aufgenommen worden.«

»Möge Allah Ihnen das Leben versüßen«, sagte Frau Afifi erleichtert.

Umm Hamida nahm das Foto, steckte es mitsamt Rahmen in die Tasche und steckte sich die Zigarette an, die Frau Afifi ihr angeboten hatte. Würdevoll sagte sie dann: »Nun haben wir lange genug gesprochen, und Sie wissen jetzt, was er so erwartet.«

Frau Afifi blickte sie zum erstenmal vorsichtig abwägend an und schien darauf zu warten, daß sie weitersprach. Als Umm Hamida nichts weiter sagte, lächelte sie ein klein wenig und fragte: »Was meinen Sie eigentlich, was er erwartet?«

Wußte sie es wirklich nicht, oder dachte sie etwa, daß er sie aus Liebe, ihrer hübschen Augen wegen vielleicht, heiraten wollte? Umm Hamida ärgerte sich über so viel Naivität, sagte aber ganz ruhig: »Ich denke, daß es Ihnen nicht schwerfallen dürfte, Ihre Ausstattung selbst auszurichten?«

Frau Afifi verstand sofort, was gemeint war. Der Mann wollte keine Brautgabe zahlen und wünschte, daß sie allein für die Kosten aufkäme. Aber das hatte sie schon von Anfang an geahnt, seit sie auf die Heiratsidee gekommen war. Umm Hamida hatte so etwas schon einmal angedeutet, und sie war nie auf den Gedanken gekommen, ihr darin zu widersprechen. Mit einem einfachen »Allah ist unser aller Helfer« gab sie nach.

Umm Hamida lächelte. »Bitten wir ihn, daß er uns Wohlergehen und Glück herniedersende.« Mit diesen Worten erhob sie sich. Die beiden Frauen umarmten sich herzlich, und Frau Afifi begleitete ihren Gast bis an die Wohnungstür. Sie blickte ihr nach, als sie die Treppe hinunterstieg, und rief: »Tausend Dank nochmals, und küssen Sie Hamida in meinem Namen.«

Als sie in ihre Wohnung zurückgekehrt war, fühlte sie sich jugendlich und frisch. Die neue Hoffnung wärmte ihr das Herz. Sie setzte sich nieder und ging in Gedanken noch einmal das ganze Gespräch durch, Satz für Satz und Wort für Wort. Sicher, sie war ein wenig geizig, aber nicht so sehr, als daß sie sich dadurch ihr Glück verbaut hätte. Das Geld hatte ihr die Zeit versüßt, als sie einsam gewesen war, sowohl das, was sie auf der Sparkasse, als auch das, was sie in schönen neuen Bündeln im Elfenbeinkästchen aufbewahrt hatte. Aber weder das eine noch das andere konnte ein Ersatz für diesen würdevollen Mann sein, der mit Allahs gütiger Erlaubnis bald ihr Gatte sein würde. Ob ihm überhaupt ihr Bild gefiele? Ihr Gesicht rötete sich wieder, und sie spürte, wie ihr die Wangen heiß wurden. Sie stand auf, ging zum Spiegel und wendete das Gesicht nach links und nach rechts. Schließlich meinte sie, die günstigste Haltung gefunden zu haben, verharrte so und erfreute sich an ihrem eigenen Anblick. Mit sich zufrieden murmelte sie: »Allah ist unser Schutz.«

Als sie sich wieder hinsetzte, sagte sie sich, daß mit Geld viele Mängel zu verdecken sind. Hatte Umm Hamida ihm nicht erzählt, daß sie wohlhabend war? Das war sie ja auch. Außerdem waren die fünfzig Jährchen, die sie zählte, kein Grund zum Verzweifeln. Zehn gute Jahre lagen noch vor ihr! Wie viele Frauen waren mit sechzig noch durchaus fähig, richtig glücklich mit einem Mann zu sein, wenn Allah so gnädig war und sie von Krankheiten verschonte. Die Heirat war ja eine durchaus lautere Art, zu frischer Kraft zu kommen und den müden Körper zu beleben. Verträumt verlor sie sich in solcherlei Gedanken, bis sich ihr plötzlich eine lästige Frage aufdrängte. Sie runzelte die Stirn und dachte: Aber was werden wohl die Leute dazu sagen? Ha, sie kannte sie gut! Umm Hamida wäre die erste, die allen möglichen Klatsch heraufbeschwören würde. Es würde heißen, Frau Afifi müsse verrückt geworden sein, wenn sie mit ihren fünfzig Jahren einen Mann von dreißig heiraten wolle, der ihr Sohn sein könne. Das Maul würden sie sich darüber zerreißen, daß Geld eben das wieder in Ordnung bringen könne, was das Schicksal verhindert habe. Vieles andere, worauf sie jetzt gar nicht kam, würden sie noch erfinden. Sollten sie doch erzählen, was sie wollten.

Hatten sie sich nicht schon über sie ausgelassen, als sie Witwe war? Verächtlich hob sie die Schultern und bat dann inbrünstig: »Allah, verschone mich von allem Übel!«

Dann aber hatte sie eine gute Idee, die sie gleich in die Tat umsetzen wollte. Sie würde zu der alten Rabah am Bab al-Achdar gehen, die ihr die Zukunft voraussagen und ein paar Zaubermittel geben würde, vielleicht ein nützliches Amulett oder wundertätige Weihrauchstäbchen.

16

Was sehe ich da! Du bist ja ein respektabler Mann!« sagte Zita und musterte das Gesicht des alten Mannes, der demütig und ergebungsvoll vor ihm stand. War der Djilbab zerrissen und der Körper schmächtig, so strahlte er doch eine gewisse Würde aus, so wie der Krüppelmacher es gesagt hatte. Das gewaltige Haupt war von weißem Haar umgeben, das Gesicht war schmal, die Augen blickten ruhig und sanft. Die straffe Haltung des hochgewachsenen Körpers hätte einen auf den Gedanken bringen können, er sei ein pensionierter Offizier. Im schwachen Schein der Lampe betrachtete Zita ihn ausgiebig und mit wachsender Verblüffung. »Wirklich, du bist eine tolle Erscheinung. Willst du tatsächlich Bettler werden?«

»Ich bin schon Bettler, habe aber nicht viel Glück dabei«, sagte der Mann ruhig.

Zita räusperte sich, spuckte auf den Boden und wischte sich den Mund mit dem Ärmel seines Djilbabs. »Du bist zu schmächtig, um irgendeinen Druck auf deine Knochen auszuhalten. Außerdem ist es nicht ratsam, bei einem, der älter ist als zwanzig, eine künstliche Verkrüppelung vorzunehmen. Oder meinst du etwa, daß eine künstliche weniger mühevoll ist als eine richtige? Nur wenn die Knochen noch eine gewisse Weichheit haben, ist die Verkrüppelung wirklich dauerhaft. Du aber bist alt und stehst schon auf der Schwelle zum Tod, was sollte ich da noch für dich tun?«

Er begann zu überlegen. Wie immer, wenn er tief in Gedanken versunken war, stand ihm der Mund offen, und seine Zunge zuckte hin und her wie bei einer Schlange. Plötzlich leuchteten seine Augen auf, und er rief: »Na klar, die Würde des Alters ist ja die beste Krankheit!«

Der alte Mann war verwirrt und fragte: »Was meinen Sie, Herr Gelehrter?«

Zitas Gesicht wurde vor Zorn eine Spur blasser. Er schrie ihn an: »Wieso Herr Gelehrter? Hast du mich schon mal an einem Grab den Koran rezitieren hören?«

Der alte Mann war verschreckt. Als bäte er um Verzeihung, hielt er ihm die offenen Handflächen entgegen und sagte zerknirscht: »Gott bewahre! Ich wollte Ihnen damit nur meine Ehrerbietung erweisen.«

Zita spuckte zweimal auf den Boden. »Meine Arbeit«, sagte er voller Stolz, »könnten die berühmtesten Ärzte des Landes nicht machen, auch wenn sie sich noch solche Mühe geben würden. Du weißt wohl nicht, daß es tausendmal schwerer ist, einen als Krüppel erscheinen zu lassen, als wirklich einen aus ihm zu machen! Jemanden richtig zu verkrüppeln geht bei mir genauso schnell, als wenn ich dir ins Gesicht spucke.«

»Entschuldigen Sie bitte, Herr«, sagte der Mann

außerordentlich höflich. »Auch Allah ist nachsichtig und barmherzig.«

Zita beruhigte sich, sah ihn wieder forschend an und meinte dann: »Also, ich hab ja schon gesagt, daß das Würdevolle an dir die beste Krankheit ist.«

»Wie denn, mein Herr?«

»Na ja, dieses würdevolle Gehabe hat nicht jeder Bettler, und deshalb könntest du damit tolle Erfolge erzielen.«

»Das Würdevolle, Herr?«

Zita entnahm einem kleinen Krug auf dem Bord eine halbe Zigarette und zündete sie sich an der Flamme der Lampe an. Er machte einen tiefen Zug und kniff die Augen zusammen. Dann sagte er ganz ruhig: »Du hast es gar nicht nötig, als Krüppel aufzutreten. Im Gegenteil, du mußt ein wenig herausgeputzt werden. Wasch den Djilbab und versuche irgendwie, einen gebrauchten Tarbusch zu bekommen. Dann mußt du beim Laufen deine straffe Haltung beachten und dabei Demut und Wohlerzogenheit herauskehren. Tritt an Kaffeehausgäste heran und mach ein mitleidsvolles Gesicht. Stelle dich schüchtern hin und strecke die Hand aus, ohne auch nur ein Wort zu sagen, als bedrücke dich das Ganze tief. Sprich nur mit den Augen, oder weißt du nicht, wie man das macht? Man wird meinen, du entstammtest einer hochangesehenen Familie, die ins Unglück geraten ist. Unmöglich, daß das einer von diesen berufsmäßigen Bettlern ist, werden sie sagen. Verstehst du jetzt, was ich meine? Du wirst mit deinem Gehabe das Doppelte von dem einnehmen, was andere für ihre Gebrechen kriegen.«

Er machte eine Pause und forderte ihn auf, die neue Rolle doch gleich einmal auszuprobieren. Während er ihm zuschaute, zog er an der Zigarette und schien über etwas nachzudenken. »He, hör mal«, sagte er schließlich, »vielleicht kommst du jetzt auf die Idee, daß du mir nichts von deinen Einnahmen abzugeben brauchst, weil ich ja an dir nicht herumgebastelt habe. In Ordnung, du kannst machen, was du willst, aber unter einer Bedingung. Du läßt dich nicht hier im Husain-Viertel sehen!«

Der Mann wehrte heftig ab. »Wie könnte ich meinen Wohltäter hintergehen!«

Damit war alles geregelt, Zita führte den Mann bis an die Tür zur Bäckerei hinaus. Als er wieder in sein Zimmer gehen wollte, sah er Husnija allein auf der Matratze hocken. Von Djada war nichts zu bemerken. Immer, wenn er sie allein antraf, nutzte er die Gelegenheit, mit ihr ein paar Worte zu wechseln. Zum einen war er gern freundlich zu ihr, zum anderen wollte er ihr zeigen, daß er sie insgeheim bewunderte. »Hast du eben den Mann gesehen?« fragte er.

»Wieder einer, der verkrüppelt werden will, nicht wahr?« antwortete sie gleichgültig.

Zita grinste und erzählte ihr von ihm. Husnija mußte nun lachen und verfluchte ihn wegen seiner ausgemachten Schurkenstreiche. Zita wollte wieder in seine Höhle gehen, zögerte aber kurz vor der Tür und fragte: »Wo ist Djada?«

»Im Bad.«

Im ersten Augenblick dachte er, sie mache sich über ihn lustig, weil er so schmutzig war. Er guckte sie vorsichtig an, sah aber, daß sie völlig ernst war. Da begriff er, daß Djada tatsächlich nach Djamalija ins Bad gegangen war, was ungefähr zweimal im Jahr passierte. Dann würde er also höchstwahrscheinlich nicht vor Mitternacht zurück sein, und er könnte noch ein wenig bei ihr bleiben und mit ihr reden. Die Geschichte eben hatte ihr ja großen Spaß gemacht. So setzte er sich also auf die Schwelle zu seinem Raum, lehnte sich an die Türfüllung und streckte die Beine aus, die wie zwei Holzkohlestäbe aussahen. Daß sie ihn überrascht und abweisend anstarrte, kümmerte ihn nicht.

Husnija ging mit ihm nicht anders um als alle anderen in der Gasse. Lediglich wenn er hereinkam oder hinausging, wechselten sie einige Worte, denn schließlich war sie es ja, die ihm den Raum vermietet hatte. Für sie erschöpfte sich damit ihre Beziehung. Nie wäre es ihr in den Sinn gekommen, daß er sie bei den intimsten Dingen im Leben beobachtete, obwohl sie sich hätte denken können, daß jemand wie Zita auf jeden Fall eine Möglichkeit fand, seine aufdringliche Neugier und wollüstigen Träume zu befriedigen. Dank des Lochs in der Wand bewegte er sich jedenfalls wie jemand, der zur Familie gehört. Er wurde zum Zeugen, wenn sie arbeitete und wenn sie sich ausruhte. Am meisten amüsierte es ihn, wenn sie wegen des geringsten Vergehens mit Schlägen über ihren Mann herfiel. Das Leben Djadas schien täglich voller Missetaten zu sein, für die er auch täglich bestraft wurde, so daß Prügel so alltäglich wie Essen und Trinken geworden waren. Manchmal ließ er sie geduldig und voller Ausdauer über sich ergehen, ein andermal schrie, heulte und jammerte er dabei. Aber irgend etwas passierte ihm auch ständig. Entweder waren ihm ein paar Brotlaibe verbrannt, oder er hatte einige gestohlen, um sie heimlich zu verschlingen, oder er hatte Süßigkeiten für einen halben Qirsch gekauft, den er beim Brotaustragen in der Gasse eingenommen hatte. Tag für Tag konnte er es nicht lassen, eines dieser schlimmen Verbrechen zu begehen, und immer hinterließ er eine Spur und konnte so die schmerzlichen Folgen nicht vermeiden.

Über soviel Blödheit, Feigheit und Unterwürfigkeit

konnte sich Zita nur wundern. Aber am erstaunlichsten war vielleicht, daß gerade er – Zita – diesen Mann äußerst häßlich fand und sich über seine Erscheinung nur lustig machen konnte. Djada war schrecklich groß, hatte lange Arme und einen ausladenden Unterkiefer. Er hatte tiefliegende Augen und dicke wulstige Lippen.

Sosehr er Djada verabscheute, so sehr gefiel ihm dieses Riesenweib, das er immer voller Bewunderung und Begehren anstarrte. Dafür, daß Djada diese Frau hatte, haßte er ihn und hätte ihn am liebsten mit dem Teig oder den Kohlen in den Ofen geworfen.

Er freute sich, daß dieser widerliche Kerl jetzt weg war, so daß er mit ihr allein sein konnte, ohne sich im geringsten dafür zu interessieren, ob es ihr vielleicht mißfiel, daß er sich so herumflegelte. Es dauerte auch gar nicht lange, da hatte Husnijas Frechheit ihre anfängliche Verwirrung besiegt. Deutlicher Widerwille war herauszuhören, als sie barsch sagte: »Was fällt dir ein, hier so herumzusitzen?«

›Lieber Himmel‹, dachte er, ›laß sie bloß nicht wütend werden.‹ Laut aber sagte er betont freundlich: »Ich bin ein Gast, Meisterin, und einen Gast darf man nicht beschimpfen.«

»Warum kriechst du nicht in dein Loch und befreist mich von deinem Anblick?« fragte sie angewidert.

Zita lächelte und zeigte dabei seine fauligen Zähne. »Der Mensch kann doch nicht das ganze Leben nur mit Bettlern, Drecklappen und Würmern verbringen. Er muß sich auch mal etwas Hübscheres ansehen und nette Leute um sich haben.«

»Das heißt also, die Leute müssen sich deinen widerlichen Anblick und ekelhaften Geruch gefallen lassen! Geh in dein Loch, und schließe die Tür hinter dir!«

»Vielleicht gibt es Sachen, die noch viel widerlicher aussehen und schrecklicher riechen«, sagte Zita boshaft.

Husnija merkte, daß er offensichtlich auf ihren Mann anspielte. Sie wurde etwas blaß im Gesicht und fragte drohend: »Was meinst du, du Würmling?«

Zita fehlte es nicht an Mut. »Ich meine unseren ehrenwerten Bruder Djada.«

Mit schreckenerregender Stimme schrie sie ihn an: »Nimm dich in acht, du Hundesohn! Wenn ich dich zu fassen kriege, mache ich aus dir zwei Hälften!«

Da ihm durchaus bewußt war, daß es wirklich gefährlich für ihn wurde, sagte er bittend: »Ich hab doch schon gesagt, daß ich ein Gast bin, Meisterin, und den darf man nicht so beschimpfen. Ich hätte auch nie etwas gegen Djada gesagt, wenn ich nicht bemerkt hätte, daß du ihn verachtest und wegen der geringsten Kleinigkeit verprügelst.«

»Djadas Dreck unterm Fingernagel ist mehr wert als deine ganze Person.«

Zita protestierte: »Wenn du das für deine Person sagen würdest, hätte ich ja nichts dagegen, aber Djada ...!«

»Denkst du vielleicht, daß du besser bist als er?«

Nun war er verstört, vor Überraschung bekam er den Mund nicht mehr zu. Nicht nur, daß er sich selbstredend für etwas Besseres hielt als Djada – allein der Vergleich mit ihm war für ihn eine unverzeihliche Schande. Was war schon dieses verblödete, tierähnliche Wesen im Vergleich zu einem Könner wie ihm, der zu Recht als Herr eines ganzen Reiches angesehen wurde? »Was meinst du eigentlich, Husnija?« fragte er verwirrt.

Sie wiederholte nur: »Der Dreck unter seinem Fingernagel ist mehr wert als deine ganze Person.«

»Dieses Tier?«

»Er ist ein Mann, wie es nur wenige gibt, du Teufelsbraten!« schrie sie ihn an.

»Meinst du damit etwa dieses erbärmliche Geschöpf, das du wie einen streunenden Hund behandelst?«

Sie hörte heraus, daß er eifersüchtig war und ihn deshalb haßte. Das mißfiel ihr keineswegs, sondern machte ihr sogar ein wenig Spaß. Also dachte sie nicht mehr daran, ihn zu schlagen, sondern heizte ihm noch ein wenig ein. »Davon verstehst du nichts. Du stirbst doch fast vor Kummer, daß du nicht so verprügelt wirst wie er.«

»Prügel beziehen ist wohl eine Ehre, von der ich nichts verstehe«, meinte Zita gehässig.

»Jawohl, eine Ehre, die dir nie zuteil werden wird, du Wurmfresser.«

Zita begann zu überlegen. Ob sie tatsächlich gern mit ihm zusammenlebte? Er hatte sich das schon oft gefragt, hatte sich aber immer zugleich geweigert, das zu glauben. Aber die Frau hätte ja auch jetzt gar nichts anderes sagen können, bestimmt verschwieg sie ihm etwas. Mit feurigen Augen starrte er ihren prallen, vollen Körper an und verfiel immer hartnäckiger auf völlig verrückte Wunschvorstellungen. Er malte sich die Zukunft in den prächtigsten Farben aus. Der fast leere Raum füllte sich mit seinen fiebrigen Hirngespinsten, seine schreckenerregenden Augen glänzten wie im Wahnsinn.

Husnija aber sonnte sich in seiner Eifersucht. Daß sie mit ihm allein war, beunruhigte sie keineswegs, vertraute sie doch voll und ganz auf ihre körperliche Stärke. Spöttisch meinte sie: »Was dich angeht, du Dreckhaufen, so säubere erst mal deinen Körper, dann kannst du mit anderen Menschen reden.«

Ärgerlich war sie nicht. Wäre sie das gewesen, dann hätte sie ihn ohne langes Zögern schon längst geohrfeigt. Also spaßte sie mit ihm herum, und er durfte sich die Gelegenheit nicht entgehen lassen. »Aber Meisterin«, sagte er, »du kannst doch wohl zwischen Dreck und Goldstaub unterscheiden.«

»Kannst du etwa leugnen, daß du etwas anderes als ein Klumpen Lehm bist?« fragte sie zurück.

Er zuckte verächtlich mit den Schultern. »Wir sind alle nur aus Lehm gemacht.«

»Scher dich weg! Du bestehst nur aus lauter Schmutz und Dreck. Deshalb findest du auch keine andere Arbeit und kannst nur Menschen verstümmeln. Du bist ja geradezu von dem teuflischen Wunsch besessen, andere Leute zu dir herunterzuziehen.«

Zita lachte und schöpfte neue Hoffnung. »Aber ich bin doch noch der Beste von allen. Kannst du nicht begreifen, daß ein Bettler ohne Krankheit nicht einen einzigen Millim einnimmt, daß er aber, wenn ich an ihm herumgebastelt habe, sein Gewicht in Gold wert ist? Ein Mann bekommt das, was er wert ist, und wird nicht nach seinem hübschen Gesicht bezahlt. Und nun gar unser Bruder Djada, der nichts wert ist und auch nicht mal nach etwas aussieht!«

»Kommst du wieder auf dieses Thema?«

Ihre Stimme klang bedrohlich. Da war es wohl besser, die Frage zu überhören und das Thema fallenzulassen. »Und außerdem«, sprach er weiter, »sind alle meine Kunden berufsmäßige Bettler. Willst du ernsthaft, daß ich sie hübsch herausputze und sie dann auf die Straße schicke, damit sie welche von den sogenannten wohltätigen Männern verführen?«

»Was bist du für ein Teufel! Du sprichst so und siehst so aus!«

Er seufzte hörbar und legte in seine Stimme einen bittenden Schmelz. »Und doch war ich einmal ein König.«

Spöttisch sah sie zu ihm hinüber. »Ein König des Pöbels und der Teufel?«

Im gleichen mitleidheischenden Ton antwortete er: »Aber nein, König von richtigen Menschen. Jeden von uns empfängt die Welt zuerst als einen unter vielen Königen. Aber dann wird aus ihm das, was sein unheilvolles Schicksal für ihn bereithält. Das ist der klügste Streich, den das Leben uns spielen kann. Wenn es uns nämlich vom ersten Augenblick an deutlich sagen würde, was auf uns wartet, dann würden wir uns doch glatt weigern, den Mutterleib überhaupt zu verlassen.«

»Was du bloß sagst, du Lügenbeutel du!«

Zita kam nun in Schwung. Begeistert fuhr er fort: »So war auch ich also einmal ein vergnügter, glücklicher Säugling, dem sich freudig Hände entgegenstreckten, die ihn zärtlich und fürsorglich aufnahmen. Zweifelst du da noch, daß ich ein König gewesen bin?«

»Wie könnte ich das, mein Herrscher und Gebieter!«

Von Hoffnung erfüllt und vom eigenen Wortschwall berauscht, erzählte er weiter: »Wobei meine Geburt obendrein noch als besonderes Glück und reicher Segen angesehen wurde. Meine Eltern bettelten ja beide von Berufs wegen und hatten sich die ganze Zeit über einen Säugling gemietet, den meine Mutter bei ihren Runden in den Armen hielt. Als Allah sie dann mit mir beschenkte, brauchten sie sich nicht mehr Kinder anderer Leute auszuleihen. Deshalb waren sie auch so froh über mich!«

Husnija konnte nicht anders, laut und scheppernd prustete sie los. Zita wurde immer sicherer. »Ach, wie oft erinnere ich mich an meine glückliche Kindheit! Noch immer denke ich gern an mein Plätzchen auf dem Bürgersteig zurück. Auf allen vieren krabbelte ich immer zur Bordsteinkante. An einer bestimmten Stelle war eine Öffnung im Boden, an der immer eine Lache aus Regenwasser und Benzin war. Auf dem Grund ballten sich Klumpen von Lehm, und oben schwammen eine Menge Fliegen. An den Rändern hatte sich lauter Straßendreck gesammelt. Ein Anblick, der einem das Herz entzückte. Das Wasser so schön lehmig und am Rand lauter Müll in unterschiedlichsten Farben: Tomatenschalen, Petersilienreste, Sand, Lehm. Darüber summten Fliegen, die sich ab und zu niederließen. Ich riß die Lider auf, die auch voller Fliegen waren, und konnte mich nicht satt sehen an diesem ergötzlichen Sommeridyll. Keine größere Freude hätte mir die Welt bieten können.«

Spöttisch warf die Meisterin ein: »Du Glückskind!«

Daß sic an dem, was er erzählte, Spaß fand und ihm gern zuhörte, machte ihm noch mehr Mut. »Das ist der Grund, warum ich das, was man ungerechterweise Dreck nennt, so innig liebe. Der Mensch kann sich an alles gewöhnen, wie seltsam es auch sein mag. Deshalb hab ich auch solche Angst, daß du dich an dieses Tier gewöhnst.«

»Fängst du wieder damit an?«

Blind und taub vor Gier ließ er sich nicht bremsen. »Natürlich! Keine Macht kann den Menschen davon abhalten, das auszusprechen, was richtig ist.«

»Ich dachte immer, du willst von den Menschen gar nichts wissen.«

»Ich hab ja schon gesagt, daß ich in der Wiege durchaus Fürsorge und Liebe gekostet habe.« Er deutete mit der Hand zu der Kammer hinüber, in der er wohnte. »Mein Herz sagt mir, daß ich dort in dem

Raum noch einmal glücklich sein werde.« Er sah sie an und machte mit dem Kopf eine Geste, als wollte er sagen: »Na los, nun komm schon.«

Husnija bekam einen Wutanfall. Es regte sie maßlos auf, daß er so frech war. »Nimm dich in acht, du Ausgeburt des Teufels!« schrie sie ihn an.

Unsicher geworden, antwortete er: »Wenn ich vom Teufel bin, wie kann ich da den Verlockungen meines Vaters widerstehen?«

»Wahrscheinlich erst dann, wenn ich dir die Knochen zerquetsche?«

»Mal sehen, vielleicht finde ich das auch ganz angenehm.« Er sprang plötzlich auf. In der Meinung, er sei nun am Ziel seiner Wünsche und sie ihm willfährig, wurde er fast wahnsinnig und fing an zu beben. Erregt sah er sie an und zog blitzschnell seinen Djilbab aus. Er war völlig nackt. Im ersten Moment war Husnija sprachlos, dann aber griff sie nach einer Blechkanne und schleuderte sie mit voller Wucht auf ihn. Sie traf ihn in den Bauch. Wie ein Stier brüllte er auf, fiel auf die Erde und krümmte sich vor Schmerzen.

17

Herr Salim Alwan saß wie immer am Schreibtisch, als Umm Hamida kam, um einige Dinge zu kaufen. Er war stets freundlich zu ihr, aber diesmal wollte er besonders aufmerksam sein. So lud er sie ein, Platz zu nehmen, und wies einen der Arbeiter an, ihr das Gewünschte zu bringen. Umm Hamida ließ sich das gern gefallen, dankte ihm vielmals und wünschte ihm Allahs Segen.

Salim Alwans Freundlichkeit war keine spontane Regung, sondern er hatte endlich einen unwiderruflichen Entschluß gefaßt, lebte es sich doch zu beschwerlich, wenn Kopf und Herz ständig von ungelösten Problemen verwirrt werden. Er empfand es als niederdrückend, sich immer im klaren zu sein, daß sie einer Lösung bedurften, daß aber er selbst zu schwach war, sich zu einer solchen durchzuringen. Da war das Problem mit den Söhnen, die unruhig auf eine Entscheidung warteten. Dann war da die Sache mit dem Vermögen, von dem er nicht wußte, wie und wann er es anlegen sollte, vor allem seit Gerüchte im Umlauf waren, daß nach dem Krieg wahrscheinlich die Preise sinken würden. Die Frage des Bey-Titels war auch noch nicht ausgestanden, denn immer wenn er glaubte, er habe die Idee endlich aufgegeben, fraß sie wie ein Krebsgeschwür in ihm weiter. Genauso beunruhigte ihn die Frage, wie es mit ihm und seiner Frau weitergehen sollte. Ihre Frische schwand dahin, ihre Lebendigkeit versiegte zusehends. Und schließlich und endlich litt er immer noch an dieser leidenschaftlichen Sehnsucht, die ihm unsägliche Qualen verursachte. Die ganze Zeit über war er ratlos gewesen, nun aber hatte er eingesehen, daß er seinen ganzen Willen daransetzen mußte, eines dieser Probleme energisch anzupacken und zu lösen. Die Frage war nur, welches, denn je nach Laune schien mal dieses und mal jenes das dringlichste zu sein. Aber nun war er doch zu der Meinung gelangt, daß er zunächst einmal diese wild lodernde Leidenschaft zur Ruhe bringen und sich darauf konzentrieren müßte. Wenn das gelöst ist, dachte er, wird sich für alles andere auch ein Weg finden.

Ihm war durchaus bewußt, daß diese Angelegenheit Folgen haben würde. Vorausgesetzt, daß er das Problem klären könnte, zöge das Dinge nach sich, die sich vielleicht noch schwieriger lösen ließen als all die anderen offenen Fragen. Aber diese Leidenschaft stellte alles andere in den Schatten und hatte sein ganzes Denken und Wollen in Besitz genommen. Trotzig sagte er sich, daß seine Gattin ihr Leben als Weib abgeschlossen hatte, und er konnte es in seinem Alter nicht mehr wagen, in ein Bordell zu gehen. Warum sollte er sich aber mit so einem Leben voller Gram und Pein zufriedengeben? Allah möchte uns das Leben erleichtern, warum sollten wir es uns dann schwermachen?

Nachdem er also endgültig zu der Meinung gekommen war, sich seinen Wunsch zu erfüllen, wollte er die Gelegenheit nutzen und mit Umm Hamida sprechen. Er hatte sie eingeladen, sich zu ihm zu setzen, damit er ihr diese wichtige Angelegenheit eröffnen konnte. Er hatte ein wenig Furcht zu sprechen, nicht etwa weil er noch Zweifel hatte, sondern weil es ihm schwerfiel, mit Rücksicht auf seine gehobene Stellung sich auf einen Schlag mit einer Frau wie Umm Hamida gemeinzumachen. Zufällig kam genau in diesem Moment der Arbeiter mit der berühmten Farikschüssel herein. Als Umm Hamida sie sah, mußte sie ein wenig lächeln, was ihm nicht entging. Er beschloß, diese Gelegenheit zu nutzen und daran anzuknüpfen. Ohne weiter auf seine Würde und Autorität zu achten, sagte er mit spöttischem Unterton: »Was habe ich doch für einen Ärger mit dieser Schüssel!«

Umm Hamida fürchtete, daß er vielleicht ihr Lächeln bemerkt hatte, und sagte hastig: »Das verhüte Allah! Warum denn?«

»Ach, das hat mir so viel Unannehmlichkeiten eingebracht.«

Sie verstand noch immer nicht, was er meinte. »Warum denn, gnädiger Herr?«

Im Bewußtsein, daß er mit einer Brautwerberin

sprach, sagte er gelassen: »Die andere Seite ist damit nicht einverstanden.« Umm Hamida war verwirrt, erinnerte sie sich doch noch gut daran, wie den Leuten in der Gasse damals nur wegen eines Häppchens von dieser Farik der Mund wäßrig geworden war. Und dann wollte seine Frau nichts davon haben? Tja, dachte sie, alles Gute ist nie beisammen, wer einen Hals hat, der hat vielleicht keine Ohren. Sie räusperte sich und lächelte wieder. »Das ist sehr seltsam.«

Er nickte bedauernd. Seine Frau hatte diese Speise noch nie gemocht, auch nicht, als sie noch jung gewesen war. Sie war immer sehr rechtschaffen gewesen und gegen jede Abweichung vom Üblichen. Dennoch hatte sie vieles ertragen, was ihr unangenehm gewesen war, weil sie meinte, dies sei sie ihrem unersättlichen Mann aus Ehrerbietung schuldig. Sie wollte ihm keinen Kummer bereiten, aber hin und wieder hatte sie nicht gezögert, ihn zu bitten, davon abzulassen, weil es, wie sie meinte, auf die Dauer für seine Gesundheit gefährlich werden könnte. Je älter sie dann wurde, desto geringer wurde ihre Geduld, und ihre Abneigung gegen dieses Mittelchen wuchs. Sie lehnte sich nun ganz offen dagegen auf und verließ immer öfter die eheliche Wohnung, um zu den Kindern zu gehen. Nach außen hin sah das aus, als besuchte sie sie, in Wirklichkeit aber flüchtete sie sich dorthin.

Salim Alwan hatte sie schließlich gründlich satt und warf ihr Gefühlskälte und Altersschwäche vor. So blieb der Frieden gestört, die Atmosphäre vergiftet, denn er dachte nicht im mindesten daran, seine Neigung aufzugeben oder auf ihre sichtbare Schwäche Rücksicht zu nehmen. Ihre Böswilligkeit, wie er es nannte, war für ihn vielmehr ein Vorwand, sich nach der Möglichkeit eines neuerlichen Ehelebens umzusehen.

Er schüttelte also bedauernd den Kopf und sagte in sorgenvollem Ton, der bei jemandem wie Umm Hamida nicht sein Ziel verfehlen konnte: »Ich habe sie bereits gewarnt, daß ich noch eine andere heiraten werde. Und, bei Gott, ich bin wirklich dazu entschlossen.«

Umm Hamidas Interesse war geweckt, ihr berufsmäßiger Instinkt begann sich zu regen. Sie blickte ihn an wie ein Händler, der einen ganz besonderen Kunden vor sich hat, und fragte mißtrauisch: »So weit wollen Sie gehen, gnädiger Herr?«

»Ich habe schon lange auf Sie gewartet, war schon fast bereit, nach Ihnen zu schicken. Was ist Ihre Meinung dazu?«

Überwältigt von unbeschreiblicher Freude, seufzte sie tief. Das war ja kaum zu glauben! Da war sie losgegangen, um Henna zu kaufen, und stolperte nun über einen Schatz! Sie lächelte ihn an. »Gnädiger Herr, Sie sind wirklich ein Mann von Welt. Solche wie Sie gibt es nur wenige. Wie glücklich kann sich diejenige schätzen, die Sie erwählen. Ich bin gern bereit, Ihnen zu helfen. Ich habe Jungfrauen, Witwen und Geschiedene, Junge und Ältere, Arme und Reiche. Wählen Sie aus, wen immer Sie wollen.«

Salim Alwan zwirbelte die dicken Schnurrbartenden und schwieg verwirrt. Dann neigte er sich zu ihr hinüber, lächelte und sagte mit gedämpfter Stimme: »Da braucht man nicht lange zu suchen und sich abzumühen, wenn ich doch jemanden möchte, der sich in Ihrem Haus befindet.«

Die Frau riß erstaunt die Augen auf und stammelte: »In meinem eigenen Haus?«

»Ja, genau, in Ihrem Haus, nirgendwo sonst! Eine von Ihrem Fleisch und Blut. Ich meine Ihre Tochter Hamida.«

Umm Hamida glaubte ihren Ohren nicht zu trauen, sie war völlig durcheinander. Gewiß hatte sie gewußt, Hamida selbst hatte ihr das erzählt, daß Herr Alwan ihr immer mit leuchtenden Augen nachstarrte. Aber Bewunderung ist eine Sache, Heirat eine andere. Wer hätte geglaubt, daß Herr Salim Alwan, der Chef der Firma, um Hamidas Hand anhalten würde? Verstört sagte sie: »Aber wir sind doch nicht von Ihrem Rang, gnädiger Herr.«

»Sie sind eine gute Frau«, sagte er freundlich. »Ihre Tochter gefällt mir, und damit genug. Sollen denn nur die Reichen gut leben? Geld brauche ich nicht mehr, davon habe ich genug.«

Immer noch verwirrt, hörte sie ihm aufmerksam zu. Plötzlich fiel ihr aber etwas ein, was sie völlig vergessen hatte. Hamida war doch verlobt! Ein schwerer Seufzer entrang sich ihr, so daß Herr Alwan aufmerksam wurde und fragte: »Was ist mit Ihnen?«

»Gütiger Gott, ich habe ganz vergessen, Ihnen zu sagen, daß Hamida verlobt ist. Abbas al-Hilu hat sich vor seiner Abreise nach Tall al-Kabir mit ihr verlobt!«

Vor Ärger wurde er gelb im Gesicht. Als spräche er den Namen eines widerlichen Ungeziefers aus, wiederholte er angeekelt: »Abbas al-Hilu!«

»Wir haben es sogar mit der Fatiha-Sure bekräftigt«, beeilte sie sich zu sagen.

Salim Alwan blickte finster und sagte verächtlich: »Dieser Arme-Leute-Friseur!«

Wie zur Entschuldigung erklärte sie: »Er hat gesagt, daß er bei der Armee arbeiten und sich eine hübsche Summe zusammensparen wird. Er ist abgereist, nachdem wir die Fatiha gelesen haben.«

Daß bei ihm etwas schiefging und obendrein noch wegen dieses Burschen, das ärgerte ihn maßlos. »Denkt denn dieser Idiot«, fauchte er sie an, »daß die

Armee ein immerwährender Segen ist? Ich wundere mich nur, was Sie dazu gebracht hat, sich an diese blöde Geschichte zu erinnern!«

Wieder hatte sie diesen entschuldigenden Ton, als sie sagte: »Ich hab mich eben erinnert, das ist alles. Wir hätten doch nie gewagt, von einer so unvorstellbaren Ehre zu träumen. Deshalb hatten wir ja auch keinen Grund, seinen Antrag abzulehnen. Nehmen Sie es mir nicht übel, gnädiger Herr. Wenn einer wie Sie um etwas bittet, dann ist das ein Befehl. Nie hätten wir doch an so etwas gedacht! Entschuldigen Sie vielmals, ich werde jetzt gehen und gleich wieder zurückkommen. Ärgern Sie sich nicht über mich, warum ärgern Sie sich überhaupt?«

Sein Gesicht wurde wieder etwas freundlicher. Er hatte sich tatsächlich über Gebühr aufgeregt, gerade so, als ob al-Hilu ihm etwas antun könnte, wo doch er Manns genug war, mit ihm abzurechnen. »Wieso?« fragte er aber zunächst. »Habe ich etwa keinen Grund, verärgert zu sein?« Als störte ihn ein lästiger Gedanke, hielt er inne und schwieg einen Augenblick. »War das Mädchen denn einverstanden?« fragte er dann. »Ich meine, will sie ihn?«

»Ach, meine Tochter hat damit nichts zu tun«, antwortete sie beflissen. »Es war nur so, daß eines Tages al-Hilu kam, begleitet von Onkel Kamil, und wir dann die Fatiha gelesen haben.«

»Seltsam, diese jungen Leute von heute. Haben kaum etwas zum Beißen, aber finden nichts dabei, zu heiraten und das Viertel mit Kindern zu bevölkern, die sich dann vom Straßendreck ernähren müssen. Vergessen wir die Geschichte!«

»Der Meinung bin ich auch, gnädiger Her. Ich werde jetzt gehen und unverzüglich wiederkommen. Allah ist unsere Zuflucht!« Die Frau stand auf und beugte sich tief über seine Hand. Dann nahm sie das Päckchen Henna und ging hinaus.

Salim Alwan blieb mit finsterem Gesicht wie erstarrt sitzen. Der scharfe Blick seiner Augen verriet, wie nervös und wütend er war. Schon beim ersten Anlauf war er gestolpert! Und das wegen eines dreckigen Friseurs, der keinen Millim wert war. Trotzdem aber hatte er nun mit ihm zu rechnen. Er spuckte verächtlich auf den Boden, als könnte er al-Hilu selbst damit verscheuchen. Ihm war, als hörte er schon die Klatschmäuler, die voller Vergnügen über diese Geschichte herfallen würden. Und dann erst seine Frau, die natürlich bissig sagen würde, er habe sich eine Friseuse aus einem miesen kleinen Laden in der Midaq-Gasse aufgegabelt! Immer wieder würde sie das wiederholen, und auch die Leute würden das Geschwätz immer von neuem durchkauen, bis schließlich auch seine Söhne und Töchter, Freunde und Feinde alles haargenau wußten. Obwohl er sich das alles ganz genau vorstellen konnte, dachte er keineswegs daran, einen Rückzieher zu machen. Er hatte den Kampf schon tags zuvor hinter sich gebracht, nun galt es, zur Tat zu schreiten und auf Allah zu vertrauen.

So saß er nachdenklich da, zwirbelte gemächlich seinen Bart und schüttelte verächtlich den Kopf. Bei der übermächtigen Sehnsucht, die er verspürte, erschien ihm alles Gerede der Leute nichtig. Hatten sie nicht immer und immer wieder die alte Geschichte von der Farik-Schüssel aufgewärmt? Mochten sie doch reden, was sie wollten. Er würde seinen Willen durchsetzen, trotz allem der Herr bleiben und durch Reihen von Menschen schreiten, die sich tief vor ihm verbeugten. Was aber seine Familie betraf, so war er reich genug, die Ansprüche jedes einzelnen auch weiterhin zu befriedigen. Seine neue Ehe würde ihnen nicht mehr wegnehmen als das, was ihn der Bey-Titel gekostet hätte.

Langsam legte sich seine Wut, und seine Züge entspannten sich. Mehr und mehr fand er Gefallen an dem Gedanken, daß er eben ein Mann aus Fleisch und Blut war und sich nicht versagen sollte, was ihm zustand. Er hatte keine Lust, ständig nur von Sorgen bedrängt zu werden. Was hatte er denn von dem ganzen Geld, wenn er sich nicht einmal einen Wunsch erfüllen durfte, der durchaus erfüllbar war? Oder wenn sich sein Herz weiter nach einem Körper verzehrte, der ihm doch bereitwillig zur Verfügung stand?

18

Umm Hamida eilte nach Hause. Auf dem kurzen Stück zwischen der Firma und ihrer Wohnung durchschritt sie ein unendliches Land voll der schönsten Träume. Als sie eintraf, stand Hamida im Zimmer und kämmte sich. Als sähe sie sie zum erstenmal, musterte sie das Mädchen durchdringend. Das war nun das Wesen, das einen Mann von der Würde, dem Alter und dem Reichtum Alwans so betört hatte. In ihr regte sich so etwas wie Neid. Sie war sich sicher, daß von jedem Qirsch, den die bevorstehende Hochzeit dem Mädchen einbrächte, die Hälfte ihr zufiele. Von jeder Annehmlichkeit für das Mädchen würde sie einen reichen Anteil bekommen. Sosehr sie sich aber auch freute und zufrieden in die Zukunft blickte – da blieb doch ein bohrendes Gefühl. Konnte es denn wirklich sein, fragte sie sich, daß so ein Glück einem Mädchen zufiel, das weder Vater noch Mutter kannte?

Hatte denn Herr Alwan noch nie ihre schreckliche Stimme gehört, wenn sie mit den Nachbarn stritt? Hatte er noch nie einen ihrer Wutanfälle miterlebt? Wehe den Männern, die sich nach dem Fleisch der Frauen verzehren!

Noch immer starrte sie sie an. Dann sagte sie bewundernd und neidisch zugleich: »Du bist wirklich ein Glückspilz!« Hamida hielt inne und fragte lachend: »Wieso? Was meinst du? Ist was passiert?«

Umm Hamida legte die Milaja ab und warf sie auf das Sofa. Als wollte sie die Wirkung ihrer Worte sehen, beobachtete sie ihr Gesicht und sagte ruhig: »Es gibt einen neuen Bräutigam!«

Das Mädchen blickte neugierig auf und schien verwirrt zu sein. »Im Ernst?«

»Ein Bräutigam in ganz hoher Position, von dem man nicht zu träumen wagt, du Miststück.«

Hamidas Herz klopfte wie wild. Sie riß die Augen auf, so daß nur das Weiße glänzte. »Wer könnte das sein?«

»Rate!«

Dem Mädchen schwirrte der Kopf. »Wer ist es?«

Die Alte hob bedeutungsvoll die Brauen. »Herr Salim Alwan, mit allem Drum und Dran!«

Sie drückte den Kamm in der Hand so fest, daß fast die Zähne gebrochen wären, und schrie: »Salim Alwan, der Firmenbesitzer?«

»Der Firmenbesitzer und Besitzer von so viel Reichtum, daß kein Ozean ausreicht, um ihn aufzunehmen.«

Ihr Gesicht leuchtete. Von Freude überwältigt, flüsterte sie: »Ach du großer Schreck!«

»Ach du große Freude! Das ist doch wie Milch und Honig! Ich hätte es nie geglaubt, wenn er nicht selbst mit mir gesprochen hätte!«

Hamida steckte den Kamm ins Haar, lief zu ihrer Mutter und rüttelte sie an der Schulter. »Was hat er zu dir gesagt? Erzähl alles, was er gesagt hat, Wort für Wort!« Begierig lauschte sie, als Umm Hamida erzählte. Ihr Herz klopfte, das Gesicht rötete sich, die Augen glänzten. Das war es, wovon sie träumte. Das war die Stellung, in die sie so verliebt war, daß sie fast krank wurde. Konnte denn ihr Hunger nach Macht und Autorität anders als mit Reichtum gestillt werden? War das nicht das Mittel, um den brennenden Schmerz in ihrem Innersten zu lindern? Nur Vermögen, Ansehen und Macht bedeuteten das Glück. In dieser jähen Freude fühlte sie sich wie ein Kämpfer, der unbewaffnet im dichten Getümmel plötzlich auf eine Waffe stößt. Sie war wie ein Vogel mit beschnittenen Flügeln, der sich vergebens aufzusteigen bemüht und dem plötzlich durch ein Wunder neue Flügel wachsen, die ihn bis zu den Berggipfeln hinauftragen.

Umm Hamida sah sie verstohlen an. »Woran denkst du?« fragte sie, weil sie nicht so recht wußte, was sie sagen sollte. Instinktiv war sie entschlossen, ihrer Tochter zu widersprechen, ganz gleich, was sie auch sagen würde. Wenn sie mit »Herr Alwan« begänne, würde sie fragen: »Und Abbas?«, und wenn sie »Und Abbas?« fragte, würde sie protestieren und sagen: »Sollen wir uns etwa Herrn Alwan entgehen lassen?«

Aber Hamida bemerkte lediglich: »Was soll ich schon denken?«

»Wieso? So einfach ist die Sache doch gar nicht. Hast du vergessen, daß du verlobt bist? Und daß ich mit al-Hilu zusammen die Fatiha gelesen habe?«

Das Mädchen sah sie böse an, und das machte sie häßlich. Verächtlich meinte sie: »Al-Hilu!«

Umm Hamida war überrascht. Im Handumdrehen hatte sie sich in einer so ernsten Angelegenheit entschieden! Es war geradezu, als hätte es nie einen al-Hilu gegeben. Wieder einmal wurde ihr klar, daß ihre Tochter überaus egoistisch war. Wenn sie auch nie ernsthaft gezweifelt hatte, wie sie sich entscheiden würde, so hätte sie es wenigstens gern gesehen, daß sie sich zu diesem Entschluß nur mit Mühe und Not durchringen würde. Sie hätte sich gewünscht, daß die Tochter ein wenig gezögert und gezaudert hätte, um ihr zuliebe schließlich doch den Antrag von Herrn Alwan anzunehmen. Niemals hatte sie erwartet, daß sie al-Hilus Namen so verächtlich ausstoßen würde. Mit einem kritischen Unterton wies sie sie zurecht: »Ja, al-Hilu. Hast du vergessen, daß er dein Verlobter ist?«

Natürlich hatte sie das nicht vergessen, aber so wie die Sache hier lag, war das gleichgültig geworden. Hatte ihre Mutter etwa wirklich etwas gegen die Heirat mit Herrn Alwan einzuwenden? Sie sah sie prüfend an und kam zu der Überzeugung, daß ihre Kritik keineswegs sehr ernst gemeint war. Mit einem leichten Schulterzucken sagte sie leichthin: »Er wird eben geopfert werden müssen.«

»Und was werden die Leute sagen?«

»Sollen sie doch sagen, was sie wollen.«

»Ich werde am besten Herrn Radwan al-Husaini um Rat bitten.«

Bei diesem Namen zuckte das Mädchen zusammen. »Was geht den eine Sache an, die nur mich betrifft?« protestierte sie.

»Wir haben keinen Mann in der Familie, also fragen wir ihn.«

Sie wollte keinen Moment länger zögern und stand auf. Nachdem sie sich in die Milaja gehüllt hatte, verließ sie das Zimmer. »Ich hole seinen Rat ein und komme auf der Stelle zurück«, sagte sie im Hinausgehen.

Hamida blickte ihr wütend nach. Als ihr einfiel, daß sie mit ihrem Haar noch nicht fertig war, griff sie wieder nach dem Kamm. Starr vor sich hin schauend und beschäftigt mit den mechanischen Bewegungen, verlor sie sich in einer Welt blühendster Träume. Schließlich stand sie auf, trat ans Fenster und blickte zur Firma hinüber. Nach einer Weile setzte sie sich wieder hin.

So leicht, wie es der Mutter schien, war es ihr nicht gefallen, sich von Abbas abzuwenden. Immerhin hatte sie eine Zeitlang tatsächlich angenommen, daß sie von nun an für immer mit ihm verbunden wäre. Sie hatte ihm voller Liebe die Lippen zum Kuß geboten und genauso eifrig wie er an ihre gemeinsame Zukunft gedacht. Sie hatte, wie versprochen, das Grab von al-Husain besucht und dort wirklich für ihn gebetet. Früher war sie nur dann hingegangen, wenn sie den Heiligen nach einem Streit mit einer Feindin um den heißersehnten Sieg bitten wollte. Aber von alledem abgesehen, war es wohl das wichtigste gewesen, daß al-Hilu sie in den Status des Verlobtseins versetzt hatte. Nun konnte die Mutter sie nicht mehr an den Haarsträhnen packen und sagen: »Die schneide ich dir ab, wenn sich mal einer mit dir verlobt!«

Im Grunde aber war ihr auch klargeworden, daß sie sich einer trügerischen Ruhe hingegeben hatte. Richtig zufrieden war sie nie gewesen. Irgend etwas war da immer gewesen, was in ihr rumorte und ihre Sehnsucht wachhielt. Abbas hatte zwar wenigstens einen Teil ihres Ehrgeizes befriedigt, aber deshalb war er noch lange nicht der Mann, den sie eigentlich wollte. Gleich zu Anfang hatte sie nicht so recht gewußt, was sie mit ihm anfangen sollte. Und wenn sie auch keine klare Vorstellung gehabt hatte, wie der Mann, den sie sich erträumte, eigentlich sein sollte, dann war jedenfalls Abbas nicht der gewesen, der ihr Herz im Sturm hätte erobern können.

Hin und her gerissen hatte sie sich dann selbst einzureden versucht, daß sie vielleicht doch, wenn sie erst einmal mit ihm zusammenlebte, glücklicher sein würde, als sie gedacht hatte. Unaufhörlich hatte sie darüber nachgedacht. Aber mit dem Nachdenken ist das so eine Sache, gibt es doch auf jede Frage mehrere Antworten. Sie jedenfalls wurde sich ihrer Situation nicht ganz schlüssig. Wie sah denn wohl das Glück aus, das er ihr bieten konnte? Vielleicht aber erwartete sie auch einfach zuviel? Er hatte versprochen, daß er reich zurückkommen und einen Salon in Muski eröffnen würde. Aber war ihr Leben dann um so vieles besser? War es wirklich das, wonach sie so sehr strebte?

Je mehr sie gegrübelt hatte, um so verwirrter war sie geworden. Immer stärker wurde das Gefühl, daß der junge Mann keineswegs der große Held war, nach dem sie sich sehnte. Allmählich ahnte sie, daß sie eine zu große Abneigung fühlte, um das ganze Leben mit ihm in Liebe und Zärtlichkeit zu verbringen. Was aber sollte sie tun? Hatte sie sich nicht auf ewig an ihn gebunden? Allah, warum hatte sie bloß keinen Beruf erlernt, so wie ihre Freundinnen? Wenn sie eine richtige Arbeit hätte, könnte sie ruhig abwarten und den heiraten, den sie wirklich wollte. Oder sie würde sich überhaupt nicht binden.

So war denn alle Begeisterung für Abbas geschwunden, ihr Gefühl für ihn erstarrt. Es war wieder ganz wie vor den Begegnungen mit ihm, die ihr ja wenigstens noch ein klein wenig Hoffnung gegeben hatten. Deshalb konnte sie sich ohne zu zögern von ihm trennen, als sie von dem Antrag des Herrn Alwan hörte. Innerlich hatte sie sich schon lange von ihm gelöst.

Umm Hamida blieb nicht lange weg. Schon bald kam sie wieder und sah sehr ernst aus. Als sie die Milaja ablegte, sagte sie: »Herr Radwan al-Husaini ist überhaupt nicht einverstanden.« Bei diesen Worten setzte sie sich und erzählte, wie das Gespräch verlaufen war. Er hatte die beiden Männer verglichen und gemeint, al-Hilu sei ein junger Mann, Herr Salim Alwan aber ein alter Mann. Al-Hilu gehöre ihrer Klasse an, Herr Alwan aber einer höheren. Außerdem gebe es nur Probleme und Sorgen, wenn ein Mann wie Herr Alwan ein junges Mädchen heiratete, die seine Tochter sein könnte. Auch sie, Hamida, werde die Schwierigkeiten zu spüren bekommen. Schließlich hatte er gesagt: »Al-Hilu ist ein anständiger junger Mann, der nur deshalb weggegangen ist, weil er für diese Heirat genügend Geld zusammensparen will. Er ist genau der richtige Mann für Hamida. Sie soll warten, bis er zurückkommt. Sollte er wirklich erfolglos wiederkehren, was Gott verhüten möge, so hat sie ohne weiteres das Recht, zu heiraten, wen immer sie möchte.

Hamida hatte mit funkelnden Augen zugehört. Als die Mutter endete, platzte sie vor Ärger los: »Herr Radwan ist sicher ein sehr frommer Mann, jedenfalls tut er so vor den Leuten. Wenn er eine Meinung äußert, dann denkt er immer, daß die Leute ebensolche Heilige werden müßten wie er. Ob ich glücklich bin, interessiert ihn überhaupt nicht. Er hält sich eben nur daran, daß bereits die Fatiha gelesen wurde, was ja auch von so einem Mann mit einem zwei Meter langen Bart nicht anders zu erwarten ist. Über so etwas wie meine Heirat kann man mit ihm doch nicht reden, den darfst du bloß befragen, wenn du einen Vers oder eine Sure aus dem Koran gedeutet haben möchtest. Bei Gott, wenn er wirklich so gütig wäre, wie du immer behauptest, dann hätte ihm Gott nicht alle seine Söhne genommen!«

Umm Hamida war befremdet. Strafend und bekümmert hielt sie ihr entgegen: »Darf man so über den besten und geachtetsten Menschen sprechen?«

Aufgebracht schrie Hamida: »Mag er doch so hervorragend sein, wie du willst! Ein Heiliger, wenn du wünschst, meinetwegen sogar ein Prophet, wenn dir das noch lieber ist. Aber er soll sich meinem Glück nicht in den Weg stellen!«

Die Mutter war entsetzt über so viel Verachtung gegenüber diesem Mann. Wenn sie dessen Standpunkt auch nicht verteidigen wollte, dem sie im Grunde auch nicht zustimmte – sie wollte die Tochter nur ein wenig ärgern, um sich so für deren schlechten Charakter zu rächen –, so beharrte sie doch auf ihrem ursprünglichen Einwand: »Aber du bist nun einmal verlobt.«

»Solange die Ehe nicht geschlossen ist, ist ein Mädchen frei. Außer ein bißchen Gerede und einer Schale Süßigkeiten ist zwischen ihm und mir nichts gewesen.«

»Und die Fatiha?«

»Der Nachsichtige ist hochherzig!«

»Aber die Fatiha umsonst zu lesen ist eine schwere Sünde.«

»Rahme sie dir ein und häng sie an die Wand!« schrie Hamida unbeherrscht.

Umm Hamida schlug sich klagend auf die Brust und wimmerte: »O du Natternbrut!«

Hamida sah ihrer Mutter an, daß sie auf dem besten Wege war, klein beizugeben, und rief lachend aus: »Heirate du ihn doch!«

Die lachte nun mit und klatschte vor Spaß in die Hände: »Da kannst du ja jetzt die Schale Süßigkeiten gegen eine Schüssel Farik eintauschen.«

»Wieso?« fragte das Mädchen scharf. »Ich hab doch jetzt keinen jungen Mann mehr, sondern einen alten.«

Umm Hamida lachte laut los: »Ein alter Hahn kann auch noch ganz schön fett sein.« Sie hockte sich aufs Sofa, nahm sich eine Zigarette und zündete sie an. Genüßlich wie schon lange nicht mehr, zog sie daran. Von ihrem angeblichen Protest gegen diese Heirat war nichts mehr zu spüren. Hamida sah sie wütend an und sagte: »Bei Allah, du hast dich doch hundertmal mehr über den neuen Bräutigam gefreut als ich. Gott verzeihe dir, daß du einfach wichtigtuerisch sein wolltest und Spaß daran hattest, mich zu ärgern.«

Die Mutter blickte sie bedeutungsvoll an. »Na ja«, sagte sie, »wenn ein Mann wie Salim Alwan ein Mädchen heiratet, dann heiratet er die ganze Familie mit, so wie der Nil, wenn er über die Ufer tritt, das ganze Land überschwemmt. Verstehst du? Oder hast du etwa gedacht, daß du in deinen neuen Palast ziehst und daß ich hier der Gnade von Sanija Afifi und ähnlichen Wohltätern ausgeliefert bleiben will?«

Hamida, die nun ihre Zöpfe flocht, sagte von oben herab: »Na sicher, der Gnade von Frau Sanija Afifi und Frau Hamida Alwan obendrein.«

»Natürlich, natürlich, du Findelkind, du vaterloses Etwas.«

Hamida konnte vor Lachen kaum reden. »Vaterlos, vaterlos... Als ob man von einem Vater, den man kennt, etwas hätte!«

Früh am Morgen des nächsten Tages ging Umm Hamida glücklich und heiteren Sinnes zur Firma hinüber, um mit dem neuen Bräutigam die Fatiha zu lesen. Aber Herr Salim Alwan war nicht da. Als sie nach ihm fragte, sagte man ihr, er werde an diesem Tag nicht erscheinen. Enttäuscht ging sie nach Hause. Um die Mittagszeit verbreitete sich in der Gasse die Nachricht, Herr Salim Alwan habe in der vergangenen Nacht einen Herzanfall erlitten und liege nun auf Leben und Tod im Bett. Trauer erfaßte die Menschen in der Gasse, aber Umm Hamida und ihre Tochter waren wie vom Blitz getroffen.

19

An einem der nächsten Tage war die Gasse schon morgens von lautem Geschrei und Lärm erfüllt. Erstaunt sahen die Bewohner, daß auf einem freien Gelände in der Sanadiqija-Straße, das genau gegenüber der Midaq-Gasse lag, Arbeiter ein großes Zelt aufbauten. Onkel Kamil glaubte sofort, es handele sich um eine Feierhalle für eine Totenehrung, und so rief er mit seiner hohen Fistelstimme klagend ein ums andere Mal: »Von Allah kommen wir, und zu Allah kehren wir zurück! O Du Allmächtiger, Du Allwissender, o Du mein Herr!« Dann rief er einen Jungen heran und fragte ihn, wer eigentlich gestorben sei, der aber lachte nur und sagte: »Das ist doch keine Totenhalle, sondern das Zelt für die Wahlveranstaltung.«

Onkel Kamil schüttelte nur den Kopf. »Also wieder Saad und Adli«, murmelte er. Von Politik verstand er überhaupt nichts. Nur ein oder zwei Namen hatte er sich gemerkt, mit denen er aber auch nichts weiter verband. Gewiß hing in seinem Laden ein großes Bild von Mustafa an-Nahas. Aber das kam nur daher, daß Abbas al-Hilu zwei Bilder von diesem Politiker gekauft hatte, von denen er eines im Salon aufgehängt und das andere seinem Freund geschenkt hatte. Onkel Kamil hatte nichts dagegen gehabt, es im Laden aufzuhängen, vor allem deshalb nicht, weil er meinte, daß es sich für ein ordentliches Geschäft gehörte, so ein Bild zu haben. Im Bohnenpastetenladen in der Sanadiqija-Straße hingen gleich zwei Bilder, eins von Saad Zarlul und eins von Mustafa an-Nahas. Und in Kirschas Kaffeehaus war das Konterfei vom Khediven Abbas zu sehen.

Er schaute also den Arbeitern zu und stellte sich darauf ein, daß es ein unangenehmer, lärmerfüllter Tag werden würde. Langsam bekam das Zelt seine Form. Die Stangen waren aufgestellt, die Stricke gespannt, darüber hatte man Planen gehängt. Der Boden wurde mit Sand aufgeschüttet, und auf beiden Seiten wurden Stühle aufgestellt. Ein schmaler Gang führte zu einer Bühne. Lautsprecher waren an den Straßenkreuzungen zwischen der Husain-Moschee und der Rurija-Straße montiert. Das beste von allem aber war, daß der Eingang des Zeltes keinen Vorhang hatte, so daß die Bewohner der Gasse von den Fenstern aus die Veranstaltung verfolgen konnten. Über der Bühne war ein großes Bild des Regierungspräsidenten angebracht worden, unmittelbar darunter das des Kandidaten Farhat, den die meisten Leute im Viertel kannten, weil er in Nahasin Kaufmann war. Zwei Jungen waren damit beschäftigt, Plakate an die Wände zu kleben, auf denen mit leuchtenden Farben geschrieben stand:

»Wählt Euren liberalen Kandidaten Farhat,
der übereinstimmt mit Saads Prinzipien,
vorbei sind dann Unterdrückung und Armut,
und kommen werden Gerechtigkeit und Wohlstand.«

Eines der Plakate wollten sie auch an Onkel Kamils Laden anbringen. Aber da er noch wegen Abbas' Abreise schlecht gelaunt war, wehrte er ab und sagte:

»Nicht hier, meine lieben Kinder, das bringt vielleicht Unglück und schmälert meinen Verdienst.«

»Aber nein«, rief einer der beiden lachend, »es bringt dir wahrscheinlich noch mehr ein! Wenn das heute der Herr Kandidat hier sieht, kauft er vielleicht alles auf und obendrein zum doppelten Preis!«

Mittags waren die Arbeiten abgeschlossen, und es zog wieder die gewohnte Stille ein. Nachmittags tauchte dann Herr Ibrahim Farhat auf, umgeben von seiner Gefolgschaft, um den Stand der Vorbereitungen für seinen Auftritt höchstselbst zu überprüfen. Er war bekannt dafür, daß er ziemlich geizig war und ihm als Kaufmann nicht die geringste Kleinigkeit seines Finanzbudgets entging. So war es undenkbar, daß er Geld für etwas ausgegeben hätte, das nicht sein mußte. Dick und klein kam er gemächlichen Schrittes, mit Djubba und Kaftan bekleidet, daher und sah sich prüfend um. Die Art, wie er ging, verriet Selbstvertrauen und Überheblichkeit. Das Gesicht war rund und dunkelhäutig, die Augen hatten etwas von dümmlicher Einfalt. Insgesamt gewann man den Eindruck, daß sein Bauch viel bedeutender war als der Kopf.

Sein Erscheinen stieß bei den Bewohnern der Gasse und der umliegenden Straßen auf großes Interesse, war er doch nun für sie der Held des Tages, der auserwählte Bräutigam, von dessen Brautzug man sich viel Gutes versprach. Das war um so mehr der Fall, als man sich noch immer nicht von dem Schlag nach den letzten Wahlen erholt hatte. Damals hatte der Kandidat aus at-Tazkija gewonnen, und nichts war dabei herausgesprungen.

Der Herr Kandidat war von einer Schar von Jungen umgeben, die auf die Rufe eines anderen Mannes zu antworten hatten. Wenn der mit lauter Donnerstimme schrie: »Wer ist unser Abgeordneter?«, dann riefen sie wie aus einer Kehle: »Ibrahim Farhat!« Fragte er: »Wer ist der Sohn dieses Viertels?«, dann hallte es zurück: »Ibrahim Farhat!« und so weiter, und so weiter. Schließlich war die ganze Straße voller Menschen, und einige gingen schon ins Zelt hinein. Der Herr Kandidat legte bei jedem dieser Sprechchöre zum Gruß die Hand an den Kopf. Gemächlich durchschritt er mit seiner Begleitschar, die zum größten Teil aus Gewichthebern des Klubs der Sportschule bestand, die Gasse. Als er bei dem alten Friseur vorbeikam, der al-Hilus Laden übernommen hatte, reichte er ihm die Hand und sagte: »Frieden sei mit dir, arabischer Bruder.« Schüchtern beugte sich der Alte über seine Hand und begrüßte ihn.

Dann wandte sich der Herr Kandidat an Onkel Kamil: »Oh, machen Sie sich nicht die Mühe, sich zu erheben. Bei al-Husain, behalten Sie doch Platz! Wie geht es? Allah ist groß... Allah ist wahrhaftig groß. Diese Süßigkeiten sind ja einzigartig. Heute abend werden alle Leute merken, wie gut sie sind.« Grüßend ging er weiter und kam zu Kirschas Kaffeehaus. Nachdem er den Meister begrüßt hatte, setzte er sich hin und lud auch die anderen dazu ein. Viele Leute kamen angelaufen, sogar Djada und Zita. Fröhlich ließ er den Blick über die Anwesenden schweifen und sagte zu Kirscha: »Bring Tee für alle.«

Lächelnd dankte er für die Dankesworte, die ihm aus allen Ecken und Winkeln zugerufen wurden. Dann wandte er sich an Kirscha: »Ich möchte, daß Sie sich um alles kümmern, was heute im Zelt gebraucht wird.«

Kirschas Antwort klang nicht gerade begeistert und beschränkte sich auf ein knappes: »Stehe zu Diensten, Herr.«

Dem Herrn Kandidaten war das nicht entgangen. Freundlich erwiderte er: »Wir sind alle Söhne eines Viertels, wir sind alle Brüder.« Das war nicht ganz ohne Absicht gesagt, denn der Herr Kandidat war absichtlich gerade zu Kirscha gekommen, um diesen wieder versöhnlich zu stimmen. Vor einigen Tagen hatte er ihn nämlich zu sich gerufen, um sich zu vergewissern, daß Kirscha ihm seine Stimme geben und dafür sorgen würde, daß auch die anderen ihm bekannten Kaffeehausbesitzer und deren Angestellte ihn wählen würden. Als Honorar hatte er ihm fünfzehn Pfund geben wollen, aber Meister Kirscha hatte abgelehnt, das Geld zu nehmen, da ihm zu Ohren gekommen war, daß al-Fawal, der Kaffeehausbesitzer in Dirasa, zwanzig Pfund bekommen hatte. Da Kirscha nun nicht meinte, weniger wichtig als dieser zu sein, wollte er das Geld nicht haben. Schließlich hatte der Kandidat ihn aber doch dazu überredet, das Geld zu nehmen, hatte er ihm doch versprochen, noch etwas dazuzulegen. Als sie sich schließlich voneinander verabschiedet hatten, war der Herr Kandidat nicht ganz frei von dem Gefühl gewesen, daß sich Kirscha trotzdem gegen ihn wenden könnte.

Kirscha fühlte tatsächlich so etwas wie Wut auf diesen »Polit-Emporkömmling«, wie er ihn nannte. Ihn wurmte, daß er seinen »Irrtum« nicht sogleich berichtigt hatte. Meister Kirscha war nämlich, im Unterschied zu seiner sonstigen Trägheit, in Zeiten politischer Kampagnen durchaus sehr wach. In seiner Jugend hatte er es in der Politik sogar zu einer gewissen Bekanntheit gebracht, die er später nur noch durch sein Laster wieder hatte erreichen können. Er hatte sehr aktiv an der Revolution von 1919 teilgenommen, ja, es war sogar die Rede davon gewesen, daß er den großen Brand gelegt hatte, der das jüdische Zigarettenunternehmen am al-Husain-Platz in Schutt und Asche gelegt hatte. Er war einer von denen gewesen, die sich in den Kämpfen zwischen den Revolutionären auf der einen und den Armeniern und Juden auf der anderen Seite ganz groß hervorgetan hatten. Als dann die blutige Revolution erstickt worden war, hatte er sich in Wahlschlachten gestürzt, um seine Energie und Begeisterung auszutoben. Bei den Wahlen 1924 hatte er viel dankenswerte Mühe aufgebracht, und auch 1925 hatte er sich wieder mit Feuereifer ins Zeug gelegt, auch wenn es damals hieß, er hätte von dem Regierungskandidaten zwar Bestechungsgeld eingesteckt, seine Stimme aber dem Wafd-Vertreter gegeben. Offensichtlich hatte er die gleiche Rolle bei den Sidqi-Wahlen spielen wollen, nämlich Geld anzunehmen, aber die Wahl selbst zu boykottieren. Aber die Augen der Regierung hatten auf ihm geruht, und so war er gemeinsam mit ähnlich Gleichgesinnten am Wahltag auf einen Lastwagen geladen und ins Wahlzentrum gebracht worden, aus dem er erst wieder herauskam, als die Wafd-Partei das veranlaßte.

Im Jahre 1936 hatte er dann zum letztenmal etwas mit Politik zu tun gehabt. Danach hatte er ihr den Rücken gekehrt und sich dem Handel verschrieben. Wahlen und alles, was damit zusammenhing, interessierten ihn von nun an als gute Absatzmärkte, das heißt: Er half dem, der am meisten zahlte. Als Entschuldigung dafür, daß er sich von der Politik zurückgezogen hatte, erklärte er, ihm sei plötzlich klargeworden, wie durch und durch verdorben das alles sei. »Wenn diejenigen«, so meinte er, »die um die Macht kämpfen, nur aufs Geld aus sind, dann ist es kein Schaden, wenn es auch das Ziel der armen Wähler ist.« So war er selbst allmählich immer tiefer gesunken, wurde träge und süchtig. Vom alten revolutionären Geist war nichts mehr übriggeblieben, nur bisweilen kamen dunkle Erinnerungen in ihm auf, die er dann in seinen seltenen klaren Stunden rühmend vortrug.

Höhere Ziele hatte er keine mehr. Außer dem Haschisch und seinen fleischlichen Gelüsten war ihm alles gleichgültig. Er haßte niemanden mehr, nicht die Juden, nicht die Armenier und nicht einmal mehr die Engländer. Er liebte aber auch niemanden mehr. Erstaunlich war, daß er dann doch plötzlich anfing, sich für diesen Krieg zu begeistern, und fanatisch die Partei der Deutschen ergriff. Er fragte sich immer wieder, ob Hitlers Situation vielleicht wirklich gefährdet war oder ob er mit den Russen nur schöntat, um sie als Verbündete dazu zu bringen, einen einseitigen Frieden zu akzeptieren. Seine Bewunderung für Hitler gründete sich auf nichts weiter als das, was man über dessen Stärke und Macht erzählte. Er war für ihn der allergrößte Raufbold, er wünschte ihm solche Siege, wie sie früher die sagenhaften Helden Antara und Abu Zaid errungen hatten.

Wenn er sich auch vom politischen Leben zurückgezogen hatte, so kam ihm doch in Wahlzeiten kein unbedeutendes Gewicht zu. Er war sozusagen das Oberhaupt der Kaffeehausbesitzer, die sich allabendlich bei ihm versammelten, und hatte von daher auch Einfluß auf die zahlreichen Gehilfen und Angestellten. Deshalb war es dem jetzigen Kandidaten, Herrn Ibrahim Farhat, auch so wichtig, ihn sich geneigt zu machen. Er verbrachte also eine geschlagene Stunde seiner kostbaren Zeit im Kaffeehaus und war um einen freundlichen Eindruck bemüht. Ab und zu sah er zu Kirscha hinüber und fragte ihn schließlich leise: »Sind Sie zufrieden, Meister?«

Kirscha lächelte zwar, blieb aber zurückhaltend. »Allah sei Dank. Sie sind sehr gütig, Herr.«

»Ich werde Ihnen das, was bisher gefehlt hat, in reichlichem Maß zukommen lassen«, flüsterte er ihm ins Ohr.

Der Meister sah nun schon zufriedener drein. Er ließ den Blick über die anderen Männer schweifen und erwiderte ziemlich laut: »So Allah will, werden Sie uns in unseren Hoffnungen nicht enttäuschen.«

Einstimmig unterstützten ihn die anderen: »Das verhüte Allah, Herr. Sie sind unser Bruder, auf den wir alles setzen.«

Der Herr Kandidat lächelte zuversichtlich. »Ich bin, wie Sie alle wissen, unabhängig, unterstütze aber die wahren Grundsätze von Saad Zarlul. Was haben uns die Parteien schon genützt? Hört ihr nicht ihr Gezänk? Sie sind doch allesamt nur...« Fast hätte er ›Hurensöhne‹ gesagt, doch ihm fiel ein, daß auch etliche dieser Art vor ihm saßen. Also berichtigte er sich: »Hören wir auf, weise Sprüche zu klopfen! Ich habe beschlossen, unabhängig von Parteien zu bleiben, damit mir niemand verwehren kann, die Wahrheit zu sagen. Niemals werde ich der Knecht eines Ministers oder Parteiführers sein. Wenn Gott uns Erfolg beschert und ich im Parlament sitze, werde ich stets für die Söhne der Midaq-Gasse, der Rurija- und Sanadiqija-Straße das Wort erheben. Überall herrscht nur noch Geschwätz, und alles wird teurer. Ihr seht euch in eine Zeit gestellt, die sich nicht im geringsten um eure dringlichsten Probleme kümmert. Höhere Zuteilungen an Stoff, Zucker, Petroleum, Öl, reinem, ungemischtem Brot, Senkung der Fleischpreise...«

Einer fragte neugierig dazwischen: »Und Sie werden ab morgen diese notwendigen Dinge regeln?«

Im Brustton der Überzeugung sagte der Kandidat: »Daran ist nicht zu rütteln. Das ist ja das Geheimnis der gegenwärtigen Umwälzung. Gestern war ich beim Präsidenten...« Rechtzeitig fiel ihm ein, daß er ja behauptet hatte, er sei unabhängig, also fuhr er fort: »Er empfing die Kandidaten unterschiedlichster Farbe und bestätigte uns, daß seine Regierungsperiode eine Zeit sein wird, in der sich jeder gut kleiden und satt essen kann.« Er legte eine Pause ein und fuhr dann fort: »Wunder über Wunder werdet ihr erleben, und vergeßt nicht, daß ihr auch ein bißchen Geld geschenkt bekommt, wenn ich gewinne.«

»Gibt es das Geld erst nach den Wahlen?« fragte Doktor Buschi. Der Kandidat drehte sich zu ihm um und sagte leicht verstört: »Vor der Bekanntgabe der Ergebnisse gibt es auch welches.«

Scheich Darwisch erwachte aus seinem Schweigen. »Wie bei der Brautgabe, auch da gibt es vorher und nachher etwas. Nur bei Dir nicht, gnädigste Herrin, denn die Liebe zu Dir ist rein und ein Himmelsgeschenk.«

Der Kandidat wandte sich ärgerlich um. Als er aber sah, daß der Mann einen Djilbab und eine Krawatte trug sowie eine goldene Brille auf der Nase hatte, begriff er sofort, daß er unter Allahs Schutz stand. Also lächelte er nur und sagte freundlich: »Ein herzliches Willkommen unserem ehrwürdigen Scheich.« Scheich Darwisch antwortete nicht und versank wieder in Geistesabwesenheit.

Ein Mann aus der Gruppe um den Kandidaten rief nun: »Ihr sollt haben, was ihr wollt. Und wir schwören beim Heiligen Buch...« Mehrere fielen dazwischen: »Ist doch klar, müßt ihr ja auch!«

Herr Farhat lenkte ab und fragte die Anwesenden, ob sie die Wahlkarten hätten. Onkel Kamil meldete sich: »Ich habe keine. Ich habe noch nie an Wahlen teilgenommen.«

»Wie heißt dein Geburtsort?«

»Weiß ich nicht«, sagte Onkel Kamil gleichgültig. Die anderen lachten. Auch Herr Farhat schien das lustig zu finden, denn selbstsicher meinte er: »Das ist nicht schwer zu regeln, ich werde mit dem Scheich des Viertels sprechen.«

Ein Junge in einem Djilbab, der einen Packen Handzettel trug, kam herein. Er nutzte die Gelegenheit und verteilte die Papiere. Die meisten Männer dachten, daß es dabei um die Wahl ginge, und nahmen es, um dem Kandidaten freundlich Höflichkeit zu bezeigen. Auch Herr Farhat griff danach. Aber als er zu lesen begann, stand da: »Ihr Eheleben ist nicht mehr in Ordnung? Nehmen Sie as-Santuris Ambra! Nach wissenschaftlichen Methoden hergestellt und frei von schädlichen Stoffen. Genehmigt vom Ministerium für Gesundheit unter Nummer 128. Stärkt, belebt und macht in nur fünfzig Minuten aus Ihrem Alter blühende Jugend!« Dann folgte die Gebrauchsanweisung: »Nehmen Sie ein Gran in einem Glas mit stark gesüßtem Tee, und schon werden Sie sich voller Energie fühlen. Das Viertel einer Dose auf einmal eingenommen, wirkt stärker als alle Narkotika. Es kribbelt in den Adern wie elektrischer Strom. Bestellen Sie es gleich beim Verteiler dieser Ankündigung, für nur dreißig Millim! Für dreißig Millim ist Ihnen Ihr Glück sicher! Wir sind gern bereit, die Hinweise der Kundschaft entgegenzunehmen.«

Lautes Gelächter brach aus, was den Herrn Kandidaten ein wenig verwirrte. Einer von seinen Leuten kam ihm zu Hilfe und rief: »Das ist ein gutes Zeichen!« Dann beugte er sich zu Herrn Farhat hinüber und flüsterte ihm zu: »Wir müssen los! Es gibt noch eine Menge anderer Viertel.«

Der Herr stand auf und sagte laut: »Allahs Segen und auf ein baldiges Wiedersehen! Allah wird alle

Hoffnungen erfüllen.« Als er bei Scheich Darwisch vorbeikam, blickte er ihn sanft an und sagte: »Ehrwürdiger Scheich, beten Sie für mich.«

Der Scheich löste sich aus seinem Schweigen, breitete die Arme aus und murmelte: »Möge Allah Ihr Haus zerstören!«

Kurz vor Sonnenuntergang war das Zelt schon voller Besucher, die der Meinung waren, ein bedeutender Politiker würde hier eine wichtige Rede halten und außerdem käme es zum Vortrag von Gedichten und Volksliedern. Es dauerte nicht lange, und ein Mann betrat die Bühne und rezitierte aus dem Koran. Ihm folgte eine Gruppe älterer Musiker in schäbigen Gewändern, die die Nationalhymne spielten. Von der Musik angelockt, die über Lautsprecher nach draußen übertragen wurde, kamen kleine und große Jungen herbeigelaufen und drängten sich in der Sanadiqija-Straße zusammen. Man rief und schrie durcheinander, es war ein höllischer Lärm. Als die Hymne verklungen war, blieben die Musiker sitzen. Es sah aus, als sollten sie die Redner bei ihren Ansprachen musikalisch begleiten. Aber nein, sie stampften erst einmal so lange mit den Füßen auf den Boden, bis die dichtgedrängt sitzende Menge zur Ruhe kam. Dann erschien ein bekannter Rezitator in ländlicher Kleidung, und kaum hatten ihn die Leute erblickt, ging das freudige Johlen und Lärmen wieder los. Sie jubelten und klatschten ihm zu, und erst nach geraumer Zeit konnte er wirklich beginnen und rezitierte mehrere Stücke. Ihm folgte eine halbnackte Tänzerin, die ein ums andere Mal zu ihren Bewegungen ausrief: »Herr Ibrahim Farhat ... tausendmal ... tausendmal!« Der Mann, der die Lautsprecher beaufsichtigte, schrie ins Mikrophon: »Herr Ibrahim Farhat ist der beste Abgeordnete! Mikrophone von Bahlu sind die besten

Mikrophone!« So wechselten sich Gesang, Tanz und Gejohle ab, bis schließlich das ganze Viertel nur noch eine einzige großartige Geburtstagsfeier zu sein schien.

Als Hamida von ihrem üblichen Spaziergang zurückkehrte, hatte die Feier ihren Höhepunkt erreicht. Sie war wie alle in der Gasse der Meinung gewesen, es handele sich um eine politische Veranstaltung mit vielen Reden in Hocharabisch. Kaum hatte sie nun zu ihrer Freude gesehen, wie lustig und prächtig es zuging, schaute sie nach links und rechts, um einen günstigen Platz zu finden, von dem aus sie die Darbietungen der Musiker und Tänzer verfolgen konnte. So etwas hatte sie noch nie erlebt. Mit Mühe bahnte sie sich einen Weg zwischen den Jungen und Mädchen und kam schließlich an den Anfang der Gasse. Sie schob sich weiter nach vorn, erreichte den Frisiersalon und stieg auf einen großen Stein, von dem aus sie ungehindert in das Zelt blicken konnte.

Von allen Seiten war sie von Kindern und Jugendlichen umringt. Viele Frauen mit Kindern auf dem Arm oder auf der Schulter standen geduldig in der Menge. Man plauderte miteinander und rief sich etwas zu. Der Anblick überwältigte und faszinierte Hamida. Ihre Augen glänzten. Die oft so mißmutig herabhängenden Lippen zeigten nun ein hübsches, perlengleiches Lächeln. Eingehüllt in die Milaja, zeigte sie nur ihr bronzefarbenes Gesicht, die zierlichen Fesseln und einige pechschwarze Haarsträhnen. Ihr Herz tanzte vor Freude, ihre Sinne waren hellwach. Sie fühlte, wie ihr Blut heiß durch den Körper pulsierte. Der Rezitator begeisterte sie, selbst ihre schlechte Meinung über die Tänzerin konnte ihr die Freude an ihm nicht verderben. Hingerissen schaute sie zu und übersah völlig, daß es schon zu dunkeln begann.

Plötzlich aber verspürte sie einen eigenartigen

Zwang, den Kopf nach links zu wenden. Es war, als gehorche sie einem Ruf. Sie wandte sich ein wenig um und sah einen Mann, der sie unbewegt anstarrte. Sekundenlang sah sie ihn gebannt an und zwang sich dann, wieder zur Bühne zu blicken. Aber es war nicht mehr die gleiche Begeisterung in ihr, immer wieder mußte sie an diese besitzergreifenden Augen denken. Ab und zu blickte sie verstohlen nach links, Unruhe und Verwirrung überkamen sie. Als sie sich noch einmal umdrehte, traf sich ihr Blick wieder mit diesen unverschämt starrenden Augen, die obendrein noch auf seltsame Weise zu lächeln schienen. Sie merkte, wie sie die Beherrschung verlor, und drehte sich wieder abrupt der Bühne zu. Sie war wütend. Das unverschämte Lächeln ärgerte sie, zeugte es doch von einer unerhörten Selbstsicherheit und der offenen Absicht, sie herauszufordern. Sie verlor fast die Beherrschung und verspürte den übermächtigen Wunsch, diesem Mann irgendwo ihre Fingernägel einzugraben, am liebsten am Hals. Aber dann entschloß sie sich doch, ihn zu übersehen, auch wenn das unverschämte Anstarren sie noch so sehr störte. Alle Freude an der Vorstellung war ihr nun vergangen.

Als ob es dem Mann noch nicht genügte und er sie noch mehr aufbringen wollte, drängte er sich weiter nach vorn und versperrte ihr absichtlich den Blick auf die Bühne. Sie konnte nur noch seinen Rücken sehen. Er war groß und schlank, hatte breite Schultern und einen vollen Haarschopf. Bekleidet mit einem grünlichen Anzug, machte er einen ausgesprochen eleganten Eindruck und stach aus der Menschenmasse hervor, die ihn umgab. Sie wurde neugierig und vergaß ihren Zorn. Ganz offensichtlich war er ein vornehmer Herr – wo gab es einen solchen in ihrer Gasse? Ob er es wohl noch einmal wagen würde, sich umzudrehen und sie anzuschauen? Er schien da keinerlei Bedenken zu haben, denn schon bald wandte er sich um und musterte sie wieder auf so erregende Weise. Er hatte ein schmales Gesicht, mandelförmige Augen und dicke, buschige Brauen. Seine Züge und dieser Blick verrieten Intelligenz und Tatkraft. Als ob es ihm nun nicht mehr genügte, nur kurz ihr Gesicht anzustarren, ließ er den Blick jetzt über ihren ganzen Körper gleiten, von den Schuhen bis zum Haar.

Hamida stand wie angewurzelt da und versuchte an seinen Augen abzulesen, welchen Eindruck sie auf ihn machte. So trafen sich schließlich ihre Blicke, und sie erkannte in seinen Augen wieder diesen prahlerischen Ausdruck von Arroganz, Selbstsicherheit und Herausforderung. Wieder überkam sie eine wütende Lust, sich mit ihm anzulegen. Kochend vor Ärger, hätte sie ihn am liebsten vor allen Leuten beschimpft, doch sie unterdrückte diesen Gedanken, so befreiend er war. Schließlich war sie so aufgeregt und verwirrt zugleich, daß sie es nicht mehr aushielt, von ihrem Stein heruntersprang und zur Gasse rannte. Binnen weniger Sekunden stand sie vor ihrem Haus und wäre am liebsten wieder umgekehrt. Erst als sie sich wieder vorstellte, wie er so dagestanden und sie angeblickt hatte, als wäre er unwiderstehlich, gab sie die Idee auf. Sie stieg die Treppe hinauf und beschimpfte sich selbst, daß sie diese Unverschämtheit noch unterstützt und ihn nicht in die Grenzen von Anstand und Sitte verwiesen hatte.

Sie ging ins Schlafzimmer, legte die Milaja ab und trat ans Fenster. Durch einen Spalt in den geschlossenen Läden lugte sie auf die Straße. Endlich sah sie ihn am Anfang der Gasse auftauchen und neugierig die Fenster betrachten. Er sah gar nicht mehr so hochfahrend aus. Ihr Groll verflog, und sie verspürte tiefe

Freude darüber, daß er sich tatsächlich auf die Suche gemacht hatte. Daß er sogar ein wenig verwirrt zu sein schien, erfüllte sie mit Genugtuung. Ohne Zweifel war er ein richtiger Herr, nicht so wie die Männer, die sie gewöhnlich sah und kannte. Sie schien ihm gefallen zu haben, sonst wäre er nicht gekommen. Und wie er sie vorhin angesehen hatte! Ein verdammt guter Blick, der einen so richtig zum Streit herausforderte. Dazu noch diese grenzenlose Sicherheit, dieses Selbstvertrauen! Hielt er sich etwa für einen Helden oder für einen Fürsten? Ärger stieg wieder in ihr auf und weckte den verborgenen Wunsch, ihn herauszufordern, sich ihm zu stellen. Zugleich freute sie sich aber auch, und das war überaus verwirrend.

Offensichtlich hatte er keine Lust mehr, weiter nach ihr zu suchen. Sie bekam Angst, daß er einfach in der Menge verschwinden würde. Einen Moment zögerte sie, dann drehte sie am Griff, öffnete das Fenster ein wenig und tat, als wolle sie dem Programm weiter zusehen. Er stand nun mit dem Rücken zur Gasse, aber sie war sich ziemlich sicher, daß er doch noch einmal Ausschau halten und weitersuchen würde. Und so war es denn auch. Er drehte sich um, ließ den Blick über die Fenster schweifen und bemerkte den offenen Spalt in den Fensterläden. Sein Gesicht hellte sich auf, schien aber noch Zweifel auszudrücken. Und dann … dann lächelte er wieder genauso abscheulich wie zuvor und sah dabei furchtbar arrogant und eingebildet aus. Blitzartig wurde ihr klar, daß sie einen unverzeihlichen Fehler begangen hatte. Sie war außer sich vor Wut, über sich selbst und über dieses herausfordernde Lächeln. In diesen Augen hatte sie etwas entdeckt, was sie noch bei keinem Mann gesehen hatte, nämlich Kampflust, die sie ja so gut von sich selbst kannte. Ihm war zuzutrauen, daß er sich durch nichts auf der Welt von einem Vorhaben abhalten lassen würde.... Nun kam er mit festen Schritten die Gasse herauf, so daß es ihr vorkam, als wolle er ihr Haus betreten. Aber nein, er bog ab und ging in das Kaffeehaus. Dort setzte er sich genau auf den Platz, auf dem Abbas al-Hilu immer gesessen hatte, so daß er sie noch am Fenster sehen konnte. Das war unerhört frech, fand sie, trat aber dennoch nicht zurück. Sie blieb stehen, starrte zur Bühne hinüber und tat, als wüßte sie nicht, was es mit ihm auf sich hatte. Aber sobald er dann von Zeit zu Zeit hinaufschaute, fühlte sie sich, als stehe sie im Scheinwerferlicht.

Der Mann blieb, bis die Veranstaltung zu Ende war und sie das Fenster schloß. Diese Nacht sollte Hamida ihr ganzes Leben lang nicht vergessen.

20

Von nun an kam er regelmäßig in die Gasse. Er ging am späten Nachmittag ins Kaffeehaus, setzte sich an seinen Lieblingsplatz und verbrachte den Abend, indem er Pfeife rauchte und Tee trank. Sein elegantes und vornehmes Äußeres löste anfangs Verwirrung aus, doch je öfter er kam, desto mehr gewöhnte man sich an ihn. So ungewöhnlich war es schließlich auch wieder nicht, daß ein feiner Herr ein Kaffeehaus aufsuchte, das ja jedem offenstand. Nur Meister Kirscha fand es beschwerlich, so viele große Geldscheine zu zählen, wenn der Mann bezahlte. Nicht selten belief sich die Rechnung auf nicht weniger als ein Pfund. Sanqar hingegen freute sich, denn so viel Trinkgeld hatte er noch nie bekommen.

Tag für Tag beobachtete ihn Hamida aufgeregt, sobald er auftauchte. Wegen ihres schäbigen und geschmacklosen Kleides schreckte sie vor dem täglichen Spaziergang zurück. Schon bald hatte sie es gründlich satt, zu Hause zu sitzen. Viel schlimmer aber war, daß sie sich über sich selbst ärgerte. Daß sie nicht mehr ausging, empfand sie als Zeichen von Feigheit, und das paßte überhaupt nicht zu ihr. Der Gedanke, irgend jemand könnte über sie bestimmen, war ihr widerwärtig. So hatte also wieder ein Kampf in ihrer Brust begonnen. Wieder war sie hin und her gerissen. Sicher, da war auf der einen Seite ihre Wut, aber andererseits war da auch das viele Geld, das er Sanqar so protzig überreichte, daß sie es sehen mußte. Obwohl sie das Ganze durchschaute – das Geld verfehlte seine Wirkung nicht. Vielleicht wird eine solche Sprache in anderen Gegenden verachtet, hier jedenfalls, in der Gasse, war sie durchaus wirkungsvoll.

Der Mann war sehr darauf bedacht, durch nichts erkennen zu lassen, weshalb er das Kaffeehaus besuchte. Nur hin und wieder nutzte er eine Gelegenheit, verstohlen zum Fenster aufzublicken, oder er preßte das Mundstück der Wasserpfeife so fest zwischen den Lippen, daß es aussah, als küsse er es und als wolle er mit dem Rauch einen Kuß zu ihr hinaufschicken.

Hamida beobachtete das interessiert, aber mit gemischten Gefühlen, denn einerseits gefiel es ihr, andererseits ärgerte sie sich darüber. Sie überlegte, ob sie nicht alle ihre Hemmungen abstreifen und doch wieder hinausgehen solle. Wenn er es wagen sollte, ihr in den Weg zu treten, woran sie nicht im geringsten zweifelte, dann würde sie ihn für seine Unverschämtheit so fürchterlich beschimpfen, daß er ein Leben lang daran denken würde. Das wäre die gerechte Strafe für seine Arroganz, sein selbstsicheres Lächeln und seine Frechheit. Zur Hölle mit ihm! Wieso tat er so überheblich und unwiderstehlich? Sie würde nicht eher zur Ruhe kommen, bis sie ihn völlig erledigt hatte. Ach, wenn sie bloß eine hübsche Milaja oder wenigstens neue Schuhe hätte!

Dabei hatte sie schon genug bittere Verzweiflung durchgemacht. Nur einen Tag lang hatte sie sich glücklich gefühlt bei dem Gedanken, daß sie von nun an so leben würde, wie sie sich das erträumt hatte. Dann aber war Herr Salim Alwan plötzlich schwer erkrankt. Abbas al-Hilu und seine großen Reden hatte sie schon längst aus ihren Träumen gestrichen. Aus der Heirat würde wohl nichts mehr, auch wenn sie sich immer noch als seine Verlobte ausgab. Der Gedanke an ihn war ihr täglich mehr zuwider. Trotz allem hatte sie aber versucht, den Kopf oben zu behalten. Das beste war immer noch, über die Mutter herzufallen und sie zu beschimpfen. So warf sie ihr vor, alles sei nur deshalb schiefgegangen, weil sie so neidisch sei und nur nach dem Geld des Herrn Alwan gegiert habe.

In dieser Situation war nun der Fremde aufgetaucht; kein Wunder, daß dieses Ereignis sie aufwühlte. Eine geheimnisvolle Kraft, gespeist aus verborgenen, unbewußten Gefühlen, trieb sie zu ihm hin. Er schien all das zu haben, was den anderen Männern abging: Kraft, Geld und Kampfeslust. So war sie also ziemlich durcheinander; einerseits fühlte sie sich zu diesem Mann hingezogen, andererseits aber hätte sie ihn am liebsten am Kragen gepackt.

Um all dem und der bedrückenden Enge der Wohnung zu entfliehen, wollte sie es doch wagen, einfach hinauszugehen. Draußen würde sie über sich selbst nachdenken und ergründen, was sie eigentlich verwirrte und bewegte. Schon möglich, daß er sich ihr in den Weg stellte, aber dann könnte sie ja genauso frech auftreten wie er und ihre ganze Wut loswerden. Endlich einmal könnte sie ihre Streitlust austoben – oder auch die Freude auskosten, die der Sehnsucht entsprang.

An einem der nächsten Nachmittage schminkte sie sich besonders sorgfältig, hüllte sich in die Milaja und verließ die Wohnung. Ohne sich um die Leute zu kümmern, schlenderte sie die Gasse entlang. Als sie in die Sanadiqija-Straße einbog, sagte sie sich, daß er nun wahrscheinlich schlecht von ihr denken würde. Er mußte doch den Eindruck gewinnen, daß sie nur deshalb das Haus verlassen hatte, um ihm zu begegnen. Daß sie am Nachmittag immer spazierenging, wußte er ja nicht. Aber gewiß würde er ihr trotzdem folgen und versuchen, sie anzusprechen. Warum überhaupt sich den Kopf zerbrechen, was er wohl dachte und meinte. Wichtig war nur, daß er endlich begriff, daß sie durchaus imstande war, ihm dieses blöde, siegesbewußte Lächeln auszutreiben.

Inzwischen befand sie sich in der Sikka al-Djadida und stellte sich vor, wie er eiligst das Kaffeehaus verließ, um sie nicht zu verfehlen. Vielleicht war er jetzt schon in der Rurija-Straße und hielt Ausschau nach ihr. Ihr war, als höre sie dicht hinter sich schon seine Schritte. Vielleicht unterschätzte sie aber auch die Schwierigkeit, sie inmitten des Gewühls von Menschen, Autos, Droschken und Karren zu entdecken. Aber konnte er denn für irgend etwas anderes einen Blick haben? Ob er wieder dieses freche Lächeln aufgesetzt hatte? Zur Hölle mit ihm! Er ahnte ja nicht, was ihn erwartete! Sie ging weiter, ohne sich umzudrehen. Das darf ich auf keinen Fall, sagte sie sich. Ein einziger Blick wäre schon eine schlimme Niederlage. Vielleicht war er aber nur wenige Schritte hinter ihr. Was würde er tun? Ob er sich damit begnügte, wie ein Hund hinter ihr herzulaufen? Oder würde er sie überholen, damit sie ihn sah? Oder würde er ganz einfach neben ihr bleiben, um sie anzusprechen?

Unruhig setzte sie ihren Weg fort und war auf alles gefaßt. Sie behielt genau im Blickfeld, wer vor ihr und wer neben ihr ging, und lauschte auf die Schritte hinter ihr. Dieses Warten, Ausharren und ständig auf der Hut sein machte sie allmählich unsicher. Fast hätte sie sich doch einmal umgedreht, aber ihr fester Wille behielt die Oberhand. Sie war so in ihre Gedanken vertieft, daß sie nicht einmal ihre Freundinnen aus der Fabrik bemerkte, die auf sie zukamen. Als sie sie schließlich sah, lächelte sie erleichtert, grüßte sie, schloß sich ihnen an und ging mit ihnen weiter. Sie wollten wissen, warum sie sich so viele Tage nicht hatte sehen lassen. Sie sei krank gewesen, meinte sie kurz.

Während sie lachend und streitend mit ihnen weiterging, hielt sie eifrig Ausschau nach ihm. Ihre Augen wanderten von einem Gehsteig zum anderen. Wo steckte er nur? Vielleicht hatte er sie längst entdeckt. Wie dem auch war, für heute war die Gelegenheit offenbar vorbei, ihm Manieren beizubringen. Er war ihren Krallen entgangen.

Wo war er denn? Ob er vielleicht doch hinter ihnen herging? Diesmal konnte sie nicht widerstehen. Sie drehte sich um und blickte die Straße hinunter – nirgendwo eine Spur von ihm, nicht vorn und nicht hinten, nicht rechts und nicht links. Wahrscheinlich war er doch zu spät aus dem Kaffeehaus fortgegangen und hatte sie verpaßt. Bestimmt irrte er jetzt ratlos irgendwo herum. Verflogen war die ursprüngliche Begeisterung, ihn zu ärgern. Ihre Tatkraft schwand mehr und mehr. Aber dann, am Ende der Dirasa-Straße, fiel ihr ein, daß ja auch Abbas al-Hilu sie erst hier angesprochen hatte. Dieser Hoffnungsschimmer flößte ihr neuen Mut ein, und sie verabschiedete sich vom letzten Mädchen der Gruppe.

Langsam ging sie zurück und hielt weiter Ausschau. Aber es war niemand da, jedenfalls nicht der, den sie sehen wollte. Unglücklich ging sie weiter und fühlte sich wie nach einer abscheulichen Niederlage. Während sie die Gasse hinaufstieg, schaute sie zum Kaffeehaus hinüber. Stück für Stück erkannte sie Meister Kirscha, erst seine Abaja, dann die Schulter und schließlich seinen Kopf, der wie immer träge auf der Brust ruhte. Aber da – mein Gott, was war das? Er hatte sich also überhaupt nicht von seinem Platz gerührt und zog noch immer am Schlauch der Wasserpfeife!

Hamidas Herz begann heftig zu klopfen, das Blut schoß ihr ins Gesicht. Sie rannte nach Hause, ohne auf den Weg zu achten. Als sie die Treppe hinaufstürmte, schämte sie sich und war schrecklich verlegen, was ihr nicht gerade oft widerfuhr. In ihrem Zimmer brach in ihr ein wahrer Orkan aus – ein Orkan an Wut und Zorn. Sie schleuderte die Milaja auf den Boden und warf sich aufs Sofa. Wem zuliebe kam er bloß Abend für Abend in das Kaffeehaus? Wieso hatte er sie so schamlos angesehen? Wem schickte er diesen flüchtigen Kuß durch die Luft? Abwechselnd fühlte sie Scham, Enttäuschung und Wut. Ein Gedanke jagte den anderen. War es möglich, daß sie sich gründlich geirrt hatte? Hatte es überhaupt nichts mit ihr zu tun, daß er jeden Abend kam? War das alles nur Spinnerei und Wahn, oder hatte er sich heute nur deshalb nicht um sie gekümmert, um ihr eine Lektion zu erteilen und sie zu quälen? Spielte er Katz und Maus mit ihr?

Sollte sie sich einen Wasserkrug greifen und ihm damit den Schädel zertrümmern, um so den brennenden Durst nach Rache zu löschen? Eine solche Wut hatte sie noch nie gefühlt, so daß sie sich verwundert fragte, was mit ihr geschehen war. Aber eines war nun offenkundig: Sie hatte sich ohne jeden Zweifel gewünscht, daß er ihr folgen und sie ansprechen möge.

Was sollte sie tun? Sie mußte ihm alles entgegenschleudern, was sich an Wut, Zorn und Haß in ihr angestaut hatte. Und warum? Um ihm seine ganze Selbstsicherheit, seine Arroganz und das siegesgewisse Lächeln auszutreiben, denn gerade damit hatte diese schlimme Geschichte ja angefangen. Da plötzlich begann sie die tiefere Bedeutung dieses Lächelns zu verstehen, mit jeder Faser ihres Körpers fühlte sie es geradezu. Es war ein Lächeln, das zum Kampf herausforderte. Nun gut, dazu war sie wahrhaftig fähig. Mehr noch, sie hatte das Gefühl, daß sie geradezu dafür geschaffen war, diesem Lächeln entgegenzutreten. Ihr ganzer Kummer bestand ja eigentlich darin, daß sie bisher nicht imstande gewesen war, dagegen anzukämpfen. Sie brannte darauf, ihre Kraft mit der dieses eleganten, vornehmen und überheblichen Mannes zu messen. Nun fühlte sie sich gewappnet, und Sehnsucht und Kampfeslust waren in ihrer Seele eins.

Sie saß noch immer auf dem Sofa, schielte aber mißmutig und neugierig zum Fenster hinüber. Dann stand sie auf und trat vorsichtig näher heran, bis sie schließlich durch die Läden lugen konnte. Sie selbst wurde nicht gesehen, weil das Zimmer im Dunkeln lag.

Da saß er und rauchte in aller Ruhe und Gelassenheit seine Pfeife. Er sah zufrieden aus und erweckte den Eindruck, als lebe er ganz allein auf der Welt. Von dem erregenden Lächeln war nichts zu sehen. Er hatte sich also seine Ruhe bewahrt, während sie vor Aufregung lichterloh brannte. Je länger sie ihn anstarrte, um so erregter und verwirrter wurde sie.

Wie gebannt stand sie am Fenster, bis die Mutter sie zum Abendbrot rief. In der Nacht fand sie kaum Schlaf, und tags darauf war sie sehr niedergedrückt. Voller Unruhe wartete sie auf den Nachmittag. Bisher hatte sie nie daran gezweifelt, daß er kommen würde, nun war sie nicht mehr so sicher. Sie sah, wie sich das Licht der Sonne langsam zurückzog und schließlich nur noch die Mauer des Kaffeehauses erhellte. Seltsamerweise fürchtete sie, daß er nicht kommen würde. Es ging ihr wie einem Krieger, der auf der Lauer liegt und vergebens auf den Feind wartet. Es kam die Stunde, in der er gewöhnlich erschien, aber nichts tat sich. Die Minuten vergingen, und nun stand fest: Er kam nicht. Das bestätigte ihren Verdacht, daß er der Gasse mit Absicht fernblieb. Bei diesem Gedanken seufzte sie erleichtert auf und lächelte gelassen. Wenn es auch keinerlei Grund gab, zufrieden zu sein, so sagte ihr doch das Gefühl, daß er ihr am Vorabend ganz bewußt nicht gefolgt war. Das hieß jedoch keineswegs, daß er sich nicht für sie interessierte – das genaue Gegenteil war der Fall: Er hatte vorsichtig und geschickt den Kampf aufgenommen und behauptete entschlossen das Feld, auch wenn von ihm nichts zu sehen war. Bei diesem Gedanken fiel die Spannung von ihr ab. Nun kam es darauf an, neue Kraft für die Schlacht zu sammeln.

Sie ertrug es nicht länger, zu Hause herumzusitzen, also hüllte sie sich in die Milaja und verließ die Wohnung, ohne sich lange zurechtzumachen. Die kalte Luft schlug ihr ins Gesicht und erfrischte sie. Um so mehr mußte sie daran denken, wie niedergedrückt und mißmutig sie den gestrigen Tag verbracht hatte.

»Wie konnte ich bloß so blöd sein, mich so zu quälen!« murmelte sie vor sich hin. »Soll ihn doch der Schlag treffen!«

Sie lief ein wenig schneller, um ihre Freundinnen einzuholen. Als sie zu ihnen aufgeschlossen hatte, erzählten sie ihr, eine von ihnen würde bald nicht mehr zur Arbeit kommen, weil sie den Gehilfen eines Imbißladens heiratete. Eines der Mädchen fügte noch hinzu: »Du hast dich zwar eher verlobt als sie, aber heiraten wird sie vor dir.«

Hamida ärgerte sich und meinte von oben herab: »Mein Verlobter tut eben etwas dafür, daß wir anständig leben können.« Sie verteidigte al-Hilu noch immer und gegen ihren Willen. Bedauernd dachte sie an Salim Alwan, den Gott genauso sinnlos, wie er alles andere tat, zu Boden gestreckt hatte. Sie wurde traurig und schwermütig und fand, daß das Leben sie nur unfreundlich behandelte und ihr so viele Steine in den Weg legte. Sie ging mit den Mädchen noch bis zum Ende der Dirasa, verabschiedete sich dann und kehrte um. In diesem Augenblick sah sie ihn, er war nur wenige Meter von ihr entfernt, er und kein anderer!

Starr vor Überraschung sah sie ihn an und konnte ihre Verwirrung nicht vor ihm verbergen. Verstört ging sie weiter. Sie war nicht darauf vorbereitet gewesen, ihm so plötzlich zu begegnen, obwohl sie ja eigentlich die ganze Zeit über an ihn gedacht hatte. Er plante alles in Ruhe und Gelassenheit, sie dagegen reagierte jedesmal nur verwirrt und aufgescheucht. Allmählich fand sie ihre Beherrschung wieder und sammelte all ihre Kraft für den großen Auftritt. Schade nur, daß sie sich nicht richtig zurechtgemacht hatte. Das hätte sie sicherer gemacht.

Die Luft war lau und von den Brauntönen der Dämmerung durchsetzt. Die Straße war fast menschenleer.

Gelassen wartete der Mann auf sie, er sah freundlich aus, sein Gesicht zeigte nicht die gewohnte Aggressivität, er lächelte auch nicht so widerwärtig. Als sie dicht neben ihm war, sprach er sie mit gedämpfter Stimme an: »Wer die bittere Qual geduldigen Wartens durchsteht, der wird…«

Den Rest konnte sie nicht verstehen, er sprach zu leise. Er sah sie unentwegt an. Hamida antwortete nicht, sondern ging einfach weiter. Er paßte sich ihrem Schritt an und sprach weiter. Seine Stimme war tief und ruhig. »Hallo, ich grüße Sie. Gestern wäre ich beinahe wahnsinnig geworden, weil ich Ihnen wegen der vielen Leute nicht nachlaufen konnte. Dabei hatte ich tagelang geduldig auf so eine Gelegenheit gewartet. Als es dann endlich soweit war, ohne daß ich etwas tun konnte, wurde ich fast verrückt.«

Er sah sie freundlich an. In seinem Gesicht war nichts, was sie so wütend gemacht hatte, er sah weder angriffslustig aus noch siegesbewußt. Auch seine Stimme klang klagend und entschuldigend. Sie war doch aber auf ganz andere Dinge eingestellt, was sollte sie jetzt tun? Einfach alles überhören, schneller ausschreiten und so die Sache zu einem Ende bringen? Das konnte sie natürlich machen, aber ihr Herz schien etwas dagegen zu haben und ermutigte sie nicht dazu. Ihr war, als habe sie vom ersten Tage an nur auf diese Begegnung gewartet. So ging sie also ruhig weiter, wenn sie auch wußte, daß sich das eigentlich nicht gehörte.

Was den Mann betraf, so ging er außerordentlich geschickt vor und spann listig das Lügengewebe. Es war keineswegs Angst gewesen, was ihn tags zuvor davon abgehalten hatte, ihr nachzulaufen. Instinktiv und erfahren, wie er war, hatte er gefühlt, daß Eile nur alles verderben würde. Genauso hatte er jetzt begriffen, daß es wohl am wirkungsvollsten war, wenn er sich wohlerzogen und sanftmütig zeigte. Wieder legte er ein wenig Schmelz in seine Stimme, als er sagte: »Gehen Sie doch langsamer. Ich möchte Ihnen...«

Hamida unterbrach ihn scharf: »Wie können Sie es wagen, mich anzusprechen? Kennen Sie mich etwa, Sie Irgendjemand?«

»Wie denn nicht? Sind wir nicht alte Freunde? Ich habe Sie in den letzten Tagen öfter gesehen als alle Ihre Nachbarn in langen Jahren. Ich habe an Sie öfter gedacht als die Ihnen am nächsten stehenden Menschen in Ihrem ganzen Leben. Wie sollte ich Sie nach alledem nicht kennen?«

Er sprach mit zarter Stimme, aber nicht zittrig und nicht stammelnd. Je gebannter sie seinen Heucheleien zuhörte, desto mehr wünschte sie, sich mit ihm zu messen. Das Gefühl von Verachtung kam in ihr auf, ihre einzige Waffe, die sie immer dann zückte, wenn sich ihr das Leben in die Quere stellte. Außerdem beabsichtigte sie auch keineswegs, auf die bewährten Mittel guter Verstellungskunst zu verzichten. Also fragte sie in schneidendem Ton, aber nicht zu laut: »Warum folgen Sie mir?«

Er lächelte und antwortete überrascht: »Warum ich Ihnen folge? Warum vernachlässige ich wohl meine Arbeit und hocke in einem Kaffeehaus unter Ihrem Fenster herum? Warum habe ich die ganze Welt aufgegeben und lebe nur noch in der Midaq-Gasse? Und warum habe ich so lange gewartet?«

Als sei sie verärgert, setzte sie eine finstere Miene auf und sagte mißbilligend: »Ich habe Sie nicht gefragt, damit Sie mir mit solchen Dummheiten kommen. Ich wollte damit nur eins sagen: »Es gefällt mir nicht, daß Sie mir folgen und mich ansprechen!«

»Der Grund ist der, daß man einer Schönen folgt,

ganz gleich, wohin sie geht. Das ist die Regel. Der Fall, daß eine schöne Frau irgendwo entlangschlendert und niemand ihr nachgeht, ist die Ausnahme. Oder, um es anders zu sagen: Wenn Sie hier gingen und Ihnen niemand folgte, wäre das ein Zeichen dafür, daß der Jüngste Tag naht.«

Sie schritt nun durch die Awaridja-Gasse, wo einige ihrer Freundinnen wohnten. Sehnlichst wünschte sie sich, daß sie beobachteten, wie dieser vornehme Herr mit ihr flirtete. Als in einiger Enfernung der Moschee-Platz in Sicht kam, fuhr sie ihn an: »Gehen Sie! In dieser Gegend kennt man mich!«

Er blickte sie durchdringend an und wußte nun, daß sie gewillt war, sich mit ihm auf ein Gespräch einzulassen, bewußt oder unbewußt. Auf seinen Lippen zeichnete sich ein Lächeln ab, das in ihr, hätte sie es bemerkt, bestimmt wieder schlimme Erinnerungen geweckt hätte. »Aber das ist doch gar nicht Ihre Gegend«, meinte er entwaffnend. »Und die Leute hier kennen Sie doch gar nicht. Sie sind doch von ganz anderem Format und wirken hier fremd.«

Schon glaubte ihr Herz seinen Worten. So hatte sie sich noch nie gefreut, wenn sie jemandem zugehört hatte. Der Mann aber fuhr vorwurfsvoll fort: »Wie können Sie mit diesen Mädchen gehen? Wer von denen ist schon so wie Sie? Eine Prinzessin, versteckt unter einer Milaja! Und dann diese Herde, die in ihren neuen Kleidchen herumstolziert!«

»Was kümmert Sie das? Gehen Sie!«

Er protestierte. »Niemals werde ich Sie verlassen!«

»Was wollen Sie eigentlich?«

Tollkühn antwortete er: »Sie! Ich will Sie, und nichts anderes.«

»Erschlagen sollte man Sie!«

»Allah vergebe Ihnen – warum werden Sie denn so

böse? Sind Sie denn nicht auf der Welt, damit Sie jemand nimmt? Und ich nehme Sie...«

Sie kamen gerade an einigen Geschäften vorbei. Hamida tat, als habe sie nichts gehört, und schimpfte weiter. »Wenn Sie mir noch einen einzigen Schritt folgen, werde ich Sie...«

»...schlagen.«

Ihr Herz klopfte wie wild, und ihre Augen glänzten. »Genau!«

Er lächelte boshaft. »Das wollen wir sehen. Aber gut, ich werde Sie jetzt verlassen, obwohl ich es nicht will. Aber ich werde jeden Tag warten. Ins Kaffeehaus komme ich nicht mehr, damit in der Gasse kein Gerede aufkommt. Aber jeden Tag warte ich auf Sie, jeden Tag! Gott sei mit dir, du Schönste der Welt...«

Als sie allein weiterging, strahlte sie in einem einzigen Freudenrausch. »Sie sind doch von ganz anderem Format«, hatte er gesagt. Und was noch? »Sie wirken hier fremd« und »Sind Sie nicht auf der Welt, damit Sie jemand nimmt? Ich nehme Sie!« Und was hatte er gleich noch gesagt? »Schlagen!« Irrsinnige und wilde Freude überfiel sie. Sie schritt dahin, ohne etwas wahrzunehmen. Erst oben in ihrem Zimmer kam sie wieder zu Atem. Verwundert und vergnügt zugleich stellte sie fest, daß sie ohne den geringsten Anflug von Scham oder Verlegenheit mit einem völlig Fremden gegangen und auch noch mit ihm gesprochen hatte. Genau das war es, was sie sich so wünschte, nämlich einfach das zu machen, was sie wollte. Und das hatte sie getan! Sie fühlte sich so unbeschwert und unbekümmert, daß sie fröhlich auflachte. Dann aber fiel ihr ein, daß sie ihn ja am Kragen hatte packen wollen. Aber zu ihrer eigenen Entschuldigung sagte sie sich, daß er nicht so ein unverschämt freches Gesicht aufgesetzt hatte, sondern höflich und nett gewesen war.

Wahrscheinlich war er das nicht in Wirklichkeit, sondern er hatte nur so getan. Sicherlich hatte er nur wie ein Tiger auf die günstigste Gelegenheit gewartet, um zum Sprung anzusetzen. Wenn das so war, würde sie eben warten. Sie würde ausharren, bis er ihr offenbarte, wie er in Wirklichkeit war. Und dann?

Einstweilen wollte sie sich jedenfalls nichts von ihrer Freude nehmen lassen.

21

Doktor Buschi wollte gerade seine Wohnung verlassen, als der Diener von Frau Afifi kam und ihm ausrichtete, daß sie ihn zu sprechen wünsche. Er runzelte die Stirn und überlegte, was sie von ihm wollte. Die Miete erhöhen? Nein, das ging nicht, denn sie konnte nicht gegen die Militärgesetze verstoßen, die den Mietpreis für die Zeit des Krieges genau festgelegt hatten. Mit mürrischer Miene stieg er die Treppe hinauf. Wie alle Bewohner des Hauses fand er Frau Afifi unausstehlich und schimpfte überall und zu jeder Zeit über ihren maßlosen Geiz. Einmal hatte er sogar erzählt, daß sie die Absicht habe, oben auf dem Dach noch ein Zimmer aus Brettern bauen zu lassen. Sie wolle dort einziehen und die eigene Wohnung vermieten. Am meisten aber ärgerte ihn, daß es ihm noch kein einziges Mal gelungen war, sich vor der Mietzahlung zu drücken. Sie ging nämlich einfach zu Herrn Radwan al-Husaini und borgte sich von ihm die Summe, mit der er im Rückstand war. Daß er sie nun besuchen sollte, freute ihn keineswegs.

Als er bei ihr anklopfte, murmelte er vor sich hin:

»Allah, sei freundlich und bewahre mich vor Unheil!« Sie öffnete ihm selbst, ihr Haar und ihr Gesicht waren dicht verschleiert. Sie bat ihn ins Empfangszimmer. Kaum hatte er sich gesetzt, brachte ihm der Diener einen Kaffee.

»Ich habe Sie rufen lassen, Doktor, damit Sie meine Zähne untersuchen«, sagte Frau Afifi. Nun schaute der Doktor sie schon interessierter an. Auf so eine Überraschung war er nicht gefaßt. Er freute sich und fand sie zum erstenmal in seinem Leben sympathisch. »Sie haben doch nicht etwa Schmerzen?« fragte er.

»Aber nein, keineswegs. Ich habe nur welche verloren, und einige sind nicht in Ordnung«, erklärte sie.

Das erfreute den Doktor noch mehr. Er erinnerte sich, daß in der Gasse darüber geflüstert wurde, daß sie schon bald eine Braut sein würde. Auf jeden Fall bot sich hier eine günstige Gelegenheit, eine hübsche Summe zu verdienen. »Das beste wäre natürlich, wenn Sie sich ein Gebiß machen ließen.«

»Daran habe ich auch gedacht. Würde das lange dauern?«

Er stand auf. »Öffnen Sie den Mund!«

Aufmerksam schaute er hinein. Viele Zähne hatte sie nicht mehr, was ihn ein wenig überraschte und auch enttäuschte. Aber das durfte er ihr nicht zeigen, damit sie die Schwierigkeit seiner Arbeit nicht etwa unterschätzte. »Um die Zähne zu ziehen, brauchen wir einige Tage. Aber vielleicht müssen wir dann sechs Monate warten, bevor wir das Gebiß einsetzen können. Das Zahnfleisch muß sich erholen und fest werden.«

Frau Afifi hob verärgert die sorgfältig nachgezogenen Brauen, rechnete sie doch damit, in zwei oder höchstens drei Monaten ihrem Gatten zugeführt zu werden. »Nein, nein«, sagte sie. »Ich möchte das schneller erledigt haben. Es darf nicht länger dauern als einen Monat.«

»Das geht nicht, Frau Afifi.«

Sie war ungehalten. »Na dann nicht. Auf Wiedersehen!«

Er zögerte ein wenig und meinte dann: »Eine Möglichkeit gäbe es schon, aber nur wenn Sie einverstanden sind.«

Sie begriff, daß er wie ein raffinierter Händler vorging. Sie ärgerte sich, ließ es sich aber nicht anmerken, weil sie ihn brauchte. »Und was wäre das?«

»Ich müßte Ihnen ein goldenes Gebiß einsetzen. Das kann gleich nach dem Ziehen der Zähne geschehen.«

Ihr war klar, was das kosten würde. Am liebsten hätte sie den Vorschlag abgelehnt, wenn da nicht die Hochzeit gewesen wäre. Wie konnte sie heiraten, wenn es in ihrem Mund so schlimm aussah? Andererseits aber war allen in der Gasse bekannt, daß die Preise des Doktors ziemlich niedrig waren. Offensichtlich beschaffte er sich die Gebisse mit großem Geschick, und so konnte er sie billig anbieten. Niemand fragte, woher er sie bekam, Hauptsache, sie waren billig. Aber ungeachtet all dessen war ein goldenes Gebiß eine Sache, die man sich überlegen mußte. Sie hatte nur Angst vor dem Preis. »Was würde mich das denn kosten?« fragte sie vorsichtig. »Zehn Pfund.«

Sie kannte zwar nicht die üblichen Preise für goldene Gebisse, vor dieser Summe aber schreckte sie zurück. »Zehn Pfund?« wiederholte sie abweisend.

Der Doktor wurde wütend. »Sie wissen wohl nicht, daß bei den Ärzten, die aus ihrer Kunst ein Geschäft machen, so ein Gebiß nicht weniger als fünfzig Pfund kostet! Nur wir, die anderen, sind solche Toren und denken nicht an unseren Vorteil.«

Man fing nun zu feilschen an, er wollte bei den zehn

Pfund bleiben, sie wollte die Summe drücken. Schließlich einigte man sich auf acht Pfund. Als der Doktor sie verließ, verfluchte er die kindische Alte.

In diesen Tagen sah Frau Afifi die Welt mit ganz neuen Augen, und die Welt antwortete ihr mit neuem Licht. Das glückliche Ereignis nahte, die Einsamkeit war nur noch ein schemenhafter Gast, der bald für immer verschwinden sollte. Nicht lange, und die beklemmende Kälte in ihrem Körper würde dem warmen Strom zärtlicher Gefühle weichen. Aber das Glück hatte seinen Preis, und nicht einmal einen geringen. Sie hatte das zu spüren bekommen, als sie einige Möbelgeschäfte in der Azhar-Straße und Kleidergeschäfte in Muski besuchte. Nach und nach zerrann all das schöne Geld, das sie in so langer Zeit gespart hatte. Dennoch gab sie es aus, ohne lange nachzurechnen. Umm Hamida begleitete sie überall hin, und schon bald mußte Frau Afifi anerkennen, daß sie außerordentlich geschickt und tüchtig war und ihr wirklich in allem sehr half. Die Frau war wahrlich ein Segen, sie ließ sie nicht im Stich und nährte in ihr immer wieder den Trost, daß ja nun bald alles überstanden war.

Möbel und Kleider waren sicherlich notwendig, aber darüber hinaus mußte nicht nur die Wohnung renoviert werden, auch die Braut bedurfte einiger Erneuerung und Verschönerung. So meinte sie denn eines Tages zu Umm Hamida: »Ja, sehen Sie denn nicht, meine Liebe, daß ich über all den Sorgen ganz grau geworden bin?« Dabei lachte sie gequält, um ihre Verlegenheit zu überspielen. Umm Hamida aber wußte ganz genau, daß die sogenannten Sorgen den geringsten Anteil daran hatten. »Na«, sagte sie, »das läßt sich doch mit ein wenig Farbstoff im Handumdrehen ändern. Heutzutage gibt's doch kaum noch eine Frau, die ihr Haar nicht färbt.«

Frau Afifi war sichtlich erleichtert. »Gesegnet seien Sie, Sie beste aller Frauen. Was würde ich bloß ohne Sie machen?« Sie zögerte ein wenig, strich sich über den Busen und fügte hinzu: »O Allah, meinen Sie wirklich, daß dieser junge Mann mit meinem ausgedörrten Körper zufrieden sein wird? Ich habe keine prallen Brüste, keinen Hintern, nichts, was ein Mann anziehend finden könnte.«

»Unterschätzen Sie sich doch nicht selbst, Liebste. Sie wissen doch genau, wie sehr Schlankheit in Mode ist. Aber wenn Sie gern möchten, mache ich Ihnen ein paar wunderbare Pillen, die Sie in kürzester Zeit etwas dicker machen.« Sie blähte sich stolz auf und fuhr fort: »Fürchten Sie nichts, solange Umm Hamida bei Ihnen ist. Umm Hamida ist ein Zauberschlüssel für alle verschlossenen Türen. Wenn wir morgen alle zusammen im Bad sind, werden Sie das schon merken.«

So vergingen die Tage voller Betriebsamkeit, Freude und Hoffnung. Die Haare wurden gefärbt, Wundermittel zubereitet, die letzten Zähne gezogen und neue, goldene, eingesetzt. Das alles kostete Geld, aber der Geiz war nun endgültig überwunden. Frau Afifi pflasterte den Pfad in die verheißungsvolle Zukunft mit goldglänzenden Münzen. Sie besuchte sogar die Husain-Moschee und spendete dem Heiligen Geld. Den Armen, die zu ihm gekommen waren, spendierte sie eine warme Fleischbrühe, und dem heiligen Scharani weihte sie außerdem vierzig Kerzen.

Umm Hamida kam aus dem Staunen nicht mehr heraus, als sie die unerhörte Wandlung bei Frau Afifi beobachtete. Die Frau war völlig verändert. Verwundert meinte Umm Hamida: »Verdienen die Männer es denn wirklich, daß sich die Frauen so abmühen? O Allah, es muß wohl so sein, denn deine Weisheit hat den Frauen auferlegt, daß sie den Männern dienen.«

22

Glockengeläut weckte Onkel Kamil aus seinem gewohnten Schlummer. Er öffnete die Augen und lauschte. Da nichts mehr zu hören war, reckte er sich ein wenig vor. Am Anfang der Gasse stand eine Kutsche, die er kannte. Verwundert erhob er sich und murmelte: »O Allah, ist Herr Salim Alwan etwa doch wieder zurückgekehrt?«

Der Kutscher sprang herunter und öffnete geschwind den Schlag, um seinem Herrn beim Aussteigen behilflich zu sein. Der stützte sich auf dessen Arm und stieg vorsichtig aus. Zuerst war der Tarbusch mit der herabhängenden Troddel zu sehen, dann der gebeugte Körper, und schließlich stand er auf der Straße und ordnete seine Kleidung. Mitten im Winter war er krank geworden, und erst jetzt, zu Beginn des Frühlings, ging es ihm wieder ein wenig besser. Die grimmige Kälte war nun freundlicher Wärme gewichen, die die ganze Welt vor Freude tanzen ließ. War nun alles wieder gut, war Herr Alwan wirklich geheilt? Er kam völlig verändert zurück. Der dicke Bauch, über den sich die Djubba und der Kaftan gespannt hatten, war verschwunden. Das ehemals runde, volle Gesicht war eingesunken, die Wangenknochen traten hervor, und er sah sehr blaß aus. Die Augen glänzten nicht mehr, sondern blickten unruhig und müde.

Onkel Kamil, der nicht sehr gut sehen konnte, bemerkte diese Veränderung zuerst gar nicht. Aber als dann Herr Alwan näher kam und er feststellte, wie alt und schwach er geworden war, erschrak er furchtbar. Um sich das nicht anmerken zu lassen, beugte er sich tief über dessen Hand und sagte laut: »Allah sei's gedankt, daß es Ihnen wieder gutgeht. Was ist das doch für ein glücklicher Tag! Bei Allah und bei Husain, Herr, ohne Sie ist die Gasse nicht einmal eine Zwiebelhaut wert.«

Herr Alwan entzog ihm die Hand und antwortete leise: »Segen sei mit dir, Onkel Kamil.« Langsam und auf den Stock gestützt, ging er weiter. Dicht dahinter folgte der Kutscher mit Onkel Kamil, der wie ein Elefant einherstapfte. Offensichtlich hatte die Glocke Herrn Alwans Kommen angekündigt, denn im Handumdrehen drängten sich am Tor der Firma viele Arbeiter. Vom Kaffeehaus eilten Meister Kirscha und Doktor Buschi herbei. Man umringte ihn und rief ihm Segenswünsche zu. Aber da griff der Kutscher ein. »Macht dem Herrn den Weg frei!« wehrte er sie mit lauter Stimme ab. »Laßt ihn erst einmal Platz nehmen, dann könnt ihr ihn begrüßen.«

Die Menge gab den Weg frei, und Herr Alwan ging mit mürrischem Gesicht weiter. Im Innern kochte er vor Wut und Ärger. Am liebsten hätte er niemanden gesehen. Als er endlich erleichtert an seinem Schreibtisch saß, strömten unaufhörlich Angestellte und Arbeiter herbei. Er kam nicht umhin, einem nach dem anderen die Hand zum Kuß zu reichen. Es widerte ihn an, und insgeheim sagte er sich, daß all diese heuchlerischen Lügner das ganze Unglück verursacht hatten. Schließlich kamen auch Meister Kirscha und der Doktor. »Ein herzliches Willkommen dem Herrn unseres Viertels«, sagte Kirscha und hörte dabei nicht auf, Alwans Hand zu schütteln. »Allah sei tausendmal gedankt, daß Sie wieder wohlauf sind.«

Herr Alwan dankte ihm. Dann kam Buschi an die Reihe. Auch er küßte ihm die Hand und setzte dann zu einer Rede an. »Heute haben wir allen Grund, fröhlich zu sein. Das ist ein Tag, an dem wir endlich unsere Ruhe finden, der Tag, an dem unsere Gebete in Erfüllung gegangen sind...«

Auch ihm dankte Herr Alwan und bemühte sich dabei, seinen Widerwillen zu verbergen. Er konnte dieses kleine, runde Gesicht nicht ausstehen. Als die beiden gegangen waren, seufzte er erleichtert auf und murmelte leise: »Hunde, alles Hunde! Es ist, als wollten sie mich mit ihren neidischen Augen zerfleischen.« Er blieb sitzen und bemühte sich, ihren Anblick zu vergessen und sich nicht länger zu ärgern. Es war ihm nicht vergönnt, lange allein zu bleiben, denn schon bald eilte Herr Kamil Effendi Ibrahin, sein Geschäftsführer, herbei. Das einzige, was ihn jetzt wirklich interessierte, waren die Rechnungen und deren Revision. Barsch fuhr er ihn an: »Die Bücher!«

Als der andere gerade gehen wollte, rief ihn Herr Alwan zurück. Etwas Wichtiges war ihm eingefallen. »Gib allen bekannt«, sagte er im Befehlston, »daß ich hier von nun an keinen Tabakrauch mehr riechen möchte.« Der Arzt hatte ihm das Rauchen verboten. »Und dann sag Ismail Bescheid, daß er mir, wenn ich Wasser trinken will, das Glas halb mit kaltem und halb mit warmem Wasser füllen soll. Das Rauchen ist in der Firma von nun an streng verboten! Die Bücher her, aber schnell!«

Der Geschäftsführer ging, um die neuen Anweisungen bekanntzugeben, über die er sich, weil auch er Raucher war, ziemlich ärgerte. Nach wenigen Minuten kehrte er mit den Büchern zurück. Ihm war klar, daß Herr Alwan sich sehr verändert hatte, und er ahnte, daß er schweren Zeiten entgegensah. Er setzte sich Herrn Alwan gegenüber und schlug das erste Buch auf. Der Chef begann zu arbeiten. Geübt, wie er in solchen Dingen war, erfaßte er auch die geringste

Bewegung in den Zahlenkolonnen, nichts entging ihm. Jedes Buch ging er durch, ohne zu ermüden. Hart gegen sich selbst, überließ er sich nicht dem kleinsten Anzeichen von Schwäche. Zwischendurch ließ er einige Angestellte zu sich rufen, deren Aussagen er mit dem, was er in den Büchern fand, verglich.

Kamil Effendi schaute zwar finster drein, bewahrte aber Geduld, denn nie hätte er es gewagt, zu protestieren. Die Revision war nicht das einzige, was ihn mißmutig stimmte. Schweigend grübelte er über das Rauchverbot nach, dem er sich plötzlich gegenübergestellt sah. Es war ja nicht nur so, daß er nun nicht mehr rauchen durfte, sondern er würde auch nicht mehr die teuren Zigarillos bekommen, mit denen Herr Alwan ihn manchmal beehrt hatte. Er schaute ihm zu, wie er sich in die Bücher vertiefte, und sagte sich, daß das ein völlig veränderter Mann war, eine Person, die niemand kannte. Was ihn wunderte, war, daß nur der Schnurrbart unverändert aussah. Hatte das Gesicht durch die Krankheit alles verloren, was einem vertraut gewesen war, so strotzte der Bart immer noch in prächtiger Buschigkeit. Inmitten dieses abgemagerten Gesichts ragte er wie eine stolze Palme aus öder Wüste hervor. Vor lauter Ärger dachte er gehässig: Wer weiß, vielleicht hat er die Krankheit verdient? Allah behandelt niemanden ungerecht...

Nach drei Stunden war Herr Alwan endlich fertig. Als er seinem Geschäftsführer die Bücher reichte, musterte er ihn mißtrauisch, als wollte er sagen, daß er zwar noch nicht gefunden habe, was er vermutete, daß sich sein Verdacht aber bestimmt bestätigen würde. Insgeheim war er entschlossen, die Bücher so lange durchzusehen, bis er entdeckte, was ihm bisher entgangen war. ›Sie sind allesamt Hunde!‹ dachte er. ›Sie sind dreckig wie die Hunde, aber nicht so treu...‹

Dann wandte er sich seinem Angestellten zu: »Vergessen Sie nicht, was ich Ihnen aufgetragen habe: Rauchverbot und lauwarmes Wasser!«

Es war ein Tag voller Geschäftigkeit. Kunden und Geschäftspartner kamen, beglückwünschten ihn zur Genesung, um dann sogleich auf geschäftliche Themen zu kommen. Als einer meinte, er solle sich doch nun ein wenig schonen, antwortete ihm Salim Alwan nur verächtlich: »Wenn ich nicht arbeiten könnte, wäre ich nicht in die Firma gekommen.«

Als er schließlich allein war, verlor er sich wieder in bissig-feindlichen Gedanken. Sein Zorn ergoß sich, wie immer in letzter Zeit, über die Menschheit als Ganzes. Neidisch waren sie alle und mißgönnten ihm die Gesundheit, die Firma, die Kutsche und die Schüssel Farik. Aus tiefstem Herzen verfluchte er alle. Auf dem Krankenlager hatte er sich oft in solche Gedanken hineingesteigert, nicht einmal seine Frau war davon ausgenommen. Einmal, als sie gerade an seinem Bett saß, hatte er sie gehässig angesehen und mit schwacher, aber spöttischer Stimme gesagt: »Du, Frau, hast auch deinen Anteil an alledem. Wie oft hast du mir mit deinen ständigen Klagereien in den Ohren gelegen, die Tage der Farik-Schüssel seien endgültig vorbei, geradeso als ob du mir meine Kraft und Gesundheit mißgönntest. Jetzt hast du, was du dir wünschst. Jetzt ist alles vorbei!« Die Frau war in Tränen ausgebrochen, aber das hatte ihn nicht gerührt. Ärgerlich hatte er weitergeschimpft: »Alle haben mich mit ihrem Neid verfolgt, selbst meine Frau, die Mutter meiner Kinder!«

Wenn ihm nun die Zügel der Weisheit aus den Händen geglitten waren, so lag das wohl daran, daß er dem Tode nahe gewesen war. Niemals würde er die Stunde der Krise, ähnlich erschreckend wie ein Erdbeben, vergessen. Er hatte sich gerade schlafen legen wollen, als er plötzlich einen stechenden Schmerz fühlte, der ihm die Brust zu sprengen drohte. Als er kräftig Luft holen wollte, konnte er weder ein- noch ausatmen. Immer, wenn er es versuchte, durchfuhr ihn ein schneidender Schmerz. Schließlich hatte er sich verzweifelt den schlimmen Qualen ergeben. Der Arzt war gekommen, hatte ihm Medikamente verabreicht, tagelang hatte er zwischen Leben und Tod geschwebt. Wenn er die müden, schweren Lider gehoben hatte, war sein Blick über Frau, Töchter und Söhne geschweift, die mit vom Weinen geröteten Augen auf ihn herabschauten. In jenem seltsamen Zustand, in dem der Mensch bar jeden Willens ist, seinen eigenen Körper zu beherrschen, war ihm die Welt wie eine einzige große schwarze Wolke von rätselhaften Erinnerungsfetzen vorgekommen, die sich nicht miteinander verbinden ließen.

In den wenigen Momenten, in denen er das Bewußtsein erlangte, überliefen ihn kalte Schauer bei der Frage, ob er nun vielleicht sterben würde. War deshalb die ganze Familie versammelt? Wenn ein Mensch für immer Abschied nimmt, wird er gewaltsam den Händen seiner Lieben entrissen. Was hat also der Sterbende davon, wenn er sich an sie klammert?

In jener Stunde sehnte er sich danach, daß Gott ihn rief und er ein letztes Mal das Glaubensbekenntnis sprechen konnte. Aber die Schwäche hatte ihn getäuscht, denn gerade als er mit dem Beten beginnen wollte, merkte er, wie ihm frischer Speichel in den Mund floß. Niemals aber würde er diese Stunde voller Schrecken vergessen, in der sich sein Körper gegen seinen Willen schon ergeben hatte. Nur sein Geist hatte sich noch in Furcht und Schrecken ans Leben geklammert, so daß ihm die Tränen nur so aus den Augen strömten, und seine Blicke waren ein einziger Hilferuf. Noch aber war die Stunde des Todes nicht gekommen, er überstand die Gefahr und begann sich wieder zu erholen. Nach und nach kehrte er in die Arme des Lebens zurück. Von ganzem Herzen wünschte er sich, alles möge wieder so wie früher werden, so daß er gesund und kräftig weiterleben konnte. Aber die mahnenden Worte des Arztes sprachen dagegen und nahmen ihm alle Hoffnung. Von dem, was er unter »Leben« verstand, war ihm nicht mehr viel geblieben.

Gewiß, er war dem Tod entronnen, aber er war ein völlig anderer Mensch geworden, mit schwachem Leib und kranker Seele. Im Laufe der Zeit wurde es immer schlimmer mit ihm, er wurde bösartig, haßerfüllt und zusehends mürrischer. Er konnte einfach nicht verstehen, weshalb sich ihm da etwas in den Weg stellte, weshalb sein Glück nicht mehr ungetrübt war. Er fragte sich, für welche Schuld ihn Allah so hart strafte. Die Antwort darauf mußte ihm schwerfallen, denn er gehörte zu den Menschen, die für alles, was sie tun, eine Entschuldigung finden und nie einen Fehler an sich selbst entdecken. Er liebte das Leben über alle Maßen, erfreute sich an seinem Geld, hatte immer gut für die Seinen gesorgt und sich – so sah er es jedenfalls – an Allahs Gesetze gehalten. Er hatte dem Leben vertrauensvoll und zufrieden entgegengesehen, bis zu jenem fürchterlichen Schlag, der ihm die Gesundheit geraubt hatte und der ihm nun den Verstand zu nehmen drohte. Hatte er irgendeine Schuld auf sich geladen? Nein, da war nichts, rein gar nichts. Die Menschen waren schuld. Sie waren seine Feinde, sie hatten ihn aus Neid vernichten wollen. So wurde er verbittert und mürrisch. Sein Körper hatte weniger Schaden genommen als sein Gemüt.

Hier nun, an seinem Schreibtisch, quälte ihn eine

Frage: Hatte er vom Leben wirklich nichts anderes mehr zu erwarten, als herumzuhocken und Bücher durchzusehen? Dieses Leben schien ihn mit einem Gesicht anzublicken, das noch finsterer war als das seine. Wie aus Stein gemeißelt, blieb er sitzen und grübelte. Jegliches Gefühl für die Zeit schien er verloren zu haben.

Plötzlich vernahm er ein Geräusch. Er drehte sich um und sah Umm Hamida auf ihn zukommen. Mit geistesabwesendem Blick nickte er grüßend und hörte nur mit halbem Ohr auf ihre Grußworte und Segenswünsche. In Gedanken war er bei alten Erinnerungen, die sie nichts angingen. War es nicht seltsam, daß er Hamida völlig vergessen hatte, so als habe es sie nie gegeben? Im Bett, als es ihm schon ein wenig besser gegangen war, hatte er manchmal an sie gedacht, flüchtig nur und ohne Unruhe. Offensichtlich trauerte er ihr nicht in gleichem Maße nach, wie er sie damals begehrt hatte. Schließlich hatte er sie ganz und gar vergessen. Sie war wie ein winziges Tröpfchen im gesunden Blut, das von der Krankheit vertrieben worden war.

Er löste sich von den Erinnerungen, blickte Umm Hamida träge an und dankte ihr für ihre guten Wünsche. Er bot ihr einen Platz an, auch wenn er ihre Anwesenheit so lästig fand, daß er sie fast haßte. Warum war sie gekommen? Wirklich nur, um ihn reinen Herzens zur Genesung zu beglückwünschen, oder wollte sie sich Gewißheit über die Geschichte von damals verschaffen? Sie konnte eigentlich nichts mehr von ihm verlangen, denn das Ganze lag ja schon lange zurück. Dennoch klang es wie eine Entschuldigung, als er stockend sagte: »Wir wollten, aber Allah wollte etwas anderes.«

Sie verstand sofort, was er meinte, und warf hastig

ein: »Sie können ja nichts dafür, Herr. Hauptsache, Allah beschert Ihnen Gesundheit und Wohlergehen.« Sie wünschte ihm nochmals alles Gute und ging.

Nach diesem Besuch war er noch niedergeschlagener. Als einem der Arbeiter ein Sack mit Henna herunterfiel, konnte er seinen Ärger nicht mehr zügeln und schrie den Mann an: »Die Firma wird demnächst vielleicht geschlossen werden, aber du willst dir wohl schon jetzt eine neue Arbeitsstelle suchen?« Er bebte vor Wut. Nun fiel ihm wieder ein, daß die Söhne ihm vorgeschlagen hatten, sich zur Ruhe zu setzen. Ha, dachte er, die wollen nicht, daß ich mich ausruhe, die wollen nur mein Geld! Hatten sie ihm das nicht schon vorgeschlagen, als er noch in der Blüte seiner Kraft stand? Nur Geld interessierte sie, nicht etwa seine Gesundheit und seine Ruhe. Er steigerte sich in seinen Zorn hinein und vergaß völlig, daß er es früher selbst als unerträglich empfunden hatte, keine seiner Sehnsüchte verwirklichen zu können, nur für die Firma zu leben und nichts anderes mehr zu machen, als Geld zu horten, ohne es genießen zu können.

Nun aber vergrub er sich in Verbitterung und Halsstarrigkeit. Von allen Menschen, selbst den Söhnen und der Frau, vermochte er nur noch Schlechtes zu denken. Ein neuer Wutanfall bahnte sich an, als er plötzlich eine angenehm weiche Stimme vernahm. »Allah sei Dank, daß Sie wieder wohlauf sind. Friede sei mit Ihnen, mein Bruder.«

Als er sich umwandte, sah er Herrn Radwan al-Husaini mit seinem leuchtenden Gesicht. Zum erstenmal an diesem Tag heiterte sich die grimmige Miene Alwans ein wenig auf. Er wollte sich erheben, aber Herr Husaini legte ihm die Hand auf die Schulter und sagte energisch: »Bei unserem Herrn Husain beschwöre ich Sie, Platz zu behalten.«

Freundschaftlich reichten sie sich die Hand. Als Alwan krank gewesen war, hatte Herr Husaini ihn öfter in dem prächtigen Haus besucht, und war er verhindert, so hatte er ihm Grüße und Segenswünsche ausrichten lassen. Nun setzte er sich dicht neben ihn.

»Wie durch ein Wunder bin ich gerettet worden«, sagte Herr Alwan freundlich.

»Lob und Preis sei Allah, dem Herrn aller Menschen. Ein Wunder, daß Sie gerettet worden sind, ein Wunder, daß Sie leben. Wir alle leben, wie Sie sicher wissen, dank einem Wunder. Das Leben eines Menschen braucht von Sekunde zu Sekunde wahrlich die wunderbare Kraft der göttlichen Macht. So ist denn auch das Leben eines jeden Menschen eine unaufhörliche Kette göttlicher Wundertaten. Und nun denken Sie an die gewaltige Menge von Menschenleben auf der Welt und dann noch an die unzähligen Tiere! So laßt uns dem Herrn danken – am frühen Morgen und am späten Nachmittag, bei Tag und bei Nacht. Denn was ist schon unser Dank angesichts all der göttlichen Gnade ...«

Regungslos hatte Herr Alwan seinen Worten gelauscht. Nun murmelte er verdrossen: »Aber Krankheit ist wirklich etwas furchtbar Abscheuliches.«

Herr Husaini lächelte nur. »Vielleicht war sie das, aber andererseits ist Krankheit auch eine göttliche Prüfung, und so gesehen ist sie etwas Gutes.«

Herr Alwan konnte sich für diese Art Philosophie nicht erwärmen. Die Freude über den Besuch schwand dahin, er ärgerte sich über den Gast, war aber um Ruhe bemüht und sagte nur leicht grollend: »Was habe ich denn Schlimmes getan, daß eine solche Strafe über mich kommen mußte? Sehen Sie nicht, daß ich meine Gesundheit für immer los bin?«

Herr Husaini fingerte an seinem schönen Bart

herum und antwortete mit leichtem Tadel: »Was ist schon unser spärliches Wissen angesichts Allahs unendlicher Weisheit? Sie sind wirklich ein guter Mensch, rechtschaffen, großzügig und ordentlich in den religiösen Pflichten. Aber Allah hat sogar seinen Diener Hiob geprüft, und der war ein Prophet. Also verzagen Sie nicht, und seien Sie nicht bekümmert. Finden Sie im Glauben die wahre Freude.«

Salim Alwan konnte sich kaum noch beherrschen. »Schauen Sie sich doch nur Meister Kirscha an! Ist der nicht immer noch gesund wie ein Maultier?«

»Sie sind mit Ihrer Krankheit weit besser dran als Kirscha mit seiner ganzen Gesundheit!«

Nun reichte es ihm. Wütend blickte er ihn an. »Sie können ruhig und gelassen daherreden und predigen, aber Sie haben nicht das durchgemacht, was ich erlitten habe, und nicht das verloren, was ich einbüßen mußte!«

Herr Radwan al-Husaini hatte bis zum Schluß mit gesenktem Kopf zugehört. Als er nun aufsah, lag ein gütiges Lächeln auf seinen Lippen. Eindringlich blickte er Salim Alwan an, ohne etwas zu sagen. Da erinnerte sich der, daß er ja dem Mann gegenübersaß, dem wohl von allen Dienern des Herrn das größte Unglück im Leben widerfahren war. Bei diesem Gedanken schwand sein Zorn, und er beruhigte sich. Verlegen schaute er zur Seite, die Scham trieb ihm die Röte ins Gesicht.

Leise sagte er: »Verzeihen Sie, Bruder. Ich bin ziemlich erschöpft.«

»Sie müssen sich doch nicht entschuldigen! Nehmen Sie Ihre Stärke und Ihren Frieden von Allah. Widmen Sie sich ihm, das gibt dem Herzen Zuversicht. Und lassen Sie nie Ihren Glauben von der Verzweiflung trüben, denn in dem Maße, wie wir vom rechten

Glauben abweichen, verläßt uns auch die wahre Glückseligkeit.«

Salim Alwan zupfte heftig an seinem Bart und sagte verbittert: »Aber alle sind neidisch auf mich. Sie gönnen mir nicht das Geld und die hohe Stellung. Alle sind neidisch, Herr Radwan.«

»Neid ist ein schlimmeres Übel als jede Krankheit. Es ist wirklich betrüblich, daß es so viele Menschen gibt, die ihren Brüdern das Glück des Besitzes vergänglicher Güter mißgönnen. Verzagen Sie dennoch nicht, und seien Sie nicht traurig. Wenden Sie sich Allah zu, Ihrem barmherzigen und gnadenreichen Herrn.« Herr Radwan al-Husaini erhob sich, sagte auf Wiedersehen und ging hinaus.

Salim Alwan blieb noch eine Weile sitzen. Nach und nach überkam ihn wieder der alte Mißmut. Das lange Herumhocken bekam ihm nicht. Langsam erhob er sich und ging hinaus zum Eingangstor. Die Arme auf dem Rücken verschränkt, blieb er dort stehen und sah sich um. Die Sonne hatte den Zenit erreicht, die Luft war klar und warm. Zu dieser frühen Nachmittagszeit war die Gasse menschenleer. Nur Scheich Darwisch saß vor dem Kaffeehaus und sonnte sich. Salim Alwan blieb eine ganze Weile reglos stehen, dann drehte er sich um und blickte wie früher zu dem bewußten Fenster auf. Es stand offen, aber niemand war zu sehen. Des Herumstehens müde, kehrte er mit finsterer Miene wieder an den Schreibtisch zurück.

23

Ins Kaffeehaus gehe ich nicht mehr, damit in der Gasse kein Gerede aufkommt...« Das waren seine Worte gewesen, als sie sich getrennt hatten, und an sie erinnerte sie sich nun am Tage nach ihrer Begegnung. Ganz deutlich konnte sie sich jede Einzelheit vergegenwärtigen und wurde vergnügt und heiter dabei. Sollte sie heute wieder einen Spaziergang machen, um ihm zu begegnen? Ihr Herz sagte bedenkenlos ja, aber ihr Verstand blieb hart. Erst müßte er noch einmal ins Kaffeehaus kommen. Also gestattete sie sich nicht, zur gewohnten Zeit hinauszugehen, sondern verkroch sich statt dessen hinter dem Fenster, um abzuwarten.

Die Zeit des Sonnenuntergangs war vorüber, langsam senkte sich die Nacht herab, da sah sie ihn die Gasse heraufkommen. Er schaute zu den bis auf einen Spalt geschlossenen Fensterläden auf und lächelte. Im Kaffeehaus setzte er sich auf den gewohnten Platz. Während sie ihn beobachtete, kostete sie das Glück aus, gesiegt zu haben. Das war die Rache dafür, daß sie damals in Muski auf ihn gewartet und so gelitten hatte.

Da trafen sich ihre Blicke. Fest sah sie ihn an und zuckte nicht zurück. Er lächelte noch mehr, und auch auf ihrem Gesicht zeichnete sich, ohne daß sie es wollte, ein Lächeln ab. Was wollte er bloß? Eine dumme Frage, befand sie selbst, denn wenn er sie so verfolgte, gab es eigentlich nur eine Antwort: Er wollte genau das, was Abbas al-Hilu schon erstrebt hatte und ebenso Salim Alwan, bevor das Schicksal ihn zu Boden warf. Warum sollte dieser vornehme Herr nicht das gleiche Ziel verfolgen? Hatte er etwa nicht zu ihr gesagt: »Sind Sie nicht auf der Welt, damit Sie jemand nimmt? Ich nehme Sie!« Was sollte das anderes heißen, als daß er sie heiraten wollte? Sie fühlte sich so stark, hatte ein solches Selbstvertrauen, eine so grenzenlose Einbildungskraft, daß sich ihren Träumen nichts in den Weg stellte.

Wieder schaute sie zu ihm hinüber und erwiderte seine verstohlenen Blicke ohne Zögern. Es war eine beredte Sprache, die mit der Zunge nicht besser hätte geführt werden können und die in ihrem Innern verborgene Instinkte wachrief. Vielleicht war es schon damals dieses tiefe, starke Gefühl gewesen, das sie unbewußt empfunden hatte, als sich ihre Augen zum erstenmal begegnet waren und er sie so herausfordernd angesehen und siegesbewußt angelächelt hatte. Für sie war das von ungeheurem Reiz gewesen, als gelte es, sich in das wilde Getümmel eines Schlachtfeldes zu stürzen. Ihr war, als könnte sie in seinen Blicken sich selbst, ihre ganze Kraft erkennen. Sie wollte nicht länger alleine umherirren, wollte sich nicht durch al-Hilus sanften Blick verstören lassen und nach dem Gold von Salim Alwan schielen. Sie fühlte, daß dieser Mann sie wirklich haben wollte. Sie war berauscht von dem genußreichen Gefühl, daß er sie zutiefst erregte, in Aufruhr und Staunen versetzte. Das hatte sie gesucht, so wie die Kompaßnadel den Pol. Seinem Äußeren und seiner Kleidung nach würde sie bei ihm weder Not noch Mangel leiden. Ihre Augen konnten sich nicht von ihm abwenden, und sie rührte sich erst von der Stelle, als er das Kaffeehaus verließ und sich mit einem leichten Lächeln von ihr verabschiedete. Als ihr Blick ihm folgte, sagte sie leise: »Bis morgen!« – und das klang, als gebe sie ihm ein Versprechen.

Am Nachmittag des nächsten Tages verließ sie das Haus. Kaum hatte sie die Sanadiqija hinter sich gelassen, sah sie ihn an der Kreuzung Muski-Straße und Sikka al-Djadida stehen. Ihre Augen leuchteten auf. Ein seltsames, geheimnisvolles Gefühl beschlich sie, ein Gemisch von Freude und brennender Kampfeslust. Sie vermutete, daß er so lange hinter ihr hergehen werde, bis die Luft in der Dirasa rein war. So schlenderte sie weiter, ohne die geringste Spur von Verlegenheit oder Scham. Als sie dicht bei ihm war und vorübergehen wollte, geschah etwas, womit sie nicht gerechnet hatte. Er blieb an ihrer Seite, streckte kühn den Arm aus und ergriff ihre Hand. Völlig ruhig und ohne sich um die Leute zu kümmern, sagte er: »Guten Abend, Liebling.«

Völlig überrumpelt versuchte sie, ihre Hand freizubekommen, was ihr aber nicht gelang. Sie hatte Angst, es ein zweites Mal zu versuchen, denn dann wäre man sicher auf sie aufmerksam geworden. Verwirrung und Wut überkamen sie, denn nun saß sie in der Klemme. Entweder sie schleuderte ihm ihren ganzen Zorn entgegen, dann gab es einen Skandal, der sie bloßstellte und sie für immer von ihm trennte, oder aber sie gab nach. In diesem Falle würde sie ihn unausstehlich finden, weil er sie zu etwas gezwungen hatte, weil sie klein beigeben mußte. Sie wurde immer wütender.

Leise zischte sie ihn an: »Wie können Sie es wagen? Lassen Sie sofort meine Hand los!«

Er ging weiter Hand in Hand mit ihr, als wären sie alte Freunde, die zusammen spazierten. »Aber, aber«, meinte er gelassen, »bleiben Sie schön ruhig. Unter Freunden macht man doch keine Umstände.«

Sie konnte vor Wut nicht mehr an sich halten. »Aber die Leute... die Straße...!«

Er lächelte gewinnend. »Kümmern Sie sich nicht um die Leute. Die sind doch alle nur hinterm Geld her. Sie sehen überhaupt nichts, sie denken nur an Rechnungen. Kommen Sie, wollen wir nicht zu einem Goldschmied gehen und etwas Hübsches aussuchen, was zu Ihrer Schönheit paßt?«

Sein unbekümmertes Auftreten machte sie rasend. Drohend sagte sie: »Wollen Sie damit vielleicht ausdrücken, daß Ihnen alles gleichgültig ist?«

Er lächelte noch immer. »Ich hatte wirklich nicht die Absicht, Sie zu ärgern. Ich wollte nur auf Sie warten und ein Stück mit Ihnen laufen. Was macht Sie so wütend?«

»Ich hasse es, so überfallen zu werden«, fuhr sie ihn scharf an. »Passen Sie auf, gleich mache ich einen Riesenkrach!«

Ihre Miene sah nun wirklich bedrohlich aus. Bittend fragte er: »Und Sie versprechen mir, daß wir noch ein Stück zusammen laufen?«

»Ich verspreche überhaupt nichts. Lassen Sie meine Hand los!«

Er tat es, hielt sich aber weiterhin dicht neben ihr. Schmeichelnd sagte er: »Was sind Sie doch für ein Dickschädel! Nun gut, Ihre Hand ist frei, aber deshalb trennen wir uns doch nicht, nicht wahr?«

Wütend blickte sie ihn an. »Widerwärtiger Gockel!«

Spöttisch lächelnd dankte er für das Schimpfwort. Seite an Seite gingen sie weiter, ohne daß Hamida auch nur den Versuch machte, sich zu entfernen. Jetzt mußte sie daran denken, wie sie ihm vor kurzem noch aufgelauert hatte, um hier mit ihm entlangzugehen. Aber das war vorbei, denn nun hatte sie ihn sogar gezwungen, ihre Hand freizugeben. Wenn er es noch einmal versuchen würde, hätte sie vielleicht gar nichts mehr dagegen. Hatte sie denn an irgend etwas anderes gedacht, als ihn zu treffen, seit sie aus dem Haus gegangen war? Also ging sie mit ihm weiter und kümmerte sich nicht um die Leute. In Gedanken stellte sie sich vor, wie überrascht und neidisch die Mädchen aus der Fabrik wären, wenn sie ihn zu Gesicht bekämen. Sofort überkam sie wieder das sehnliche Verlangen, alles hinter sich zu lassen und das Leben mit all seinen Abenteuern auszukosten.

»Ich bitte um Entschuldigung, wenn ich zu grob gewesen bin«, sagte er. »Was soll ich tun, wenn Sie so widerspenstig sind? Sie scheinen mich mit Absicht quälen zu wollen. Dabei verdiene ich doch wenigstens ein bißchen Sympathie, weil ich aufrichtige Zuneigung zu Ihnen empfinde.«

Was sollte sie sagen? Sie hätte so gern mit ihm gesprochen, nur wußte sie nicht wie. Vor allem deshalb, weil das letzte, was sie herausgebracht hatte, doch nur Vorwürfe und Schimpfwörter gewesen waren. Sie mußte nicht länger nachdenken, denn plötzlich entdeckte sie nicht allzuweit entfernt ihre Freundinnen. Als wäre sie erschrocken, sagte sie ängstlich: »Meine Freundinnen!«

Er blickte zu ihnen hin und sah, daß sie ihn bereits prüfend anschauten. Mit einem gespielten Vorwurf meinte sie zu ihm: »Sie bringen mich in Verruf!«

Er freute sich, daß sie bei ihm blieb und sich wie eine alte Bekannte auf ein Gespräch einließ. »Die gehen Sie doch gar nichts an. Kümmern Sie sich einfach nicht um sie«, erwiderte er verächtlich. Die Mädchen waren nun dicht bei ihnen. Bedeutungsvoll sah Hamida zu ihnen hinüber, und ihr fiel ein, was die Freundinnen alles von ihren Abenteuern erzählt hatten. Tuschelnd und kichernd gingen sie vorbei.

»Das sollen Ihre Freundinnen sein?« fragte er spöttisch. »Das ist doch nicht möglich, Sie sind doch ganz anders! Ich wundere mich nur, weshalb die so viel Freiheit haben, während Sie dauernd zu Hause sitzen. Wieso stolzieren die hier mit hübschen Kleidern herum, und Sie verstecken sich unter dieser schwarzen Milaja? Wie kann so etwas sein, mein Engel? Ist das Schicksal? Was sind Sie doch geduldig und standhaft!«

Sie wurde rot. Ihr war, als habe sie eben dem gelauscht, was ihr das eigene Herz erzählte. Der Schein des lodernden Feuers, das er in ihr entfacht hatte, schien sich in ihren Augen widerzuspiegeln. Im Brustton der Überzeugung fügte er hinzu: »Aber wieviel Edelmut in Ihnen steckt! Würdig einem Stern!«

Sie nutzte die Gelegenheit, um auch etwas zu sagen. Mit mutigem Lächeln blickte sie zu ihm auf und fragte: »Wieso Stern?« Sie hatte wirklich nicht verstanden, was er damit meinte.

»Ja, Stern. Gehen Sie denn nicht ins Kino? Die guten, großen Schauspielerinnen nennt man Stars – Sterne.«

Manchmal, wenn auch selten, ging sie mit ihrer Mutter ins Olympia-Kino, um sich ägyptische Filme anzusehen. Sie begriff nun, was er gemeint hatte, und freute sich irrsinnig, wovon ihre rosigen Wangen zeugten. Für einen Moment herrschte Schweigen. Dann fragte er: »Wie heißen Sie eigentlich?«

Ohne langes Zögern antwortete sie: »Hamida.«

Er lächelte. »Und der, dem Sie den Kopf verdreht haben, nennt sich Faradj Ibrahim. Aber das ist ja alles nicht so wichtig, der Name ist das letzte, was man wissen muß. Eigentlich muß man ihn erst dann kennen, wenn sich zwei Menschen ganz sicher sind, daß sie eins sind. Finden Sie nicht auch, meine Schönheit?«

Wenn sie jetzt bloß so rasch die richtigen Worte finden würde wie beim Schimpfen und Zanken! Er drückte sich so gewählt aus, da konnte sie nicht mithalten. Es ärgerte sie, ihm ständig friedfertig und passiv zuzuhören. Es drängte sie, nicht nur darauf zu warten, was er sagte, sondern selbst das Gespräch in Gang zu bringen. Sie wurde immer unruhiger und konnte ihn nur noch böse ansehen. Zu allem Unglück waren sie gleich am Ende der Straße; ihr blieb also nichts weiter übrig, als ihren Kummer zu vergraben und nach Hause zu gehen. »Kehren wir um«, sagte sie.

»Wieso?«

»Die Straße ist zu Ende.«

Er protestierte: »Aber die Welt endet nicht in Muski. Warum können wir nicht noch ein wenig auf dem Platz herumlaufen?«

Ohne es selbst wirklich zu wollen, erklärte sie: »Ich möchte nicht, daß sich meine Mutter Sorgen macht, wenn ich so spät komme.«

»Wenn Sie wollen, nehmen wir ein Taxi, dann brauchen wir für die ganze Strecke nur ein paar Minuten.«

Ein Taxi! Dieses Wort klang wunderbar in ihren Ohren. Noch nie war sie mit einem Taxi gefahren, höchstens mit einer Pferdekutsche. Es dauerte einige Sekunden, bis sie den Zauber dieses Wortes ganz in sich aufgenommen hatte. Aber etwas anderes mußte auch noch berücksichtigt werden: Sie würde im Taxi zusammen mit einem Mann sitzen! Eigentlich sah sie darin jedoch eher ein lockendes Wagnis als etwas, vor dem sie zurückweichen sollte. Der übermächtige Wunsch nach einem Abenteuer überfiel sie. So etwas konnte vielleicht die Unruhe von ihr nehmen, die sie so verunsicherte, daß sie außerstande war, ungehemmt und offen zu reden. Dabei war sie sich selbst nicht im klaren: War es ihre Abenteuerlust, ging es ihr um ein Abenteuer an sich oder um diesen Mann, der sie so tief beeindruckte? Aber vielleicht machten beide Gefühle gleichzeitig die Idee so verführerisch. Als sie ihn ansah, lächelte er wieder so aufreizend. Das ärgerte sie, und sie sagte barsch: »Ich will nicht zu spät kommen.«

»Haben Sie Angst?«

»Ich habe nie Angst«, fuhr sie ihn an.

Sein Gesicht leuchtete auf, als sei er froh, daß er sie durchschaute. »Ich werde ein Taxi rufen.«

Sie gab jeden Widerstand auf und blickte starr auf das Taxi, das näher kam und dann vor ihnen hielt. Er öffnete ihr den Schlag. Sie beugte sich ein wenig herunter, raffte die Milaja zusammen und stieg ein. Als er ihr folgte, atmete er innerlich auf und dachte, daß er sich nun zwei bis drei mühevolle Tage erspart hatte. »Scharif-Pascha-Straße«, wies er den Fahrer an.

Wieso Scharif-Pascha-Straße und nicht Midaq-Gasse oder Sanadiqija- oder Rurija-Straße? Oder wenigstens Muski? Warum wollte er gerade in die Scharif-Pascha-Straße? »Wo wollen Sie hin?« fragte sie überrascht.

»Wir fahren noch ein wenig herum und kehren dann um«, antwortete er, und seine Schulter näherte sich der ihren.

Als das Taxi anfuhr, vergaß sie alle Sorgen und selbst den Mann, der so dicht neben ihr saß. Ihre Augen huschten über die aufblitzenden Lichter. Die Welt kam ihr ganz neu, prächtig und strahlend vor. Der Rhythmus des fahrenden Autos teilte sich ihr sinnlich und körperlich mit und erfaßte sie wie in einem wilden, betörenden Rausch. Fast war ihr, als sitze sie in einem Flugzeug. Das Gefühl des übergroßen Glücks verband sich mit der gleichbleibend schnellen Bewegung, den ständig wechselnden Ansichten und gleißenden Lichtern zu einem gewaltigen, harmonischen Gesang. Ihre Augen leuchteten auf, ihr Mund war leicht geöffnet.

Das Taxi fuhr nun etwas langsamer, um sich einen Weg durch das Gewühl von Karren, Pferdewagen, Autos, Straßenbahnen und Menschen zu bahnen. Hamidas Phantasie war voll erwacht, sie überließ sich ganz den Gefühlen, die alles in ihr tanzen ließen. Jäh herausgerissen aus ihrem Rausch wurde sie, als er ihr ins Ohr flüsterte: »Schauen Sie nur! Die vielen hübschen Frauen in den schicken Kleidern!«

Ja, wirklich, wie leuchtende Sterne flimmerten sie überall. Was gab es Schöneres, Wunderbareres! Ihr fielen die Milaja und die Pantoffeln ein, und sie erwachte aus ihrer berauschenden Verzückung wie jemand, der durch einen Skorpionstich aus einem schönen Traum in die Wirklichkeit zurückgeholt wird. Verstört biß sie sich auf die Lippen. Wut mischte sich mit dem unbändigen Willen, sich durchzusetzen und zu kämpfen. Erst jetzt bemerkte sie, daß er noch dichter an sie herangerutscht war. Sie spürte seinen Körper, und ihr war, als berührte er zugleich ihre Sinne. Mehr als es ihr bewußt war, zog es sie zu ihm hin. Er sah sie fragend an, als wollte er erkunden, wie er dieses Anlehnen verstehen sollte. Dann nahm er sanft ihre Hand. Ermutigt durch ihre Nachgiebigkeit, näherte er sich ihr mit seinem Mund. Als ob sie sich fürchtete, warf sie den Kopf nach hinten. Für ihn war das keinerlei Hindernis, seine Lippen auf die ihren zu pressen. Ein Schauer überlief sie, und wie wahnsinnig verspürte sie das Bedürfnis, sich an seinen Lippen festzusaugen, bis sie bluteten. Es war die gleiche Art Besessenheit, mit der sie sich auch in einen Kampf gestürzt hätte. Aber da zog er sich von ihr zurück.

Sie war aufgewühlt und hätte sich ihm am liebsten an die Brust geworfen und ihm die Fingernägel in den Hals gekrallt. Jäh wurde sie in die Wirklichkeit versetzt, als er mit weicher, sanfter Stimme zu ihr sagte:

»Das ist schon die Scharif-Pascha-Straße. Nur ein paar Meter von hier ist meine Wohnung. Möchtest du sie dir nicht ansehen?«

Nervös blickte sie in die Richtung, in die er wies, und sah lauter Hochhäuser. Sie wußte nicht, welches Haus er meinte. Er ließ das Taxi halten. »Hier ist es.«

Es war ein hoch aufragendes Gebäude, dessen Eingang breiter war als die Midaq-Gasse. Verwirrt blickte sie weg und fragte leise: »Und welches Stockwerk?«

Er lächelte. »Das erste. Dir wird schon nichts Schlimmes passieren, wenn du mit hinaufkommst.« Wütend blickte sie ihn an, so daß er eilig hinzufügte: »Wie schnell du ärgerlich wirst. Trotzdem möchte ich dich fragen, was daran schrecklich sein soll, wenn du mich besuchst. Habe ich dich nicht schon die ganze Zeit über besucht, seit ich dich zum erstenmal gesehen habe? Warum willst du dann nicht zu mir kommen, ein einziges Mal wenigstens?«

Was dachte er sich eigentlich? Redete er sich selbst ein, er habe eine leichte Beute gefunden? Hatte ihm der Kuß Appetit gemacht auf mehr, auf gefährlichere Dinge? War er vor lauter Eitelkeit und Siegesgewißheit blind geworden? Vielleicht aber war es tatsächlich Liebe, die auch ihr den Verstand raubte. Die einzige Reaktion, zu der sie fähig war, hieß Wut und Kampfbereitschaft. Dabei wünschte sie sich nichts sehnlicher, als einfach mit ihm zu gehen. Dann würde sie ihm schon zeigen, was in ihr steckte! Sie würde ihm den Verstand zurechtrücken. Ja, sicher, ihr Gefühl trieb sie geradezu an, sich mit ihm auf einen Kampf einzulassen. Aber hatte sie genug Kraft dazu, und vermochte sie ihm zu zeigen, was der wahre Grund für ihren Widerstand war? Daß es nicht Angst um Sitte und Anstand war, sondern verletzter Stolz? Daß sie sich mit aller Macht durchsetzen wollte? Außerdem aber war das alles ein ebenso großes, wunderbares Abenteuer wie die Taxifahrt.

Währenddessen betrachtete er sie genau und dachte, daß sie wohl zu den Mädchen gehörte, die man behutsam anfassen und mit viel Geschick bändigen mußte, andernfalls würde sie wie eine Bombe explodieren. Sanft und sehr freundlich sagte er: »Ich würde dir gern eine Limonade anbieten.«

»Wie du meinst«, antwortete sie beiläufig und machte noch immer ein bitterböses Gesicht. Hocherfreut öffnete er den Schlag und sprang hinaus. Sie stieg aus und spielte die Gleichgültige. Während er den Fahrer bezahlte, sah sie sich um. Am Nachmittag war sie noch in der Midaq-Gasse gewesen, und nun hatte sie schon so viel erlebt und stand vor diesem riesigen Gebäude. Wer würde ihr das glauben? Was würde wohl Herr Radwan al-Husaini dazu sagen, wenn er sähe, daß sie das Haus betrat? Sie mußte lächeln. Auf jeden Fall hatte sie das Gefühl, daß dieser Tag der glücklichste in ihrem ganzen Leben war.

Er nahm sie bei der Hand, und gemeinsam betraten sie das Haus. Sie stiegen die breite Treppe hinauf, gingen einen langen Flur entlang, bis sie vor einer Tür stehenblieben. Der Mann holte den Schlüssel heraus. Erleichtert wurde ihm bewußt, daß er einen weiteren Tag, vielleicht auch zwei Tage gewonnen hatte. Er hielt ihr die Tür auf, und sie traten ein. Hamida stand in einem langen, hellerleuchteten Flur, mit Zimmertüren an beiden Seiten. Die Wohnung schien nicht leer zu sein, denn es brannte nicht nur Licht im Flur, sondern es waren auch Stimmen aus den Zimmern zu hören, Wortfetzen, Kreischen und Gesang. Faradj Ibrahim öffnete den Raum, der dem Eingang gegenüberlag, und bat sie einzutreten. Das Zimmer war von mittlerer Größe und mit Ledersitzen ausgestattet, die halb wie Sessel und halb wie Sofas aussahen. Auf dem Boden lag ein bestickter Teppich, und nahe der Tür hing ein geschliffener Spiegel, der bis zur Decke reichte. Davor stand ein längliches Tischchen mit vergoldeten Beinen.

Ibrahim Faradj sah, daß sie verwirrt war, und forderte sie betont höflich auf, die Milaja abzulegen und Platz zu nehmen. Sie behielt sie jedoch an und setzte sich in einen der großen, weichen Sessel. Als wollte sie sich selbst ermahnen, murmelte sie dabei leise: »Ich darf nicht zu spät nach Hause kommen.«

Er ging zu einem hübschen Tisch hinüber, der mitten im Zimmer stand, und füllte aus einer Thermoskanne Limonade in zwei Gläser. Als er ihr das Glas reichte, sagte er: »Ein Taxi wird dich gleich wieder zurückbringen.«

Als sie ausgetrunken hatte, ging er zum Tisch hinüber, um die Gläser abzustellen. Ihr Blick folgte ihm. Sie bewunderte seinen schlanken, eleganten Körper und blickte verzückt auf seine Hände. Sie waren wunderschön, feingliedrig und stark zugleich und weckten ein Gefühl von Zärtlichkeit in ihr, das sie nie zuvor gekannt hatte. Er lächelte ihr vertrauensvoll und ermutigend zu, doch sie hatte keine Angst, sondern gab sich eher abwartend und zugleich sprungbereit. Ihr fiel ein, daß sie Stimmen in der Wohnung gehört hatte und sich noch gar nicht danach erkundigt hatte. »Wieso herrscht eigentlich so ein Lärm in der Wohnung?«

Er stand noch immer vor ihr. »Es sind Familienangehörige, du wirst sie noch kennenlernen. Aber warum legst du die Milaja nicht ab?«

Sie hatte angenommen, daß er allein zu Hause war, da er sie doch eingeladen hatte. Wie konnte er sie hierherbringen, wenn Leute da waren? Seine Frage überhörte sie einfach. Er wiederholte sie auch nicht. Dafür trat er immer näher an sie heran, so daß seine Schuhe die ihren berührten. Er beugte sich ein wenig vor und nahm ihre Hand. »Komm, laß uns auf dem Sofa sitzen!«

Sie stand auf und setzte sich mit ihm auf ein großes Sofa. Widersprüchliche Gefühle stritten in ihr. Einerseits fühlte sie sich zu dem Mann hingezogen, andererseits wollte sie ihm aber auch trotzen, weil sie nicht sicher war, ob er sich vielleicht über sie lustig machte. Er rückte immer dichter heran, bis er sie berührte, und legte den Arm um ihre Hüften. Sie schwieg und wehrte sich nicht, wußte sie doch nicht, wann der rechte Zeitpunkt war, Widerstand zu leisten. Mit der linken Hand hob er ihr Kinn an und kam ganz allmählich mit seinem Mund auf sie zu, als wollte er seinen Durst in einem klaren Bach stillen. Ihre Lippen trafen sich und blieben lange und wie entrückt in der Traumwelt der Liebe beieinander. Er legte seine ganze Kraft und Leidenschaft in diesen Kuß, mit dem er zum Ziel kommen wollte. Sie aber war bei aller trunkenen Freude auf der Hut und blieb wachsam und abwartend. Seine Hand tastete sich nun zu ihrer Schulter hinauf und zog die Milaja herunter. Ihr Herz begann heftig zu klopfen. Sie richtete sich auf, legte sich die Milaja energisch wieder um und sagte grob: »Kommt nicht in Frage.«

Überrascht sah er sie an. Ihren Augen war anzusehen, daß sie entschlossen war, sich zu wehren. Als ob er nicht verstünde, lächelte er sie an und dachte, daß sie, wie er schon vermutet hatte, wirklich sehr schwierig war. »Entschuldige, Liebste, ich habe mich einfach vergessen.«

Vor Freude über den Sieg mußte sie lächeln und

wandte den Kopf ab, damit er es nicht sah. Ihr Blick fiel ungewollt wieder auf seine Hand, und ihr wurde bewußt, was für ein großer Unterschied zwischen seiner Hand und der ihren war. Seine war schön und glatt, ihre breit und grob. Sie schämte sich und fuhr ihn deshalb um so barscher an: »Warum bist du mit mir hierhergegangen? Das Ganze ist einfach blöde.«

»Aber wieso? Das ist das Schönste, was ich je in meinem Leben gemacht habe. Und warum fühlst du dich fremd hier, ist es jetzt nicht auch deine Wohnung?« Die Milaja war von ihrem Haar geglitten, das er nach diesen Worten leicht küßte. »O Allah, was hast du für schönes Haar! In meinem ganzen Leben habe ich noch nie so etwas Schönes gesehen.« Er meinte das durchaus ehrlich, wenn ihn auch der Petroleumgeruch störte, der dem Haar entströmte.

Obwohl sie sich über das Kompliment freute, blieb sie aufsässig. »Wie lange wollen wir hier denn noch bleiben?«

»So lange, bis wir uns richtig kennen. Es gibt noch so vieles, was wir uns sagen müssen. Oder hast du Angst? Aber nein, ich weiß ja, daß du dich vor nichts fürchtest.«

Sie freute sich so sehr, daß sie ihn am liebsten geküßt hätte. Er sah sie an und dachte: Jetzt habe ich kapiert, wie ich dich anfassen muß, du läufige Hündin... So leidenschaftlich, wie er konnte, sagte er laut: »Mein Herz hat dich auserwählt, und mein Herz lügt niemals. Wenn zwei sich lieben, kann sie nichts mehr trennen. Du bist mein, und ich bin dein.« Mit bittender Miene näherte er sich ihr. Sie neigte ihm den Kopf zu. Als er sie küßte, fühlte er, daß sie ihre Lippen heftig auf die seinen preßte. »Geliebte«, flüsterte er ihr ins Ohr, »du meine Geliebte...« Sie stöhnte auf und setzte sich gerade, um Atem zu holen. Mit zärtlicher

Stimme sprach er leise weiter: »Du gehörst hierher, in dein Haus. Hier…« – er deutete auf sein Herz – »ist deine Zuflucht.«

Sie lachte kurz auf. »Ich sehe schon, du willst mich daran erinnern, daß ich jetzt nach Hause muß.«

Er wußte ganz genau, was er beabsichtigte, hatte er sich doch alles gut überlegt. »Welches Zuhause meinst du?« fragte er eindringlich. »Meinst du etwa die Gasse? Die kannst du doch vergessen! Was gefällt dir denn so an dieser Gasse? Warum gehst du überhaupt dahin zurück?«

Sie lachte. »Wie kannst du so etwas überhaupt fragen? Wohne ich nicht da, und lebt meine Mutter nicht da?«

»Weder bist du dort zu Hause, noch hast du etwas mit deiner Mutter zu tun«, sagte er verächtlich. »Du bist aus einem anderen Stoff gemacht. Es wäre ja geradezu eine Sünde, wenn so ein lebendiger, blühender Körper in einem Grab faulender Knochen leben müßte. Hast du denn nicht vorhin die Frauen in ihren schönen Kleidern gesehen? Dabei bist du viel hübscher und reizvoller als sie. Warum willst du nicht auch in solchen Kleidern und voller Schmuck spazierengehen? Allah hat dich mir geschickt, damit deine kostbare Seele zu ihrem Recht kommt. Deshalb sage ich, daß das deine Wohnung ist, und damit basta!«

Er spielte auf den Saiten ihres Herzens wie ein Künstler auf seiner Geige. Wie betäubt, mit halbgeschlossenen Lidern saß sie da, in ihre Augen trat ein verträumter Glanz. Genau danach hatte sie sich immer gesehnt. Aber wie konnte dieser Traum in Erfüllung gehen? Warum sagte er nicht klar und deutlich, was er mit ihr vorhatte? Er hatte mit wunderbaren Worten ausgedrückt, worauf sie hoffte, wovon sie träumte und was sie sich wünschte. Er hatte das ausgesprochen, was sie sich nie voll bewußt gemacht hatte, und offenbarte ihr, wie es in ihr aussah. Die verborgensten Gefühle legte er frei und hüllte sie in Worte, so daß sie sie mit eigenen Ohren hören konnte. Nur über eine Sache hatte er nichts gesagt, nicht einmal andeutungsweise. Was bedeutete dieses Zögern? Kühn blickte sie ihn an. »Was meinst du eigentlich?«

Ihm war klar, daß er nun an einer gefährlichen Stelle seines Plans angekommen war. Er sah sie an, als wolle er sie hypnotisieren. »Ich meine, daß du in einer Wohnung leben solltest, die dir entspricht, und daß du alles, was das Leben an Glück zu bieten hat, auskosten solltest.«

Verwirrt lachte sie und stammelte: »Ich verstehe überhaupt nichts.«

Er streichelte ihr Haar und schwieg einen Moment, als wolle er die Gedanken ordnen. »Du fragst dich vielleicht«, sprach er dann weiter, »warum ich möchte, daß du bei mir wohnst. Dann laß mich einmal fragen, warum du in die Gasse zurück möchtest? Willst du dort wie all diese unglücklichen Geschöpfe darauf warten, daß einer dieser armseligen Männer aus der Gasse dich heiratet, sich über deinen herrlichen Körper hermacht, deine zarte Jugendlichkeit aufbraucht, um dich dann auf den Müllhaufen zu werfen? Ich weiß, daß ich nicht mit irgendeinem dieser dummen Dinger spreche, mit denen man nur herumplappert. Ich bin zutiefst überzeugt davon, daß es so etwas wie dich nicht oft gibt. Du bist zauberhaft schön, aber das ist nur einer deiner Vorzüge. Du bist unerhört mutig, und wenn eine wie du etwas will und sich etwas vornimmt, dann erreicht sie es auch.«

Sie war blaß geworden, ihr Gesicht war erstarrt. Mit schneidender Stimme fuhr sie ihn an: »Du machst dich in einer Weise über mich lustig, die ich nicht verdient habe. Zuerst war es klar, daß du nur Spaß machst, aber jetzt tust du, als wäre es Ernst.«

»Mich über dich lustig machen? O Allah, dafür schätze ich dich viel zu sehr. Ich würde mir nie erlauben, über ernste Dinge herumzualbern, vor allem nicht bei jemandem wie dir. Ich respektiere und achte dich außerordentlich. Wenn ich richtig vermute, dann hast du ein tapferes Herz, das alles verachtet, was sich seinem Glück in den Weg stellt. Hindernisse kennt es nicht. Ich brauche eine Gefährtin, und von allen Menschen bist du die einzige, die das sein könnte.«

»Was für eine Gefährtin?« rief sie mißtrauisch. »Selbst wenn du mit allem recht hättest, was willst du denn eigentlich? Der Weg ist offen, und wenn du die Absicht hast...« Sie sprach nicht weiter, denn fast hätte sie gesagt, ›mich zu heiraten‹, aber das konnte sie gerade noch verschlucken.

Er wußte, worauf sie hinauswollte, und war belustigt darüber. Aber nun war er entschlossen, durchzuhalten, denn von einem Rückzug war nichts zu erwarten. Mit theatralischem Pathos antwortete er ihr: »Ich möchte eine geliebte Gefährtin, mit der ich gemeinsam das Leben erstürmen kann, ein Leben voller Freude, Reichtum, Ansehen und Glück, kein Leben der Armut, Schwangerschaft, mit Kindern und Schmutz. Ich möchte ein Leben führen wie die Sterne, von denen ich dir erzählt habe.«

Vor lauter Empörung stand sie mit offenem Mund da. Sie richtete sich kerzengerade auf. »Du willst, daß ich mich ins Verderben stürze! Du gemeiner, nichtswürdiger Kerl!« Was sie so aufbrachte, war weit weniger die Angst, in Verruf zu kommen, als vielmehr der Umstand, daß sie erst jetzt begriffen hatte, wie sehr er sie in ihren Hoffnungen enttäuschte.

Achselzuckend meinte er: »Ich bin ein Mann!«

»Du bist kein Mann, sondern ein mieser kleiner Zuhälter!«

»Sind Zuhälter keine Männer? Aber natürlich, meine Schöne, und zwar bessere als die anderen. Was könntest du bei einem ›normalen‹ Mann schon anderes bekommen als Kopfschmerzen? Ein Zuhälter vermittelt in dieser Welt Glückseligkeit. Und außerdem darfst du nicht vergessen, daß ich dich liebe. Also laß nicht zu, daß vor lauter Ärger unsere Liebe zerbricht. Ich biete dir Glück, Liebe und Wohlstand. Wenn wir beide uns zusammentun, wird es daran nicht fehlen. Wenn wir uns aber trennen, dann werden wir elend, arm und erniedrigt leben – zumindest einer von uns beiden.«

Sie starrte ihn noch immer an. Wie konnte er nur so gemein sein? Das seltsame war, daß sie zwar wütend auf ihn war, aber keineswegs auch nur für einen Moment aufhörte, ihn zu lieben. »Ich bin nicht so eine, wie du vielleicht denkst!«

Er seufzte hörbar auf, als sei er zutiefst getroffen. »Ich kann noch gar nicht glauben, daß ich mich so in dir getäuscht haben soll. O Allah, sollst du wirklich eines Tages eine von diesen Bräuten der Midaq-Gasse werden? Ständig schwanger und ständig gebärend? Die Kinder am Straßenrand stillend? Überall Fliegen und täglich Saubohnen, mal auf diese, mal auf jene Weise? Frühzeitig gealtert und aufgedunsen? Nein und abermals nein, das kann ich nicht glauben!«

»Hör auf damit!« Sie rannte zur Tür. Er sprang auf, hielt sie fest und sagte zärtlich: »Langsam, langsam.« Aber sie war nicht zu beruhigen, und so öffnete er die Tür und ging mit ihr zusammen hinunter. Glücklich und furchtlos war sie gekommen und ging nun gebrochen und verstört. Unten auf der Straße warteten sie, bis ein Junge ihnen ein Taxi rief. Sie stiegen ein und fuhren los. Hamida saß stumm da, in Gedanken versunken. Nichts von dem, was sie umgab, interessierte sie noch. Verstohlen blickte er sie ab und zu an und hielt es für klüger, das bedrückende Schweigen nicht zu brechen.

Als das Taxi Muski erreicht hatte, ließ er den Fahrer halten. Sie hob den Kopf und sah hinaus. Allmählich löste sich ihre Erstarrung. Als sie Anstalten machte, auszusteigen, drückte er auf den Griff, um ihr behilflich zu sein. Dabei beugte er sich ein wenig hinüber, küßte sie auf die Schulter und sagte: »Ich werde morgen auf dich warten.« Sie lehnte sich nach hinten und erwiderte entschieden: »Auf gar keinen Fall.«

»Ich werde trotzdem auf dich warten, Geliebte. Du kommst zu mir zurück.« Als sie ausstieg, fügte er hinzu: »Vergiß nicht: morgen! Wir werden ein neues, wunderbares Leben beginnen. Ich liebe dich. Ich liebe dich mehr als das Leben.« Er sah, wie sie davoneilte. Mit einem spöttischen Lächeln auf den Lippen dachte er: Sie ist süß, daran ist nicht zu zweifeln. Unmöglich, daß ich mich täusche. Das ist ein Naturtalent, eine Nutte durch und durch. Sie wird eine Perle sein, wie man sie selten findet!

24

Ihre Mutter fragte gleich, warum sie so spät komme. Gleichgültig antwortete sie: »Zainab hat mich zu sich nach Hause eingeladen, und da bin ich eben hingegangen.« Die Mutter fragte nicht weiter, sondern erzählte gleich die letzten Neuigkeiten. Sie waren beide zur Hochzeit von Frau Sanija Afifi eingeladen, die Hamida sogar ein neues Kleid für diesen Anlaß schenken wollte. Hamida tat erfreut und setzte sich zu ihr und hörte sich eine volle Stunde lang ihr Geplapper an. Nachdem sie zu Abend gegessen hatten, gingen sie schlafen. Hamida hatte ihren Platz auf einem alten Sofa und die Mutter auf einer Matratze, die sie auf dem Boden ausbreitete.

Nach wenigen Minuten war Umm Hamida fest eingeschlafen und schnarchte laut. Hamida aber lag wach und blickte zum Fenster hinüber, durch dessen Läden ein wenig Licht vom Kaffeehaus hereindrang. In Gedanken ging sie noch einmal alle unglaublichen Ereignisse dieses seltsamen Tages durch, sie hatte nicht die geringste Bewegung, kein Wort und kein Schweigen vergessen. Bei aller Verwirrung war sie doch stolz darauf, daß sie keine Angst gehabt und so etwas Verrücktes unternommen hatte. Natürlich hatte sie nicht vergessen, daß sie sich noch auf dem Heimweg gewünscht hatte, diesem Mann nie begegnet zu sein. Aber das war nur so dahingesagt, im tiefsten Winkel ihres Herzens glaubte sie es selbst nicht. Eigentlich hatte sie sich erst an diesem Tag so richtig selbst kennengelernt. Vielleicht war er ihr überhaupt nur über den Weg gelaufen, damit er freilegte, was in ihr verborgen war, und damit sie sich wie in einem geschliffenen Spiegel betrachten konnte.

Wie sähe es denn aus, wenn sie ihn nie wiedersah? Würde sie dann nicht wieder ständig zu Hause hocken und auf Abbas al-Hilus Rückkehr warten? O Allah, an Abbas war doch überhaupt nicht mehr zu denken. Jedes Gefühl für ihn war erloschen. Wenn sie Abbas heiratete, dann wäre es so eine elende Ehe mit ständigen Schwangerschaften, Entbindungen, Kinderstillen, Fliegen... Für sie war Mutterschaft tatsächlich kein Grund zum Jubeln wie für die anderen Mädchen ihres

Alters. Was aber wollte sie? Ihr Herz klopfte, sie preßte die Lippen zusammen. Sie wußte schon, was sie wollte, wonach sie sich sehnte. Bis heute hatte sie immer noch geschwankt, nun aber war das Verborgene enthüllt und lag offen vor ihr. Eigenartigerweise fiel es ihr nun, da sie nicht schlafen konnte, überhaupt nicht schwer, ihren Weg zu wählen. Sie zauderte nicht länger, sich zwischen Vergangenheit und Zukunft zu entscheiden, und zerbrach sich nicht den Kopf darüber, was sie an Gutem vielleicht auch jetzt im Leben hatte und was an schlimmen Dingen auf sie zukommen konnte. Nein, der Weg, den sie gehen mußte, war klar. Im Grunde hatte sie sich bereits entschieden, als sie in den Armen dieses Mannes gelegen hatte. Trotz ihrer finsteren Miene hatten ihre Träume und Hoffnungen neuen Atem geschöpft und frohlockt. Aber das wichtigste war, daß sie ihn nicht einen einzigen Moment lang verachtet oder gehaßt hatte. Das einzige, worüber sie sich wirklich geärgert hatte, war die ungeheure Selbstsicherheit gewesen, mit der er gesagt hatte: »Du kommst zu mir zurück.«

Ja, gewiß, sie würde es tun, aber für seine Unverschämtheit würde er einen hohen Preis zahlen müssen. Ihre Liebe sollte nicht demütige Verehrung und Unterwürfigkeit sein. Zu lange hatte sie es ertragen, in diesem Haus und dieser Gasse allmählich zu erstikken. Ab morgen aber würde sie nichts mehr davon zurückhalten, freie Luft zu atmen. Gab es denn eine andere Möglichkeit, den Fesseln der Vergangenheit zu entkommen, als zu diesem Mann zu gehen? Aber sie würde sich keineswegs in seine Arme stürzen, sie wollte nie die Sklavin seiner Wünsche werden. Nein, sie würde zu ihm gehen, erfüllt von ihren Hoffnungen und Wünschen, und ihm in die Augen schauen, als wolle sie sagen: »All meine Kraft mußte ich aufbieten, um zu dir zu kommen, nun stütze mich mit deiner Kraft. Laß uns miteinander kämpfen und für immer glücklich sein...« Ja, ihm hatte sie es zu danken, daß der Weg zu einem neuen Leben vor ihr lag. Diese Chance würde sie sich nicht entgehen lassen, auch wenn es um Leben und Tod ging.

Bei aller Entschlossenheit gab es eine Überlegung, die ihr die Freude über ihren Mut vergällte. Wenn sie sich fragte, was wohl die Leute sagen würden, dann wußte sie, daß die Antwort aus einem Wort bestand: »Hure!« Ihr Herz krampfte sich zusammen, der Mund wurde ihr trocken. Ihr fiel ein, wie sie einmal eines der Fabrikmädchen beschimpft hatte. »Du Straßenmädchen, du Hure!« hatte sie geschrien, und das nur, weil es wie ein Mann arbeitete und auf der Straße spazierenging. Was würde man da erst über sie sagen? Der Gedanke machte sie traurig, und sie warf sich im Bett herum. Trotzdem, nichts auf der Welt konnte sie von ihrem Entschluß abbringen. Mit all ihrer Kraft hatte sie sich entschlossen, mit ganzem Herzen die Wahl getroffen. Nun mußte sie sich in das selbstgewählte Schicksal stürzen, und nichts würde sie daran hindern, auch nicht die bange Frage, wie die anderen über sie urteilten. In jedem Bach, der ins Tal floß, gab es Geröll.

Aber da war ja auch noch die Mutter! Erst jetzt hörte sie ihr Schnarchen. Sie drehte sich zu ihr um und stellte sich vor, wie verzweifelt sie tags darauf auf sie warten würde. Sie wußte, wie sehr die Mutter sie liebte, so daß sie, Hamida, deshalb nie, oder nur ganz selten, mütterliche Liebe entbehrt hatte. Und sie, sie liebte die Mutter auch, trotz aller Streitereien und Schwierigkeiten. Als fürchte sie sich vor mitleidigen Gefühlen gegenüber der Mutter, sagte sie sich trotzig: Pah, ich habe keinen Vater und keine Mutter! Außer diesem Mann habe ich niemanden auf der Welt! Sie schob die Vergangenheit beiseite und dachte nur noch an den morgigen Tag. Mal sehen, was er brachte. Mit heißem Kopf wünschte sie sich, endlich einzuschlafen und nicht länger grübeln zu müssen. Es wäre zu schön, wenn sie die Augen aufschlüge und das Morgenlicht hereinflutete. Verbissen bemühte sie sich, an nichts mehr zu denken. Ein Weilchen schien ihr das auch zu gelingen, aber dann drangen aus Kirschas Kaffeehaus Stimmen zu ihr herauf und schreckten sie wieder auf. Sie wurde ärgerlich, gab sie doch ihnen die Schuld dafür, daß sie immer noch wach war. Obwohl sie es nicht wollte, hörte sie hin. »Sanqar, wechsle das Wasser in der Pfeife!« Das war die Stimme von Kirscha, dem haschischsüchtigen Wirt. »O mein Herr, möge Allah wieder alles in Ordnung bringen…« Das war Onkel Kamil, dieses dicke, dumme Tier. »Und wenn schon, alles hat seinen Grund…« Auch der triefäugige, dreckige Doktor Buschi meldete sich zu Wort. Sie stellte sich vor, wie der Geliebte dort gesessen hatte, zwischen Meister Kirscha und Scheich Darwisch. Sie sah, wie er Küsse in die Luft hauchte, und dann hatte sie das riesige Haus mit den vielen Stockwerken vor Augen, das elegante Zimmer… Sie glaubte seine Stimme zu hören, die leise flüsterte: »Du kommst zu mir zurück.«

Himmel, wann fand sie endlich Schlaf? »Friede sei mit Euch, meine Brüder!« Das war die Stimme von Herrn Radwan al-Husaini, der damals der Mutter geraten hatte, sie nicht mit Salim Alwan zu verheiraten. Was würde er wohl morgen sagen, wenn er die Neuigkeit erfuhr? Mochte er doch sagen, was er wollte. Zum Teufel mit all den Leuten aus der Gasse! Vor lauter Schlaflosigkeit fühlte sie sich krank und zerschlagen. Ruhelos wälzte sie sich von einer Seite auf die andere, dann auf den Bauch, dann auf den Rücken. Träge und quälend schlich die Nacht dahin, und der Gedanke an den entscheidenden Schritt, den sie morgen wagen wollte, verstärkte noch ihre Pein.

Erst kurz vor Morgengrauen fiel sie in einen tiefen Schlaf. Als sie am frühen Morgen erwachte, fielen sofort wieder alle Gedanken über sie her, als seien sie lange vor ihr erwacht. Aber nun gab es kein Zögern mehr. Ungeduldig wartete sie auf den Sonnenuntergang. War sie hier, in der Midaq-Gasse, nicht bloß noch ein flüchtiger Besucher? Sie hatte nichts mehr mit der Gasse zu tun und die Gasse nichts mehr mit ihr; genau das hatte er ihr gesagt...

Sie stand auf und öffnete das Fenster. Dann legte sie die Matratze der Mutter zusammen und räumte sie weg. Sie fegte die Wohnung, wischte den Treppenflur und bereitete sich das Frühstück. Ihre Mutter steckte wie immer in ihren endlosen Geschäften und war schon aus dem Haus gegangen. Als sie in die Küche ging, sah sie, daß die Mutter Linsen hingestellt hatte, die sie für das Mittagessen kochen sollte. Sorgfältig las sie sie aus, wusch sie und machte Feuer im Herd. »Zum letztenmal koche ich Linsen in dieser Wohnung«, sagte sie laut vor sich hin, »vielleicht koche ich sie überhaupt zum letztenmal in meinem Leben. Wann werde ich denn noch Linsen essen?« Dabei aß sie Linsen sehr gern, nur war es eben ein Arme-Leute-Gericht. Die Reichen, meinte sie, aßen Fleisch, Fisch und nochmals Fleisch. Ein verträumter Ausdruck trat in ihr Gesicht.

Um die Mittagszeit hatte sie die Küchenarbeit beendet und ging in den Waschraum. Nach einem langen, ausgiebigen Bad kämmte sie sich sorgfältig das Haar und flocht es zu einem dicken Zopf, der ihr bis an die Kniekehlen reichte. Sie nahm ihr schönstes Kleid aus dem Schrank. Als sie aber nach unten blickte und ihre abgetragene Unterwäsche sah, bekam sie einen Schreck. Ihr bronzefarbenes Gesicht färbte sich rot. Nein, so konnte sie nicht als Braut zu ihm kommen. Sie mußte unbedingt etwas Neues und Hübsches anziehen. Der Gedanke gefiel ihr und stimmte sie weich.

Sie trat ans Fenster und ließ den Blick über die Gasse schweifen, als wolle sie Abschied nehmen. Da war die Bäckerei, Kirschas Kaffeehaus, der Laden von Onkel Kamil, der Frisiersalon, die Firma und das Haus von Herrn Husaini. Wohin sie auch schaute, flammten Erinnerungen auf, so wie die Flammen an der Reibefläche der Streichholzschachtel.

Hamida sah wieder zur Firma von Salim Alwan hinüber und erinnerte sich, wie er um ihre Hand angehalten hatte. Für anderthalb Tage durfte sie vom Reichtum träumen, und dann war sie vor Kummer fast zerbrochen, als nichts daraus wurde. Ach, und der unglückselige Abbas al-Hilu. Was würde er wohl tun, wenn er eines Tages aus der Fremde zurückkehrte und von ihr keine Spur mehr fand? Bei der Erinnerung an den Kuß auf der Treppe erstarrte sie. Wie hatte sie das nur zulassen können? Sie hatte genug gesehen und war nun entschlossener denn je.

Zur Mittagszeit kehrte die Mutter zurück. Beim gemeinsamen Essen sagte sie: »Ich habe da eine glänzende Eheschließung in Aussicht. Wenn mir die gelingt, wird uns Allah reichlichen Gewinn schenken.«

Ohne sich im geringsten dafür zu interessieren, erkundigte sich Hamida nach Einzelheiten. Zu oft hatte sie sich so etwas anhören müssen, und dann war die Hoffnung auf den großen Fang zusammengeschmolzen bis auf ein paar Pfundscheine und ein Fleischgericht. Von dem Geld hatte Hamida ohnehin nichts gesehen. Als sich die Mutter nach dem Essen schlafen legte, hockte sich Hamida aufs Sofa und betrachtete sie eingehend. Das war also der Tag, an dem sie von ihr Abschied nehmen mußte. Wahrscheinlich würden sie sich nie wiedersehen. Zum erstenmal fühlte sie einen Anflug von Schwäche. Da lag nun die Frau, die sie aufgenommen und großgezogen hatte, die sie liebte und zu ihr war wie eine richtige Mutter. Gern hätte sie sie zum Abschied geküßt.

Am späten Nachmittag hüllte sie sich in die Milaja und schlüpfte in die Pantöffelchen. Das Herz klopfte wild, die Hände zitterten. Es ging nicht anders, sie mußte das Haus verlassen, ohne sich richtig von der Mutter zu verabschieden. Der Gedanke, daß die Alte völlig ahnungslos war, verstörte sie. Erst beim Hinausgehen sah sie sie an und sagte: »Laß es dir gutgehen...« Die Mutter zündete sich eine Zigarette an und meinte leichthin: »Auf Wiedersehen, und komm nicht zu spät.«

Als sie das Haus verließ, war sie sehr ernst. Zum letztenmal durchschritt sie die Gasse. Von der Sanadiqija-Straße ging sie zur Rurija, und von dort bog sie, nun langsamer gehend, in die Sikka al-Djadida ein. Nach einigem Zögern sah sie sich um. Da stand er, genau an der gleichen Stelle wie gestern. Das Blut schoß ihr ins Gesicht. Jetzt freute er sich bestimmt, daß er recht behalten hatte. Sie blickte schnell zur Seite, hätte aber zu gern gewußt, ob er wieder so frech grinste. Nach einer Weile schaute sie nervös auf. Nein, er lächelte nicht, sondern sah sehr ernst und gefaßt aus. In den Augen lagen sogar Erwartung und Hoffnung. Sie beruhigte sich ein wenig und ging weiter. Als sie dicht bei ihm war, war sie darauf gefaßt, daß er sie ansprach oder ihre Hand nahm. Aber nichts dergleichen geschah, er übersah sie einfach. Erst als sie in einer Straßenbiegung fast zu verschwinden drohte, setzte er sich langsam in Bewegung. Sie begriff, daß er Vorsicht übte und sich des Ernstes der Lage bewußt war. Sie war schon fast am Ende der Sikka al-Djadida, als sie plötzlich kehrtmachte. Besorgt trat er an sie heran und flüsterte: »Warum willst du umkehren?«

Sie hatte Mühe, ihm zu antworten. Nach kurzem Zögern sagte sie: »Die Mädchen von der Fabrik...«

»Wir gehen die Azhar-Straße entlang, da sieht uns niemand.«

Nacheinander schlugen beide diese Richtung ein. Keiner sagte etwas. Erst jetzt wurde ihr richtig bewußt, daß sie sich mit dieser kurzen Antwort endgültig entschieden und sich ihm ausgeliefert hatte. Schweigend erreichten sie den Königin-Farida-Platz. Sie wußte nicht, wie es weiterging, und blieb stehen. Im nächsten Augenblick hörte sie ihn schon ein Taxi rufen. Der Wagen kam, und er hielt ihr den Schlag auf. Als sie den Fuß hob, um einzusteigen, wußte sie, daß diese Bewegung den Schnitt zwischen zwei Leben markierte.

Als das Taxi anfuhr, begann er hastig zu sprechen, wobei er geschickt ein Beben in die Stimme legte: »Gott allein weiß, wie sehr ich gelitten habe, Hamida. Nicht eine einzige Stunde habe ich heute nacht geschlafen. Du weißt ja gar nicht, wie schlimm Liebe ist. Aber jetzt bin ich glücklich, ja mehr als das, ich bin verrückt vor Freude. O Allah, wie kann ich glauben, was ich sehe? Danke, Geliebte, tausend Dank! Wahre Sturzbäche von Glück sollen dir zu Füßen strömen! Die schönsten Diamanten sollen diesen Hals schmükken.« Er streichelte ihn zärtlich. »Das prächtigste Goldband wirst du am Arm tragen!« Er küßte ihn. »Das herrlichste Rot soll deine Lippen zieren!« Er beugte sich vor und wollte sie küssen, aber sie wandte sich ab, so daß er nur ihre Wange streifte. »Ah, was bist du doch für eine scheue Verführerin!« Er machte eine Pause und fuhr dann lächelnd fort: »Das mühevolle Leben ist nun vorbei. Von heute an sollst du keinen Kummer mehr haben. Selbst die köstliche Last deiner Brüste soll ein seidener Büstenhalter tragen.« Sie hörte gern zu, und wenn sie auch immer tiefer errötete, empfand sie doch keinen Ärger bei seinen Worten. Ihr Körper überließ sich völlig der Bewegung des Autos, mit dem sie der Vergangenheit entfloh.

Als sie vor dem Haus anlangten, das nun ihr Zufluchtsort werden sollte, stiegen sie schnell aus und eilten in die Wohnung. Wie damals lärmten wieder Stimmen hinter geschlossenen Türen. Sie betraten das Zimmer, das sie schon kannte. »Komm«, sagte er lachend, »laß uns gleich deine Milaja verbrennen.«

»Ich habe nichts darunter an«, murmelte sie verlegen. »Richtig so, wir wollen nichts von früher sehen«, antwortete er freudig. Er schob ihr einen Sessel zurecht, blieb selbst aber stehen und ging dann auf und ab. Mitten in der Bewegung ging er auf die Tür neben dem großen Spiegel zu und öffnete sie. Sie sah ein kleines, aber sehr elegant eingerichtetes Schlafzimmer. »Unser Zimmer«, sagte er.

»Nein, nein, ich schlafe hier!«

Er blickte sie nachdenklich an. »Na gut, dann schläfst du dort, und ich werde hier schlafen.«

Im tiefsten Innern war sie fest entschlossen, sich nicht wie ein Schäfchen auszuliefern. Ohne ihren Widerstand voll auszukosten, wollte sie sich nicht ergeben. Er durchschaute das Spiel, lächelte spöttisch und spielte den Gehorsamen. »Gestern, mein Liebling, hast du mich einen Zuhälter genannt. Erlaube mir nun, dir zu sagen, was ich wirklich bin: Dein Liebster ist Direktor einer Schule. Wenn die rechte Zeit gekommen ist, kannst du dort alles lernen.«

25

Husain Kirscha war auf dem Weg zur Midaq-Gasse. Jetzt werden sie alle im Kaffeehaus sitzen, dachte er. Also werden sie mich sehen und meinem Vater, wenn er es nicht mitbekommt, erzählen, daß ich gekommen bin…

Die Nacht brach herein, die Läden waren schon geschlossen. Alles war ruhig, nur im Kaffeehaus lärmte wie immer die abendliche Männerrunde. Husain ging schweren Schritts. Er war bedrückt, sein Gesicht war finster. Er war nicht allein, sondern wurde von einem jungen, etwa gleichaltrigen Burschen und einem Mädchen begleitet. Husain, bekleidet mit Hemd und Hose, trug einen großen Koffer. Auch der andere Junge hatte einen solchen bei sich. Das Mädchen tänzelte leichtfüßig in einem hübschen Kleid neben ihnen her, ohne Mantel oder Milaja. Bei aller Anmut und Eleganz haftete ihr etwas Unechtes an, was darauf hinwies, daß sie ursprünglich aus einer niederen Schicht stammte.

Husain schritt direkt auf das Haus von Radwan al-Husaini zu, ohne das Kaffeehaus zu beachten. Die drei gingen hinein und erklommen die Treppen bis zum dritten Stockwerk. Als Husain an die Wohnungstür klopfte, sah er noch mißmutiger aus. Schritte näherten sich, die Tür wurde ein klein wenig geöffnet, und Husains Mutter fragte grob: »Wer ist da?« In der Dunkelheit hatte sie die vor ihr stehende Gestalt nicht erkannt.

Leise antwortete der Junge: »Husain!« Die Frau traute ihren Ohren nicht und rief überrascht: »Husain? Mein Sohn!« Sie riß die Tür auf, warf sich ihm in die

Arme und küßte ihn. »Du bist zurückgekehrt, mein Sohn, Allah sei Dank! Dank auch dafür, daß er dich wieder zur Vernunft gebracht und dich vor allen Versuchungen bewahrt hat. Komm, betrete dein Elternhaus!« Sie lachte vor Aufregung. »Komm rein, du treuloser Sohn. Wie viele Nächte habe ich schlaflos verbracht! Das Herz ist mir vor Kummer schier zerrissen.«

Willfährig überließ er sich ihren Händen, die ihn streichelten, doch seine Miene hellte sich nicht auf. Er schien ihre große Freude nicht zu teilen. Als sie dicht hinter ihm die Tür schließen wollte, wies er auf die beiden anderen. »Ich habe da jemanden bei mir. Komm rein, Sajida. Tritt näher, Abdu. Mutter, das ist meine Frau und das ihr Bruder.«

Die Mutter war sprachlos. Sie gab den beiden zwar die Hand, schaute aber nur auf den Sohn und sagte: »So, du hast geheiratet! Na, herzlichen Glückwunsch. Du hast wirklich geheiratet, ohne uns zu verständigen? Wie konntest du das ohne deine Eltern tun, wo sie doch noch am Leben sind?«

Unwillig antwortete Husain: »Der Teufel ist eben pfiffig. Ich hatte mich so geärgert, war so wütend. Und da wollte es das Schicksal so.«

Umm Husain nahm die Lampe von der Wand und führte sie in das gute Zimmer. Sie stellte die Lampe aufs Fensterbrett und betrachtete das Gesicht des Mädchens. Verschreckt sagte Husains Frau: »Es hat uns ja so leid getan, daß Sie nicht dabei waren. Aber was sollten wir machen?« Der junge Mann nickte bekräftigend.

Husains Mutter lächelte verkrampft, noch immer hatte sie den Schreck nicht überwunden. Leise murmelte sie: »Seid herzlich willkommen.« Dann blickte sie zum Sohn hinüber und bemerkte erst jetzt, wie bedrückt und finster er aussah. Seit er eingetreten war, hatte er noch kein einziges liebes Wort gefunden. »Hast du dich also doch noch an uns erinnert?« fragte sie tadelnd.

Mißmutig sagte er: »Sie brauchen mich nicht mehr.«

Sie konnte es nicht glauben und ahnte zugleich, daß da eine neue Enttäuschung auf sie zukam. »Sie brauchen dich nicht mehr? Soll das heißen, daß du arbeitslos bist?«

Noch bevor er antworten konnte, ertönte ein Klopfen. Mutter und Sohn schauten sich bedeutungsvoll an. Beide gingen hinaus, und Husain schloß die Zimmertür hinter sich. Im Flur sagte er leise: »Das ist bestimmt Vater, nicht wahr?«

»Ich glaube schon. Hat er dich... ich meine, hat er euch gesehen, als ihr gekommen seid?« Aber Husain antwortete nicht. Entschlossen ging er auf die Tür zu, öffnete sie und stand seinem Vater gegenüber. Der stürzte herein und schrie seinen Sohn an: »Bist du es wirklich? Die anderen haben es mir gesagt, aber ich habe es nicht für möglich gehalten. Warum bist du zurückgekommen?«

Husain sprach leise. »Es sind noch Leute da. Vielleicht ist es besser, in dein Zimmer zu gehen und dort zu sprechen.« Er ging dem Vater voraus, der ihm tobend folgte. Die Mutter zündete die Lampe an und sagte dann warnend und flehentlich: »Im anderen Zimmer sind die Ehefrau deines Sohnes und deren Bruder.«

Verblüfft hob er die schweren Lider. »Was sagst du da, Frau?« Er wandte sich seinem Sohn zu: »Hast du etwa geheiratet?«

Husain ärgerte sich, daß sie ihm die Neuigkeit ohne jede Vorbereitung an den Kopf geworfen hatte. Nun war nichts mehr zu machen. »Ja, Vater, ich habe geheiratet.«

Zornig biß Meister Kirscha die Zähne zusammen und schwieg. Nicht eine Sekunde lang dachte er daran, seinem Sohn Vorwürfe zu machen. Seiner Meinung nach wäre das geradezu eine Sympathiebezeugung gewesen. Also entschloß er sich, die Neuigkeit von der Heirat gar nicht zur Kenntnis zu nehmen. »Das interessiert mich überhaupt nicht. Aber eins möchte ich wissen: Warum bist du zurückgekommen? Warum muß ich mir wieder dein Gesicht ansehen, nachdem mich Allah davon erlöst hatte?«

Husain flüchtete sich in Schweigen. Die Mutter wollte ihm zu Hilfe kommen und sagte mitleidheischend: »Sie haben ihn entlassen, Meister.« Wieder ärgerte sich Husain, daß sie so voreilig war.

Meister Kirscha aber wurde noch wütender und fing so laut an zu brüllen, daß die Mutter schnell die Zimmertür schloß. »Sie haben dich also entlassen! Na und? Ist mein Haus ein Asyl? Warst du es nicht, der uns den Krieg erklärt hat, du großmäuliger Held? Hast du mir nicht so hart zugesetzt, du Hundesohn? Warum kommst du dann zurück? Hau ab und verschwinde! Geh zurück zu deinem ›sauberen Leben‹ mit Wasser und elektrischem Strom! Nun mach schon!«

»Beruhige dich doch, Mann«, versuchte die Mutter ihn zu besänftigen. »Bete zum Propheten.«

Er hob drohend die Hand. »Du verteidigst ihn noch, du Teufelsbrut? Ihr beide seid Ausgeburten der Hölle und verdient es, ausgepeitscht zu werden und im Feuer zu schmoren! Was willst du überhaupt, du Mutter allen Übels? Denkst du etwa, daß ich ihn und seine Familie aufnehmen werde? Haben sie dir vielleicht beigebracht, daß ich ein Zuhälter bin, der sein

Geld nur links und rechts auf der Straße einsammelt? Na, dann sag ich euch gleich, die Polizei ist überall. Gerade gestern erst haben sie vier von meinen Kollegen verhaftet. So Allah will, werdet ihr schlimme Zeiten vor euch haben!«

Die Frau faßte sich in Geduld. Ungewöhnlich freundlich bat sie ihn: »Bete zum Propheten, Meister, und bekenne dich zu Allah, dem Einzigen und Allmächtigen.«

»Und ich soll wohl alles vergessen, was Husain getan hat?«

»Unser Sohn ist eben leichtfertig und auch ein wenig verrückt. Der Teufel hat ihn verführt und vom rechten Weg abgebracht. Er hat doch jetzt keine andere Zuflucht als dich.«

»Ha«, sagte er spöttisch, »das glaub ich dir gern. Außer mir hat er niemanden! So kann er ja auch mit keinem anderen umgehen. Wenn es ihm gutgeht, beleidigt er mich, und wenn es ihm dreckig geht, kommt er wieder an.« Wütend sah er den Sohn an. »Warum haben sie dich denn rausgeschmissen?«

Die Mutter seufzte erleichtert auf. Instinktiv fühlte sie, daß diese Frage das Vorzeichen einer Verständigung war.

»Sie haben auch noch eine Menge anderer Leute entlassen. Es heißt, daß der Krieg bald zu Ende geht.«

»Ach so, der Krieg draußen ist zu Ende, und dafür habe ich ihn jetzt bei mir zu Hause! Warum gehst du denn nicht zu deinen Schwiegereltern?«

»Sie hat niemanden außer ihrem Bruder.«

»Und warum gehst du nicht zu ihm?«

»Den haben sie auch entlassen.«

Kirscha lachte sarkastisch los. »Bitte, bitte, immer herein! Bei so einer feinen Familie, bei der das Schicksal voll zugeschlagen hat, bleibt dir ja nur noch meine

Zweizimmerwohnung. Bravo, das hast du wirklich fein gemacht! Hast du denn nichts gespart?«

Husain blickte bekümmert zu Boden. »Nein, das habe ich nicht.«

»Na, das ist ja prächtig! Da hast du also wie ein König gelebt, mit Strom, Wasser und Nachtbars, und kommst so zurück, wie du angefangen hast, nämlich als Bettler.«

Aufgebracht erwiderte ihm Husain: »Aber sie hatten doch gesagt, daß der Krieg noch lange dauern wird. Es hieß, Hitler würde noch Dutzende von Jahren Widerstand leisten und dann wieder zum Angriff übergehen.«

»Hat er aber nicht. Statt dessen ist er verschwunden und hat den größten aller Einfaltspinsel mit leeren Händen hinterlassen... Und der ehrenwerte Herr da draußen ist ihr Bruder?«

»So ist es.«

»Hervorragend, ganz hervorragend. Das ist ja ein wahrer Segen für deinen Vater. Na, dann bereite mal alles vor, Frau, auch wenn das nur eine armselige und unwürdige Wohnung ist. Aber ich werde natürlich versuchen, sie entsprechend herzurichten und Wasser und Strom legen lassen. Vielleicht kaufe ich auch die Kutsche von Herrn Salim Alwan, damit sie den Herrschaften zur Verfügung steht.« Husain atmete erregt. »Es reicht, Vater, es reicht.«

»Oh, entschuldige, habe ich dich verstimmt? Du bist eben eine sensible Natur, mit feinem Empfinden, die Achtung verdient. Hab Erbarmen mit solch groben, niedrigen Geschöpfen. Schäm dich, Meister Kirscha, mit solchen Herrschaften mußt du wie ein Herr verkehren. Aber bitte, legen Sie doch ab! Und du, Umm Husain, hol die Schätze aus dem Klo und kümmere dich um den Herrn, damit er genug bekommt und sich wohl fühlt.« Husain brachte vor Wut kein Wort heraus, aber der schlimmste Sturm schien vorüber zu sein. ›Herr des Himmels, beschütze uns!‹ dachte Umm Husain. Sie wußte, daß Meister Kirscha gar nicht daran dachte, ihn wieder hinauszuwerfen. Obwohl er wütend war und sich über den Sohn lustig machte, war er doch froh, daß er wieder daheim war. Auch die Sache mit der Heirat fand er nicht so schlimm. Also ließ er nun von ihm ab und murmelte nur noch: »Alles liegt in Allahs Hand, möge er euch verzeihen.« Nach einer Weile fügte er hinzu: »Wie stellst du dir denn nun die Zukunft vor?«

Husain begriff, daß er das Schlimmste überstanden hatte. »Ich hoffe, Arbeit zu finden. Und dann habe ich ja auch noch den Schmuck von meiner Frau.«

Hier horchte die Mutter auf. »Hast du ihr den gekauft?« fragte sie neugierig.

»Etwas habe ich ihr geschenkt und einen Teil ihr Bruder.« Er wandte sich wieder an den Vater. »Ich werde bestimmt Arbeit finden. Mein Schwager Abdu wird sich auch bemühen, etwas zu finden. Auf jeden Fall bleibt er nur ein paar Tage.«

Umm Husain freute sich, daß nun die Ruhe nach dem Sturm eingekehrt war, und wollte die günstige Gelegenheit nutzen. »Na komm, Meister, geh und begrüße die Familie deines Sohnes.«

Sie zwinkerte Husain zu, dem es offensichtlich schwerfiel, den Vater um etwas zu bitten, obwohl er sagte: »Würdest du mir die Ehre erweisen und die beiden begrüßen?«

Der Vater aber grollte ihm noch immer. »Wie kannst du von mir verlangen, diese Ehe anzuerkennen, die ohne meinen Segen geschlossen wurde?« Da Husain nichts erwiderte, stand er murrend auf. Umm Husain öffnete die Tür und eilte voraus. Im anderen

Zimmer begrüßte er die Frau und den Schwager von Husain. Alle lächelten höflich und überspielten damit die Probleme. Meister Kirscha hatte sich zwar dazu durchgerungen, die neue Lage zu akzeptieren, war aber dennoch unschlüssig, ob es richtig oder falsch gewesen war, nachzugeben. Mitten im Gespräch blieb sein Blick an Husains Schwager haften, und er begann, ihn genauer zu mustern. Nicht lange, und all sein Ärger und seine Zweifel wichen einem heftigen Interesse. Er war ein gutaussehender, sympathischer junger Mann. Kirscha verwickelte ihn in ein Gespräch und sah ihn unverwandt an.

Zusehends wurde er freundlicher und aufgeschlossener. Es schien, als habe er die neue Familie ins Herz geschlossen. Noch einmal hieß er sie willkommen und fragte Husain wohlwollend: »Hast du denn keine Möbel?«

»Nur ein Schlafzimmer. Wir haben es bei den Nachbarsleuten untergestellt.«

»Na, dann geh und hole die Sachen.«

Etwas später setzte sich Husain zu seiner Mutter und sprach mit ihr über dieses und jenes. Plötzlich, als sei ihr etwas Wichtiges eingefallen, unterbrach sie ihn mitten im Satz und sagte: »Weißt du überhaupt schon, was geschehen ist? Hamida ist verschwunden!«

Husain war überrascht. »Wie – verschwunden?«

»Na ja, richtig verschwunden.« Umm Husain bemühte sich keineswegs, ihre boshafte Schadenfreude zu verstecken. »Vorgestern ist sie wie immer nachmittags weggegangen, aber nicht zurückgekehrt. Ihre Mutter hat sie bei den Nachbarn, Freunden und Bekannten gesucht, aber vergebens. Dann ist sie zur Polizeiwache in Djamalija und ins Krankenhaus Qasr al-Aini gegangen, aber auch dort fand sich keine Spur von ihr.«

»Was kann ihr denn passiert sein?«

Die Mutter wiegte bedächtig den Kopf und sagte ziemlich überzeugt: »Ich wette, sie ist abgehauen. Irgendein Kerl wird ihr den Kopf verdreht und sie verführt haben, und sie ist mit ihm auf und davon. Hübsch ist sie ja, aber verdorben auch.«

26

Hamida öffnete schlaftrunken die Augen und sah über sich eine strahlend weiße Zimmerdecke. Eine wunderschöne Lampe, eingeschlossen in eine rote Kristallkugel, hing in der Mitte. Für einen Moment war sie verwirrt, erinnerte sich dann aber an alles, was in der letzten Nacht geschehen war. Sie hatte also wirklich ein neues Leben angefangen. Ihr Blick glitt zur Tür hinüber. Sie war noch immer verschlossen, und der Schlüssel lag auf dem Nachttisch, wo sie ihn am Abend hingelegt hatte. Sie hatte ihren Willen durchgesetzt und in diesem Zimmer geschlafen, während er in dem anderen Raum übernachtete. Sie lächelte und schlug die weiche, mollige Bettdecke zurück. Als sie das Nachthemd aus Samt und Seide sah, wurde sie etwas verlegen. Was für eine Kluft trennte sie von ihrem bisherigen Leben!

Durch die geschlossenen Fensterläden drang ein wenig Sonnenschein und hüllte das Zimmer in weiches, sanftes Licht. Es mußte schon spät am Vormittag sein – kein Wunder, denn sie war erst kurz vor dem Morgengrauen eingeschlafen. Ein leichtes Klopfen ertönte. Unwillig blickte sie hinüber, sagte aber nichts und bewegte sich auch nicht. Nach einigen Minuten stand sie auf und ging zum Toilettentisch. Verwirrt von ihrem Äußeren blieb sie wie gebannt vor dem Spiegel stehen.

Das Klopfen wurde stärker. »Wer ist da?« rief sie ungehalten. »Guten Morgen, willst du nicht die Tür aufmachen?« antwortete er.

Schnell blickte sie wieder in den Spiegel, das Haar zerzaust, die Augen vom Schlaf gerötet, die Lider schwer. O Allah, gab es denn hier kein Wasser, damit sie sich wenigstens das Gesicht waschen konnte? Konnte er nicht warten, bis sie sich zurechtgemacht hatte? Erneut klopfte er ungedudig. Ihr fiel wieder ein, wie unruhig sie an jenem Tag gewesen war, als er ihr in der Dirasa begegnet war und sie völlig vergessen hatte, sich zu schminken. Jetzt fühlte sie sich noch viel schlimmer.

Auf dem Toilettentisch standen mehrere kleine Parfumfläschchen, sie sah so etwas zum erstenmal, aber die konnten ihr auch nicht aus der Klemme helfen. Wenigstens wollte sie sich kämmen. Hastig fuhr sie sich mit dem Kamm durchs Haar und wischte sich dann mit einem Zipfel des Nachthemds übers Gesicht. Verärgert seufzte sie auf, nahm den Schlüssel und ging zur Tür. Als ärgerte sie sich über ihre eigene Nachgiebigkeit, zuckte sie verächtlich mit den Schultern und schloß auf. Er stand vor ihr, lächelte sie freundlich an und sagte zärtlich: »Guten Morgen, Titi! Warum hast du mich so lange vernachlässigt? Willst du dich mir nun auch noch den ganzen Tag über entziehen, so wie in der Nacht?«

Ohne ihm zu antworten, trat sie ein paar Schritte zurück. Er folgte ihr, noch immer lächelnd. »Warum sagst du nichts, Titi?«

Titi! Das sollte wohl ein Kosename sein! Ihre Mutter hatte sie wenigstens »Hamadmad« gerufen, wenn sie zärtlich war. Was sollte dieses alberne »Titi«? »Titi!« murmelte sie abweisend vor sich hin.

Er nahm ihre Hände, legte sie in die seinen und bedeckte sie mit Küssen. »Das ist dein neuer Name. Merk ihn dir gut, und vergiß den Namen Hamida. Diese Hamida hat aufgehört zu existieren. Namen, meine Liebste, sind keineswegs etwas Unwichtiges, sie sind alles. Was gilt in dieser Welt mehr als ein guter Name?«

Sie begriff, daß ihr Name für ihn etwas war, was abgelegt und vergessen werden mußte wie ein altes Kleid. Und das stimmte ja auch, sie konnte doch in der Scharif-Pascha-Straße nicht so heißen wie in der Midaq-Gasse. Aber trotzdem beunruhigte es sie, denn damit waren für immer und ewig alle Verbindungen zur Vergangenheit durchschnitten.

Ach, könnte sie nur auch ihre Hände in neue umtauschen, so geschmeidig und fein müßten sie sein wie seine. Auch eine neue Stimme hätte sie gern, weich und zart, nicht mehr so schrill und häßlich... Wie war er bloß auf diesen seltsamen Namen gekommen? »Ein komischer Name«, sagte sie unwillig. »Er hat gar keine Bedeutung.«

Er lachte. »Aber nein, er ist sehr schön. Gerade der Umstand, daß er nichts bedeutet, macht ihn so schön. Wenn er nichts Bestimmtes bedeutet, kann man alles darunter verstehen. Außerdem ist es ein ganz alter Name, den die Engländer und die Franzosen entzükkend finden werden und den sie auch leicht aussprechen können.«

Er sah, daß sie die Augen mißtrauisch zusammenkniff und ihn ansah, als wolle sie über ihn herfallen. »Titi, mein Liebling, bleib ruhig. Wenn es soweit ist, wirst du alles erfahren. Weißt du denn nicht, daß du schon morgen eine wunderschöne und berühmte Frau sein wirst? Diese Wohnung hier wird das Wunder vollbringen. Oder hast du geglaubt, daß Gold und Diamanten vom Himmel herabregnen werden? Nein, meine Liebe, in einer Zeit wie dieser, in der Krieg herrscht, regnet es nur zerrissene Leiber vom Himmel. Mach dich fertig, damit wir die Schneiderin rufen können. Ach nein, entschuldige, ich habe etwas Wichtiges vergessen. Zuerst muß ich dir meine Schule zeigen; du weißt ja hoffentlich noch, daß ich eine Schule leite und keineswegs, wie du meintest, ein Zuhälter bin. Hier, zieh das Kleid an. Und da sind Pantoffeln.«

Er ging zum Toilettentisch hinüber, nahm ein rundes blaues Fläschchen mit einem Metalldeckel, aus dem ein roter, länglicher Stöpsel ragte. Die Seite mit der Öffnung hielt er nahe an ihr Gesicht, drückte auf den Stöpsel und versprühte um ihr Gesicht herum einen starken, wohlriechenden Duft. Hamida erschrak fürchterlich, fand es dann aber angenehm und ließ es sich gefallen. Er zog ihr das Kleid über, schob die Pantoffeln näher und nahm ihren Arm.

Im Flur steuerte er auf die erste Tür auf der rechten Seite zu. Warnend flüsterte er ihr zu: »Wehe, wenn du ängstlich aussiehst oder verlegen wirst. Aber ich weiß ja, daß du mutig bist und dich vor nichts fürchtest.«

Sie sah ihn verwundert an, aber da fuhr er schon fort: »Das ist die erste Klasse, die für orientalischen Tanz.« Er öffnete die Tür, und sie traten gemeinsam ein. Es war ein Raum mittlerer Größe mit einem glänzenden Holzfußboden und fast ohne Möbel. Nur an der linken Seite standen einige Stühle, und in einer Ecke stand ein Kleiderständer. Zwei Mädchen saßen herum, und in der Mitte stand ein junger Mann in einem leichten weißen Seidendjilbab, der in der Taille von einem Gürtel zusammengehalten wurde. Die drei wandten sich ihnen zu und grüßten lächelnd. Laut und gebieterisch sagte Faradj Ibrahim: »Guten Morgen! Das ist meine Freundin Titi.«

Die Mädchen nickten ihr zu. Der junge Mann, der eine brüchige und weibisch-weiche Stimme hatte, säuselte: »Hallo, Schatzi!« Hamida grüßte verwirrt zurück. Besonders seltsam kam ihr der junge Mann vor. Er schielte, sah ein bißchen grob aus und war so um die Dreißig. Aber das konnte täuschen, vielleicht war er auch jünger. Er war stark geschminkt, die Augen waren schwarz umrändert, die Wangen mit Rouge getönt und gepudert. Das krause Haar war mit Vaseline geglättet. Faradj Ibrahim lächelte: »Das ist Susu, der Tanzlehrer.«

Als wollte sich Susu ihr auf seine eigene Weise vorstellen, zwinkerte er den Mädchen zu. Sie begannen auf »Eins« zu klatschen, worauf er mit einer erstaunlichen Leichtigkeit und Biegsamkeit zu tanzen anfing. Es sah aus, als habe er weder Knochen noch Gelenke, er schien aus Gummi zu bestehen. Alles an ihm war in Bewegung, der Hintern, die Taille, der Brustkorb, der Hals und selbst die Brauen. Nur seine Augen blickten etwas schlaff und müde. Um so frecher war aber sein Lächeln, bei dem er seine goldenen Zähne zeigte. Mit einem Zittern, das über den ganzen Körper lief, beendete er die Vorführung und stellte sich kerzengerade hin. Er hatte dem neuen Mädchen zeigen wollen, was es beim Tanzen alles zu lernen gab. »Eine neue Schülerin?« fragte er Faradj Ibrahim.

»Ich denke schon«, antwortete der.

»Hat sie früher schon mal getanzt?«

»Nein, noch nie.«

»Um so besser, Herr Faradj. Wenn sie überhaupt

nichts weiß, ist sie wie feuchter Teig, aus dem ich machen kann, was ich will. Bei solchen, die zwar schon getanzt, aber es nicht von Grund auf gelernt haben, ist der Unterricht äußerst mühselig.« Er sah sie an, reckte dabei den Hals nach links und rechts. »Oder denkst du, daß Tanzen nichts weiter ist als Spielerei, meine Süße? Oh, Verzeihung, meine Liebe. Nein, Tanz ist die schönste Kunst, und für den, der sie beherrscht, öffnet sich das Paradies, ungeachtet all der Plagerei. Guck dir das an...« Er begann plötzlich unheimlich schnell mit den Hüften zu wackeln. Dabei blickte er sie an, als sei er auf seine Leistung stolz. Als er damit aufhörte, forderte er sie auf: »Zieh doch mal das Kleid aus, damit ich deinen Körper sehen kann.«

»Nein, nein, nicht jetzt«, sagte Faradj Ibrahim hastig.

Schmollend streckte er sich. »Genierst du dich etwa vor mir, Titi? Ich bin doch nur deine Schwester Susu! Oder hat dir meine Art zu tanzen nicht gefallen?«

Verzweifelt bemühte sie sich, das Gefühl von Peinlichkeit und Verlegenheit zu unterdrücken. Sie wollte unbedingt ruhig und gelassen wirken, also lächelte sie und sagte: »Großartig hast du getanzt, Susu.«

Er klatschte vor Freude in die Hände. »Du bist ein nettes Mädchen. Weißt du, Titi, das Leben ist so schal und leer. Das Schönste, was man da noch haben kann, ist ein freundliches Wort. Was hat man sonst, und was bleibt einem? Da kauft sich einer eine Büchse Vaseline und weiß nicht einmal, ob er sie noch benützt oder schon seine Erben.«

Sie gingen hinaus und kamen auf den Flur. Als er mit ihr in den nächsten Raum gehen wollte, fühlte er, daß sie ihn anstarrte. Er hielt es für das klügste, nicht darauf zu achten, und sagte lediglich: »Jetzt kommt die Klasse für europäischen Tanz.« Sie folgte ihm schweigend, wußte sie doch genau, daß sie keine Wahl mehr hatte. Die Gegenwart hatte die Vergangenheit überrollt, nun mußte sie sich fügen.

Der Raum, den sie betraten, ähnelte dem ersten. Nur ging es hier viel lebendiger und lauter zu. Von einem Plattenspieler kam fremdartige Musik, die sie schrecklich fand. Jeweils zwei Mädchen tanzten zusammen. Ein elegant gekleideter junger Mann stand etwas im Hintergrund, beobachtete sie prüfend und rief ihnen etwas zu. Als er Faradj Ibrahim bemerkte, grüßte er ihn. Die Mädchen tanzten weiter, guckten aber neugierig und abwägend zu Hamida hinüber. Insgeheim bewunderte sie, wie schön die Mädchen angezogen und geschminkt waren. Gleich waren alle trüben Gedanken verflogen. Das einzige, was ihr Kummer bereitete, war der Umstand, daß sie selbst sich so nichtssagend fand. Sie sah flüchtig zu Faradj Ibrahim hinüber, doch der stand leider ganz ruhig da. In seinen Augen war nur zu lesen, daß er hier der Herr war und zu bestimmen hatte. Als habe er ihren Blick gefühlt, drehte er sich plötzlich um, und sein Gesicht entspannte sich. »Gefällt dir, was du hier siehst?«

»Ja, sehr.«

»Welche Tanzart findest du besser?«

Sie lächelte nur. Nachdem sie noch einen Moment schweigend zugesehen hatten, gingen sie hinaus, um sich noch einen dritten Raum anzusehen. Sie war neugierig geworden, aber kaum hatte er die Tür geöffnet, schreckte sie verstört zurück. Mitten im Raum stand eine nackte Frau. Sie starrte Hamida kurz an und schien nichts weiter wahrzunehmen. Das seltsame war, daß die Frau nackt stehenblieb, so als habe sie gar nicht bemerkt, daß jemand eingetreten war. Ja, mehr noch, sie blieb ganz gelassen und lächelte, als wolle sie die beiden, oder zumindest ihn, begrüßen.

Erst jetzt drangen Stimmen an Hamidas Ohr, und sie wandte sich um. Der Raum war voller Menschen, und links an der Wand standen Stühle. Viele Mädchen saßen hier herum, alle nackt oder zumindest halbnackt. Sie waren sehr hübsch. Unweit der nackten Frau in der Mitte des Raums stand ein Mann in einem eleganten Anzug, der mit einem Zeigestock auf seine Schuhspitzen wies.

Faradj Ibrahim sah, daß Hamida verwirrt war. Um ihr zu helfen, sagte er: »Das ist die Klasse, in der Englisch unterrichtet wird.« Dann bat er den Mann, in seinem Unterricht fortzufahren. Bereitwillig erklärte dieser, daß er gerade dabei war, Vokabeln abzufragen. Er hob den Zeigestock und wies auf das Haar der Nackten in der Mitte. Mit seltsamem Akzent antwortete die: »Hair.« Er zeigte auf die Stirn, und prompt kam die Antwort: »Front.« So ging es weiter, über Brauen, Augen, Nase, von links nach rechts und von oben nach unten. Auf alle seine stummen Fragen antwortete die Nackte mit fremdartigen Worten, die Hamida nie zuvor gehört hatte. Sie war entsetzt. Wie konnte sich diese Frau bloß nackt vor allen hinstellen? Wie konnte Faradj so völlig unbeschwert hinschauen? Ihr wurde siedend heiß, das Blut schoß ihr in die Wangen. Sie blickte schnell zu ihm auf und sah, daß er, zufrieden über die Leistung der klugen Schülerin, zustimmend nickte. »Bravo, bravo«, sagte er schließlich. Und zu dem Mann meinte er: »Zeig mir doch mal eine zärtliche Unterhaltung.«

Der Mann legte den Zeigestock beiseite, näherte sich der Frau und sagte etwas auf englisch zu ihr. Sie antwortete. Einige Minuten redeten sie miteinander fließend in dieser unverständlichen Sprache. Faradj Ibrahim schien begeistert zu sein. »Großartig, wirklich großartig! Und die anderen?« Er deutete auf die

Mädchen, die herumsaßen. »Sie werden allmählich besser«, antwortete der Mann. »Ich erkläre ihnen immer wieder, daß man eine Sprache nicht auswendig lernen, sondern nur durch Übung beherrschen kann. Da sind die Kneipen und Pensionen noch immer die günstigsten Gelegenheiten. Während des Unterrichts korrigiere ich dann nur noch und festige den Wortschatz.«

Faradj betrachtete seine Mädchen und murmelte beifällig: »Genau, du hast völlig recht.« Grüßend nickte er hinüber, nahm Hamida am Arm und ging mit ihr hinaus.

Hamidas Gesicht war versteinert. Sie preßte die Lippen fest zusammen. Ihre Augen verrieten, wie verstört sie war. Am liebsten hätte sie auf der Stelle ihrem Herzen Luft gemacht. Als sie ihr Schlafzimmer betraten, sagte er betont freundlich: »Schön, daß ich dir die Schule gezeigt habe und du einen Eindruck vom Unterricht bekommen hast. Vielleicht erscheint dir das Programm ein wenig hart. Aber du hast ja gesehen, wie gut die Schülerinnen sind, und dabei sind sie keineswegs klüger oder hübscher als du.«

Sie sah ihn kalt und abweisend an. »Willst du etwa, daß ich auch so etwas mache?«

»Aber, Liebling, niemand kann dich zu etwas zwingen.« Er lächelte. »Du verfügst ganz allein über dich. Ich zeige dir nur die Möglichkeiten, wie du dein Glück machen kannst, entscheiden mußt du selbst. Es ist wirklich eine Freude, daß ich so eine kluge Gefährtin getroffen habe, die schnell begreift. Außerdem bist du nicht nur schön, sondern du weißt auch, was du willst. Ich kenne dich durch und durch und kann in dir lesen wie in einem aufgeschlagenen Buch. Ich kann dir mit aller Bestimmtheit voraussagen, daß du bereit sein wirst, Englisch und tanzen zu lernen, und daß du beides in kürzester Zeit beherrschst. Von Anfang an habe ich mit dir offen und ehrlich gesprochen und jede Lüge vermieden. Denn ich liebe dich wirklich. Ich weiß, daß man dir nichts vormachen kann. Also mach, was du willst, Liebling. Versuche, tanzen zu lernen, oder laß es sein, verachte mich oder vergib mir, bleibe oder gehe. Ich habe keine Macht über dich.«

Die lange Rede verfehlte ihre Wirkung nicht. Sie beruhigte sich. Er kam näher, nahm ihre Hand und drückte sie. »Du bist das größte Glück meines Lebens. Du bist bezaubernd und sehr schön.« Er sah ihr in die Augen, nahm ihre ineinandergelegten Hände und küßte die Fingerspitzen, immer zwei auf einmal. Sie ließ es geschehen. Schauer überliefen ihren Körper, ihre Augen glühten. Er nahm sie in die Arme, drückte sie fest an sich und spürte ihre Brüste. Zärtlich glitt seine Hand über ihren Rücken, ihr Kopf lag an seiner Schulter. »Deinen Mund!« flüsterte er. Sie sah auf und öffnete die Lippen. Er küßte sie lange und drängend. Ihre Augen waren geschlossen, als hielte sie ein süßer Schlummer umfangen. Sanft legte er sie nieder, beugte sich über sie und betrachtete ihr vor Erregung gerötetes Gesicht. Wenn er auch einen leidenschaftlichen Eindruck erweckte, so war er durchaus Herr der Lage. Sein Kopf arbeitete weitaus reger als sein Herz. Ihm war eine Idee gekommen. Er stand auf, lächelte verschlagen und sagte: »Langsam, langsam! Jeder amerikanische Offizier zahlt herzlich gern fünfzig Pfund für eine Jungfrau!«

Entsetzt richtete sie sich auf und sprang aus dem Bett. Wie eine zischende Schlange stand sie vor ihm und reagierte instinktiv. Sie holte aus und schlug ihm so heftig ins Gesicht, daß es klatschte. Blitzschnell gab er ihr rechts eine Ohrfeige, und, ehe sie noch alles richtig begriff, schlug er sie links noch einmal.

Ein spöttisches Lächeln lag auf seinen Lippen. Zittern und Beben ergriff ihren Körper, sie warf sich ihm entgegen und krallte die Fingernägel in seinen Hals. Gelassen stellte er sich diesem Angriff und stieß sie nicht weg. Im Gegenteil, er legte seine Arme um sie und drückte zu, als wollte er sie zerquetschen. Ihre Finger wurden schlaffer, glitten herunter und blieben auf seinen Schultern liegen.

27

Dunkelheit lag über der Gasse, tiefe Stille herrschte. Das Kaffeehaus Kirscha hatte schon geschlossen, die abendlichen Gäste waren gegangen. Es war die nächtliche Stunde, in der Zita aus der Bäckerei huschte, um seinen Kontrollgang anzutreten. Als er von der Sanadiqija-Straße nach links in Richtung Husain-Platz abbog, wäre er beinahe mit einer Gestalt zusammengestoßen, die plötzlich aus dem Dunkel aufgetaucht war. Im schwachen Licht der Sterne konnte er kaum das Gesicht erkennen. Als er näher herantrat, erkannte er Doktor Buschi. »Woher kommen denn Sie?« fragte er überrascht.

Ungeduldig und hastig kam die Antwort: »Ich wollte gerade zu dir.«

»Haben Sie wieder welche, die ich zu Krüppeln machen soll?«

»Nein, es ist viel wichtiger«, flüsterte der andere. »Abd al-Hamid at-Talibi ist gestorben.«

Zitas Augen begannen zu leuchten. »Wann? Ist er schon begraben?«

»Heute abend ist er begraben worden.«

Zita hakte ihn unter und ging mit ihm weiter. Um sich Gewißheit zu verschaffen, fragte er: »Finden Sie denn den Weg im Dunkeln?«

»Aber ja! Ich habe bei der Beerdigung genau aufgepaßt und mir einige Markierungspunkte eingeprägt. Außerdem kennen wir beide den Weg ja ganz gut. Wie oft sind wir ihn schon in stockdunkler Nacht gegangen!«

»Und das Werkzeug?«

»Ist sicher verwahrt, bei der Moschee.«

»Ist die Gruft offen oder überdacht?«

»Hinter dem Eingang kommt ein kleiner Raum, der ist überdacht, aber die Gruft selbst liegt in einem offenen Hof.«

»Haben Sie den Verstorbenen gekannt?«

»Nur flüchtig. Er handelte mit Mehl und Mabida.«

»Hatte er ein ganzes Gebiß oder nur ein paar Zähne?«

»Ein ganzes.«

»Befürchten Sie nicht, daß die Familie das Gebiß schon vor der Beerdigung herausgenommen hat?«

»Aber nein, die Leute vom Land sind doch sehr fromm, so was täten sie nie.«

Zita schüttelte bekümmert den Kopf. »Früher, da haben die Leute ihren Toten noch Schmuck ins Grab gelegt.«

Der Doktor seufzte. »Ja, das ist vorbei.«

Ringsum war alles still. Als sie Djamalija erreicht hatten und in Richtung Bab an-Nasr weitergingen, kamen sie an zwei Polizisten vorbei. Zita holte eine halbe Zigarette aus der Tasche, zündete sie an und begann gierig zu rauchen. Doktor Buschi erschrak, als das Streichholz aufflammte, und sagte nervös: »Das ist ja wohl die schlechteste Zeit zum Rauchen.«

Zita scherte sich nicht darum. Wie im Selbstgespräch murmelte er vor sich hin: »Von den Lebenden hat man nichts zu erwarten, und auch die Toten nützen einem herzlich wenig.«

Sie durchquerten Bab an-Nasr, bogen dann nach rechts ab und kamen auf einen schmalen Weg, der auf beiden Seiten von Gräbern gesäumt war. Die Stille hier hatte etwas Beklemmendes und Bedrückendes. Sie hatten ungefähr ein Drittel des Wegs zurückgelegt, als Zita sagte: »Da ist die Moschee.«

Der Doktor sah sich vorsichtig um, lauschte angespannt und schlich dann, jedes Geräusch vermeidend, an die Moschee heran. An der Mauer, dicht am Eingang, suchte er den Boden ab. Schließlich entdeckte er einen großen Stein, schob ihn beiseite und holte einen kleinen Spaten und eine in Stoff gewickelte Kerze heraus. Als er wieder dicht bei Zita war, flüsterte er: »Das Grab liegt in der Nähe des fünften Grabes vor dem Wüstenweg.«

Sie liefen weiter, und Doktor Buschi suchte die linke Reihe ab. Sein Herz klopfte vor Aufregung. Plötzlich verhielt er im Schritt und flüsterte: »Hier!« Er blieb aber nicht stehen, sondern schob seinen Freund weiter. »Die Mauer ist zu hoch, und hier am Weg ist es auch nicht sicher. Das beste ist, wenn wir es von der Wüstenseite her versuchen. Wir steigen dann über die hintere Mauer, denn dort ist das Grab.«

Zita hatte nichts dagegen einzuwenden. Also gingen sie schweigend weiter, bis sie zum Wüstenweg kamen. Zita schlug vor, sich ein wenig hinzusetzen und den Weg zu beobachten, was sie auch taten. Es war stockdunkel, keine Menschenseele war zu sehen. Hinter ihnen dehnte sich, so weit das Auge blicken konnte, die Friedhofsfläche. Obwohl sie solch ein nächtliches Unternehmen nicht zum erstenmal wagten, war der Doktor furchtbar aufgeregt. Sein Herz klopfte wie wild, er konnte nichts dagegen tun. Unentwegt starrte er in die Finsternis, der Mund wurde ihm trocken, seine Nerven waren auf das äußerste gespannt. Zita hingegen saß ganz ruhig da, nichts konnte ihn aus der Fassung bringen. Als er ganz sicher war, daß niemand in Sichtweite war, sagte er: »Lassen Sie das Werkzeug erst mal hier und gehen Sie schon zur hinteren Mauer der Gruft. Ich komme nach.«

Der Doktor stand widerstrebend auf und ging geduckt die Grabreihe entlang. Mühsam tappte er durch die Finsternis, die vom Glanz der Sterne kaum erhellt wurde. Er zählte die Gräber, bis er an das fünfte kam. Vorsichtig sah er sich um und hockte sich hin. Nichts Verdächtiges war zu sehen, kein Laut ertönte. Dennoch wich die Unruhe nicht von ihm, und er wurde immer ängstlicher. Nicht lange, und er sah Zitas Schatten eine Armlänge von sich entfernt. Vorsichtig stand er auf. Zita prüfte die Mauer und flüsterte dann: »Bücken Sie sich, damit ich auf Ihren Rücken steigen kann.«

Der Doktor beugte sich nieder und stützte sich mit den Handflächen auf den Knien ab. Zita sprang hinauf, tastete die Mauer ab, bis er den Rand greifen konnte, dann sprang er leicht und geschickt hinüber. Nachdem er Spaten und Kerze in der hofartigen Fläche der Gruft abgelegt hatte, streckte er die Hände dem Doktor hinüber, damit auch er über die Mauer klettern konnte. Als das geschafft war, verharrten beide in ihrem Schatten und verschnauften ein wenig. Dann hob Zita Spaten und Kerze auf, die er mühelos fand, weil sich seine Augen dem Dunkel schon völlig angepaßt hatten und das schwache Sternenlicht ihm zur Orientierung reichte. Der Hof war recht gut zu erkennen und auch die beiden nebeneinanderliegenden Gräber. Am Hofende gab es eine Tür, die auf den Weg hinausführte, den sie entlanggekommen waren. Zita deutete auf die Gräber und fragte leise: »Welches ist es?«

Dem Doktor schien die Stimme zu versagen, er brachte nur krächzend heraus: »Das rechte.«

Zita trat näher heran, Buschi folgte ihm mit schlotternden Gliedern. Zita bückte sich, zerkrümelte ein wenig Erde und stellte fest, daß sie noch feucht und frisch war. Geräuschlos begann er zu graben und warf die Erde zwischen die weit gespreizten Beine. Er grub und grub, bis er schließlich auf Platten stieß, die die Sarggruft abdeckten. Er schürzte den Djilbab und knotete ihn in der Taille zusammen. Dann packte er die erste Platte und stemmte sie mit aller Kraft hoch. Zusammen mit dem Doktor schleifte er sie beiseite. Das gleiche geschah mit der zweiten Platte.

Befriedigt stellte er fest, daß die Gruft groß genug war, so daß man darin stehen konnte. Er tastete sich die wenigen Stufen hinunter und bedeutete dem Doktor mit einem Zeichen, ihm zu folgen. Schlotternd kam der Doktor herunter und setzte sich, wie immer bei nächtlichen Ausflügen dieser Art, auf die mittlere Stufe. Er zündete die Kerze an und stellte sie auf die unterste Stufe. Als das erledigt war, schloß er die Augen und verbarg den Kopf zwischen den Knien. Er ging nur widerwillig zu den Gräbern. Immer wieder hatte er Zita beschworen, ihm das doch zu erlassen. Aber der hatte darauf bestanden, daß der Doktor bei dieser Arbeit von Anfang bis Ende dabei war. Insgeheim hatte er seine Freude an dessen Furcht.

Die Kerze brannte nun hell genug, um die Gruft auszuleuchten. Zita betrachtete mit unbekümmerter Miene die Leichname, die in Totentücher gewickelt waren und neben- und aufeinander lagen. Wie eine Chronik ließ diese Schichtung den Ablauf der Zeit erkennen, die feierliche Stille sprach beredt vom Eingehen in die Ewigkeit. Zita indes ließ sich von solchen Überlegungen nicht ablenken. Das einzige, was ihn interessierte, war folgendes: Er mußte möglichst rasch den neuen Leichnam herausfinden. Als er ihn gleich am Anfang der Gruft entdeckte, hockte er sich hin und zog das Tuch vom Kopf des Toten. Dann schob er die Lippen auseinander, griff in den Mund und zog das Gebiß heraus. Er steckte es in die Tasche und deckte den Kopf wieder zu.

Als er wieder bei den Stufen war, saß der Doktor noch immer mit dem Kopf zwischen den Knien da. Zita grinste spöttisch und murmelte: »Los, stehen Sie auf!«

Doktor Buschi hob den Kopf, pustete die Kerze aus und eilte, als wollte er fliehen, die Stufen hinauf. Zita wollte auch nach oben, aber als er auf der letzten Stufe war, hörte er einen grellen Schrei und danach Buschis Stimme, der winselnd flehte: »Habt Erbarmen!«

Zita blieb wie angenagelt stehen und zog sich dann ganz langsam zurück. Er wußte nicht, was er machen sollte. Er ging noch einige Schritte zurück, stieß aber an einen Leichnam. Da fiel ihm ein, daß er nur entkommen konnte, wenn er sich zwischen die Leichname legte. Aber noch bevor er sich umdrehen konnte, fiel gleißendes Licht in die Gruft. Es blendete ihn so stark, daß er die Augen schließen mußte. Im gleichen Moment ertönte eine Stimme mit oberägyptischem Akzent: »Komm rauf oder ich schieße!«

Verzweiflung überkam ihn, und er gab auf. Wie befohlen, stieg er hinauf. An das goldene Gebiß in seiner Tasche dachte er nicht mehr.

Die Nachricht von der Verhaftung Doktor Buschis und Zitas am Grab at-Talibis verbreitete sich in der

Gasse erst am Nachmittag des darauffolgenden Tages. Die Leute waren erschüttert und völlig durcheinander. Immer wieder erzählte man sich, was geschehen war. Frau Sanija Afifi aber stieß, kaum daß sie davon gehört hatte, vor Entsetzen ein Klagegeheul aus. Sie riß das goldene Gebiß aus ihrem Mund und warf es weg. Hysterisch schlug sie sich auf die Wangen und fiel dann in Ohnmacht. Ihr Ehemann, der gerade im Badezimmer war, bekam einen fürchterlichen Schreck. Schnell warf er sich den Djilbab über und eilte ihr zu Hilfe.

28

Onkel Kamil schlief wie immer auf dem Stuhl, den er auf die Ladenschwelle gestellt hatte. Der Kopf lag ihm auf der Brust, der Fliegenwedel ruhte in seinem Schoß. Als er ein Krabbeln auf seiner Glatze spürte, wachte er auf und hob die Hand, um die vermeintliche Fliege zu verscheuchen. Aber da stieß er an die Hand eines Menschen. Ärgerlich faßte er zu und schnaufte mißmutig. Er hob den Kopf, um zu sehen, welcher Blödian es komisch fand, ihn aus seinen schönsten Träumen zu reißen. Vor ihm stand Abbas al-Hilu! Verblüfft starrte er ihn an und traute seinen Augen nicht. Er wollte aufstehen, aber Abbas legte ihm die Hände auf die Schultern und ließ das nicht zu. Statt dessen beugte er sich hinunter und umarmte ihn heftig. Ein ums andere Mal rief er aufgeregt: »Wie geht es dir, Onkel Kamil? Was machst du so?«

Onkel Kamil konnte vor Rührung kaum antworten. »Mein lieber Abbas«, brachte er schließlich heraus, »herzlich willkommen! Wie geht es dir? Hast mich ganz schön allein gelassen, du Mistkerl!«

Lachend stand Abbas vor ihm, und Onkel Kamil schaute liebevoll zu ihm auf. Der Bursche trug ein weißes Hemd und graue Hosen, sein Kopf war unbedeckt, sein Gesicht von frischer Farbe – rundum gesund und hübsch sah er aus. Bewundernd lag Onkel Kamils Blick auf ihm. »Donnerwetter, Johnny«, sagte er schließlich, »siehst du gut aus!«

Fröhlich lachte Abbas auf. »Thank you, von heute an wird Scheich Darwisch nicht mehr der einzige sein, der in englisch kauderwelscht!« Er ließ den Blick umherschweifen. Da war sein alter Laden, der neue Besitzer rasierte gerade einen Kunden. Liebevoll nahm er jede Einzelheit wahr. Dann schaute er zu dem Fenster hinüber, das noch immer, wie schon bei seiner Ankunft, geschlossen war. Ob sie wohl zu Hause war? Vielleicht war sie ausgegangen... Was für ein Gesicht würde sie wohl machen, wenn sie die Tür öffnete und er davorstand? Bestimmt würde sie ihn ganz verwirrt ansehen, und er würde sie in ihrer vollen Schönheit bewundern. Das wird der glücklichste Tag meines Lebens werden, dachte er.

Onkel Kamils Stimme brachte ihn in die Wirklichkeit zurück. »Hast du aufgehört, dort zu arbeiten?«

»Nein, nein. Ich habe nur ein bißchen Urlaub genommen.«

»Hast du schon gehört, was dein Freund Husain Kirscha gemacht hat? Er ist von zu Hause abgehauen und hat dann einfach geheiratet. Als sie ihn dann bei der Armee entließen, kam er zurück und brachte auch noch seine Frau und seinen Schwager mit.«

»So ein Pech«, sagte Abbas bekümmert. »Sie schmeißen jetzt viele Leute raus. Und was hat Meister Kirscha dazu gesagt?«

»Oh, der schimpft und jammert in einem fort. Aber der Junge und seine Familie wohnen trotzdem bei ihm.« Er schwieg einen Moment. Aber dann schien ihm noch etwas Wichtiges eingefallen zu sein, denn hastig fuhr er fort: »Und hast du schon gehört, daß Doktor Buschi und Zita im Gefängnis sind?« Er erzählte ihm alles haarklein.

Das Gesicht von Abbas verfinsterte sich. Was Zita betraf, so traute er ihm die gräßlichsten Verbrechen zu. Aber daß Doktor Buschi so etwas Abscheuliches tun konnte, wunderte ihn. Ihm fiel ein, daß er ja auch ihm angeboten hatte, ihm nach seiner Rückkehr ein Gebiß einzusetzen. Angewidert verzog er die Lippen.

Aber Onkel Kamil wußte noch mehr Neuigkeiten. »Frau Sanija Afifi hat übrigens geheiratet.«

Unwillkürlich wollte Abbas antworten: ›Dann bist du ja auch bald an der Reihe!‹ Nur mußte er sofort an Hamida denken, und da ihm das Herz vor Aufregung klopfte, sagte er lieber gar nichts. Dabei hatte er oft tagelang nicht an sie gedacht...

Onkel Kamil hatte nicht bemerkt, daß Abbas nachdenklich geworden war. Offensichtlich träumte er schon wieder vor sich hin, von Hochzeiten vielleicht und anderen schönen Dingen. Abbas trat ein wenig zurück und sagte: »Na dann auf Wiedersehen und bis bald!«

Onkel Kamil sah auf. Ob diese Nachrichten vielleicht zuviel für Abbas gewesen waren? »Wo willst du denn hin?«

»Ins Kaffeehaus, um die anderen zu begrüßen.«

Onkel Kamil stützte sich mit den Händen auf den Knien ab und stand schwerfällig auf, um ihn zu begleiten. Da es erst Nachmittag war, trafen sie nur Meister Kirscha und Scheich Darwisch an. Abbas begrüßte Kirscha, der ihn herzlich willkommen hieß, und schüttelte dem Scheich die Hand. Der alte Mann blickte ihn lächelnd an, sagte aber nichts. Je länger sich Onkel Kamil den jungen Mann ansah, um so bedrückter und trauriger wurde er. Die ganze Zeit über überlegte er schon, wie er ihm die schlimme Nachricht mitteilen sollte. »Kommst du noch ein wenig in meinen Laden mit?« fragte er schließlich bittend.

Abbas zögerte. Er wollte dem Freund die Bitte nicht abschlagen, aber eigentlich wollte er nun schnell den Besuch machen, auf den er monatelang voller Ungeduld gewartet hatte. Schließlich sagte er sich aber, daß Onkel Kamil ein lieber Freund war und daß nichts dagegensprach, noch eine kurze Zeit mit ihm zu verbringen. So kehrten sie zum Laden zurück und setzten sich dort dicht nebeneinander.

Abbas überspielte seine Ungeduld, indem er fröhlich lächelte und zu plaudern anfing. »Man lebt ganz herrlich in Tall al-Kabir. Arbeit gibt es immer, und man verdient auch gut. Ich lebe ziemlich bescheiden, nicht viel anders als hier in der Gasse. Warum sollte ich das Geld verschleudern? Nur ab und zu habe ich Haschisch geraucht, das ist dort so normal wie Wasser und Luft. Hier, schau mal, das habe ich gekauft...« Er zog eine kleine Schachtel aus der Hosentasche und öffnete sie. Es war eine Goldkette mit einem kleinen Herzen als Anhänger. Mit glänzenden Augen sprach er weiter: »Hamidas Hochzeitsgeschenk! Oder weißt du es noch nicht? Ich will während des Urlaubs heiraten.«

Er wartete auf eine Antwort, aber Onkel Kamil schwieg beharrlich und starrte zu Boden, als habe er vor irgend etwas Angst. Erst jetzt fiel dem jungen Mann auf, wie niedergeschlagen und bedrückt der Freund aussah. Dabei gehörte Onkel Kamil keineswegs zu den Leuten, die einen Kummer lange verbergen können; man konnte ihm am Gesicht ablesen, was in seinem Innern vorging.

Abbas wurde unruhig, sein Gesicht verfinsterte sich. Er schloß die Schachtel und steckte sie ein. Aufmerksam schaute er Onkel Kamil an und fürchtete, daß irgendeine schlimme Enttäuschung, auf die er nicht gefaßt war, seine ganze Freude zerstören könnte. Der Gedanke tat ihm weh, aber was sollte denn Schreckliches passiert sein? Aber kündigte das Schweigen von Onkel Kamil etwa kein Unheil an? Er hielt es nicht länger aus und fragte ihn argwöhnisch: »Was hat du, Onkel Kamil? So kenne ich dich gar nicht. Warum bist du so verändert? Warum schaust du mich nicht an?«

Onkel Kamil hob langsam den Kopf und sah ihn traurig an. Er machte den Mund auf, wollte etwas sagen, schaffte es aber nicht. Abbas war nun vollends verstört, sein Herz prophezeite ihm Unglück. Schon brachte die aufsteigende Verzweiflung all seine Freude und Hoffnung zum Erlöschen. Er wollte alles wissen. »Was verbirgst du mir, Onkel Kamil?« rief er entschlossen. »Was wolltest du sagen? Irgend etwas bohrt doch in dir! Bring mich nicht um mit deinem Zögern! Hamida? Bei Allah, ist etwas mit Hamida? Sag es mir und quäle mich nicht länger! Gib dir einen Ruck und sag mir alles!«

Ganz leise fing der Onkel zu sprechen an. »Sie ist weg. Sie ist nicht mehr hier. Sie ist verschwunden. Keiner weiß, wo sie ist.«

Voller Entsetzen hörte Abbas zu, und wenn er auch jedes Wort genau verstanden hatte, so war es doch, als ob der Sinn hinter einer dichten Dunstwolke verborgen lag. Es kam ihm vor, als sei er in eine Welt fiebrigen Wahns eingedrungen. Er bebte am ganzen Körper und fragte drängend: »Was bedeutet das alles? Ich verstehe überhaupt nichts! Sie ist nicht mehr hier? Verschwunden soll sie sein?«

»Du mußt stark sein, Abbas! Allah weiß, wie leid mir das tut und wie traurig ich bin. Von Anfang an habe ich mir Sorgen um dich gemacht. Aber was sollte ich tun? Hamida ist einfach verschwunden, niemand weiß etwas. Wie immer ist sie eines Nachmittags ausgegangen und nicht zurückgekehrt. Man hat sie überall gesucht, aber vergebens. Wir haben die Polizeiwache in Djamalija verständigt und auch im Krankenhaus nachgefragt. Nirgendwo fand sich eine Spur von ihr ...«

Niedergeschlagen starrte Abbas vor sich hin, ohne sich zu rühren. Wie versteinert saß er da, sah keinen Ausweg und kein Entrinnen. Hatte ihm sein Herz nicht ein drohendes Unheil angekündigt? Jetzt war es wahr geworden. Aber wie konnte das sein? Hatte der Freund wirklich gesagt, daß sie verschwunden war? Konnte ein Mensch einfach verlorengehen wie eine Nadel oder eine Münze? Wenn er wenigstens gesagt hätte, sie sei gestorben oder habe geheiratet, dann hätte das Entsetzen irgendwann ein Ende gefunden. Sicher, er wäre verzweifelt gewesen, aber das hätte er besser überstanden als diese Ungewißheit, diese Zweifel, diese Ratlosigkeit... Was konnte er jetzt tun?

Er sprang auf. Zitternd vor Wut brüllte er los: »Hamida ist also verschwunden! Und was habt ihr getan? Gut, ihr habt die Polizei verständigt, ihr wart im Krankenhaus – Allah möge es euch vergelten! Aber dann, was war dann? Ihr habt weitergelebt, als wäre nichts geschehen. Für euch war damit die Sache erledigt! Du bist wieder in deinen Laden gegangen, und ihre Mutter hat wieder an die Türen irgendwelcher Bräute geklopft. Die Sache mit Hamida war erledigt und damit auch ich. War es nicht so? Erzähl mir noch einmal alles ganz genau, alles, was du weißt! Wie sie verschwunden ist und wann das gewesen ist!«

Onkel Kamil war völlig verwirrt, als er seinen Freund so aufgebracht und wütend sah. Kleinlaut sagte er: »Ungefähr zwei Monate ist das jetzt her. Es war fürchterlich, alle waren entsetzt. Allah weiß, wir haben keine Mühe gescheut und sie wirklich überall gesucht. Es war nichts zu machen!«

Abbas schlug zornig die Hände zusammen. Vor Erregung war sein Gesicht blutrot, seine Augen traten noch mehr hervor als sonst. »Aha, also vor zwei Monaten«, wiederholte er, als spräche er mit sich selbst. »O Allah, das ist ja schon ewig her! Dann gibt es keine Hoffnung mehr. Gestorben? Ertrunken? Wer könnte mir das jetzt noch sagen. Und was erzählen sich die Leute darüber?«

»Sie haben zuerst an alles mögliche gedacht, aber dann hielten sie es für das wahrscheinlichste, daß sie einen Unfall gehabt hat. Jetzt spricht keiner mehr darüber.«

»Na klar«, grollte Abbas. »Es ist ja auch nicht ihre Tochter! Sie sind nicht einmal verwandt mit ihr, selbst ihre Mutter ist nicht... Was könnte ihr nur geschehen sein? In diesen zwei Monaten war ich der glücklichste Mensch und habe nur davon geträumt, wie schön alles wird. Aber siehst du, so ist es. Da träumt ein Mensch von seinem Glück und ist fröhlich, und dabei lauert schon das Unglück und macht sich lustig über ihn, weil es grausam zuschlagen und ihn brutal zerstören wird. Vielleicht habe ich gerade mit Freunden munter drauflosgeschwatzt, während sie von einem Auto zerrissen wurde oder verzweifelt gegen die Fluten des Nils kämpfte, die sie hinabzogen. Schon zwei Monate! Oh, Hamida! Alles liegt bei Allah, alle Macht und Stärke sind bei ihm...«

Er erhob sich. »Lebe wohl.«

»Wo willst du hin?«

»Ich gehe zu ihrer Mutter«, antwortete er müde. Als er seinen Urlaub antrat, war er vor Freude fast aus der Haut gefahren. Nun aber war er gebrochen und kraftlos. Er preßte die Lippen zusammen, sein Schritt stockte. Noch einmal wandte er sich um und sah Onkel Kamil, dem die Tränen übers Gesicht liefen. Da konnte er nicht anders, er lief zurück, warf sich ihm voller Verzweiflung in die Arme und schluchzte wie ein Kind.

Zweifelte er aber nicht daran, daß sie einfach so verschwunden war? Kam nicht auch bei ihm Argwohn auf, so wie bei allen Liebenden in so einem Falle? Sicher, auch bei ihm meldeten sich Zweifel, nur wehrte er sich dagegen und schob sie beiseite. Vertrauensselig, wie er war, glaubte er bei allem nur das Beste. Er gehörte zu den wenigen Menschen, die in ihrer Gutmütigkeit für andere immer eine Entschuldigung finden und auch für die schlimmsten Dinge eine Erklärung suchen. Die Liebe hatte ihn sogar noch gütiger und duldsamer gemacht. Eifersucht oder Zweifel an Hamidas Aufrichtigkeit fanden in seinem Herzen keinen Platz. Für ihn war sein Mädchen das vollkommenste Geschöpf dieser Welt, auch wenn er noch nicht viel erlebt hatte. Nie hätte er an ihr gezweifelt, und kein Schatten von Verdacht konnte sein Bild von ihr verdunkeln.

Noch am selben Tag ging er zu ihrer Mutter. Aber auch sie konnte ihm nur berichten, was er schon von Onkel Kamil wußte. Mit tränenerstickter Stimme erzählte sie ihm, daß ihre Tochter nur an ihn gedacht und ungeduldig seine Rückkehr erwartet hatte. Das machte ihn nur noch trauriger, und so verließ er sie genauso bedrückt, wie er gekommen war. Mit bleiernen Füßen ging er weiter und weiter und ließ die Gasse hinter sich.

Der Tag neigte sich dem Ende zu, und die untergehende Sonne tauchte alles in ein kaltes Gelb. Es war genau die Stunde, zu der er sie damals immer gesehen hatte, wenn sie ihren gewohnten Spaziergang unternahm. Ohne etwas von seiner Umgebung wahrzunehmen, lief er weiter und beschwor ihren Anblick herauf. Er sah sie vor sich, eingehüllt in die schwarze Milaja, und sie sah ihn fragend an mit ihren schönen großen Augen. Dann stürmten Erinnerungen auf ihn ein, er dachte an die letzte Begegnung, den Abschied auf der Treppe. Er seufzte tief und voller Trauer. Wo mochte sie jetzt wohl sein? Was tat sie? Was hatte Allah mit ihr vor? Lebte sie noch, oder ruhte sie vielleicht schon in einem Armengrab? Wie hatte es geschehen können, daß sein Herz ihm die ganze Zeit über nicht das leiseste Warnzeichen gegeben hatte? Wie konnte er nur sorglos vor sich hin träumen und emsig arbeiten, ohne zu fühlen, daß schon bald all seine Hoffnungen zunichte waren?

Das Gewimmel auf der Straße wurde stärker. Abbas blickte auf. Das war ja Muski, die Straße, die Hamida so sehr geliebt hatte. Alles war wie früher, nur sie gab es nicht mehr. Dabei hatte sie für ihn bis gestern noch die Welt zum Strahlen gebracht. Am liebsten hätte er wieder geweint, kämpfte aber dagegen an. Es war gut gewesen, sich bei Onkel Kamil richtig auszuweinen. Das hatte den schlimmsten Krampf gelöst, und nun erfüllte ihn tiefe, ruhige Trauer.

Die Frage war nun, was er tun sollte. Zur Polizei gehen? Ins Krankenhaus? Aber was konnte das schon nutzen. Sollte er durch die Straßen Kairos ziehen und laut ihren Namen rufen, Haus für Haus durchforschen und an alle Türen klopfen? O Allah, was konnte er tun, das ging doch alles nicht! Sollte er nach Tall al-Kabir zurückgehen und versuchen, alles zu vergessen? Aber was wollte er da noch? Warum sich zwingen? Wozu sich plagen und mühen, um noch mehr Geld zu sparen? Ohne Hamida war das Leben unerträglich und sinnlos.

Er fühlte sich kraftlos und ausgebrannt. Das ganze Leben war ihm ein düsterer Krater geworden, umringt von Wänden der Hoffnungslosigkeit. Früher, da hatte er ein einfaches, klares Leben in festen Bahnen geführt. In der Liebe hatte er dann den wirklichen Sinn des Lebens entdeckt. Nun aber, da er diese Liebe verloren hatte, war alles Lebenswerte dahin. Verloren wie ein Stäubchen im Wind und leidbeladen, wie er war, hätte er vielleicht Schluß gemacht, wenn diese Welt und dieses Leben – selbst in den schwärzesten Zeiten – nicht auf so vielfältige Weise dazu verführten, Unbekanntes zu erfahren. Nur jetzt, in diesem Augenblick, war ihm, als gebe es kein Ziel mehr für ihn.

So irrte er umher, ohne zu wissen, wohin er eigentlich wollte. Plötzlich aber, als er am Ende der Straße Hamidas Freundinnen sah, spürte er, daß er durchaus noch die ihn umgebende Wirklichkeit wahrnahm. Er ging auf sie zu. Zunächst waren sie verwirrt, erkannten ihn dann aber. Ohne lange zu zögern, fragte er: »Guten Abend. Entschuldigt bitte: Erinnert ihr euch noch an eure Freundin Hamida?«

»O ja, natürlich«, antwortete eine von ihnen. »Sie war plötzlich nicht mehr da, wir haben sie nicht mehr gesehen.«

»Und wißt ihr nichts darüber, wohin sie verschwunden ist?«

Ein wenig spitzbübisch meinte eine andere: »Genaueres wissen wir nicht. Nur das, was wir auch ihrer Mutter gesagt haben. Wir haben sie nämlich einige Male mit einem feinen Herrn gesehen, mit dem sie in Muski spazierenging.«

Bestürzt sah er sie an. »Ihr habt sie mit einem Mann gesehen?«

Als die Mädchen merkten, wie schwer ihn diese Antwort getroffen hatte, wich der hämische Ausdruck aus ihren Augen. »Ja, das haben wir gesehen«, sagte eine ganz ernst.

»Und habt ihr das auch ihrer Mutter gesagt?«

»Ja, natürlich.«

Er dankte ihnen und ging weiter. Ganz sicher würden die Mädchen auf dem Nachhauseweg über ihn sprechen. Vielleicht würden sie sich sogar amüsieren über diesen Dummkopf, der nach Tall al-Kabir gegangen war, um Geld für seine Liebste zu verdienen. Die aber hatte sich indes längst einen anderen geschnappt und war mit ihm auf und davon... Wie war er doch blöd! Wahrscheinlich machten sich auch in der Gasse alle über ihn lustig, und Onkel Kamil und Umm Hamida hatten ihm nur aus Mitleid die Wahrheit verschwiegen. Sie konnten ja ohnehin nichts daran ändern. Völlig verstört dachte er: Das habe ich doch vom ersten Augenblick an gespürt... Aber nein, das stimmte nicht. Wohl hatte er ab und zu leise Befürchtungen gehegt, aber nie wirklich an ihr gezweifelt. Er stöhnte auf. O Allah, wie soll ich das begreifen! Ist sie wirklich mit einem anderen durchgebrannt? Also war sie vielleicht gar nicht tot, und ihr war auch nichts passiert... Es war idiotisch gewesen, zur Polizei und ins Krankenhaus zu gehen. Auf die Idee, daß sie glücklich und müde in den Armen eines Mannes ruhte, waren sie nicht gekommen. Aber sie hatte sich ihm doch versprochen, und da sollte sie ihn nun hintergangen haben? Vielleicht hatte sie entdeckt, daß sie ihn doch nicht so sehr mochte. Wie aber hatte sie diesen feinen Herrn kennengelernt? Wann hatte sie sich in ihn verliebt? Woher hatte sie den unglaublichen Mut genommen, einfach mit ihm wegzugehen?

Sein Gesicht war leichenblaß, er fror am ganzen Leib. Mit fiebrig glänzenden Augen schaute er zu den Fensterreihen der Häuser auf. In welchem Haus mochte sie sein, dicht an diesen Mann geschmiegt? Abbas war nicht länger verwirrt und bedrückt, sondern er wurde immer wütender. Eifersucht stieg in ihm auf und preßte ihm das Herz zusammen. Aber noch viel schmerzlicher empfand er die Enttäuschung darüber, daß seine Hoffnung zerstört und sein Idol in den Dreck gezogen worden war. Dünkel und Stolz sind Brennholz für Eifersucht. Und selbst wenn er davon nicht übermäßig geprägt war, so hatten doch seine himmelblauen Träumereien und übersteigerten Hoffnungen das Ihre getan. Nun, da alle Träume und alle Hoffnungen dahingeschmolzen waren, fühlte er nur noch kalte Wut. Ohne daß er es wußte, half ihm das, die bedrückende, lastende Trauer abzuschütteln. Schon begann er daran zu denken, sich eines Tages zu rächen, und wenn er sie nur verächtlich anspucken würde! Ja, stärker als aller Kummer war zuletzt die leidenschaftliche Sucht, Rache zu üben.

Jetzt wußte er, warum sie am Nachmittag so gern spazierengegangen war: Sie wollte sich einfach der hungrigen Meute der Straßenwölfe zum Fraß hinwerfen! Wahrscheinlich war sie nach diesem feinen Pinkel verrückt gewesen, sonst würde sie nicht mit dem herumhuren, statt ihn, Abbas, zu heiraten...

Er biß sich vor Wut auf die Lippe, bis sie schmerzte, und machte kehrt, weil ihm dieses sinnlose Umherirren unerträglich wurde. Als er mit der Hand in die

Hosentasche fuhr, spürte er die Schachtel mit der Halskette. Er lachte höhnisch auf, es klang wie ein Aufschrei. Könnte er sie doch mit dieser goldenen Kette erwürgen! Es war noch gar nicht lange her, als er in dem Schmuckladen diese Kette für sie ausgewählt hatte. Die Erinnerung daran hüllte ihn zunächst wie ein sanfter Lufthauch ein, aber dann fachte sie die Zornesglut in seinem Herzen nur noch mehr an.

29

Kaum hatte Salim Alwan den Vertrag unterschrieben, da erhob er sich hinter seinem Schreibtisch und schüttelte dem vor ihm sitzenden Mann die Hand. »Herzlichen Glückwunsch, Salim Bey! Das ist ein enormes Vermögen.« Der Mann erhob sich und ging hinaus; Salim Alwan sah ihm nach, bis sich die Tür hinter ihm schloß. Dieses Geschäft hatte sich gelohnt. Er war sein ganzes Teelager losgeworden. Nicht nur war der Gewinn beträchtlich, er war jetzt auch die Sorgen los. In seinem Zustand waren ihm die Schwarzmarktgeschäfte lästig geworden.

Bei aller Genugtuung blieb da aber noch ein Rest von Unzufriedenheit. Sicher, er hatte viel Geld eingenommen, aber was sollte er damit? Alles in meinem Leben ist fluchbeladen, dachte er verdrießlich. Mit dem kräftigen, stattlichen Mann von einst hatte er nicht mehr viel Ähnlichkeit, er war ein Schatten seiner selbst. Vor allem machten ihm seine Nerven zu schaffen. Seine Gedanken kreisten nur noch um den Tod. An sich war er nie feige oder kleingläubig gewesen. Aber in seiner seelischen Zerrüttung hatte er den ganzen Mut verloren und war wankend geworden im rechten Glauben. Wenn er sich die letzte Stunde ausmalte, deren Bitterkeit er ja schon während seiner Krankheit zu kosten bekommen hatte, dann spürte er fast körperlich die Qualen, die dem Tode vorausgingen. Da lag man dann, den Schmerzen ausgeliefert, bei jedem Heben und Senken der Brust röchelte man grauenhaft, vor den Augen wurde es finster... Zug um Zug wich das Leben aus dem Körper, und die Seele nahm Abschied vom Leib. War das etwa leicht und mühelos? Der Mensch, so hieß es, wird fast wahnsinnig vor Schmerz, wenn man ihm die Fingernägel herausreißt... Wie soll es ihm da erst ergehen, wenn er den Geist aufgibt?

Diese Schmerzensqual kennt nur der Sterbende, alle anderen können nur die äußeren Anzeichen dieses letzten Schreckens erfassen. Was sich da wirklich abspielt, bleibt das Geheimnis des Toten, er nimmt es für immer mit ins Grab. Zugeschüttet werden damit alle Erinnerungen an die schlimmsten Schmerzen, die diese Welt kennt... Könnte ein Toter nur einmal über diese Folterqualen sprechen, so würde sich kein einziger Mensch auch nur einer heiteren Stunde im Leben erfreuen. Aus Angst würden die Menschen sterben, lange bevor ihre letzte Stunde schlug. Wie oft hatte sich Alwan schon gewünscht, Allah möge ihn zu den Glücklichen zählen, die einem Herzschlag erliegen. Besser kann es einem doch gar nicht ergehen. Man spricht gerade, oder man ißt, steht irgendwo herum oder sitzt bequem, und plötzlich stirbt man und schlüpft zum Tor hinaus in die Ewigkeit. Alwan ahnte, daß er wohl nicht zu diesen Glücklichen gehören würde. Das Sterben seines Vaters und auch das des Großvaters zeigte ihm, was er zu erwarten hatte – ein schreckliches Ringen mit dem Tode, das einen halben Tag andauern würde...

Wer hätte geglaubt, daß dieser glückliche, starke Mann, der angesehene Herr Salim Alwan, solch bedrückenden Ängsten zum Opfer fiel? Aber es war noch viel schlimmer. Nicht nur das Sterben flößte ihm Entsetzen ein, sondern auch der ewige Todesschlaf. Immer wieder mußte er daran denken und malte sich aus, wie einige Empfindungen auch noch nach dem Tod weiterexistierten. Die Leute sagten doch immer, daß die Augen eines Toten durchaus wahrnehmen, wer von der Familie trauernd auf ihn herabschaut. Dann würde er also alles ganz klar sehen und merken, wie das unabänderliche Ende ihn allmählich hinwegtrug. Er würde die Finsternis, Einsamkeit und Fremdheit der Gruft, die Gerippe, Knochen und Leichentücher spüren. Ja mehr noch, er würde fühlen, wie eng es dort ist, und würde sich nach der Welt und seinen Lieben sehnen. Wenn er sich all das vorstellte, preßte es ihm die Brust zusammen, das Herz verkrampfte sich, die Glieder wurden eiskalt, und der Schweiß trat ihm auf die Stirn. Und wenn er dann noch an alles dachte, was mit der Auferstehung zu tun hatte, also an das Jüngste Gericht und die zu erwartenden Strafen... Was für ein weiter Weg war zwischen Tod und Paradies noch zurückzulegen!

So klammerte er sich voller Furcht und Verzweiflung ans Leben, auch wenn es ihm noch so wenig Annehmlichkeiten bot. Der Arzt, den er nach der Genesung wiederholt gefragt hatte, bestätigte ihm immer wieder, er sei von dem Herzanfall und dessen Folgen geheilt, und riet ihm lediglich, vorsichtig und mäßig zu leben. Als er ihm von seiner Schlaflosigkeit und Todesangst erzählte, riet er ihm, einen Nervenarzt aufzusuchen. So zog er nun von einem Facharzt zum anderen, Nerven, Herz, Lunge, Kopf – alles wurde untersucht. Er lernte durch die Krankheit eine ganz eigene

Welt kennen, die genauso groß und weit war wie die der Gesunden, vollgestopft mit Bazillen, Symptomen, Medikamenten. Er, der nie viel von Ärzten und ihrer Medizin gehalten hatte, begann nun seltsamerweise an sie zu glauben. Aber vielleicht gehörte das schon wieder zu den Symptomen seines Nervenleidens.

Sein Leben wurde schließlich zu einer einzigen Hölle selbstzerstörerischer Ängste. In den wenigen Stunden aber, in denen er sie ein wenig abschütteln konnte, benahm er sich, als wolle er es sich gewaltsam mit allen Menschen in seiner Umgebung verderben. So lag er entweder mit sich selbst oder mit anderen im Streit. Die Angestellten der Firma entdeckten sehr bald, daß ihr Chef sich in einen ausgesprochen bösartigen Menschen verwandelt hatte. Der Geschäftsführer, seit fünfundzwanzig Jahren im Betrieb, kündigte ebenso wie viele andere. Die restlichen Arbeiter blieben widerwillig und verängstigt.

Die Leute in der Gasse aber meinten, Alwan sei nicht mehr ganz normal. Husnija hatte voller Schadenfreude gleich eine Erklärung parat: »Daran ist nur die Schüssel Farik schuld, vor der uns Allah bewahren möge!« Als Onkel Kamil ihm eines Tages in bester Absicht anbot, für ihn eine ganz besonders feine Süßigkeit zuzubereiten, damit er wieder richtig auf die Beine käme, schrie Salim Alwan ihn aufgebracht an: »Mach, daß du wegkommst! Bist wohl verrückt geworden, du Tölpel du! Solche Kerle wie du, die strotzen natürlich vor Gesundheit bis an ihr Lebensende!« Onkel Kamil kümmerte sich von da an nicht mehr um ihn.

Die bequemste Zielscheibe für Alwans Spott und Wut war jedoch seine Ehefrau. Ständig hielt er ihr vor, daß nur ihr Neid an seinen körperlichen und seelischen Leiden schuld war. »Da hast du dich aber ganz schön gemein für meine Gesundheit gerächt«, beschimpfte er sie. »Jetzt hast du's geschafft, ich bin erledigt. Möge dir die Ruhe bekommen, du Schlange!« Er wurde immer mißtrauischer und glaubte, sie habe auch längst von seiner Idee, Hamida zu heiraten, erfahren. Solche Dinge blieben selten verborgen, denn immer gab es beflissene Zungen, die sie verbreiteten. Dann war der Gedanke also gar nicht so abwegig, daß sie sich gerächt und etwas für ihn zubereitet hatte, was seine Gesundheit zerstörte...

Nun war er ja schon lange nicht mehr fähig, ein Problem in Ruhe zu überdenken. Also wurde aus dem Verdacht im Nu Gewißheit. Rachegedanken überfielen ihn, und er machte ihr das Leben schwer. Wo er nur konnte, beschimpfte und beleidigte er sie. Daß sie alles geduldig und gehorsam ertrug und immer höflich blieb, reizte ihn noch mehr, denn er wollte sie verzweifelt und heulend sehen. Da gab es nur ein Mittel, und so sagte er ihr eines Tages, so grob er nur konnte: »Ich habe es satt, mit dir zu leben, und will dir nicht länger verschweigen, daß ich wieder heiraten und noch einmal mein Glück versuchen werde.« Die Frau glaubte ihm und war zutiefst getroffen. Sie flüchtete zu den Söhnen und erzählte ihnen, wie schlimm er sie behandelt und was er ihr eröffnet hatte.

Die Söhne waren entsetzt und kamen zu der Überzeugung, daß ihr Vater im Begriff war, eine folgenschwere Dummheit zu begehen. So gingen sie denn eines Tages zu ihm und schlugen ihm vor, im Interesse seiner Gesundheit aufzugeben und sich Ruhe zu gönnen.

Da ihm klar war, welche Ängste sie auf diese Idee gebracht hatten, fuhr er sie mit nie gekannter Grobheit an: »Das ist mein Leben – ich kann damit machen, was ich will. Ich werde so lange arbeiten, wie es mir Spaß macht, also laßt mich mit euren eigensüchtigen Ratschlägen in Ruhe!« Höhnisch lachte er auf und blickte mit glanzlosen Augen von einem zum anderen. »Hat eure Mutter euch etwa nicht erzählt, daß ich mich entschlossen habe, noch einmal zu heiraten? Ja, das stimmt. Sie versucht mich umzubringen, also will ich eine neue Frau, die sich meiner erbarmt. Wenn sich durch diese Heirat die Anzahl eurer Geschwister vergrößern sollte, so bin ich reich genug, um trotzdem alle eure Ansprüche zu befriedigen.« Es folgte die Drohung, daß er sich bei aufsässigem Verhalten nicht mehr um sie kümmern werde, und dann wären sie auf sich allein angewiesen, das heißt auf das, was sie verdienten. »Wie ihr seht«, fügte er ironisch hinzu, »bekomme ich außer widerwärtiger, bitterer Medizin fast gar nichts mehr. Da sehe ich nicht ein, weshalb andere sich mit meinem Geld ein lustiges Leben machen.«

»Wie kannst du nur mit uns, deinen Söhnen, die dich verehren, so hart und grausam reden?« fragte der Älteste verzweifelt.

»Für mich seid ihr die Söhne eurer Mutter!« antwortete er nur bissig.

Er machte seine Drohung wahr und ließ ihnen nichts mehr zukommen. Und da er selbst nicht mehr die berühmten Köstlichkeiten der häuslichen Küche genießen konnte, ordnete er an, daß sie grundsätzlich nicht mehr auf den Tisch kamen. Warum sollten die anderen, vor allem aber seine Frau, sich an feinen Delikatessen gütlich tun, wenn er selbst nicht mithalten konnte? Immer wieder kam er auf seine erneute Heirat zurück; sie wurde zu seinem Lieblingsthema und war, wie er meinte, das wirksamste Mittel gegen die widerliche Geduld und Ausdauer, mit denen sich seine Frau wie mit einem Panzer gegen ihn schützte.

Von Sorge um den Vater erfüllt, setzten sich die Söhne immer wieder zusammen und überlegten, wie sie ihm in dieser schweren Stunde der Heimsuchung helfen konnten. Schließlich schlug der Älteste vor, daß es wohl am vernünftigsten sei, ihn einfach machen zu lassen, bis Gott das Unabänderliche beschloß. Der Rechtsanwalt hatte dagegen etwas einzuwenden und sagte entschieden: »Aber nur, wenn er das mit der Heirat nicht ernst meint. Andernfalls müssen wir etwas unternehmen, um zu verhindern, daß er sich gierigen Mäulern ausliefert.«

Auch für Salim Alwan war Hamidas Verschwinden ein ziemlicher Schock gewesen. Voller Unruhe hatte er die Suche nach ihr verfolgt. Als ihm dann aber das Gerücht zugetragen wurde, sie sei mit einem fremden Mann geflohen, war er völlig durcheinander. Es war ein schlimmer Tag für ihn, niemand durfte ihm zu nahe kommen. Er war am späten Nachmittag nach Hause gegangen und fühlte sich furchtbar elend. Kopfschmerzen hatten ihn geplagt und ihm den Nachtschlaf geraubt. Daß sie einfach mit einem anderen auf und davon gegangen war, versetzte ihn in blindwütigen Haß. Erst als er hörte, daß Abbas al-Hilu aus Tall al-Kabir zurückgekehrt war, legte sich seine Wut. Nach und nach fühlte er immer mehr den Wunsch, den jungen Mann zu sich zu rufen. Abbas kam und durfte sich dicht neben ihn setzen. Freundlich verwickelte ihn Salim Alwan in ein Gespräch, fragte nach diesem und jenem, ohne das Mädchen zu erwähnen.

Abbas freute sich, daß Alwan so nett zu ihm war, er dankte ihm für seine übergroße Aufmerksamkeit und redete freimütig drauflos. Salim Alwan saß gedankenversunken da und sah nur gelegentlich zu ihm auf.

In den ersten Tagen nach Hamidas Verschwinden war nämlich etwas geschehen, was Salim Alwan noch immer beschäftigte. An sich war es eine Kleinigkeit, hatte aber trotzdem die Gasse in Aufruhr versetzt. Salim Alwan war eines Vormittags auf dem Weg zur Firma Scheich Darwisch begegnet. Früher, vor seiner Krankheit, war er dem Scheich sehr zugetan gewesen, hatte ihm Gefälligkeiten erwiesen und Geschenke gemacht. Dann aber war er ihm aus dem Weg gegangen und hatte sich nicht mehr um ihn gekümmert. Als sie sich nun unweit vom Firmentor trafen, hatte der Scheich laut und vernehmlich, aber wie im Selbstgespräch gesagt: »Hamida ist verschwunden!«

Salim Alwan war überrascht. »Na und«, fuhr er ihn an, »was habe ich damit zu tun?«

Aber Scheich Darwisch sprach einfach weiter. »Sie ist nicht einfach verschwunden, sie ist geflohen! Sie ist auch nicht nur einfach geflohen, sondern mit einem Mann durchgebrannt. Im Englischen nennt man das *elopement*. Ich buchstabiere....« Bevor er weitersprechen konnte, hatte Salim Alwan gebrüllt: »Der ganze Tag ist mir verdorben, wenn ich schon am frühen Morgen dein blödes Gesicht sehe, du Idiot! Mach, daß du wegkommst, verfluchter Kerl!«

Wie vom Schlag getroffen, war Scheich Darwisch stehengeblieben. Verängstigt wie ein Kind, dem man mit dem Stock droht, hatte er zu weinen angefangen. Salim Alwan war weitergegangen und hatte gehört, wie das Schluchzen sich zu einem lauten Heulen steigerte. Meister Kirscha, Onkel Kamil und der alte Friseur waren herbeigeeilt und hatten ihn ins Kaffeehaus geführt. Dort hatten sie ihn auf ein Polster gesetzt, ihm gut zugeredet, um ihn zu beruhigen. Meister

Kirscha ließ ihm ein Glas Wasser bringen, und Onkel Kamil streichelte ihn mitleidig und sagte sanft: »Bete zu Allah, Scheich Darwisch, der uns vor allem Schlechten bewahrt. Wenn der Scheich weint, ist das ein schlimmes Zeichen. O Allah, sei uns gnädig!«

Aber der Scheich hatte sich nicht beruhigt. Er zitterte an allen Gliedern, atmete heftig und preßte die Lippen zusammen. Schließlich zerrte er sich den Schlips herunter und stampfte mit seinen Holzschuhen auf den Boden. Die Fenster der umliegenden Häuser wurden geöffnet, neugierige und verwirrte Gesichter zeigten sich, Husnija kam herbeigelaufen.

Salim Alwan konnte das Heulen bis in sein Büro hören. Er war noch immer wütend und fragte sich verärgert, wann es endlich verstummen würde. Schließlich entschied er, es einfach zu ignorieren, aber das gelang ihm nicht. Ihm war, als gelte es nur ihm, die ganze Welt schien seinetwegen zu weinen und zu klagen. Da ließ sein Zorn nach, und ganz zart regten sich in seinem Herzen die verkümmerten Triebe von Mitleid und Reue. Hätte er doch seine Wut unterdrückt, anstatt ausgerechnet den ehrwürdigen Scheich zu beschimpfen!

Schweren Herzens entschloß er sich, seinen Stolz zu überwinden. Er ging ins Kaffeehaus, trat zu dem Weinenden, legte ihm sanft die Hand auf die Schulter und sagte mit aufrichtigem Bedauern: »Scheich Darwisch, verzeihen Sie mir.«

30

Abbas al-Hilu hatte sich in Onkel Kamils Wohnung zurückgezogen. Als es klopfte, war er froh, daß man ihn aus seinen trüben Gedanken riß. Er stand auf und öffnete. Vor ihm stand Husain Kirscha, wie immer gut angezogen und mit strahlenden Augen. »Was ist los mit dir?« schimpfte er. »Da bist du schon den zweiten Tag in der Gasse und hast mich noch nicht besucht! Wie geht es dir?«

Abbas reichte ihm freudig die Hand zum Gruß. »Und dir? Sei nicht böse, ich war einfach zu müde. Ich habe dich keineswegs vergessen. Komm, gehen wir ein Stückchen zusammen spazieren.«

Sie traten hinaus. Abbas hatte Kopfschmerzen, er hatte in der Nacht kaum geschlafen und den ganzen Tag über gegrübelt. Er spürte, wie schwer seine Augenlider waren. So erregt wie am Vortag war er allerdings nicht mehr. Der Zorn, der ihn an die Grenze des Wahnsinns getrieben hatte, war verflogen, die blutigen Rachegefühle hatten sich gelegt. Tiefe Trauer und finsterste Verzweiflung hatten sich seiner bemächtigt.

»Hast du schon gehört, daß ich gleich nach deiner Abreise von zu Hause weggegangen bin?«

»Ach ja?«

»Ich habe geheiratet und ein wunderbares Leben geführt.«

Abbas, der sich kaum dafür interessierte, legte bewußt ein wenig Anteilnahme in die Stimme: »Das ist ja großartig. Allah sei's gedankt. Herzlichen Glückwunsch!«

Aber Husain wurde nur wütend, stampfte mit den Füßen auf und schrie mitten im Getriebe der Rurija-Straße: »Verdammter Mist! Sie haben mich entlassen, also mußte ich wieder zurück in die Gasse. Und du, haben sie dich auch gefeuert?«

»Aber nein, ich habe nur ein paar Tage Urlaub.«

»Da habe ich dich gedrängt, dort zu arbeiten, jetzt hast du Arbeit, und ich lungere herum!« Bei diesen Worten lachte er kurz auf, um darüber hinwegzutäuschen, daß er neidisch war.

Abbas, der durchaus wußte, wie egoistisch Husain veranlagt war, lenkte ein. »Es ist ja sowieso bald alles zu Ende. Uns hat man das auch schon gesagt.«

Husain war sichtlich erleichtert. »Aber wieso ist der Krieg so schnell vorbei? Wer hätte das gedacht!«

Abbas schüttelte nur den Kopf. Ihm war es gleich, ob Krieg war oder nicht, ob man ihn behielt oder ihm kündigte. Ihn interessierte überhaupt nichts mehr, wenn er sich auch ein wenig über Husain ärgerte. Aber er fand es immer noch angenehmer, mit ihm zu reden, als ganz allein zu sein und zu grübeln. Außerdem wußte er seit Jahren, daß man Husain zuhören mußte, wenn man ihn nicht verärgern wollte.

»Warum ist der Krieg bloß so schnell vorbei? Alle hatten doch gehofft, daß Hitler noch lange weitermacht. Für uns ist es schlimm, daß er zu Ende ist.«

»So ist es.«

»Wir sind wirklich übel dran!« klagte Husain. »Elendes Land, elende Menschen! Ist es denn nicht zum Heulen, daß wir nur dann ein wenig Glück finden, wenn sich die Welt in einem blutigen Krieg aufreibt? Nur der Teufel hat Erbarmen mit uns!« Er schwieg eine Weile, während sie sich den Weg durch das Gedränge in der Sikka al-Djadida bahnten. Es dunkelte. Husain seufzte tief. »Dabei habe ich mir so sehr gewünscht, als Soldat zu kämpfen. Stell dir bloß mal vor, wie schön es wäre, ein Held zu sein, mitten im Getümmel zu kämpfen und von Sieg zu Sieg zu stürmen! Wenn man so im Flugzeug oder im Panzer säße und alles miterlebte: angreifen, töten, fliehende Frauen gefangennehmen... Geld hätte man in Hülle und Fülle, man könnte sich besaufen und so richtig über die Stränge schlagen... So was nenne ich Leben! Wärst du denn nicht auch gern Soldat?«

Was Abbas betraf, so zitterten ihm schon die Knie, wenn er nur die Sirene hörte. Er gehörte zu den eifrigsten Benutzern des Luftschutzkellers. Wie hätte er sich da wünschen sollen, Soldat zu sein! Natürlich hätte er sich gefreut, wenn er etwas mutiger wäre, weil er sich dann leichter an denen rächen könnte, die ihm unrecht taten. Dennoch hielt er es für geraten, Husain recht zu geben, und so sagte er nur: »Wer wünschte sich das nicht?« Er sah auf. O Allah, würde es jemals so sein, daß er mit dieser Straße keine Erinnerungen mehr verband? Hier, dieser Bürgersteig, er trug noch alle Spuren ihrer niedlichen, kleinen Füße... Die Luft war noch immer von ihrem süßen Atem getränkt... Ihm war, als sehe er sie vor sich, wie sie aufrecht einherstolzierte. Würde er das jemals vergessen können? Im nächsten Augenblick ärgerte er sich aber, daß er einem Menschen, der seiner nicht würdig war, so nachtrauerte. Er preßte die Lippen zusammen und blickte finster drein. Als in ihm wieder Wut aufkam, sagte er sich, daß er darüber hinwegkommen mußte. An jemanden, der ihn verraten hatte, durfte er nicht mehr denken. Andernfalls würde er bei dem Gedanken, daß sie in diesem Augenblick wohlig in den Armen seines Widersachers lag, vor Schmerz oder auch vor Wut zugrunde gehen.

Husains Stimme riß ihn aus diesen schwermütigen

Gedanken. »Da ist das Judenviertel«, sagte er und boxte ihn in die Seite. »Kennst du hier nicht die Vita-Bar? Oder hast du in Tall al-Kabir etwa keinen Schnaps getrunken?«

»Nein«.

»Wie hast du denn mit den Engländern verkehrt, ohne zu saufen? Was bist du bloß für ein blöder Hammel! Dabei ist Alkohol unheimlich anregend und gut für den Verstand. Na los, komm!« Er hakte ihn unter und bog mit ihm ins Judenviertel ein.

Die Vita-Bar lag gleich am Anfang, auf der linken Seite, sie ähnelte einem schäbigen Laden. Es war ein mittelgroßer Raum mit einer Theke, die sich an der rechten Wand entlangzog und mit einer Marmorplatte bedeckt war. An der Wand hing ein Flaschenbord. Weiter hinten im Raum stand ein dickes Faß. An der Theke, auf der Gläser und Schalen mit Nüssen standen, drängten sich Leute aus dem Viertel, vor allem Kutscher und Arbeiter. Einige hatten keine Schuhe an und waren nur mit einer Hose bekleidet, so daß sie fast wie Bettler aussahen. An den wenigen Holztischen saßen ein paar Strolche, die nicht mehr so recht stehen konnten, weil sie entweder zu alt oder zu betrunken waren. Husain hatte einen freien Tisch entdeckt, zu dem er seinen Freund zerrte.

Als sie saßen, schaute sich Abbas um. Inmitten des Lärms und Geschreis verging ihm jegliche Lust, etwas zu sagen. Plötzlich blieb sein Blick an einem Jungen hängen. Er war ungefähr vierzehn Jahre alt, klein und sehr dick. Gesicht und Djilbab waren voller Schmutz. Er war barfuß. Genüßlich trank er aus einem vollen Glas, obwohl er schon so betrunken war, daß er den Kopf kaum noch aufrecht halten konnte. Entsetzt machte Abbas den Freund auf den Burschen aufmerksam.

»Ach der«, meinte Husain gleichgültig. »Das ist Auqal, der Zeitungsjunge. Tagsüber verkauft er seine Blätter, und abends betrinkt er sich. Er ist noch jung, aber von ihm könnte sich mancher Mann eine Scheibe abschneiden. Guck ihn dir ruhig an, du Grünschnabel!« Er beugte sich zu Abbas hinüber und fuhr fort: »Ein Glas Schnaps für anderthalb Qirsch ist genau das richtige für einen Arbeitslosen wie mich. Und vor einem Monat habe ich noch in der Finch-Bar Whisky getrunken! Na, macht nichts, mein Guter.«

Er bestellte noch zwei Schnäpse. Als der Barkeeper die Gläser und eine Schale mit Nüssen brachte, sagte Abbas kleinlaut, als erwartete er ein aufmunterndes Wort: »Aber es heißt doch, daß das schädlich ist...«

Husain griff nach seinem Glas und meinte nur spöttisch: »Hast wohl Angst um dich? Und wenn schon, soll uns der Fusel umbringen. Wenn es einem so richtig schlechtgeht, hat man wenigstens nichts mehr zu verlieren und nichts mehr zu gewinnen. Also Prost!« Er stieß mit ihm an und leerte das Glas in einem Zug.

Abbas nippte vorsichtig und schreckte angewidert zurück. Ihm war, als hätte er Feuer geschluckt. Unwillkürlich verzog er das Gesicht. »Ekelhaft«, stöhnte er, »so bitter und scharf.«

Husain lachte überheblich. »Nur mutig drauflos, mein Kleiner. Das Leben ist viel bitterer als so ein Getränk und hat auch viel Schlimmeres zu bieten.« Er nahm das Glas des Freundes und hielt es ihm an den Mund. »Nun trink schon, sonst tropft das Zeug noch auf dein Hemd.«

Abbas setzte das Glas an, trank es fast leer und schüttelte sich. Er fühlte, wie sich in seinem Magen Wärme ausbreitete, die mit rasender Geschwindigkeit tiefer drang. Vor Staunen vergaß er seinen Widerwillen. Er konnte genau verfolgen, wie die Wärme mit dem Blut durch die Adern rann. Als sie gar seinen Kopf erreichte, erschien ihm sein Kummer längst nicht mehr so groß.

Spöttisch meinte Husain: »Na, für heute hast du genug.« Sich selbst bestellte er noch ein Glas. »Ich wohne also jetzt bei meinem Vater, zusammen mit meiner Frau und meinem Schwager. Der hat jetzt im Arsenal Arbeit gefunden und wird heute oder morgen ausziehen. Mein Vater hat mir vorgeschlagen, für zwei Pfund im Monat im Kaffeehaus zu arbeiten, was nichts anderes bedeuten würde, als daß ich vom frühen Morgen bis spät in die Nacht für diese lächerliche Summe schuften müßte. Aber was soll man diesem verblödeten Haschischraucher schon antworten? Da siehst du mal, die ganze Welt hat sich gegen mich verschworen; ich habe allen Grund, wütend zu sein. Für mich gibt es nur noch eine einzige Antwort: Entweder wir können nach unserem Geschmack leben, oder wir lassen die ganze Welt in Flammen aufgehen.«

Abbas staunte über sich selbst, bemerkte er doch, daß er immer ruhiger wurde. Gemessen an seinem großen Kummer, fühlte er sich nun wohlig entspannt. »Hast du denn nichts gespart?« fragte er nur.

»Keinen einzigen Millim! Ich hatte eine hübsche Wohnung in Wailija, mit elektrischem Licht, Wasser und einer Dienerin, die mich sehr respektvoll mit ›gnädiger Herr‹ ansprach. Ich bin oft ins Kino und ins Volkstheater gegangen. Ich habe viel verdient und viel ausgegeben – so muß das Leben auch sein. Man wird so rasch alt, wofür soll man sparen? Obwohl... Geld braucht man immer, bis ans Lebensende... Jedenfalls habe ich jetzt bloß noch ein paar Pfund und den Schmuck meiner Frau.« Er bestellte sich noch ein Glas. »Das schlimmste aber ist, daß meiner Frau letzte Woche dauernd übel war, sie hat sogar erbrochen...«

Abbas bemühte sich, betroffen zu wirken. »Sie wird schon nichts Schlimmes haben«, meinte er besänftigend.

»Nichts Schlimmes und nichts Gutes. Es könnte eine Schwangerschaft sein, meint meine Mutter. Das ist gerade so, als ob dem Kind schon im Bauch übel wird bei dem Gedanken an das bevorstehende Leben. Wahrscheinlich hat es damit seine Mutter angesteckt.«

Abbas hatte Schwierigkeiten, ihm weiter zuzuhören. Ihm ging alles viel zu schnell und kam zu unvermittelt. Außerdem interessierte es ihn auch gar nicht, hatte ihn doch plötzlich wieder tiefe Niedergeschlagenheit befallen. Husain sah ihn an. Als er bemerkte, wie bedrückt und teilnahmslos er war, sagte er ungehalten: »Was ist los mit dir? Du hörst mir ja gar nicht zu.«

»Bestell mir noch einen.«

Husain tat das nur allzugern. »Du siehst bedrückt aus, und ich weiß auch warum.«

Abbas wehrte eilends ab. »Nein, nein, ich habe überhaupt nichts. Erzähle ruhig weiter, ich höre genau zu.«

»Hamida, nicht wahr?« meinte der andere verächtlich.

Abbas' Herz verkrampfte sich, sein Puls ging heftig, und in die Trauer mischte sich Zorn. »Ja, es ist wegen Hamida. Sie ist weg, mit einem anderen Mann. Was für eine Schande, was für ein Unglück!«

»Das ist doch kein Grund, traurig zu sein, du Dummkopf! Am besten leben doch die, die ihre Frauen losgeworden sind, oder?«

Abbas wurde ruhiger. »Was mag sie jetzt tun?«

Husain lachte spöttisch. »Sicherlich das, was jede Frau tut, die mit einem Mann durchgebrannt ist.«

»Du machst dich lustig über meinen Kummer.«

»Ist ja auch zu albern. Wann hast du erfahren, daß sie weg ist, gestern abend? Da müßtest du sie längst vergessen haben.«

Abbas brauchte nicht zu antworten, denn Auqal, der betrunkene Zeitungsjunge, war aufgestanden und lenkte damit die Aufmerksamkeit aller anderen auf sich. Taumelnd wankte er auf die Tür zu, blieb dort stehen und blickte sich stolz um. Mit schwerer Zunge rief er: »Ich bin Auqal, der Pfiffigste von allen, die Krone des männlichen Geschlechts! Ich bin besoffen und zufrieden, und nun gehe ich zu meiner Liebsten. Oder hat jemand was dagegen?« Er stolperte zur Tür hinaus und schrie dabei: »Kauft die Ahram! Den Misri! Die Bakuka!«

Ein Lachorkan folgte seinem Abgang. Nur Husain blickte finster drein. Er spuckte kräftig in die Richtung, wo eben noch der Junge gestanden hatte, und stieß einen derben Fluch aus. Nicht daß er sich über den Spaßvogel ärgerte, er sah ihn nur als willkommenen Anlaß, seinem ganzen Ärger über das miese Leben freien Lauf zu lassen. Wäre der Junge noch in Reichweite gewesen, er hätte sich an ihm ausgetobt, ihn geschlagen und mit Füßen getreten. Als habe er völlig vergessen, worüber er gerade noch mit Abbas geredet hatte, fuhr er ihn mit schneidender Stimme an: »Da siehst du mal, so ist das Leben! Es ist kein Kinderspiel! Also müssen wir's ertragen, kapierst du?«

Aber Abbas hörte nicht zu. Er trank bedächtig vor sich hin und war mit seinen eigenen Problemen beschäftigt. Hamida kehrte bestimmt nicht mehr zurück, sie war für immer aus seinem Leben verschwunden. Was würde es auch nützen, wenn sie jetzt noch zurückkäme? Aber wenn er ihr noch einmal begegnete, würde er ihr mitten ins Gesicht spucken. Das wäre eine viel schlimmere Strafe als der Tod. Und dieser Kerl? Oh, der sollte sich vor ihm in acht nehmen, den Hals würde er ihm umdrehen!

Husain sprach ungerührt weiter. »Ich bin aus der Gasse abgehauen, aber der Teufel hat mich wieder zurückgebracht. Es gibt nur ein Mittel, sie ein für allemal loszuwerden: Man müßte sie in Feuer aufgehen lassen.«

Das letzte schien Abbas verstanden zu haben. »Aber unsere Gasse ist doch so schön.... Ich habe mir nie etwas anderes gewünscht, als dort anständig zu leben.«

»Du bist vielleicht ein Hammel, man sollte dich schlachten und zum Festtagsbraten machen. Was jammerst du eigentlich so herum? Du hast Arbeit, hast Geld und bist knickrig, also wirst du bald reich sein. Was willst du mehr?«

»Du jammerst doch noch viel mehr als ich. In deinem ganzen Leben hast du Allah nicht einmal gedankt!« Als Husain ihn nur abweisend anstarrte, fügte er leise hinzu: »Vergiß es. Du hast deine Religion, ich habe meine.«

Husain prustete los, er schien schon ziemlich betrunken zu sein. »Statt bei meinem Vater zu schuften, sollte ich Barkeeper werden. Da verdient man gut und bekommt den Schnaps umsonst.«

Abbas lächelte schwach. Ihm war klar, daß Husain unberechenbar geworden war; er mußte also auf seine Worte achten.

»Oder«, schrie Husain los, »was noch phantastischer wäre: Ich nehme die englische Staatsbürgerschaft an. In England sind alle gleich, da gibt's überhaupt keinen Unterschied zwischen einem Pascha und einem Straßenfeger. Dort kann selbst der Sohn eines Kaffeehausbesitzers Premierminister werden!«

Abbas ließ sich mitreißen. »Ja, wirklich«, sagte er

begeistert, »das ist eine gute Idee. Ich mach das auch, ich werde Engländer!«

Der Freund musterte ihn nur verächtlich. »Das geht ja gar nicht«, meinte er schließlich. »Du bist ein Schlappschwanz, du kannst höchstens Italiener werden... Aber ist ja auch egal, auf jeden Fall reisen wir mit dem gleichen Schiff. Also los, hauen wir ab!«

Sie standen auf, bezahlten und gingen hinaus. »Und wohin nun?« fragte Abbas al-Hilu.

31

Der nachmittägliche Spaziergang war das einzige, was sie noch an ihr früheres Leben erinnerte. Nur stand sie jetzt viel länger vor dem goldgerahmten Spiegel, der bis an die Zimmerdecke reichte. Sie war schon angekleidet und mußte sich nur noch schminken. Als sie fertig war, stand eine junge, elegante Dame da, von der man hätte glauben können, sie stamme aus einer angesehenen Familie und sei in Wohlstand und Luxus aufgewachsen. Auf dem Kopf trug sie ein weißes, turbanähnliches Hütchen, unter dem das mit Öl geglättete, wohlduftende Haar hervorwallte. Augen und Lippen waren nur leicht mit Rouge getönt; sie hatte die Erfahrung gemacht, daß die bronzefarbene Tönung ihrer Haut die Soldaten der alliierten Truppen bezauberte. Die Augen waren schwarz umrändert, die Wimpern sorgfältig mit Fett gebürstet, damit die seidigen Spitzen mit einem Schwung nach oben zeigten. Auf den Lidern lagen veilchenblaue Schatten, die nur leicht aufgetragen waren, wie vom Morgenwind herangeweht. Anstelle der

Brauen hatte eine geschickte Hand zwei schön geschwungene Halbmonde gezeichnet. Außer einer goldenen Armbanduhr und einem silbernen Halbmond als Brosche am Hütchen trug sie nur noch Ohrgehänge aus Platin, die mit lotosblumenähnlichen Perlen besetzt waren. Bekleidet war sie mit einem leichten weißen Kleid, unter dem ein rosa Hemdchen schimmerte, durchsichtig genug, um die schöne Brauntönung ihrer Schenkel ahnen zu lassen. Die reinseidenen Strümpfe hatten keinen anderen Zweck, als um ihres Preises willen getragen zu werden. Ein angenehmer Duft von erlesenem Parfum ging von den Achseln, dem Nacken und den Handflächen aus. Wie hatte sich doch alles verändert!

Hatte sie auch ihren Weg ganz allein gewählt, so mußte sie im Verlauf bitterer Erfahrungen lernen, daß dieses Leben nicht nur heiter und voller Glanz, sondern auch leidvoll und enttäuschend war. Jetzt, da sie den Alltag kannte, stand sie suchend und ratlos da.

Vom ersten Tag an war ihr klargewesen, was man von ihr erwartete. Sicher, sie hatte sich aufgebäumt und gewehrt, aber nicht etwa, weil sie den eisernen Willen ihres Geliebten brechen, sondern weil sie nicht ohne Kampf nachgeben wollte. Als sie schließlich doch einwilligte, geschah dies, weil sie sich entschieden hatte. Erst als sie – auch dank der Redekunst Faradj Ibrahims – genau wußte, daß sie erst dann im Gold wühlen würde, wenn sie sich durch eine Menge Schmutz hindurchgefressen hatte, leistete sie keinen Widerstand mehr und stürzte sich ins neue Leben. Tatsächlich bestätigte sich Faradj Ibrahims Einschätzung, daß sie als Prostituierte geradezu ein Naturtalent war. Sie war außerordentlich begabt. In kurzer Zeit lernte sie, wie sie sich schminken und herausputzen mußte.

Anfangs hatten sich die anderen noch über ihren schlechten Geschmack lustig gemacht. Hätte man sie gewähren lassen, wäre sie in grellen, nicht zueinander passenden Farben und mit Schmuck übersät herumstolziert. Große Fortschritte machte sie auch im Tanz, sowohl im orientalischen als auch im europäischen, und da sie auch bald über einen für das Bett genügenden englischen Wortschatz verfügte, blieb der Erfolg nicht aus. Die Soldaten rissen sich um sie, sie verdiente gut. In ihrem Geschäft war sie zu einer Perle geworden; man konnte nicht mehr auf sie verzichten.

Da ihr alles glückte und da es ihr an nichts mangelte, trug sie Faradj Ibrahim den Betrug, den er an ihr begangen hatte, nicht nach. Weder bereitete ihr der Umstand großen Kummer, daß sie jetzt anders lebte, als sie sich erhofft hatte, noch war sie so tugendhaft geartet, ihrer beschmutzten Ehre nachzutrauern. Und da sie auch keine guten Erinnerungen mit ihrer Vergangenheit verband, konnte sie die Gegenwart vollauf genießen. Im Unterschied zu ihr waren die anderen Mädchen keineswegs so gelassen; einige wurden hin und her gerissen zwischen Geldgier und Verzweiflung über diesen Lebenswandel, andere gingen diesem Gewerbe nur deshalb nach, weil sie so ihre hungernden Familien unterstützen konnten. Die meisten jedenfalls fühlten sich todunglücklich und verbargen im tiefsten Innern ihre Sehnsucht nach einem würdevollen Leben.

Hamida aber fand all dies ganz nach ihrem Geschmack. Hatten sich ihre Träume etwa nicht erfüllt? Sie war frei, besaß elegante Kleider, Schmuck, Geld, die Männer bewunderten sie, und sie gefiel sich darin, ihre Macht auszuspielen. Da war es denn auch kein Wunder, daß sie an die Midaq-Gasse ähnlich dachte wie ein entsprungener Häftling an das Gefängnis. Einmal, als sie sich daran erinnerte, wie traurig sie darüber gewesen war, daß der geliebte Mann sie nicht heiraten wollte, hatte sie sich gefragt, ob sie sich das noch immer wünschte. Die Antwort war ein glattes Nein. Als Verheiratete müßte sie zu Hause hocken und unermüdlich die Rolle der Ehefrau, der Dienerin, der Mutter spielen – Rollen, für die sie überhaupt nicht geschaffen war. O Allah, wie weitsichtig war er doch gewesen!

Auch jetzt, während sie vor dem Spiegel stand und sich schminkte, war ihre Stimmung trübe. Plötzlich aber hörte sie ihn kommen und sah ihn gleich darauf im Spiegel. Kühl und gleichgültig blickend, sah er nicht gerade aus wie der verliebte junge Mann von damals. Ihr Herz krampfte sich zusammen – nein, das war nicht mehr der Geliebte von früher. Genau das war es, was sie so schmerzlich enttäuschte. Hätte ihr Glück wenigstens ein bißchen länger gedauert, so wäre das Ganze nicht so schlimm gewesen. Er hatte ihr nur den kurzen Rausch der ersten Tage gegönnt. Zehn Tage etwa hatte dieser Zustand gewährt, dann war aus dem Liebenden eine Art Trainer geworden. Mehr und mehr hatte er sich als Händler erwiesen, ihr Körper war für ihn nur noch eine Ware. Was Liebe ist, wußte er tatsächlich nicht. Eigenartigerweise hatte er sein Leben genau auf ein Gefühl eingestellt, das er noch nie erlebt hatte. Für ihn gehörte es zum Geschäftsablauf, daß er seiner Beute zunächst einmal den Liebenden vorspielte, worauf er sich übrigens nicht einmal sonderlich verstand, denn er verließ sich weitgehend auf seine männliche Ausstrahlung.

Als das Mädchen schließlich Vertrauen gefaßt hatte, genoß er sie eine kurze Zeit, um sicherzugehen, daß sie ihm hörig war. Zuweilen kam es auch vor, daß er ihr vor der Polizei Angst machte. Nach alledem zeigte er sein wahres Gesicht. Aus dem Liebenden wurde der Händler, der körperliche Liebe verkaufte.

Hamida vermutete, daß seine Gefühle ihr gegenüber vielleicht deshalb lauer geworden waren, weil er ständig von Frauen umgeben war. Ihr einziges Ziel bestand darin, ihn für sich allein zu gewinnen, nur das interessierte sie noch. Auch jetzt, als sie ihn im Spiegel sah, fühlte sie gleichzeitig Liebe, Eifersucht und Wut. Ihr Gesicht erstarrte, sie wurde zusehends nervöser.

Er trieb sie zur Eile an; das war das einzige, was ihn zu interessieren schien. »Bist du fertig, Liebling?«

Sie war entschlossen, ihm nicht zu antworten. Wehmütig erinnerte sie sich an die Zeit, als er nur davon gesprochen hatte, wie sehr er sie liebe und bewundere. Inzwischen öffnete er den Mund nur noch, um über Geschäft und Gewinn zu reden. Sie aber war an ihn gebunden, nicht nur geschäftlich, sondern auch emotionell. Das machte sie nur noch wütender. Bloß – was brachte ihr das ein? Sie hatte jegliche Freiheit verloren, und gerade dieser Freiheit wegen hatte sie sich doch auf all das eingelassen. Nur unterwegs, auf der Straße oder in einer Bar, hatte sie manchmal noch das Gefühl, daß sie ihr eigener Herr war und etwas galt. Wenn sie ihn dann allerdings sah oder auch nur an ihn dachte, spürte sie sogleich, daß er sie fest in der Gewalt hatte. Sofort fühlte sie sich wieder gedemütigt. Hätte sie ihm vertrauen können, wäre alles leichter zu ertragen, und hätte er sich auch nur ein einziges Mal ihrer Liebe unterworfen, so wäre es für sie ein Sieg gewesen.

Faradj Ibrahim wußte genau, wie es in ihr aussah. Er war betont grob zu ihr, damit sie von sich aus einsah, daß es zwischen ihnen aus war. Bei jeder anderen

Frau wäre es ihm gleich gewesen, ob und wie sie die Trennung aufgenommen hätte, sie aber sollte den bitteren Kelch Zug um Zug bis zur Neige leeren. So hatte er sich schon einen geschlagenen Monat in Geduld gefaßt, um ihr den entscheidenden Stoß zu versetzen. »Also los, Liebling, Zeit ist Geld«, drängte er.

»Kannst du nicht endlich diesen widerwärtigen Ton lassen?» fragte sie schneidend.

»Erst wenn du aufhörst, dummes Zeug zu schwatzen.«

Wutbebend fuhr sie ihn an: »Es macht dir wohl Spaß, mich so anzufahren?«

»Ach du liebe Güte«, antwortete er gelangweilt, »sind wir wieder einmal beim Thema? Was soll das alles? Bin ich etwa bloß dann dein Geliebter, wenn ich dir von morgens bis abends ständig sage, daß ich verliebt bin? Soll ich dir etwa jedesmal, wenn wir uns sehen, erklären, daß ich dich liebe? Kann man sich denn nicht auch lieben, wenn man vom Geschäft spricht? Es wäre zu schön, wenn du genausoviel Verstand hättest wie Wut und wenn du dich ganz auf die Arbeit einstellen könntest, so wie ich es tue!«

Hamida war blaß vor Wut. Das alles war so hinterlistig und gefühllos – sie hatte genug davon, zu oft hatte sie das nun schon gehört. Sie erinnerte sich noch genau, wie es angefangen hatte. Zuerst hatte er ganz bewußt an ihr herumgenörgelt. Zum Beispiel hatte er lange auf ihre Hände gestarrt und dann gesagt: »Laß dir die Fingernägel länger wachsen und maniküre sie. Deine Hände sind ein absoluter Schwachpunkt an dir.« Ein andermal, nach einem heftigen Streit, hatte er sich gerächt, indem er ganz ruhig meinte: »Achtung, Liebling, da ist noch was, was mir eigentlich noch nie so recht aufgefallen ist – ich meine deine Stimme. Wenn du schon schreist, dann tu das aus der

Mundhöhle und nicht aus der Kehle, sonst hört es sich grob und vulgär an. Wenn wir das nicht ändern, wird man dir immer die Midaq-Gasse anmerken, auch wenn du im vornehmsten Viertel Kairos wohnst.« Wie tief verletzt war sie doch, wenn dieser gemeine Kerl so mit ihr sprach! In ihrem ganzen Stolz hatte er sie gedemütigt. Wenn sie angefangen hatte, von Liebe zu sprechen, hatte er zuerst wenigstens noch freundlich getan, im Laufe der Zeit aber hatte er selbst diese letzte verlogene Maske fallen gelassen. Oft genug hatte er dann nur gelangweilt gesagt: »Liebe ist doch nur Spielerei, und wir sind doch ernsthafte Menschen.« Oder er hatte nur beiläufig hingeworfen: »Nun mach schon, daß du an die Arbeit kommst. Liebe ist doch nichts weiter als Unsinn.« Wie gemein war er doch! Schöne Erinnerungen waren ihr kaum noch geblieben.

Sie blickte ihn fest an. »Du hast kein Recht, so mit mir zu reden. Warum redest du immer von Arbeit? Bin ich etwa faul? Du weißt genau, daß ich viel besser bin als die anderen. Du verdienst an mir wesentlich mehr als an allen anderen. Also laß das gefälligst, und sag mir lieber klipp und klar, ob du mich noch liebst.«

Nun hielt er den Zeitpunkt für gekommen, ihr ungeschminkt die Meinung zu sagen; lange genug hatte er sich darauf vorbereitet. Er hatte die mandelförmigen Augen fest auf sie gerichtet, es arbeitete unablässig in seinem Kopf. Noch zögerte er, denn vielleicht war es doch günstiger, den Frieden aufrechtzuerhalten. »Ich hatte also recht, wir sind immer noch beim alten Thema.«

»Antworte bitte«, schrie Hamida los. »Denkst du vielleicht, daß ich vor Kummer sterbe, wenn du mir deine ach so teure Liebe entziehst?«

Es war ungünstig, jetzt darauf einzugehen. Hätte sie

ihm diese Frage nach ihrer Rückkehr gestellt oder morgens, dann hätte er ihr unumwunden die Wahrheit gesagt. Wenn er aber nun darauf einging, riskierte er ihren ganzen Tagesverdienst. Also lächelte er nur vor sich hin und sagte ganz ruhig: »Ich liebe dich, Schatz.«

Seine Miene zeugte davon, daß ihn das unsagbar langweilte. Der ganze Satz hörte sich an, als habe er ihn nur so hingeworfen. In ihrer Wut nahm sich Hamida vor, sich nie wieder vor ihm zu erniedrigen, selbst wenn er hundertmal versicherte, wieder zu ihr zurückzukehren. Bei diesem Gedanken wurden ihr die Knie weich, wußte sie doch, daß sie nichts sehnlicher wünschte, ja, daß sie ihr Leben für ihn hingegeben hätte. Aber sogleich überwand sie diesen Schwächeanfall und fand zu ihrer alten Boshaftigkeit zurück. Sie ging ein paar Schritte auf ihn zu, entschlossen, die Sache bis zum bitteren Ende durchzustehen. Ihre Augen funkelten gefährlich. »So, du liebst mich also wirklich? Dann können wir ja heiraten!«

Er war völlig überrascht und sah sie ungläubig an. »Würde das denn etwas ändern?«

»Ja, sicher. Laß uns heiraten und unser Leben ändern.« Sie meinte das keineswegs ernst, sondern wollte ihn auf die Probe stellen.

Seine Geduld war am Ende, er war nunmehr fest entschlossen, ihr brutal die Wahrheit zu sagen. Er würde den Bruch vollziehen, auch wenn ihn das den Nachtverdienst kostete. Laut lachte er auf und sagte höhnisch: »Eine großartige Idee! Wirklich, ausgezeichnet, meine Liebe, wir heiraten einfach und leben dann wie hohe Herrschaften – Herr Faradj Ibrahim, seine Gattin und viele liebe kleine Kinderchen. Erzähl mir doch bitte mal, was das eigentlich ist – die Ehe. Ich glaube, ich habe das wie alle anderen ehrenhaften

Sitten völlig vergessen. Wenn ich mich recht erinnere – ist das nicht eine sehr ernste Sache, bei der Mann und Frau zusammengetan werden, mit Standesamt, religiösem Vertrag und vielen Hochzeitsriten? Wann hast du denn das gelernt, Faradj? Ach ja, in der Koranschule vielleicht... Oder in der staatlichen Schule? Gibt es denn diesen ganzen umständlichen Kram immer noch, oder haben die Leute mittlerweile damit Schluß gemacht? Erzähl mal, Liebling, heiraten die Leute noch?«

Sie bebte vor Wut, vermochte sich kaum noch zu beherrschen. Als sie ihn so vor sich sah, höhnisch lächelnd wie über einen guten Witz, packte sie wahnsinnige Verzweiflung. Mit einem Satz ging sie auf ihn los und krallte ihm die Fingernägel in den Hals. Er hatte das erwartet, stieß sie von sich, packte ihre Arme und hielt sie fest. Als er sie losließ, lag noch immer das spöttische Grinsen auf seinem Gesicht. Darüber geriet sie so in Rage, daß sie weit ausholte und ihm ins Gesicht schlug. Augenblicklich verschwand das Grinsen, und ein bösartiger, bedrohlicher Glanz trat in seine Augen. Hamida hielt seinem Blick mutig stand und brannte darauf, daß der Sturm ausbrach. Auf diesen Kampf hatte sie so lange gewartet, fast hätte sie die Ursache für ihren Kummer vergessen.

Faradj Ibrahim begriff, daß es besser war, sich zu beherrschen. Wenn er sie jetzt blindlings verprügelte, würde das die Bindung höchstens noch enger gestalten. Genau das aber wollte er um keinen Preis, also unterdrückte er seine Wut und entschloß sich, ihr den endgültigen Bruch dadurch zu demonstrieren, daß er ohne jeden Widerstand das Feld räumte. Er trat einen Schritt zurück, wandte sich ab und sagte: »Mach, daß du an die Arbeit kommst, meine Liebe.«

Hamida traute ihren Ohren nicht. Voller Verzweiflung blieb ihr Blick an der Tür hängen, die sich hinter ihm geschlossen hatte. Instinktiv begriff sie, was dieser Rückzug zu bedeuten hatte. Was sie vermutet hatte, war nun zur schrecklichen Gewißheit geworden. Jäh ergriff sie das heiße Verlangen, ihn umzubringen. Sie war geradezu besessen von diesem Gedanken und wußte, daß sie dazu durchaus imstande war. Durch diesen Mann hatte sie sich selbst kennengelernt. Aber würde es sie wirklich befriedigen, wenn sie ihr neues Leben zerstörte? Für dieses Leben hatte sie vor nichts zurückgeschreckt. Voller Angst krampfte sich ihr Herz zusammen, auch wenn noch immer der heiße Wunsch nach Rache in ihr brannte. Zunächst war es wichtig, diese Wohnung zu verlassen und alles in Ruhe abzuwägen. Mit schweren Schritten ging sie auf die Tür zu, war ihr doch bewußt, daß sie zum letztenmal aus diesem Zimmer trat, ihrem gemeinsamen Zimmer. Sie blickte sich um, als wolle sie sich zum Abschied noch einmal alles genau ansehen. O Allah, wie konnte es geschehen, daß all das so schnell endete... Da hing der Spiegel, vor dem sie so oft gestanden hatte, da war das Bett, in dem sie die Leidenschaft erlebt und so wunderbar geträumt hatte. Und dort auf dem Sofa hatte sie ihm in seinen Armen zugehört, wenn er ihr zwischen vielen Küssen gute Ratschläge erteilt hatte. Auf dem Tisch stand noch das Foto, das sie beide in Abendkleidung zeigte... Abrupt drehte sie sich um und stürzte hinaus.

Draußen schlug ihr die Hitze entgegen, die ihr das Atmen noch schwerer machte. Langsam setzte sie die Füße und dachte immer wieder: Mir wird schon einfallen, wie ich ihn am besten umbringen kann... Das allein konnte ihr helfen, vorausgesetzt, sie riskierte dabei nicht das eigene Leben. Das Leben war das kostbarste Gut, das man nicht opfern durfte. Natürlich, die Liebe würde eine tiefe Narbe in ihr hinterlassen, aber deshalb war sie noch lange nicht die Frau, die sich von der Liebe zerstören ließ. Die Wunde konnte noch so tief sein, das hieß noch lange nicht, daß man an ihr sterben mußte. Es gab so viele andere Dinge, die Spaß machten, zum Beispiel Geld und hohes Ansehen...

Eine Droschke kam ihr entgegen, sie hielt sie an und sagte dem Kutscher, er solle ganz langsam zum Opernplatz und dann zur Fuad-Straße fahren. Sie wollte Ruhe haben und frische Luft. Erschöpft lehnte sie sich in die Polster zurück und schlug die Beine übereinander, so daß ihr seidenes Kleid die Schenkel hinaufrutschte. Sie nahm eine Zigarette aus dem Etui und zündete sie an, ohne sich um die Blicke der Passanten zu kümmern, die auf ihren entblößten Schenkeln ruhten. Gedankenverloren begann sie zu rauchen.

Die Kutsche umkreiste den Opernplatz, in der Ferne war der Königin-Farida-Platz zu erkennen. Hamidas Gedanken flogen nach Muski, in die Sikka al-Djadida, die Sanadiqija-Straße und die Midaq-Gasse. Wie im Traum sah sie die Menschen dort vor sich und fragte sich, ob es wohl einen unter ihnen gäbe, der sie in ihrer jetzigen Aufmachung erkennen würde. Konnte einer Hamida unter der Maske von Titi entdecken? Aber was kümmerte sie das, sie hatte ja weder Vater noch Mutter. Sie zog noch einmal kräftig an der Zigarette und warf den Rest weg.

Während die Kutsche langsam zur Scharif-Straße zurückfuhr, um sie zu der Bar zu bringen, in der sie arbeitete, genoß sie den Anblick des lustigen Gewimmels auf der Straße. Plötzlich drang ein schriller Schrei an ihr Ohr, wie ein Hilferuf aus dem Grabe: »Hamida!« Sie drehte sich um und erblickte zu ihrer grenzenlosen Überraschung vor sich den keuchenden Abbas al-Hilu.

32

»Abbas!« schrie Hamida. Abbas al-Hilu war völlig außer Atem, war er doch schon seit dem Opernplatz hinter der Kutsche hergerannt. Nichts konnte ihn aufhalten, nicht das Gedränge der Passanten, nicht ihre Stöße und Flüche.

Gerade war er noch Arm in Arm mit Husain Kirscha planlos herumgelaufen und zum Opernplatz gekommen, als Husain auf die Kutsche mit Hamida aufmerksam geworden war. Er hatte sie zwar gesehen, aber nicht erkannt, also nur anerkennend die Brauen gehoben und seinem Freund ein Zeichen gemacht. Abbas hatte aufgesehen und das Mädchen erblickt, das ganz in Gedanken versunken war und aus einer anderen Welt zu kommen schien.

Nun stand er vor ihr, keuchend und nach Atem ringend, und traute seinen Augen nicht. Im ersten Moment war Hamida nur verärgert, begriff aber sogleich, daß es ungünstig war, auf der Straße mit ihm zu reden, also zog sie ihn in einen kleinen Blumenladen. Die Verkäuferin, die Hamida gut kannte, grüßte freundlich, merkte aber an ihrem verwirrten Ausdruck, daß sie mit ihrem Freund allein sein wollte. So schickte sie die beiden nach hinten und setzte sich wieder hinter den Ladentisch.

Als sie einander gegenüberstanden, bebte Abbas vor Erregung am ganzen Leib. O Allah, was hatte ihn bloß bewogen, ihr wie ein Wahnsinniger nachzulaufen? Was erhoffte er sich von dieser Begegnung? Er wußte nichts mehr und war zu keinem Entschluß fähig. Unterwegs, beim Rennen, hatten ihn wieder die schlimmsten Erinnerungen an all das überfallen, was sie ihm angetan hatte. Trotzdem war er weiter und weiter gelaufen, und selbst als er dann ihren Namen gerufen hatte, hatte er keine Ahnung, was er eigentlich von ihr wollte. Wie ein Schlafwandler hatte er sich von ihr in diesen Laden zerren lassen. Er schnaufte noch immer, erholte sich aber langsam von seiner Erschöpfung.

Sein Blick glitt über diese Dame, die da vor ihm stand, so wunderschön angezogen und seltsam zurechtgemacht. Vergebens versuchte er etwas zu entdecken, was ihn an das Mädchen aus der Midaq-Gasse erinnerte. Bittere Verzweiflung überfiel ihn, denn bei aller Gutmütigkeit war er doch nicht so dumm, sich das, was er da sah, nicht erklären zu können. Die Gerüchte, die in der Gasse über sie im Umlauf waren, hatten ihn schon das Schlimmste vermuten lassen, nun aber mußte er sich davon mit eigenen Augen überzeugen. Auf einmal erschien ihm das Leben völlig sinnlos und leer. Er fühlte nicht einmal mehr den brennenden Zorn, der ihn so viele Tage und Nächte gequält hatte. Jeder Gedanke, ihr auch nur ein Haar zu krümmen oder sie anzuspucken, war verflogen.

Hamida sah ihn noch immer verwirrt an. Mit Abbas stand plötzlich die Vergangenheit vor ihr, von der sie meinte, sie hätte sie für immer ad acta gelegt. Freuen konnte sie sich darüber nicht, und sie spürte auch keine Reue. Ein wenig bange verfluchte sie insgeheim den unglücklichen Zufall, der ihre Wege sich kreuzen ließ. Allmählich wurde das Schweigen peinlich, und so entschloß sich Abbas, den Mund aufzumachen. »Hamida, bist du's wirklich? O Allah, wie soll ich das bloß glauben? Wie konntest du nur deine Mutter verlassen, die Gasse... Und dich so verändern?«

»Frag mich nicht, ich werde dir sowieso nichts sagen. Allah hat es eben so gewollt, und nun läßt sich nichts mehr daran ändern.«

Daß sie so unwillig reagierte und ihm ohne jede Spur von Reue antwortete, brachte ihn so fürchterlich auf, daß er – für sie völlig unerwartet – losbrüllte: »Du gemeine Lügnerin! Dein Galan ist genauso dreckig wie du, und mit so einem haust du ab! Die ganze Gasse erzählt über dich die schlimmsten Sachen, und nun kann ich tatsächlich deinem Gesicht und deiner schamlosen Aufmachung ansehen, daß du dich herumtreibst!«

Das war zuviel für sie, vor allem an diesem Tag, der schon so viel Ärger und Enttäuschung gebracht hatte. Nun ließ sie ihrer Wut freien Lauf und schrie ihn hemmungslos an: »Halt's Maul! Hör auf, hier wie ein Verrückter herumzuschreien! Denkst du etwa, du machst mir Angst mit deinem Gebrüll? Was willst du eigentlich vor mir, du Nichts! Du gehst mich überhaupt nichts an. Hau ab!«

Schon bei den ersten Worten war seine Wut verflogen, gerade so, als wäre dieser Schwall ein Wasserfall, der die Glut in seinem Herzen erstickte. Er starrte sie nur noch verwirrt an und sagte bebend: »Wie bringst du es fertig, so mit mir zu sprechen? Bist du denn nicht... Warst du denn nicht mit mir verlobt?«

Als sie merkte, wie niedergeschlagen er war, beruhigte sie sich ein wenig und murmelte nur noch nervös: »Was hast du schon davon, wenn du die Vergangenheit heraufbeschwörst? Das alles ist vorbei.«

»Ja, sicher ist es das. Aber trotzdem mache ich mir Gedanken, wie das alles gekommen ist. Du warst doch einverstanden... Ich bin doch nur wegen unserer gemeinsamen Zukunft weggegangen?«

Er ging ihr auf die Nerven. Wann würde er bloß

aufhören mit dem Gebrabbel? Wann würde er endlich begreifen und verschwinden? »Na ja«, meinte sie verdrießlich, »ich hatte ja den besten Willen, aber das Schicksal hat eben anders entschieden.«

Ihre Ungeduld entging ihm nicht, doch ihn drängte es, mit ihr zu sprechen; nun wollte er alles ganz genau wissen. Außerdem machte ihm der Umstand Mut, daß sie nicht mehr so wütend war. »Was hast du nur mit dir gemacht?« fragte er verzweifelt. »Wie kann man bloß so tief sinken? Was hat dich so blind gemacht? Wer ist der Hundsfott, der dich aus deinem guten Leben gerissen und in den Sumpf der Prostitution gestoßen hat?«

Sie blickte ihn mißmutig an und sagte kalt: »Das ist mein Leben. Zwischen uns ist nichts mehr, wir sind Fremde füreinander geworden, keiner von uns kennt den anderen. Für mich gibt es keine Rückkehr, daran wirst du mit all deinen Vorwürfen nichts ändern. Aber paß auf, was du sagst, denn ich bin nicht in der Stimmung, dir irgend etwas durchgehen zu lassen und dir zu verzeihen. Ich weiß genau, daß ich an meinem Leben nichts mehr ändern kann, und gerade deshalb vertrage ich es überhaupt nicht, wenn mir obendrein noch jemand schreiend und tobend klarmachen will, daß ich tief im Schlamassel stecke. Also vergiß mich, und wenn du willst, verachte mich, aber laß mich in Frieden!«

Das war wirklich nicht mehr sein Mädchen. Wo war seine Hamida geblieben, die er geliebt und die ihn geliebt hatte? Ja, sie war ihm auch zugetan gewesen. Hatte sie ihn nicht auf der Treppe geküßt? Hatte sie nicht beim Abschied für ihn gebetet und Fürbitte beim heiligen Husain eingelegt? Wer aber war dieses Mädchen hier? Fühlte sie gar keine Reue? Keine Regung der alten Zuneigung? Wäre da nicht die Angst gewesen, daß sie wieder so fürchterlich wütend wurde, hätte er sie am liebsten angeschrien. So aber schluckte er seinen Ärger hinunter und seufzte nur. »Du bringst mich ganz schön durcheinander. Je länger ich dir zuhöre, um so verwirrter werde ich. Ich bin gestern erst aus Tall al-Kabir zurückgekommen. Es war ein furchtbarer Schlag für mich. Und weißt du, warum ich überhaupt gekommen bin?« Er holte die Schachtel mit der Kette heraus. »Das wollte ich dir schenken. Ich wollte dich noch im Urlaub heiraten.«

Ihr Gesicht verfinsterte sich. »Du weißt ja nicht, wie unglücklich ich bin...«

Überrascht und auch ein wenig mißtrauisch, sah er sie mit großen Augen an. »Was für ein Unheil, Hamida! Warum bist du dem Ruf des Teufels gefolgt? Wie konnte es sein, daß dir dein ordentliches Leben nichts mehr wert war? Wie konntest du das alles wegwerfen, nur wegen dieses gemeinen Kerls, dieses Teufels? Das ist unverzeihlich.«

Hamida stieg voll auf diesen Ton ein und legte einen besonders traurigen Schmelz in ihre Stimme. »Mit meinem Fleisch und Blut muß ich den Preis dafür bezahlen!«

Er war zutiefst befriedigt, daß sie nun doch zugab, wie unglücklich sie war. Was er allerdings nicht bemerken konnte, war der Umstand, daß ihre Gedanken fieberhaft an einem teuflischen Plan arbeiteten: Sie wollte ihn gegen den Mann aufhetzen, der sie so abscheulich behandelte. Sie würde Abbas als Werkzeug benutzen, um Rache zu üben – selber aber wollte sie von allen üblen Folgen verschont bleiben. Also blickte sie ihn mitleidheischend an und sagte mit schwacher Stimme: »Ich bin so furchtbar unglücklich, Abbas. Deshalb darfst du mir meine Worte auch nicht übelnehmen. Ihr seht in mir vielleicht nur eine ganz gemeine Hure, dabei bin ich aber schrecklich verzweifelt. Dieser verfluchte Teufel, wie du ihn genannt hast, hat mich wirklich betrogen. Ich weiß gar nicht, wie ich ihm überhaupt gehorchen konnte. Dabei meine ich keineswegs, daß ich unschuldig bin. Ich will dich auch nicht fragen, ob du mir verzeihen kannst, denn ich weiß sehr wohl, daß ich Schuld auf mich geladen habe. Nun muß ich also den Preis für meine schrecklichen Sünden bezahlen. Aber verzeih mir, daß ich so zornig auf deine Vorwürfe reagiert habe. Verabscheue und hasse mich nur... Ich bin nur ein billiges Spielzeug für einen Mann, der kein Erbarmen kennt und mich auf die Straße geschickt hat, nachdem er mir das Kostbarste, was ich besaß, geraubt hat. Ich hasse ihn für alles, was er mir angetan hat. Aber ach, nun kann ich ihm nicht mehr entkommen...«

Abbas war tief betroffen. Er sah den traurigen Glanz ihrer Augen und vergaß völlig, daß sie ihn eben noch angeschrien und fast angefallen hatte. Er fühlte sich in seinem ganzen Männerstolz herausgefordert.

»Was für ein Unglück, Hamida! Ich bin ja genauso verzweifelt wie du, und alles nur wegen dieses Schurken! Ja, gewiß, ich werde nie vergessen können, daß du diesen Fehltritt begangen hast, das wird immer zwischen uns stehen. Aber während wir beide darunter leiden, lebt dieser gemeine Verbrecher glücklich und zufrieden und lacht über unser Unglück. Ich kann nicht mehr weiterleben, wenn es mir nicht gelingt, ihm den Schädel einzuschlagen!«

Hamida freute sich. Daß er so schnell auf ihre Geschichte hereinfiel, hatte sie nicht erwartet. Vor allem gefiel ihr, daß er von dem Fehltritt gesprochen hatte, der immer zwischen ihnen stehen würde. Sie hatte schon befürchtet, daß er ihr vor lauter Eifer noch verzeihen würde und sie zurückholen wollte. Das war das letzte, was sie sich wünschte. »Ja«, fuhr er fort, »ich werde nicht eher Ruhe finden – ich muß ihm den Schädel einschlagen, ihm die Knochen zerschmettern! Nur ändert das nichts. Ich werde nie vergessen, daß du mit ihm durchgebrannt bist. Wir werden nie wieder zusammenkommen, denn die Hamida, die ich geliebt habe, ist für immer verloren. Aber dafür soll dieser Kerl genauso leiden wie wir. Wo finde ich ihn?«

Sie konnte gar nicht so schnell sprechen, wie sie die Idee ausgebrütet hatte. »Heute nicht mehr, aber am Sonntagnachmittag wird er in der Bar am Anfang der Straße sein. Er ist dort bestimmt der einzige Ägypter, aber wenn du sichergehen willst, kann ich dir ja ein Zeichen machen. Was hast du mit ihm vor?« Es hörte sich fast so an, als bange sie um Abbas.

»Ich werde dem miesen Zuhälter den Schädel einschlagen, das sagte ich schon!«

Sie sah ihn forschend an und fragte sich, ob er überhaupt dazu imstande war. Auf alle Fälle würde es zu einem Skandal kommen, der Faradj Ibrahim vor die Schranken des Gerichts brächte; dann hatte sie ihre Rache und war ihn los. Bei diesem Gedanken war ihr schon viel wohler. Nur eines wollte sie nicht, nämlich daß Abbas dabei etwas zustieß. »Nicht wahr«, fragte sie besorgt, »du wirst dich doch nicht dazu hinreißen lassen, dich selbst in Gefahr zu bringen? Schlag ihn und erkläre allen, wie gemein er ist, und dann bring ihn zur Polizei. Dort wird man ihn für seine Verbrechen verurteilen.«

Abbas hatte kaum hingehört, er war noch viel zu sehr mit sich selbst beschäftigt. »Es darf nicht sein, daß wir beide unglücklich sind und niemand dafür büßen muß. Mit Hamida ist es aus, und mit mir auch. Wie kann ich zulassen, daß dieser Mistkerl lachend abzieht und sich auch noch an unserem Unglück erfreut!

Nein, den Hals werde ich ihm umdrehen!« Er wandte sich ihr zu: »Aber was wirst du machen, Hamida, wenn ich ihn aus dem Weg geräumt habe?«

Diese Frage weckte in ihr wieder die Sorge, er könne ihr aus lauter Liebe doch noch verzeihen. Sie blieb ruhig und sagte entschlossen: »Mit dem alten Leben habe ich nichts mehr zu tun. Also werde ich meinen Schmuck verkaufen und mir irgendwo in der Ferne eine ehrenhafte Arbeit suchen.«

Abbas sah bekümmert aus, er schwieg lange. Dann flüsterte er: »Mein Herz kann nicht verzeihen, es geht nicht, wirklich nicht. Aber lauf nicht wieder einfach fort, laß uns doch erst abwarten, was aus der ganzen Sache wird.«

Da war etwas in seiner Stimme, was sich nach Vergeben und Vergessen anhörte. Hamida wurde unruhig. Vielleicht wollte er ihn nur umbringen, um sie wieder in die Arme schließen zu können? Aber wie auch immer, vorerst durfte sie sich nichts anmerken lassen. Wenn sie verschwinden wollte, würde sie nichts davon abbringen. Nichts war einfacher, als nach Alexandria zu fahren und dort frei und ungebunden zu leben, fern von allen Schmarotzern. Faradj Ibrahim hatte oft von dieser Stadt geschwärmt.

Gefügig sagte sie nur: »Es soll alles so sein, wie du willst, Abbas.«

33

In der Midaq-Gasse herrschte Abschiedsstimmung, aber niemand war traurig. Alle Herzen waren froh und beherrscht von einem Gedanken: Herr Radwan al-Husaini war die Zierde der Gasse, hatte doch Allah ihn auserwählt, dem Gebot der Pilgerfahrt nach Mekka nachzukommen. Auf sein Geheiß würde er noch an diesem Nachmittag nach Suez abreisen, um von dort aus den Weg zu der geheiligten Stätte zu nehmen. Alte Freunde und Glaubensbrüder waren gekommen, um Abschied zu nehmen. Das Haus war voller Menschen, und in dem kleinen, bescheidenen Zimmer, das Jahr für Jahr nur fromme Gebete und Gespräche gekannt hatte, drängte man sich um Herrn Husaini.

Das einzige Thema war die Pilgerfahrt, Erinnerungen wurden ausgetauscht, begleitet vom leisen Knistern der Glut im Kohlebecken. Man sprach darüber, wie die Fahrt früher und wie sie heute war, und gab viele denkwürdige Erlebnisse und poetische Verse zum besten. Ein ehrwürdiger Greis rezitierte mit melodischer Stimme aus dem Heiligen Buch, und Herr Husaini hielt eine schöne Rede, die deutlich erkennen ließ, wie zart besaitet und edel sein Gemüt war. Als er geendet hatte, sprach einer seiner Glaubensbrüder das aus, was alle ihm wünschten: »Glückliche Reise und gesegnete Rückkehr.«

Ein strahlendes Leuchten lag auf dem Gesicht von Herrn Husaini und machte ihn noch schöner und gütiger. »Lieber Freund und Bruder«, antwortete er auf diesen guten Wunsch, »sprich bitte nicht von Rückkehr! An die Rückkehr werde ich erst dann denken, wenn ich den Ort, wo die Wiege des Islam gestanden hat, verlassen habe und mich wieder auf den Weg nach Ägypten begebe. Aber auch dann werde ich nur an die wirkliche Rückkehr denken, nämlich daran, noch einmal die Pilgerfahrt zu unternehmen, falls Allah das erlaubt. Wäre es mir doch nur vergönnt, auf jenem reinen Stück Erde für den Rest meines Lebens zu verweilen! Des Morgens und des Abends würde ich nur auf dem Boden wandeln, der sich den Füßen des Propheten gebeugt hat. Ich könnte den Luftzug spüren, der die Flügel der Engel zart im Wind spielen läßt, könnte den Gesängen der Offenbarung lauschen, die vom Himmel auf die Erde hinuntergleiten, die die Herzen der Menschen erfassen, um wieder in den Himmel einzugehen. Nichts anderes durchdringt dort die Träume als der Gedanke an das Ewige Leben, und nichts anderes erfüllt das Herz als die Liebe zu Allah. Nur dort gibt es Heilung und Genesung. Ach, lieber Bruder, wie sehr sehnt sich mein Herz danach, Mekka, die geliebte Stadt, zu erblicken und dort die Augen andächtig zum gewölbten Himmelszelt emporzurichten. Wie gerne würde ich schon dort sein und das Wispern der Zeit in allen Winkeln vernehmen, alle Viertel durchstreifen und mich an den geheiligten Plätzen ins Gebet vertiefen. Wie glücklich wäre ich, wenn ich schon heute den Durst mit dem Wasser des heiligen Brunnens Zamzam löschen und den Spuren des Propheten folgen könnte, die er auf seiner Wanderung nach Medina vor nun schon dreizehnhundert Jahren hinterlassen hat und die doch immer noch unser aller Herzen höher schlagen lassen. Erquicken möchte sich mein Herz beim Besuch des Grabes des Propheten und beim Gebet im Heiligen Garten, denn es ist voller Liebe. Das wird eine Glückseligkeit sein, die sich unser Verstand nicht ausmalen kann. Ich sehe mich schon, meine Brüder, wie ich auf den Hügeln Mekkas wandle und die göttlichen Verse spreche, so wie sie offenbart wurden. Gerade so wird es sein, als empfinge ich sie vom höchsten Wesen selbst. Oh, welch eine Freude! Ich sehe mich schon ehrfürchtig im Heiligen Garten knien. Welch ein Glück wird das sein! Ich sehe mich schon verneigen, demutsvoll und um Vergebung bittend, wenn ich mich den heiligen Stätten nähere. Oh, welche Ruhe wird dann über mich kommen! Ich sehe mich schon an den Brunnen Zamzam treten und die Wunden, die mir die übermächtige Sehnsucht zugefügt hat, mit dem Wasser der Vergebung netzen. Welcher Friede wird dann in meine Seele einkehren! So sprich also, mein lieber Bruder, nicht von der Rückkehr, sondern bete mit mir zu Allah, daß all meine Wünsche in Erfüllung gehen mögen.«

»Möge Allah deine Wünsche erfüllen und dir ein langes Leben und Wohlergehen schenken«, antwortete sein Freund.

»Das ist ein gutes Gebet, ist es doch wirklich so, daß meine Liebe zum Jenseits mich keineswegs das irdische Leben verachten läßt. Ihr alle, meine Freunde, habt immer wieder gesehen, wie sehr ich das Leben liebe und mich an ihm erfreue. Wie sollte das auch anders sein, ist doch das Leben ein Geschenk des Allmächtigen. Er allein hat es gegeben und mit Tränen und Lachen erfüllt. Möge ein jeder, der es will, sich darüber seine Gedanken machen; möge ein jeder ihm danken. Ich jedenfalls liebe das Leben mit all seinen Farben und Klängen, ich liebe die Nacht, und ich liebe den Tag, die Freuden und die Schmerzen, das Auf und Ab in seinen Höhen und Tiefen. Ich liebe alles, was da kreucht und fleucht. Alles ist reine Güte. Selbst das, was scheinbar böse ist, ist doch nichts anderes als das Unvermögen im Bewußtsein eines Kranken, das Gute in den verborgensten Winkeln des Lebens aufzuspüren. Nur deshalb hat der Kranke zuweilen eine schlechte Meinung von der Welt. Ich aber sage euch: Die Lebenslust macht die eine Hälfte göttlicher Verehrung aus und die Sehnsucht nach dem Jenseits die andere. Deshalb betrübt es mich auch, daß Tränen, Wehrufe, Unzufriedenheit, Ärger, Bosheit und Haß so schwer auf der Welt lasten und daß sie heimgesucht wird von den Beschimpfungen jener Kranken, die unfähig sind, sich zu erfreuen. Wären sie denn glücklicher, wenn uns das Leben erst gar nicht beschert worden wäre? Wäre es ihnen lieber, wenn wir gar nicht erst aus dem Nichts hervorgegangen wären? Haben sie sich vielleicht wirklich dazu verführen lassen, sich der göttlichen Weisheit entgegenzustellen?

Auch ich bin nicht ganz frei von jeder Schuld, denn auch ich war einst voller Trauer, zu jener Zeit nämlich, da mir mein eigen Fleisch und Blut genommen wurde. Aufgewühlt von Schmerz und Verzweiflung habe ich damals gefragt, warum Allah mein Kind nicht leben ließ, damit auch dieses Geschöpf das Leben auskosten und das Glück genießen konnte. Dem Herrn aber hat es gefallen, mich wieder auf den rechten Weg zu führen und mir selbst die Antwort einzugeben. Hatte nicht Allah, der Gewaltige und Erhabene, dieses Kind geschaffen, und konnte er es demnach nicht auch abberufen, wann immer es ihm beliebte? Hätte er gewollt, daß es länger hiernieden verweilen solle, dann wäre dies geschehen. Sein weiser Ratschluß aber wollte es so, daß er es zu sich nahm, denn nichts geschieht ohne seine unendliche Weisheit. Sie ist das wahre Gute, und also wollte er meinem Kind und mir etwas Gutes antun. Als ich das verstand, war alle Trauer verflogen, und große Freude kam über mich. Aus tiefstem Herzen sagte ich: ›Herr, du hast mir Unglück geschickt und mich damit auf die Probe gestellt, und da bin ich nun. Ich habe sie bestanden und stehe fest wie zuvor zu meinem Glauben. Zu dir, o Allah!‹«

Beglückt und heiter lehnte er sich zurück und strich sich über die Brust, war er doch froh, die richtigen Worte für das gefunden zu haben, was ihn schon so lange bewegte. Auf seinem Gesicht lag verzückte Zufriedenheit, die an einen Sänger erinnerte, der sich an seiner eigenen Stimme berauscht. So fuhr er denn voller Inbrunst fort: »Manche Menschen sind der Meinung, daß das Unglück, wenn es Unschuldige trifft, ein Zeichen gerechter Strafe ist, das aber von den meisten nicht als solches verstanden wird. So meinen sie wohl, daß ein Vater, dem das Kind genommen wurde, nach reiflichem Überlegen eigentlich feststellen müßte, daß dieser Verlust eine Schuld abtragen soll, die er selbst oder einer seiner Vorfahren auf sich geladen hat. Aber, bei meinem Leben, Allah ist viel zu gerecht und zu barmherzig, als daß er einen Unschuldigen für einen Schuldbeladenen büßen ließe. Als Beweis, daß sie aber recht haben, führen sie an, daß Allah selbst sich als mächtigen Rächer bezeichnet hat. Aber ich sage euch, meine Freunde: Allah ist viel zu erhaben, als daß er nicht auf Rache verzichten könnte. Wenn er seine göttliche Kraft mit der Eigenschaft des Rächenden verbindet, dann nur deshalb, um den einzelnen Menschen mahnend darauf hinzuweisen, daß er in ihm sein Vorbild sehen solle. Wenn ich also hinter einem dieser schweren Schicksalsschläge eine Strafe vermute, dann habe ich diese auch verdient. So habe ich denn im Tod meiner Kinder durchaus eine Buße gesehen, die mir auferlegt worden ist und die ich respektierte, auch wenn meine Seele voller Gram und meine Augen voller Tränen waren. So manches Mal rief mein gequältes Herz, daß ich doch keine so große Sünde begangen hätte. Wo blieben also Vergebung und Barmherzigkeit? Aber was heißt das schon im Vergleich zu der Weisheit, Güte und Freude, die man durch ein solches Unglück erfährt!«

Die Männer im Raum erhoben dagegen durchaus Protest, einige von ihnen hatten nur an einzelnen Begriffen etwas auszusetzen, andere begannen, seine Meinung bereits zu deuten, und wieder andere wollten die Rache als reine Barmherzigkeit erklärt wissen. Es gab durchaus einzelne unter ihnen, die viel besser reden konnten und gebildeter waren als er. Aber er hatte es ja keineswegs auf einen Disput abgesehen. Nun strahlte er glücklich und zufrieden, unschuldig wie ein Kind, mit geröteten Wangen. Als er wieder zu sprechen begann, war seine Stimme feiner und zarter, als sie in einem Gewisper zwischen Verliebten erklingen konnte.

»Entschuldigen Sie bitte, meine Herren, es ist doch alles ganz einfach. Ich liebe nicht nur das Leben, ich liebe auch mein eigenes Ich. Nicht so sehr um mein eigenes Wesen, sondern darum, daß ja auch ich vom Fleisch und Blut der Menschheit bin. Ich sehe mich als eines der vielen Geschöpfe, die das Werk des Erhabenen sind. So liebe ich denn auch alle Menschen, selbst die schlimmsten Verbrecher. Sind sie denn nicht ein Hinweis darauf, wieviel Mühe wir aufbringen müssen, um in diesem schweren Leben zur Vollkommenheit zu gelangen? Sind sie nicht der Schatten und die Finsternis, die den glänzenden Schein des Guten erst richtig erkennen lassen? Lassen Sie mich Ihnen ein Geheimnis anvertrauen. Wissen Sie, warum ich gerade in diesem Jahr die Pilgerfahrt antreten möchte?«

Er schwieg einen Moment und musterte mit leuchtenden Augen die neugierigen Mienen der Männer.

»Nach Mekka zu pilgern ist ein langgehegter Wunsch. Trotzdem habe ich ihn Jahr für Jahr aufgeschoben, obwohl die Sehnsucht, den heiligen Pflichten nachzukommen, unendlich stark geworden war. Dann sind, wie Sie wissen, in der Gasse so viele schlimme Dinge geschehen. Satan hat es vermocht, zwei Männer und ein junges Mädchen zu umgarnen. Die Männer verleitete er dazu, ein Grab zu plündern, was sie ins Gefängnis brachte, und das Mädchen verlockte er dazu, niederen Gelüsten nachzugeben und auf diese Weise tief im Schlamm des Lasters zu versinken. Als all dies geschah, erbebte mein Herz vor Entsetzen, und ich will Ihnen auch nicht verschweigen, daß ich mich schuldig fühlte. Denn einer dieser Männer lebte über Jahre hinweg nur von erbärmlichen Brosamen, und vielleicht wollte er in diesem Grab nur etwas finden, was ihn satt machen konnte. Wie ein streunender Hund hatte er Müll und Abfall durchstöbert, um sich am Leben zu erhalten. Auf welch schreckliche Weise ließ mich sein Hunger daran denken, wie wohlgenährt und rosig ich aussehe. Ich fühlte tiefe Beschämung, die mich Ströme von Tränen vergießen ließ, und ging hart mit mir ins Gericht. Was hatte ich denn getan, um dieses Unglück zu verhindern? Hatte ich dem Satan nicht freie Hand gelassen, sein Spiel mit meinen Nachbarn zu treiben? Leistet nicht auch ein durch und durch guter Mensch, indem er sich aus allem heraushält, unbewußt eine große Hilfe bei Satans Versuchungen? So schrie dann mein geplagtes Gewissen danach, dem drängenden Wunsch vieler Jahre nachzugeben und ins Land der Reue aufzubrechen, um dort Vergebung zu erflehen. Sollte Allah es mir gestatten, wieder zurückzukehren, dann wäre ich wieder reinen Herzens und könnte mit Herz, Zunge und Händen alles erdenklich Gute in Allahs weitem Reich tun.«

Man brach in Segenswünsche aus und wünschte ihm warmherzig alles Gute für die weite Reise.

Herr Radwan wollte es sich unter keinen Umständen nehmen lassen, noch in Kirschas Kaffeehaus zu schauen und auch Abschied zu nehmen. Er traf dort viele alte Bekannte, mit denen er sich noch ein wenig zusammensetzte. Meister Kirscha war da, auch sein Sohn, natürlich auch Onkel Kamil, Scheich Darwisch und Abbas al-Hilu. Auch Husnija, die Bäckersfrau, kam, küßte ihm die Hand und wünschte ihm alles Gute.

»Die Pilgerfahrt«, wehrte er bescheiden die vielen Lobsprüche auf seine Frömmigkeit ab, »ist für den eine Pflicht, der die Möglichkeit dazu hat. Er tut es sicher für sich selbst, aber auch für alle die, die sich das nicht leisten können.«

»Friede sei mit Ihnen«, wünschte Onkel Kamil. »Und Sie werden doch wohl nicht vergessen, uns einen Gebetskranz aus der geheiligten Stadt mitzubringen?«

»Aber nein«, antwortete lächelnd der Alte. »Ich bin doch nicht wie ein gewisser Jemand, der dir erst ein Leichentuch schenkt und dich dann nur auslacht.« Onkel Kamil mußte lächeln und wäre fast wieder auf dieses alte Thema zu sprechen gekommen, wenn da nicht Abbas al-Hilu gewesen wäre, der sehr niedergeschlagen aussah. Dabei war Radwan al-Husaini mit Absicht darauf zu sprechen gekommen, um auf diese Weise mit dem unglücklichen Abbas ein Gespräch zu beginnen.

Er neigte sich zu ihm hinüber und sagte: »Lieber

Abbas, hör mir doch mal so zu, wie es sich für den jungen Mann gehört, den alle in der Gasse für klug und sympathisch halten. Geh möglichst bald nach Tall al-Kabir zurück, am besten gleich heute, und arbeite dort, soviel du nur irgend kannst. Spar dir ein wenig Geld, damit du ein neues Leben beginnen kannst. Hüte dich davor, zuviel zu grübeln, bis du vor lauter Verzweiflung und Zorn dich zu nichts mehr entschließen kannst. Und denke ja nicht, daß dieses Unglück das Ende deines Lebens bedeutet und daß du keine Kraft zum Leben mehr hast. Du bist noch ein junger Mann, kaum dreißig Jahre alt. Fast jeder Mensch muß so einen Schmerz im Leben erleiden. Eigentlich ist es ja nicht viel schlimmer, als wenn das Kind die ersten Zähnchen bekommt oder die Masern hat. Also trotze deinem Kummer und sei stark, wie es einem Mann geziemt! In späteren Jahren wirst du dich daran nur noch lächelnd erinnern. Ertrage alles voller Geduld und suche Zuflucht im Glauben. Verdiene so viel, wie du für ein gutes Leben brauchst. Und wenn du dann verstehst, daß Allah dich zu einem seiner Auserwählten erkoren hat, wird dich die wahre Freude des Gläubigen durchströmen.«

Abbas antwortete nicht gleich, bemerkte aber, daß Herr Radwan al-Husaini ihn unablässig ansah. Er lächelte, als sei er mit allem einverstanden, und sagte dann gleichmütig: »All das wird vorbeigehen, als wäre es nie gewesen.«

Zufrieden lächelte Herr Radwan und wandte sich nun Husain Kirscha zu. »Ein herzliches Willkommen dem fixesten Burschen unserer Gasse! Ich werde Allah bitten, deine Schritte dorthin zu lenken, wohin du gehen möchtest. Vielleicht aber finde ich dich nach meiner Rückkehr auch auf dem Platz deines Vaters vor, genauso wie er es gern hätte. Das wäre ganz hervorragend, denn dann hätten wir also einen neuen, einen jungen Meister.«

Bei diesen Worten erwachte Scheich Darwisch aus seinem Schweigen. Ohne den Blick zu heben, bat er: »Oh, Herr Radwan, gedenken Sie meiner, wenn Sie die Weihe als Pilger erhalten haben, und sagen Sie der Heiligen Familie, daß einer, der sie liebt, völlig zerstört war. Nun aber hat die leidenschaftliche Verehrung ihn wieder genesen lassen. Geld und Gut hat er fahren lassen, um dieser Liebe willen, die wie nicht enden wollender Durst in ihm brennt. Erzählen Sie vor allem, was er alles der Heiligen Frau zuliebe auf sich genommen hat.«

Umgeben von den Freunden, verließ Radwan al-Husaini schließlich das Kaffeehaus. Zwei seiner Verwandten hatten sich ihm angeschlossen, die ihn bis Suez begleiten wollten. Doch noch war es nicht soweit; Radwan al-Husaini lenkte seine Schritte zunächst zu Salim Alwans Firma. Er fand ihn über die Bücher geneigt. »Nun ist es soweit«, sprach er ihn freundlich an. »Ich umarme Sie.«

Der Mann hob überrascht das blasse Gesicht. Wohl wußte er von der Reise, aber sie kümmerte ihn wenig. Ruhig blieb er sitzen. Herr Radwan ließ sich davon nicht stören, wußte er doch wie alle anderen, wie schlecht es Salim Alwan ging. Dennoch war er entschlossen, nicht abzureisen, ohne sich auch von ihm zu verabschieden. Radwan al-Husaini nahm ihn in die Arme, küßte ihn und sprach ein langes Gebet für ihn. »Gebe Allah, daß wir im nächsten Jahr zusammen die Pilgerfahrt antreten können«, sagte er dann.

Salim Alwan murmelte beiläufig: »So Allah will.«

Sie umarmten sich nochmals, dann machte sich Herr Radwan auf den Weg. Bis zum Ende der Gasse begleiteten ihn seine Freunde. Dort stand die Kutsche mit dem Gepäck. Der Alte schüttelte allen freundschaftlich die Hand und stieg ein. Als der Wagen anfuhr, blickte man ihm wehmütig nach.

34

»Einen besseren Rat, als den von Radwan al-Husaini wirst du nicht hören«, sagte Onkel Kamil zu Abbas. »Also reiß dich zusammen, vertraue Allah und mach dich auf den Weg. Ich werde auf jeden Fall hier auf dich warten, ganz gleich, wie lange du wegbleibst. So Allah will, wirst du erfolgreich zurückkehren und allen anderen Friseuren des Viertels den Rang ablaufen.«

Abbas saß auf einem Stuhl vor Onkel Kamils Laden, hörte ihm zu und schwieg. Er hatte sein Geheimnis noch niemandem anvertraut. Als Radwan al-Husaini so freundschaftlich mit ihm gesprochen hatte, war er fast soweit gewesen, über seine lastende Sorge zu sprechen, doch dann hatte er davon Abstand genommen. Obwohl er den Rat ernst nahm und lange darüber nachdachte, beschäftigte ihn doch viel mehr die Verabredung für den kommenden Sonntag. Seit dem denkwürdigen Treffen in dem Blumenladen waren nun eine Nacht und ein Tag vergangen. Immer wieder ging er in Gedanken das Gespräch durch, bis ihm klar wurde, daß er das Mädchen noch immer liebte, auch wenn das Band zwischen ihnen für immer zerschnitten war. Um so stärker lebte in ihm der Wunsch, sich an seinem Widersacher zu rächen.

Nachdem er eine Weile schweigend zugehört hatte,

stöhnte er schmerzerfüllt auf, als stehe er kurz vor einem Sturz ins Ungewisse. Onkel Kamil wurde noch unruhiger. »Nun sag schon«, drängte er ihn, »was willst du machen?«

Abbas stand auf. »Ich werde noch ein paar Tage bleiben, auf jeden Fall bis Sonntag. Dann werde ich alles in Allahs Hände legen.«

»Wenn du dich bemühst, wirst du schon darüber hinwegkommen«, meinte Onkel Kamil mitfühlend.

Er machte sich auf den Weg zur Vita-Bar, in der er Husain Kirscha vermutete. Die trüben Gedanken ließen nicht von ihm ab. Er war hin und her gerissen und zu keiner Entscheidung fähig. Gewiß, er konnte den Sonntag abwarten, bis dahin war es nicht mehr lange, aber was würde er dann tun? Würde er mit einem Messer hingehen und es seinem Rivalen ins Herz stoßen? Das war das einzige, wonach er in seinem Kummer, Haß und Zorn schrie – aber war er denn überhaupt fähig, ein solches Verbrechen zu verüben? Konnte seine Hand den mörderischen Stoß ausführen? Er bezweifelte das, wußte er doch, daß er überhaupt nicht gewalttätig war. Sein Leben lang war er freundlich und friedfertig gewesen. Was also sollte er tun, wenn er den Sonntag abwartete?

Er schritt rascher aus, denn er wollte unbedingt Husain Kirscha antreffen und ihm alles über Hamida erzählen. Er wollte ihn um Rat und Hilfe bitten, vor allem um Hilfe. Wenn er selbst zu schwach war, Husain würde ihm sicher beistehen! Ihm fiel al-Husainis Rat ein, so schnell wie möglich nach Tall al-Kabir zurückzugehen. »Hüte dich davor«, so hatte er gesagt, »zuviel zu grübeln und dich der Verzweiflung und dem Zorn hinzugeben...« Gewiß, warum vergaß er nicht einfach, was geschehen war? Warum mutete er sich mehr zu, als er ertragen konnte? Warum sollte er sich

Gefahren aussetzen, von denen eine Gefängnisstrafe sicherlich noch die geringfügigiste war?

Diese Gedanken beruhigten ihn zwar, aber er kam doch zu keinem wirklichen Entschluß. Noch immer war er von Rachedurst erfüllt. Im Grunde aber ging es darum nicht. Er hatte Angst, auf Rache zu verzichten, war dies doch das einzige, was ihn tags zuvor mit Hamida verbunden hatte. Sicher, es war eher ein letztes Fädchen, an dem ihre Beziehung hing, aber ohne dieses Fädchen wäre alles aus. Er weigerte sich zu glauben, daß er ihr jemals verzeihen konnte, doch wahrscheinlich wußte er selbst nicht, daß er nur den Wunsch unterdrücken wollte, sie zurückzuholen und neu zu beginnen. Jedenfalls war das Verlangen nach Rache nur ein Zeichen dafür, wie sehr er sie liebte.

Unentschlossener denn je betrat er die Bar. Husain saß da und trank Rotwein. Abbas ging zu ihm hinüber, grüßte kurz und sagte: »Du hast genug getrunken. Ich brauche dich in einer wichtigen Sache, also komm!«

Husain blickte unwillig auf, als fühle er sich in seiner Ruhe gestört. Abbas aber nahm ihn einfach beim Arm und zog ihn hoch. »Ich brauche dich wirklich ganz dringend!«

Husain wehrte ihn zwar ungehalten ab, bezahlte aber doch und verließ mit ihm die Bar. Abbas war fest entschlossen, ihn herauszuholen, bevor er betrunken war und ihm keinen Rat mehr geben konnte. Nach ein paar Schritten sagte er ohne alle Umschweife: »Ich habe Hamida gefunden, Husain.« Es war, als wiche schon mit diesem einen Satz der Alptraum von Stunden von ihm.

»Wo?« fragte Husain, neugierig und überrascht zugleich.

»Erinnerst du dich noch, daß ich gestern hinter einer Kutsche hergerannt bin? Heute früh hast du mich danach gefragt, aber ich hab dir nicht die Wahrheit gesagt. Es war Hamida!«

Husain wurde ganz aufgeregt. »Bist du besoffen, Mann? Was hast du da eben gesagt?«

»Du kannst mir ruhig glauben. Die Frau war Hamida. Ich hab sie auf Anhieb erkannt und bin deshalb hinter dem Wagen hergerannt. Ich habe sogar mit ihr gesprochen.«

»Du willst wohl, daß ich in Zukunft meinen eigenen Augen nicht mehr traue?«

Abbas holte Luft und erzählte ihm, worüber sie beide gesprochen hatten. Nicht die geringste Kleinigkeit verschwieg er ihm. Husain hörte gespannt zu. Als Abbas fertig war, fügte er hinzu: »Siehst du, deswegen wollte ich dich unbedingt sprechen. Hamida ist so tief gefallen, daß nichts ihr mehr helfen kann. Aber ich will wenigstens diesen ekelhaften Verbrecher nicht so davonkommen lassen!«

Husain starrte ihn an, krampfhaft bemüht, das Ganze zu begreifen. Gewöhnlich war er an anderen Menschen kaum interessiert, aber jetzt hatte er doch genau zugehört und überwand die Überraschung schneller als erwartet. Seine Antwort traf Abbas schwer. »Hamida ist bei der ganzen Geschichte die einzige Verbrecherin. Ist sie denn nicht mit ihm abgehauen? Hat sie sich ihm nicht ausgeliefert? Warum beschuldigst du dann ihn? Was hat er schon getan? Sie hat ihm gefallen, und da hat er sie verführt. Viel Widerstand mußte er bestimmt nicht überwinden, er kam wohl schnell ans Ziel. Danach hat er sicher gemerkt, daß er sie ganz gut ausnutzen könnte, und so hat er sie auf den Strich geschickt. Gütiger Himmel, das ist ein geschickter Bursche! Ich wünschte nur, daß ich so etwas auch fertigbrächte, dann wäre ich aus dem ganzen Schlamassel raus. Wenn du es nüchtern siehst, ist sie wirklich die einzige, die etwas Schlimmes angestellt hat.«

Abbas war sich über seinen Freund durchaus im klaren. Er zweifelte nicht im geringsten daran, daß dieser genauso wie jener Mann gehandelt hätte. Wenn er klug vorgehen wollte, durfte er also nicht länger dem Mann die Schuld zuschieben und sich über ihn aufregen – er mußte Husains Ehrgefühl auf andere Weise beikommen. »Aber siehst du denn nicht«, fragte er ihn listig, »daß dieser Kerl sich gegen unsere Ehre vergangen hat und deshalb bestraft werden muß?«

Es war klar, worauf er mit den Worten »unsere Ehre« abzielte, war doch Husain eine Art Bruder von Hamida. Sofort fiel dem seine andere Schwester ein, die wegen einer ähnlichen Geschichte im Gefängnis saß. Wutentbrannt brüllte er los: »Das geht mich alles einen Dreck an! Zum Teufel mit Hamida!« Ganz so war es nun aber auch nicht. Wenn dieser Kerl jetzt vor ihm stehen würde, hätte er sich wie ein Tiger über ihn hergemacht und ihn zerfleischt.

Auf Abbas verfehlte der Wutausbruch seine Wirkung nicht. Er meinte vorwurfsvoll: »Sollte es dich nicht viel wütender machen, daß ein Mann ein Mädchen aus unserer Gasse so gemein behandelt? Ich gebe zu, daß Hamida sich wirklich schändlich betragen hat. Was der Mann an und für sich getan hat, ist nicht einmal so sehr zu verurteilen. Trotzdem bleibt, daß er unsere Ehre beschmutzt hat und daß das gerächt werden muß!«

»Du bist ein Idiot! Das ist doch alles Unsinn, was du dir da einredest. Dir geht es nicht um Ehre, dich frißt die Eifersucht auf! Wenn Hamida einverstanden wäre, wieder zu dir zurückzukommen, wärst du vor Freude außer dir. Wie war denn eure Begegnung, du

Trottel? Hast du nicht mit ihr geschwatzt und gejammert? Bravo, hervorragend! So ein energischer, tatkräftiger Mann! Warum hast du sie denn nicht getötet? Wenn ich an deiner Stelle gewesen und durch Zufall der Frau wiederbegegnet wäre, die mich verraten hat, hätte ich sie auf der Stelle erwürgt! Dann hätte ich mir ihren Liebhaber vorgeknöpft und den erledigt. Und dann wäre ich natürlich abgehauen. Das hättest du machen müssen, du Blödling!« Auf seinem dunkelhäutigen Gesicht lag ein satanisches Grinsen. »Ich sage das nicht«, fuhr er fort, »weil ich mich drücken will. Es ist völlig richtig, daß der Kerl diese Geschichte teuer bezahlen muß. Wir gehen auf jeden Fall zur verabredeten Zeit dorthin und werden ihn mächtig verprügeln. Dann warten wir draußen auf ihn und verabreichen ihm noch einmal die gleiche Portion an Schlägen, selbst wenn wir das allein vielleicht nicht schaffen und noch ein paar Leute heranholen müssen. Wir hören erst auf, wenn er bereit ist, sich mit einer hübschen Summe freizukaufen. Auf diese Weise nehmen wir Rache und haben noch was davon.«

Abbas freute sich über den unerwarteten Vorschlag. Begeistert stimmte er zu: »Genauso machen wir es! Du bist wirklich der richtige Mann für solche Schicksalsschläge!«

Husain fühlte sich geschmeichelt. In Gedanken feilte er noch ein wenig an seinem Plan herum. Allmählich begeisterte er sich geradezu daran, denn nicht nur, daß er die Ehre der Gasse damit wiederherstellte und seiner natürlichen Neigung zu Prügeleien nachgehen konnte – er würde damit auch noch zu Geld kommen. Nachdenklich murmelte er: »Bis Sonntag ist es gar nicht mehr lange.« Als sie am Königin-Farida-Platz angekommen waren, blieb er stehen. »Komm«, forderte er Abbas auf, »wir gehen noch einmal zur

Vita-Bar zurück.« Der aber nahm ihn am Arm und zog ihn weiter. »Wäre es nicht besser, wenn wir in die Bar gingen, in der wir ihn am Sonntag treffen werden? Dann weißt du gleich, wo sie ist.«

Husain zögerte einen Moment, war aber dann einverstanden. Sie gingen schneller. Die Sonne kündigte mit ihrem Untergang den nahenden Abend an und verbreitete nur noch schwaches Licht. Der Himmel war von sanfter, verträumter Stille, so wie immer, wenn sich die ersten Anzeichen der Finsternis abzeichneten. Die Straßenlaternen flammten auf. Nur der Strom der Passanten flutete ununterbrochen weiter, als gäbe es keinen Unterschied zwischen Tag und Nacht. Der Lärm riß nicht ab: Straßenbahnen quietschten, Autos hupten, Straßenverkäufer priesen ihre Waren an, Musikanten bliesen auf ihren Holzinstrumenten.

Allmählich löste sich der Druck von Abbas. Er spürte, wie er sich entspannte, wußte er doch den starken, mutigen Freund an seiner Seite. Nun war ihm klar, was er zu tun hatte. Um Hamida wollte er sich nicht weiter kümmern; er sollte sie wohl ihrem Schicksal überlassen. Und doch war er sich über sie im unklaren, hatte Angst vor einer Entscheidung. Am liebsten hätte er darüber mit Husain gesprochen, aber ein Blick auf dessen Gesicht genügte, und jedes Wort blieb ihm in der Kehle stecken. So gingen sie schweigend weiter, bis sie schließlich in die Straße kamen, in der er tags zuvor Hamida getroffen hatte. Er stieß seinen Freund an. »Da ist der Blumenladen, in dem ich mit ihr gesprochen habe.«

Husain blickte kurz auf und fragte: »Und wo ist die Bar?«

Abbas zeigte auf eine Tür in der Nähe. Langsam schlenderten sie hinüber. Husain sah sich gründlich um. Im Vorbeigehen spähte Abbas durch ein Fenster. Er schien etwas Schreckliches gesehen zu haben, denn sein Gesicht verzerrte sich, und er stöhnte gequält auf.

Von nun an ging alles so schnell, daß Husain kaum begriff, was sich da abspielte. Er sah Hamida, die von einer Schar Soldaten umringt war. Sie saß auf einem Stuhl, lehnte sich nach hinten, um aus dem Glas eines Soldaten zu trinken, der hinter ihr stand und sich zu ihr hinunterbeugte. Die Beine hatte sie lang ausgestreckt, sie lagen auf den Schenkeln eines weiteren Uniformierten. Die meisten Soldaten waren angetrunken und brüllten durcheinander. Innerhalb weniger Sekunden war das Gesicht von Abbas leichenblaß geworden. Er stand wie angenagelt da, als habe er jetzt erst begriffen, welchem Gewerbe sie nachging. Das Blut schien in ihm zu kochen und seinen Blick zu trüben. Als ginge es nur noch um Hamida und niemand anderen, stürzte er wie ein Wahnsinniger in die Bar und brüllte mit Donnerstimme: »Hamida!«

Sie schrak zusammen, sah ihn sekundenlang entsetzt an und schien zu spüren, wie bedrohlich die Situation war. Um ihn loszuwerden, kreischte sie: »Raus! Hau ab, auf der Stelle! Ich will dich nicht mehr sehen!«

Ihre grobe, krächzende Stimme wirkte wie Öl, das sich in ein Flammenmeer ergießt. Abbas war außer sich, vergessen war jedes Zögern, jedes Zaudern. Die Qual und Verzweiflung der letzten drei Tage entlud sich, der Wahnwitz riß ihn mit sich fort. Er griff nach einem leeren Bierkrug, holte aus und schleuderte ihn ihr mit voller Wucht und so rasch, daß niemand es verhindern konnte, mitten ins Gesicht. Blut schoß ihr aus Nase und Mund, vermischte sich mit der Creme und Schminke und floß am Hals hinunter auf ihr Kleid. Ihre Schreie gingen im Lärm der wutentbrannten, betrunkenen Männer unter, die wie reißende Tiere über Abbas herfielen. Sie schlugen auf ihn ein, traten ihn mit Füßen und warfen mit Gläsern nach ihm.

Husain Kirscha stand noch immer an der Tür. In dem Knäuel von Armen und Beinen konnte er Abbas nur hin und wieder für Sekunden erkennen. Er hatte sich zu einer Kugel zusammengerollt, war außerstande, sich zu wehren, und schrie nur immer: »Husain ... Husain!« Der aber, der sich noch nie vor einer Prügelei gedrückt hatte, blieb wie angewurzelt stehen und wußte nicht, wie er seinem Freund in dieser Masse meuchelmörderischer Soldaten zu Hilfe kommen sollte. In seiner Wut sah er sich verzweifelt nach einem Messer oder einem Stock um, aber nichts dergleichen war zu finden, also blieb er ohnmächtig stehen. Am Eingang drängte sich eine Gruppe von Zuschauern, auch sie sahen tatenlos zu.

35

Morgenlicht überflutete die Gasse, die ersten Sonnenstrahlen spiegelten sich in den Fenstern der Firma und des Friseurgeschäfts. Sanqar kam mit einem Wassereimer aus dem Kaffeehaus und besprengte den Gehsteig. Die Midaq-Gasse schickte sich an, eine neue Seite im Buch ihres täglichen Lebens aufzuschlagen. Die Menschen begrüßten den Morgen mit den üblichen Rufen. Selbst Onkel Kamil war schon in Bewegung. Er stand vor der Schüssel mit Süßigkeiten, umringt von den Kindern der Grundschule, und steckte einen Millim nach dem anderen in die Tasche. Auf der gegenüberliegenden Straßenseite war der alte

Friseur hingebungsvoll damit beschäftigt, die Rasiermesser zu schleifen. Djada rannte geschäftig von Haus zu Haus und sammelte die Bleche mit Teig ein. Die Arbeiter trafen nach und nach in der Firma ein, öffneten die Tore und Lagerhallen und durchbrachen die morgendliche Stille mit dem gewohnten Geschrei und Gepolter, das den ganzen Tag über anhalten würde. Meister Kirscha döste hinter der Kasse und versuchte, mit der Zunge Reste des Frühstücks zwischen den Zähnen herauszuholen, zerkaute sie langsam und spülte sie mit einem Schluck Kaffee hinunter. Nicht weit von ihm saß Scheich Darwisch, schweigend und geistig abwesend wie fast immer. Zu dieser frühen Morgenstunde zeigte sich auch Frau Sanija Afifi am Fenster, sie winkte ihrem jugendlichen Gatten auf dem Weg zum Büro nach.

Alles war wie immer, nur daß eben ein junges Mädchen aus der Gasse verschwunden und einer der geachteten Männer ins Gefängnis gekommen war. Aber solche Blasen werden im ruhigen und träge fließenden Wasser schnell groß und platzen. So war es auch diesmal, denn kaum sollte der Abend kommen, da war fast schon vergessen, was der Morgen an Aufregung gebracht hatte.

Jedenfalls brach ein schöner, junger Morgen an, und die Gasse erfreute sich ihres friedfertigen, beschaulichen Lebens. Aber dann, am Vormittag, erschien Husain Kirscha, sein Gesicht war ernst, die Lider gerötet. Mit schwerem Schritt ging er geradewegs zu seinem Vater hinein, ließ sich ihm gegenüber auf einen Stuhl fallen und sagte ohne jeden Gruß: »Abbas al-Hilu ist tot, Vater.«

Dem Meister, der sich eben noch erregt hatte, daß der Sohn die ganze Nacht fortgeblieben war, verschlug es die Sprache. Als habe er nicht verstanden, starrte er ihn an. Unwillig fragte er zurück: »Was hast du gesagt?«

Husain blickte hilflos drein und wiederholte mit heiserer Stimme: »Abbas al-Hilu ist tot. Die Engländer haben ihn umgebracht.« Sich vor Aufregung verschluckend, erzählte er dem Vater, was ihm Abbas über Hamida berichtet hatte.

»Und dann wollte er mir die Bar zeigen«, fuhr er fort, »in der er sich mit ihr für den Sonntag verabredet hatte. Als er von draußen sah, wie sich diese Hure mit den Soldaten amüsierte, verlor er die Beherrschung und stürzte hinein. Bevor ich noch verstand, was er vorhatte, warf er ihr ein Glas ins Gesicht. Im gleichen Moment stürzten sich die Soldaten zu Dutzenden über ihn her und schlugen so lange auf ihn ein, bis er regungslos dalag.« Er ballte die Hände und preßte die Lippen zusammen. »Teufel noch mal! Ich konnte ihm nicht helfen, weil ich überhaupt keine Chance hatte, mich durch die vielen Soldaten zu zwängen, die sich vor der Tür drängten. Ach, wenn ich doch nur einen dieser verfluchten Kerle zu packen bekommen hätte!« Es war nicht nur Wut, was ihn so aufbrachte, sondern auch Scham darüber, daß er nicht hatte helfen können.

Meister Kirscha schlug die Hände aneinander und sagte beruhigend: »Es gibt keine Macht noch Stärke außer bei Allah. Was hat man danach mit ihm gemacht?«

»Die Polizei ist gekommen und hat die ganze Gegend um die Bar herum abgesperrt. Aber was sollte das dann noch nützen? Man hat ihn ins Qasr al-Aini-Krankenhaus gebracht. Die Nutte nahmen sie zur Ersten Hilfe mit.«

»War sie denn lebensgefährlich verletzt?«

»Glaube ich nicht. Abbas ist also völlig sinnlos gestorben.«

»Und die Engländer?«

»Wir kamen nicht an sie heran, die Polizei hat sie umringt. Aber wer kann gegen die schon sein Recht durchsetzen!«

Meister Kirscha schlug wieder die Hände zusammen. »Von Allah kommen wir, zu ihm kehren wir zurück. Hast du die schreckliche Nachricht schon seiner Familie überbracht? Geh gleich zu seinem Onkel Hasan in Churunfusch. Allah ist alles anheimgestellt.«

Obwohl Husain müde und erschöpft war, stand er auf und ging hinaus. Die Nachricht verbreitete sich mit Windeseile. Meister Kirscha mußte die Geschichte immer und immer wieder erzählen, dann ging sie von Mund zu Mund und wurde nach Belieben ausgeschmückt.

Onkel Kamil war wie vom Schlag getroffen. Mit schwerem Schritt schleppte er sich ins Kaffeehaus, warf sich auf ein Polster und weinte bitterlich. Er konnte nicht glauben, daß sein Freund, der ihm doch ein Leichentuch versprochen hatte, nicht mehr lebte. Als Umm Hamida von dem schrecklichen Geschehnis hörte, rannte sie mit einem Klagegeheul auf die Straße. Einige meinten boshaft, sie weine um die Mörder und nicht so sehr um die Ermordeten.

Am schlimmsten aber erging es Salim Alwan. Nicht etwa, weil er so traurig war über Abbas' Ende, sondern weil der Tod in die Gasse eingekehrt war. Dieser Gedanke versetzte ihn in panischen Schrecken. All seine Ängste waren wieder erwacht, und sein Leiden vervielfachte sich. Die krankhaften Visionen vom Sterben und vom Grab zerrten an seinen Nerven. Vor Aufregung konnte er nicht mehr still sitzen. Unruhig schleppte er sich durch die Räume und Hallen der Firma oder ging auf die Gasse hinaus und betrachtete den Laden, der viele Jahre hindurch Abbas gehört hatte. Obwohl die Luft warm war, überkam ihn ein Frösteln; also zog er sich in seinen Raum zurück und wies den Diener an, ihm heißes Trinkwasser zu bringen, das er sonst nur zur Winterszeit zu sich nahm. Von der Straße drang das Weinen Onkel Kamils herein, und ihm, Salim Alwan, kam es vor, als gelte das Wehklagen dem eigenen Tod.

Aber auch diese Blase platzte, so wie alle vorhergehenden, und die Gasse besann sich wieder auf eine ihrer vortrefflichsten Eigenschaften, nämlich vergessen zu können und sich um nichts zu kümmern. Gab es am Morgen einen Grund zu weinen, so wurde geweint, und brachte der Abend etwas Lustiges, dann wurde herzhaft gelacht. Mit schöner Gleichmäßigkeit quietschten morgens und abends die Türen und Fensterläden. Es geschah eigentlich nichts Besonderes, abgesehen davon, daß Frau Sanija Afifi entschieden hatte, die Wohnung von Doktor Buschi räumen zu lassen. Onkel Kamil erklärte sich bereit, dessen Möbel und medizinische Instrumente in seine Wohnung hinüberzutragen. Spöttisch hieß es, Onkel Kamil wolle von einem anderen Menschen wenigstens die Sachen bei sich haben, das sei immer noch besser, als ganz allein zu sein. Aber etwas Ehrenrühriges sah im Ernst niemand darin, denn daß jemand im Gefängnis saß, war für die Bewohner der Gasse noch lange kein Grund, an seinem guten Ruf zu zweifeln.

Für einige Tage lieferte auch Umm Hamida wieder Gesprächsstoff, hatte sie doch mit Hamida wieder Verbindung aufgenommen, von der es hieß, sie befinde sich wieder auf dem Weg der Genesung. Man erzählte sich, daß Umm Hamida durchaus davon träumte, aus den Früchten dieses großen Schatzes

Nutzen zu ziehen. Ein wirklich aufregendes Ereignis indes bildete erst der Einzug eines Fleischers, der mit seiner Familie in die Wohnung von Doktor Buschi übersiedelte. Er hatte eine Frau, sieben Söhne und eine äußerst hübsche Tochter. Husain Kirscha meinte sogleich, sie sei schön wie der Neumond.

Aber auch diese Aufregung legte sich bald wieder. Denn als der Zeitpunkt näher kam, zu dem Herr Radwan al-Husaini, der nun den Ehrentitel »Mekkapilger« tragen durfte, zurückkehren sollte, hatte niemand in der Gasse den Kopf für etwas anderes frei. Blumengirlanden und Fahnen wurden herausgehängt, frischer Sand wurde in der Gasse verstreut, und alle waren der Hoffnung, daß eine Nacht voller Freude und Verzückung bevorstand, an die man sich noch tagelang erinnern würde.

An einem dieser Tage sah Scheich Darwisch, wie Onkel Kamil mit dem alten Friseur scherzte. Er blickte gen Himmel und rezitierte laut: »Der Mensch erhält seinen Namen nur dafür, daß er vergessen wird. Da ist kein Herz, das nicht wankelmütig wäre.«

Bei diesen Worten verfinsterte sich Onkel Kamils Gesicht, und seine Augen füllten sich mit Tränen.

Aber der Scheich hob geringschätzig die Schultern und sprach weiter: »Wenn einer aus Liebe sterben will, so soll er eben vor Kummer sterben. Ohne den Tod ist Liebe nichts Gutes.« Ein Schauer erfaßte seinen Körper, und er stöhnte auf: »O heiligste aller Frauen, o Vollstreckerin aller Bedürfnisse, sei barmherzig. Erbarmen, du Heilige Familie! Wir müssen geduldig sein, solange wir leben. Aber ist nicht allem ein Ende gesetzt? Ja gewiß, alles hat ein Ende. Und im Englischen heißt das *end*, ich buchstabiere: e-n-d.«

Worterklärungen

Abaja dunkler, mantelartiger Überwurf aus Wolle.

Abbas Hilmi II. Khedive (d.h. Vizekönig) von Ägypten (1892–1914), unter dem die nationalistische, gegen die Briten gerichtete Bewegung entstand.

Abu... Vater von..., gebraucht in Verbindung mit dem Namen des ältesten Sohnes.

Abu Zaid al-Hilali Held einer arabischen Volkserzählung.

Antara Held eines arabischen Volksromans.

Azhar 972 gegründete Universität in Kairo; auch heute noch Zentrum islamischer Gelehrsamkeit.

Djilbab weites hemdartiges Kleid.

Djubba langes, vorne offenes mantelartiges Kleidungsstück mit langen Ärmeln.

Farik mit Butter gekochter zerstampfter Weizen.

Kaftan Obergewand mit langen Ärmeln, das im allgemeinen mit einem Gürtel zusammengehalten wird.

Milaja Umschlagtuch für Frauen.

Muski Stadtteil von Alt-Kairo.

Mustafa an-Nahas Mitkämpfer Zarluls und sein Nachfolger als Parteiführer.

Qirsch Piaster, ägyptische Währungseinheit, 1/100 Pfund.

Rebab ein- oder zweisaitiges geigenartiges Instrument.

Rurija Viertel in Alt-Kairo.

Saad Adli liberaler Politiker nach dem Ersten Weltkrieg.

Saad Zarlul Mitbegründer und bis zu seinem Tod 1927 Führer der Wafd-Partei.

Ismail Sidqi einflußreicher liberaler Politiker, der nach seiner Ernennung zum Premierminister (1930) durch verschiedene Manipulationen die im Juni 1931 stattfindenden Wahlen zu seinen Gunsten beeinflussen konnte.

Tarbusch auch Fes genannt; rote Filzkappe mit einer dunklen Quaste.

Umm... Mutter von..., gebraucht meist in Verbindung mit dem Namen des ältesten Sohnes.

Wafd-Partei nach dem Ersten Weltkrieg gegründete nationalistisch-ägyptische Partei.

Nagib Machfus

Nagib Machfus ist am 11. Dezember 1911 in einem alten Stadtteil von Kairo als Sohn eines kleinen Regierungsbeamten geboren. Nach einem Philosophiestudium arbeitet er zunächst in der Universitätsverwaltung und wird 1939 Beamter im Bildungsministerium. Auf erste Kurzgeschichten folgen zwischen 1939 und 1944 drei Romane über die Pharaonenzeit, Ausdruck einer Strömung, die eine ägyptische Identität durch Rückbesinnung auf das alte Ägypten suchte. Die Auswirkungen des zweiten Weltkriegs, der Zerfall des alten königlichen Systems, die sich zuspitzenden sozialen Gegensätze und die Hoffnung auf Befreiung vom britischen Kolonialsystem bilden den Hintergrund zu einer Gruppe von realistischen Romanen, zu denen auch die *Midaq-Gasse* gehört. Mit einer großen Trilogie, die das Schicksal einer Kairoer Kaufmannsfamilie über drei Generationen verfolgt, wird er 1956/57 auf einen Schlag zu einem der führenden Schriftsteller der arabischen Welt. Das neue Regime unter Nasser, dem er zunächst abwartend gegenüberstand, zeichnet ihn mit dem Staatspreis für Literatur aus. 1959 wird in der ägyptischen Staatszeitung »Al Ahram« der Roman *Die Kinder unseres Viertels* abgedruckt, und die Entrüstung der konservativen islamischen Kreise über diesen Roman schlägt bis heute hohe Wellen. 1988 wird ihm der Nobelpreis für Literatur verliehen.

In seinem umfangreichen Werk setzt sich Machfus oft skeptisch und verschlüsselt, auch mit Formelementen des Absurden und Irrationalen durchsetzt, mit den Veränderungen der ägyptischen Gesellschaft auseinander, mit Opportunismus, Karrierismus und dem Gefühl der Machtlosigkeit des Individuums.

Nagib Machfus im Unionsverlag

Anfang und Ende

Eines Morgens werden die beiden Söhne aus der Schule gerufen: Der Vater ist tot. Wie soll die Mutter ihre vier Kinder in Ehren hochbringen? Mit Energie und Entschiedenheit nimmt sie die Zügel in die Hand. Doch jedes geht seinen eigenen Weg.

Echnaton

Der junge Historiker Merimun geht auf die Suche nach der verschütteten Wahrheit um den legendären Pharao Echnaton. Er befragt Zeitzeugen und dringt bis zu Nofretete vor, die in einem zerfallenden Palast der großen Epoche und ihrer großen Liebe nachtrauert.

Zwischen den Palästen – Kairoer Trilogie I

Über drei Generationen wird das Leben einer Kairoer Kaufmannsfamilie verfolgt und zu einem opulenten Gemälde ägyptischen Lebens verdichtet. »Ein farbiges, sinnliches und bewegendes Porträt eines ganzen Viertels in Kairos Altstadt.« *Tages-Anzeiger*

Palast der Sehnsucht – Kairoer Trilogie II

Kamal bekommt die Härten und Hürden des Erwachsenwerdens deutlich zu spüren, während sein Bruder Jasin und der Vater um die Liebe derselben jungen Lautenspielerin buhlen. Aber Zanuba, diese betörende, fordernde Frau, läßt nicht mit sich spielen.

Zuckergäßchen – Kairoer Trilogie III

Der zweite Weltkrieg erreicht Ägypten: Luftangriffe auf Kairo! Der Riss, der durchs Land geht, bricht auch in der Familie des gealterten Abd al-Gawwad auf. »Ein echtes Lesevergnügen.« *Mitteldeutsche Zeitung, Halle*

Literatur aller Länder im Unionsverlag

Guillermo Arriaga *Der süße Duft des Todes*
In einem Dorf in Mexiko wird auf einem Acker die Leiche eines Mädchens entdeckt. Klatsch und Lügen schaffen eine unwiderrufliche Wahrheit, deren Opfer Ramón wird, den alle für den Geliebten der Toten halten. »Ein Roman wie ein Bolero.« *Semanario Siempre*

Assia Djebar *Durst*
Der erste Roman der Friedenspreisträgerin wurde über Nacht zur Sensation und steht am Anfang ihres literarischen Wegs.
»Jedes Buch ist wie eine neue Suche, ein Sich-Vortasten auf einer schwankenden Brücke.« *Assia Djebar*

Yaşar Kemal *Die Ameiseninsel*
Musa der Nordwind landet an der Küste einer menschenleeren Insel, unter deren friedlicher Oberfläche Tragödien lauern : Die griechischen Bewohner wurden nach dem Ersten Weltkrieg vertrieben. Musa wird von seinen eigenen Erinnerungen eingeholt.

Jørn Riel *Nicht alle Eisbären halten Winterschlaf*
Wie man seinen ersten Eisbären fängt, sich auf einem Eisberg durch die Fjorde treiben läßt oder sich eine Frau erträumt, »mit Wangen wie Äpfel und mit den richtigen Rundungen, vorn und hinten«, das erzählt Jørn Riel mit viel Witz und Poesie.

Juri Rytchëu *Die Reise der Anna Odinzowa*
Anna heiratet den jungen Tschuktschen Tanat, um das Leben der Nomaden zu erforschen. Sie lernt nach den uralten Gesetzen der Tundra zu leben. »Spannungsgeschichte, Ode an ein Volk und Liebesgeschichte in einem.« *Facts*